KB273802

한국 현대시인의 현실인식

김병택

새미

국립중앙도서관 출판시도서목록(CIP)

한국 현대시인의 현실인식 / 김병택 지음. -- 서울 : 새미, 2003
        p. ;   cm

ISBN 89-562-8074-6 93810 : ₩19000

811.609-KDC4
895.7109-DDC21   CIP2003000843

이 책을 내는 데에는, 졸저 『한국 현대시인론』이 절판되었다는 직접적 계기 외에, 시론에 대한 글을 포함시키려는 생각도 함께 작용했다. 시인의 시와 시론이 서로 밀접한 관계에 있는 점으로 보면, 시인론과 시론에 대한 글이 같은 책에 수록되는 것은 자연스러운 일이기도 하다.

그러나 한 시인을 대상으로 시인론과 시론에 대한 글을 쓰는 것은 결코 용이한 일이 아니었다. 대부분의 시인에게는, 그 두 편의 글을 쓸 수 없도록 하는 한 두 개씩의 사유가 있었기 때문이다. 이 책에 수록된, 그 두 편의 글이 임화, 김수영의 경우로 축소된 것은 그런 점에서 기인한다.

시인론들 중 「임화론」과 「이육사론」은 최근에 일부러 쓴 글들이다. 「임화론」과 「이육사론」은 임화, 이육사가 차지하는 문학사적 위치로 볼 때 마땅히 써야 할 글들이지만, 최근에 일부러 쓴 데에는 이 책의 성격을 강화하려는 의도도 들어 있다.

끝으로 어려운 사정에도 불구하고 흔쾌히 이 책의 출판을 맡아주신 정찬용 사장께 깊이 감사드린다.

2003년 8월

저 자

제1부 시인론

제2부 시 론

제1부   시인론

시대와 신념__최남선·이광수론

Ⅰ. 프롤로그

　신념이란 어떠한 주장이나 국면, 결과에 대한 정신적인 구속이다. 그것은 지적, 감정적 바탕 위에서 형성된 것이며, 그 정도는 추측의 경우보다 훨씬 더 강하다. 가령, 절대적 확실성을 나타내는 숫자 '1'이 있다고 하자. 이 때, 숫자 '1'에서 차지하는 신념의 비중은 '½' 이상의 것이며, '1'이라는 숫자 이하에서는 상승 작용을 계속한다. 그래서 신념은 옛날부터 끊임없이 자기 성찰을 거듭하는 사람이나 행동가, 그리고 경험주의자들의 정신 영역을 공고히 하는데 큰 역할을 담당해 왔다.[1]

　신념은 또한 어떠한 시대의 개인이, 철학이나 심리 문제를 배경으로 한 개혁 운동을 전개하는 정당성의 근거이기도 하다. 어느 시대에서나 신념을 가진 사람들의 행동이 다른 사람에게 영향을 줄 가능성이 많은 것은, 그리고 그 영향이 사회적, 대중적인 범주로까지 확산되어 오래도록 가치를 논의할 기회를 제공하게 되는 것은 모두 그러한 점 때문이다.

---

[1] Encyclopedia American Corporation, *The Encyclopedia American* (U.S.A., 1976), p. 501. 'belief' 부분 참조

어떤 분야에 종사하는 사람이든 모두 마찬가지이지만, 특히 문학적 수단을 통해 인생의 궁극적 진실을 표현하려는 작가의 경우, 그의 신념은 사회에 유익한 결과를 가져다 줄 수도 있고 그렇지 않을 수도 있다. 그것은 문학의 대중적 성격과 관련된, 작가라는 신분의 특수성에 기인한다.

신념의 문제는 서로 다른 두 개의 신념을 논할 때에 발생한다. 허버트 리드가 말한 것처럼, 두 개의 신념은 대상·양식·근거·발생 등과 다른 신념과의 관련성, 가능한 행동과의 관련성 등이 상반되는 가치로 표현되거나 기술되는 것이기 때문이다. 그러나 신념의 가치를 판별하는 데에 적용되는 한 시대의 수평적인 기준은 어느 시대에나 늘 있으므로, 그 문제의 해결이 어려운 것만은 아니다.

이 글의 목적은 한국 신문학 초기에 다대한 업적을 쌓아 올린 최남선과 이광수의 신념이 어떤 과정을 겪으면서 붕괴되었는가를 살펴보는 데에 있다.

II. 최남선의 경우

최남선이 중인계급 출신이었다는 점은 그가 일제 시대 중기에 양심의 포기를 서슴지 않은 것과 밀접하게 관련된다. 중인계급은 양반과 상인의 중간계급으로서 醫學·譯學·陰陽學·律學·算學 등에 관련된 잡직 벼슬만을 할 수 있었던 일종의 기능직 계급이었는데, 이런 이유로 중인계급에 속한 사람들은 청나라와 서구 문명에 일찍 접근할 기회를 가지게 되었다. 따라서 그들은 개화 의식에 앞장설 수 있었으며 더 나아가 문명에 대한 자각의 토대 위에서 자기 스스로의 논리를 분명하게 내세울 수 있었다. 최남선은 중인계급의 이러한 성격에 부합하는 대표적인 인물이었다.

<blockquote>

기능적 지식으로 무장된 중인계급이 국권을 잃지 않은 상태에서 그 지적 잠재력을 보여줄 수 있었더라면 역사는 바람직한 방향으로 전개되었을지 모른다. 중인계급이 부의 축적이 가능하였고, 그것을 이론적으로 표현할 수 있는 힘이 있었더라면 조선 후기 사회는 시민 사회로 변모될 수도 있었을 것이기 때문이다. 그러나 국권이 없는 노예 상태, 노예 문화 속에서의 기능적 지식이라는 것은 그것을 가진 자들로 하여금 노예적 상태의 승인이라는 역사적 과오를 범하게 한다. 그 대표적인 예가 또한 최남선의 親日이다.[2]

</blockquote>

그러고 보면 최남선은 국권 상실의 시대에 살면서 시대의 중압을 견디어 내지 못하고 일제의 한국 통치기관이던 조선총독부의 조선역사편찬위원으로 가담함으로써 변절하게 된, 시대의 희생자로 일단 생각해 볼 수 있다. 그러나 어느 시대에도 압력은 존재하며, 개인이 그 압력을 어떻게 판단하고 수용하느냐에 따라 개인에 대한 평가는 달라진다. 이 때의 평가 기준들 중에서 개인의 신념이 가장 중요한 항목임은 말할 필요도 없다. 그에 대해 다른 각도에서 논의하는 것도 바로 그 신념 때문이다.

최남선이 「독립선언서」를 기초했을 당시(29세) 가졌던 신념은 다음과 같다.

<blockquote>

千百世 祖靈이 吾等을 陰佑하며 全世界 機運이 吾等을 外護하나니 着手가 곧 成功이라. 다만 前頭 先明으로 邁進할 따름인저!

</blockquote>

인용문에 나타난 바와 같이 그의 신념은 조국에 대한 희망과 광명의 의

---

2) 김윤식·김현, 『한국문학사』(민음사, 1974), p. 108.

욕에 그 바탕을 둔 것이었다. 그런데 그 신념은 문학이 새로운 시대에 적합하게 수용되는 것은 天巧를 이룩함으로써 가능하다고 주장하면서부터 변화하기 시작한다.

> 人工으로써 天巧를 干함이 진실로 容易의 事 아니어 늘 藝術이란 것은 곧 형태와 색채와 聲響과 界劃의 工匠으로써 造化의 微妙를 取하는 것이라. 복잡한 物象을 單純化하고 廣大한 범위를 集約來하고 深奧한 核心을 扶摘出하여 신비한 宇宙의 內部生命을 혹 毫端 鑿尖과 혹 管絃木石으로 捉拿陶甄하나니 此 至重한 一技인 동시에 至難한 一事인 所以라.[3]

이상을 통해 예술에 대한 그의 생각을 알 수 있거니와, 그가 天巧라는 말을 쓰고 있음에 주목할 필요가 있다. 천교는 '하늘이 하는 일'을 의미하는 말로, 인위적 작용이 아닌, 자연의 작용임을 강하게 시사하는 표현이다. 그러므로 소질이나 능력 따위를 가리키는 天機와는 의미가 약간 다르다. 그런데도 최남선은 천교를 예술적 기교로 이해했고, 천교를 '이룩하'기 위해서는 개인의 재질뿐만 아니라 근면하게 노력하는 자세가 필요함을 역설했다. 심지어 그는 천교의 근면을 이루는 데서 예술가의 자부심을 찾고 있다.

여기서 간과할 수 없는 것은 최남선이 예술성과 사상성의 문제를 그의 예술론에서 제외하고 있다는 점이다. 기교가 전제되지 않은 예술성과 사상성은 그 완전한 모습을 드러내기 어렵지만, 그 역으로 예술성과 사상성이 전제되지 않은 기교도 빛을 발하기가 어렵다. 그의 주장은 오로지 기교만을 중시하고 있기 때문에 예술론으로서는 어색하기 짝이 없다. 그는 예술에 대

---

3) 최남선, 「예술과 근면」, 고려대 아세아문제 연구소 육당 전집 편찬위원회, 『육당 최남선 전집』 제10권 (이하 『전집』이라 하고 권수는 숫자만 기록한다.) (현암사, 1974), p. 189.

해 편견을 가지고 있었던 셈이다. 결국 그 편견은 그의 다른 판단에도 영향을 끼치기에 이른다.

> 금일의 세계는 文明人의 세계니, 오직 文明人만이 生存의 權利를 享有하며 오직 文明强人만이 尊榮과 威權을 保有하는 世界라. 文明人에게는 歡天 喜地가 有하되 非文明人에게는 悲風 慘雨가 有할 뿐이며, 文明人은 笑林에 逍遙하되 非文明人은 淚海에 沈淪할 따름이니, 仁天을 同載하였으나 禍福이 別有함은 靈性을 同稟하였으나 文野가 판이한 故로다.[4]

최남선은 당대의 예술이 서양 예술에 비해 뒤떨어져 있음을 개탄한 바 있는데, 이러한 그의 생각은 급기야 문명인과 비문명인에 대한 주종 관계를 주장하는 쪽으로 이어진다. 그는 근면과 노력만이 문명인의 자격을 얻을 수 있은 길이라는 점을 강조하고자 했지만, 이러한 그의 의도는 달성되지 못했다. 본질과 양상에 대한 잘못된 판단으로 우리와 일본의 관계를 미화하고 정당화하는 결과를 빚었기 때문이다.

최남선은 사학 연구를 통해 한국과 한국 민족의 실체를 파악하려 했고, 그 과정에서 그가 머물러 두고두고 생각한 대상은 단군이었다. 그는 단군을 한국 민족의 시원으로, 조선 역사의 출발점으로, 조선 역사의 중심적 사실로 평가하면서[5] 다음과 같이 선언한다.

> 檀君은 朝鮮 及 朝鮮心의 究極的 標幟이다.[6]

---

4) 「예술과 근면」, 『전집』 10, p. 197.
5) 「단군론」 『전집』 2, p. 79.
6) 「단군께의 表誠」 『전집』 9, p. 192.

인용문은 최남선의 판단 대상이 '문명'에서 단군으로 전이되고 있음을 보여준다. 그러나 그의 문명론은 계속 논의 대상으로 삼을 만한 가치가 있다. 시대 상황과 관련된 그의 논리가 모두 문명론에서 비롯되고 있기 때문이다.

> 인류를 문명인과 비문명인으로 양분하는 兩端論法을 당연한 것이라고 받아들였다. 그러면서 문명은 바로 서양 문명이고 동양 문명 또는 우리의 전통적인 문명은 문명일 수 없고, 비문명일 뿐이라고 하면서 民族虛無主義에 빠졌다. 그리고 문명인과 비문명인을 나누는 데 그치지 않고, 문명인은 살 권리가 있고 비문명인은 살 권리가 없다고 함으로써 이른바 문명인인 서양인이나 서양 문명을 받아들여 서양화한 일본인이 비문명인을 침략하는 것은 자연스럽고 정당한 일이라고 하면서, 제국주의를 옹호했다.[7]

이러한 견해대로라면, 최남선은 논리의 모순과 자가당착의 늪에서 스스로를 끝내 해방시키지 못한 부정적 인물에 불과하다. 그러나 그에게는 긍정적인 측면도 부지기수로 많다. 『소년』지 발간을 통해 민족 중흥의 중심 세력을 소년으로 정하고 야심에 찬 꿈을 실현시키고자 애쓴 점과, 『소년』지 권두에 「海에게서 少年에게」를 게재함으로써 신체시 출현에 최초의 획을 그은 것은 예사로운 공적에 그칠 수 없는 것들이다. 이것뿐만이 아니다. 그는 해외 문학 작품들을 번역, 소개했고 창가 등 새로운 시가를 발표했으며 구어체 문장의 시도, 민족과 전통의 옹호, 조선 정신의 추구와 같은 방대한 役事를 혼자 힘으로 감당하며 시대를 살았다.[8] 그리고 국민문학인 시조에 대해 최초로 근대적인 해석을 내리고 언어의 문제를 중심 요소로 삼았다.[9]

---

7) 조동일, 『한국 문학사상사 시론』(지식산업사, 1979), p. 313.
8) 김용직, 「거인의 탄생과 그 추락」『현대한국작가연구』(민음사, 1976), pp. 276~277. 참조

최남선이 시조를 중시한 것에 대해서는 긍정적, 부정적인 방향에서의 설명이 모두 가능하다. 이러한 설명들은 그의 신념과 매우 깊은 상관성을 지니고 있다. 먼저 시조에 대한 그의 견해를 알아보기로 한다.

> 時調는 朝鮮人의 손으로 人類의 韻律界에 提出된 一 詩形이다. 朝鮮의 風土와 朝鮮人의 性情이 音調를 빌어 그 渦動의 一 形相을 具現한 것이다. 音波의 위에 던진 朝鮮我의 그림자이다. 어떻게 자기 그대로를 가락 있는 말로 그려낼까 하여 朝鮮人이 오랜오랜 동안 여러 가지로 애를 쓰고서 이때까지 到達한 막다른 골이다. 朝鮮心의 放射性, 朝鮮語의 纖維組織이 가장 壓搾된 狀態에서 표현된 '功든 塔'이다.(……)어떠한 建設運動에든지 앞서는 것은 基臺요, 어떤 基臺工事에든지 앞서는 것은 地盤의 審察이다. 그런데 朝鮮文學(또 詩)의 地盤을 審察하자면 理論은 어디 갔든지 實物的 考察의 唯一最高의 對象일 것이 그래 時調 밖에 또 무엇이라 하랴.[10]

최남선은 민족의식을 바탕으로 한 표현 양식이 오로지 시조뿐임을 강조하고 있다. 그래서 그는 다른 국민문학파와 똑같이 계급지상주의자들의 일방적인 민족부정론에 대항하여 나라의 소중함을 분명히 주장하게 되는데, 그 한 표현으로 제시된 것이 바로 시조부흥운동이다.[11]

최남선이 시조를 중시한 것에 대해서는 다음과 같이 설명할 수도 있다. 그가 문명을 지향하고 조선심을 지향하는 데에는 '지금 이 곳의 문제'를 외면하고자 하는 '도피'라는 공통점이 들어 있다. 먼 곳과 이곳, 옛날과 지금의 우열을 따져서 우월한 쪽을 전면적으로 긍정하고 열등한 쪽을 전적으로 부정하는 양단 논법은, 지금 이곳의 문제를 정확하게 이해하고 해결할 수

---

9) 조연현, 『한국현대문학사』 (성문각, 1974), pp. 147~148.
10) 「조선 국민문학으로의 시조」 『전집』 9, pp. 387~388.
11) 김용직, 앞의 글, 앞의 책, p. 295.

있는 방법이 아니다. 공허한 목표를 숭상하는 우상 숭배가 비판 정신을 마비시키고 현실과 대결하는 의지를 약화시킨다. 시조부흥론도 이런 배경에서 나온 것이다. 음절수가 고정되어 있는 일본식 정형시를 향한 정열이 시조를 향한 정열로 바뀐 것이다.[12]

이상은 최남선을 부정적 시각에서 설명한 것인데, 그러한 시각은 민족의 신운명 개척을 위해 피를 흘리지 않을 수 없음을 설파한[13] 부분에 이르러서 전면적인 설득력 지니게 된다. 그는 이른바 전향의 길을 걸으면서부터 '조선이 일본 문화화하지 않을 수 없는 운명'(「조선문화 당면의 문제」)을 긍정하기 시작[14]했고, 더 나아가 일본 문화는 빛나는 독자문화이므로 문화를 '인생 내지 국민 생활을 바르게 인도하고 또한 강하게 유지케 하는 세력 사물'로 인정하는 한 '이 원리에 의해서 조선은 일본화되어야 한다'고 주장했다.[15]

즉, 최남선에 의하면 일본 독자의 문화란 '일본의 건국정신과 그 역사적 행진상'이었던 바, 이는 '세계에 있어서도 가장 고귀한 ― 문화 계통'이었으며, '숭고 웅대하며 보편 타당한 것'으로서, 그러한 '일본문화의 기본정신인 奉祀와 知召 下에 놓여질 것을 조선인은 요구하지 않으면 안 되'었던 것이다. 즉, '六合을 兼하여 써 都를 開하고 八紘을 倂하여 써 宇로하'도록 '詔勅되어져 있는 것이 일본'이었고 '신국 일본의 화려한 비단으로 짬으로써만 唐나라 붉은 색도 빛을 뿌리게 되는 운명을 가진 것이 세계요 인류'이기 때문이었다.

최남선에 의하면 '이러한 문화 원리'야말로 정책이나 통치라는 관념보다도 우월한 것으로서(……) '일본은 이 문화로써 臨하고 조선은 이에

---

12) 조동일, 앞의 책, pp. 315~316.
13) 김용직, 앞의 글, 앞의 책, pp. 299~301.
14) 임종국, 『친일문학론』(평화출판사, 1978), p. 405.
15) 위의 글, 위의 책.

의 동경으로써 따라야 하며, '신에의 귀일에 의해서 일체가 성취될 뿐' '이에 의해서만 조선 문화의 진실 충족한 일본화'는 기대할 수 있는 것이었다.

　이리하여 일본은 '化'가 될 수 없는 '簸勅', '압억', '警備'나 '보호관찰' 등의 수단을 버리고 '公德定理'한 '化'를 위해서, 지금은 끊어져 버린, 그러나 역시 조선의 전통정신이요, 古道인 '天業 회복의 이상'을 조선 민중 속에 깨우쳐 일으켜야 한다고 주장했는데, 이러한 입장에 서는 한 '마찰도 반발도 悍格도 齟齬도 도시 문제가 되지 않을 것은 물론'이라는 것이었다.[16]

　최남선은 이후에도 상당수의 논설을 통하여 일본과 일본적인 것에 대한 찬양을 거듭했다. 최남선의 전향을 의식(내면세계)의 측면에서 설명하려는 시도[17]도 있다. 그는 공식적으로 일제 총독부가 설치한 기구에 위원으로 참가하면서도 한편으로는 반일적 언동을 일삼았다는 것이 그러한 시도의 근거이다. 그러나 '의식'만으로는 그 논리상의 교란이 온전히 설명될 수 없다. 그것은 설명하기 위해서는 의식의 본질에까지 접근하는 것이 필요하다.

　인간은 단순히 사회적 환경에 의하여 일방적으로 지배를 받기만 하는 존재가 아니다. 인간은 자기의 요구나 욕망에 맞추어 환경을 통제하고 변화시키기도 한다. 환경은 개인으로 하여금 저항하게 하고, 개인의 恣意를 제한하며, 책임과 의무를 요구한다. 갈등은 이처럼 개인과 환경의 힘이 충동할 때 형성된다. 이 갈등의 양상은 사람들에게 교훈이 될 수도 있고, 그 반대일 수도 있다.

　일반적으로 한 개인의 행동은, 개인의 상태와 그 행동적 환경 사이의 역동적 상호작용에 따라 나타난 결과이다. 이러한 상호작용은 일종의 긴장을

---

16) 임종국, 앞의 책, pp. 405~406.
17) 김용직, 앞의 글, 앞의 책, p. 305.

발생시키고 결국 힘의 균형을 무너뜨린다. 그러나 개인의 행동은 힘의 균형을 유지하는 방향으로 행해진다. K. Lewin은 행동(B)을 개인(P)과 환경(E)의 함수로 보아 B= f(P·E)로, 행동을 개인과 환경의 전체적 장면(S)으로 보아 B=f(S)로 각각 공식화한 바 있다.[18] 한 개인의 행동이 K. Lewin의 공식에서처럼 개인과 환경의 함수로 표현될 수 있다면 최남선은 일단 이 공식에 충실했던 인물이라 할 수 있다.

시대는 개인의 힘으로 움직일 수 없다. 개인은 다만 시대 속에 살면서 또 하나의 작은 시대를 만들려고 노력할 뿐이다. 이 때, 개인이 만들어 낸 시대가 도덕적, 윤리적 당위성을 지닌 시대라면 그 개인은 사람들로부터 오랫동안 존경받아 마땅하다. 그런데 최남선의 경우는 어떠한가. 한마디로 해서 그는 도덕적, 윤리적 당위성을 가진 또 하나의 작은 시대를 만들지 못했다.

III. 이광수의 경우

다음은 최남선과 함께 이광수가 한국 근대문학 운동에 끼친 선구적 공적에 대한 가장 고전적인 설명이다.

> 그러므로 그가 15세를 전후해서 일본 유학을 하고 있었을 때는 한국의 近代的인 進行이 어느 程度 始作되면서 있을 때다. 4년 年長인 崔南善과 손을 맞잡고 15세의 少年인 그가 韓國近代文化運動의 最尖端에서 活動했다는 사실은 그의 무熟性과 함께 韓國의 近代文化가 아직도 그만큼 어렸다는 事實을 證明해 주는 것이 된다. 그는 崔南善에 助力하여 『少年』『靑春』誌等의 編輯과 執筆에 參加하면서 言文一致運動 및 新

---

18) 장병림, 『일반심리학』 (박영사, 1975), pp. 145~154. 참조.

文學運動의 核心的인 役割을 擔當해 왔으며, 最初의 新體詩人으로서 또한 最初의 近代小說作家로서 韓國近代文學의 모든 基盤을 닦아 놓았다. 『少年』과 『青春』誌의 主幹은 崔南善이었으나, 이 兩誌에 文學作品을 발표한 것은 大部分이 李光洙였으며, 言文一致의 先唱者도 崔南善이었으나 그것을 發展시킨 사람은 역시 李光洙였다. 그러므로, 韓國近代文化史上에 占有하고 있는 李光洙의 先驅的인 功績은 崔南善의 그것과 마찬가지로 重大하고도 決定的인 것이다. 그러나 더욱 重要한 것은 그는 先驅的인 功績에는 崔南善에게서는 볼 수 없었던 思想的인 革命性이 包含되어 있었다는 것이었으니, 그것은 『無情』보다도 앞서 發表된 18년의 『情育論』에서 이미 最初의 面貌가 드러나고 있었다.[19]

이광수의 이러한 업적에도 불구하고 그 반대의 경우를 살펴보지 않을 수 없는 것은 그의 '사상적인 혁명성'에 적지 않은 문제가 포함되어 있기 때문이다.

이광수는 문학에 대하여 확고한 생각을 지니고 있었다. 요즈음의 시각으로 볼 때 그것은 참으로 소박한 것이지만 그 당시에는 아주 새로운 것이었다. 그가 생각하는 문학은 뛰어나게 높은 것도 아니요, 형편없이 낮은 것도 아니다. 그에 의하면 문학은 정치나 과학처럼 인류 문화의 평범한 하나의 부분에 지나지 않는다. 문학은 인류의 실제생활에 따른 필요성으로 볼 때는 정치·과학보다 아래에 속하고, 가장 정신적 영향을 많이 끼친 점으로 볼 때는 정치·과학·종교보다 높은 위치에 속한다. 또 한층 높은 견지에서 보면 문학은 정치·과학·종교 등과 아울러 인류 문화를 이룬다.[20] 그는 문학의 자율성을 다음과 같이 주장한다.

---

19) 조연현, 앞의 책, pp. 161~162.
20) 「문학에 대한 소견」 『이광수 전집』 제16권 (이하 『전집』이라 하고 권수는 숫자만 기록한다.) (삼중당, 1966), p. 179.

밥과 文學과 어느 것이 소중하냐 하면, 그것은 말할 것도 없이 밥이 소중하다고 할 것이다. 하물며 밥의 主人인 人生과 文學과 어느 것이 소중하냐 하면, 그 대답은 讀者 스스로 얻으실 것이다. 政治나 科學이 人生을 依하여, 爲하여, 通하여 存在하는 모양으로, 文學도(다른 모든 部門의 藝術도) 亦是 人生을 依하여, 爲하여, 通하여 存在하는 것이다. 오늘날 같이 一部에서 文學을(다른 部門의 藝術도) 宣傳의 器具라고까지 主張하는 이 때에 藝術至上主義의 文學觀을 論駁하는 것이 貴辭일는지 모르나 藝術器具主義의 不可를 問하기 前에 藝術至上主義를 먼저 炎周하는 것이 必要할까 한다.

文學으로 하여금 文學이 되게 하라. 그 以上인 者도 以下인 者도 되게 말라. 하물며 文學으로 하여금 그 以外인 者가 억지로 되게 할 것이 아니다. 神의 藝術이 아니고도, 또 宣傳用인 藝術이 아니고도, 그런 藥品을 타지 아니하고도 藝術은 人類에게 必要하고 愉快한 飮料가 되는 것이다.21)

이광수는 처음에 이처럼 문학의 본질에 대한 확고한 태도를 지니고 있었다. 그러나 그의 이러한 태도는 끝까지 유지되지 못하고 순수성을 상실하게 된다. 그는 앞의 글을 발표하기 훨씬 이전에 논리의 모순을 준비하고 있었다는 판단도 가능하다. 「문학이란 何오」(1916)에는 서구의 유미주의·사실주의·공리주의·낭만주의 등에 대한 설명22)이 나열되어 있기 때문이다. 이광수는 「예술평가의 표준」이란 글에서 예술 평가의 표준을 자기 나름대로 항목화한 바 있는데, 아이러니칼하게도 그것은 그의 사상적 변신을 효과적으로 설명하는 근거 자료가 되기도 한다. 그 글의 서두에서 그는 '상식적인 말'을 하는 것임을 밝히고 있다. 실제로 그 내용은 상식적인 것들이다. 그가 들고 있는 첫째의 예술 평가 표준의 재미가 있어야 한다는 것이다. 그는

---

21) 위의 글, 위의 책, pp. 179~180.
22) 「文學이란 何오」『전집』 1, pp. 508~511.

재미가 없는 작품은 가치가 없는 작품임을 강조한다. 둘째로 그는 감동을 주어야 한다는 점을 들고 있다. 그에 의하면 재미있는 것도 감동의 일종이다. 감동이란 정신적인 것이요, 영혼적인 것이며 종교, 예술, 위대한 행위 속에 들어 있다는 것이다. 그는 아무리 재미있는 작품이라도 감동을 주지 못한다면 가치 있는 작품이 되지 못한다고 주장한다. 셋째로 들고 있는 것은 참되어야 한다는 점이다. 그에 의하면 참이란 신문 기사 모양으로 세상에 일어난 일을 그대로 적는 것을 말함이 아니라, 시인의 상상의 세계를 그린 것이 세상의 인정에 착 들어맞는다는 의미이다. 그는 여기서 철학적 진실과 시적 진실 또는 예술적 진실 사이에는 차이가 존재한다고 말한다. 넷째로는 아름다워야 한다는 점을 들고 있다. 그에 의하면 문예의 아름다움이란 구상의 미, 표현의 미, 내용의 미를 가리킨다. 그리고 구상의 미는 사건의 곡절안배의 미요, 표현의 미는 용어·문체의 미요, 내용의 미는 독자를 끌고 가는 심경의 미, 감동의 미이다.[23) 이상과 같은 것들이 그가 주장하는 예술 평가의 표준이다. 그는 또한 '도덕=예술'의 관계에 대해 다음과 같이 주장한다.

> 道德과 藝術은 하나이니, 道德的 아닌 藝術은 참 藝術이 아니요, 藝術的 아닌 道德은 참 道德이 아니외다. 人生에게 罪惡을 藝術이라 하면 그것은 人生의 背斥할 藝術이요, 또 인생에게 苦痛을 주는 道德이라 하면, 그것은 人生에 唾棄할 道德이외다.[24)

이광수는 이렇게 진지한 문학론을 폈지만, 조선문학에 대해 이야기할 때는 항상 즉흥적이고 부정적이었다. 그는 "朝鮮文學은 오직 將來가 有할

---

23) 「예술평가의 표준」 『전집』 16, pp. 161~163.
24) 「예술과 人生」 『전집』 16, pp. 30~31.

뿐이요, 過去는 無하다 함이 合當"하다고 했고, 조선에는 문학의 근거가 될 만한 정신적 능력조차 없다[25]고 단언했다. 그에 의하면 조선사상사는 공백에 가까운 것이었고, 특히 조선 후기 사상사는 "李退溪를 中心으로 하는 朱子學派의 完成에 다시 一派가 움직이고는 以來 三百年間 因해 잔잔하여 一派不動"의 상황이었으며, "沈滯한 三百年間에 朝鮮人의 머리는 곰팡이 슬고 心情은 冷灰같이 싸늘하게 식었다."[26] 문학의 본질을 향한 진지했던 태도와는 달리, 조선문학이나 조선사상을 향한 편협한 태도에 대해서는 시대상황과 관련짓지 않으면 설명할 방법이 없다. 그가 "朝鮮人의 過去에는 文藝라 할 만한 文藝가 없다."[27]고 한 일본인 島村抱月의 말을 증명하기 위해서 애썼고, "漢詩人과 漢文士의 汗牛充棟할 著述이 있다 하더라도 果然 朝鮮人의 思想 感情을 發露하며 朝鮮民族의 根本精神에 接觸한 者가 얼마나 될까."[28]라고 조선문학을 폄하했으며, 한문으로 쓴 것은 모두 유학의 해독을 심은 것에 지나지 않는다는 독단론을 편 사실 등을 상기하면 그것은 더욱 그렇다.

최남선이 그랬듯이 이광수도 새로운 문명을 호흡하기 위해 어린 나이에 일본으로 달려갔던 사람이다. 따라서 일본에 대해 이야기 할 수 있는 자격은 어릴 때부터 가지고 있었던 셈이다. 문제는 그가 성장한 후 전향의 길을 자연스럽게 모색하다가 시대 상황의 무게에 끌려 아예 일본을 대변하게 된 데에 있다.

1940년 2월 11일부터 계출 접수를 시작한 창씨개명 제도는 2월 11일 48건, 12일 오후 2시 현재 39건, 도합 87건이 접수됨으로써 조선인들의 황민

---

25) 「부활의 서광」 『전집』 17, p. 29.
26) 위의 글, 위의 책, p. 27.
27) 위의 글, 위의 책, p. 28.
28) 위의 글, 위의 책. p. 27.

화 문제는 가일층 진전을 보기 시작한다.[29] 이 때 이광수는 香山光郎이라는 창씨 성명으로 계출했다. 그리고 그는 「創氏와 나」라는 수필을 통해 창씨 개명의 동기를 밝혔는데 그것을 일부분만 인용해 보면 다음과 같다.

> 內鮮一體: 내선일체를 국가가 조선인에게 허하였다. 이에 내선일체운동을 한 자는 기실 조선인이다. 조선인이 內地人과 차별없이 될 것밖에 바랄 것이 무엇이 있는가. 따라서 차별의 제거를 위하여서 온갖 노력을 할 것밖에 더 중대하고 긴급한 일이 또 있는가. 성명 三字를 고치는 것도 그 노력 중의 하나라면 아낄 것이 무엇인가, 기쁘게 할 것이 아닌가. 나는 이러한 신념으로 香山이라는 씨를 창설하였다.
> 便宜: 앞으로 점점 우리 조선인의 씨명이 국어로 불려질 기회가 많을 것이다. 그러할 때에 李光洙보다 香山光郎이 훨씬 편할 것이다. 또 滿洲나 東京 大阪 등에 사는 동포로는 일본식의 씨명을 가지는 것이 실생활상에 많은 편의를 가져올 것이다.[30]

이러한 이광수의 발상은 예술을 보는 시각에도 그대로 재현된다. 「新體制下의 藝術의 方向」이란 글에서 그것을 확인할 수 있다.

> 그러나 內鮮 양민족은 피를 함께 한 민족이다. 二천 년 전에는 한 민족이었으며, 그 후에도 一천 二백 년 전에 百濟로부터 日本에 건너간 백제의 자손들이 內地 崎玉의 高麗村에서 일본인과 결혼하여 그 후손은 혼혈한 완전한 일본인이 되었으며, 천팔백만이나 算하게 된다. 그리고 더욱 황송한 말씀이나 황실에도 二차나 조선의 피가 섞이셨던 것이다. 이 말은 총독부에서 해도 좋다 해서 나는 기쁜 마음으로 謹記하는 바인데, 제一회는 역사에도 분명히 기록되어져 있는 神功皇后께옵서는 新羅 天日槍의 후예이시다. 그때 처음으로 일본 황실에 新羅의 피가 섞이셨

---

29) 임종국, 앞의 책, p. 283.
30) 임종국, 앞의 책, p. 285에서 재인용.

고, 그후 桓武天皇께옵소서 京都에 서울을 御定하옵신 平安朝 초에 桓
武天皇의 御母后께서는 百濟의 聖王의 증손녀였다. 이렇게 황송하옵게
도 황실을 비롯하여 신민에 이르기까지 내지인과 조선인의 피는 하나로
되어 있으며, 이로써 우리는 天皇陛下의 신민으로서 충의를 다하는 자
가 되어야 할 것이며 및 우리의 예술도 그러해야 할 것이다.[31]

앞에서 살펴본 대로 이광수는 '도덕=예술'이라는 등식의 관계를 주장했
다. 그러나 그는 조국에 대한 도덕을 저버렸고, 그 기초 위에서 예술을 이
야기하려 했다. 무엇이 그를 이 단계로까지 끌고 온 것일까. 8·15광복 이후
그는 친일 반민족 행위를 다스리는 반민특위의 심판을 받게 되었을 때, "民
族을 위하여 親日했소."라고 대답했다. 그것은 시대가 개인의 신념을 이렇
게 유도할 수도 있음을 보여준다. 설령 그의 친일이 정말 민족을 위한 것이
었다 하더라도, 그것이 그의 친일을 정당화해 주지 못함은 물론이다.
  광복 후의 이광수는 모든 것을 시대적인 추세에 맡기고 체념에 빠져 있
었던 듯하다. 끝으로 그 때의 심경을 토로한 글을 인용해 보기로 한다.

  나는 '나'라는 소설에서 자기 비판을 해보려고 생각하였다. 거기 나오
는 인물이나 사건이 다 실재적인 사실은 아니라 하더라도 내 일생에 죄
된다고 생각하는 것, 내 성격의 약점, 또 내가 평생에 지켜 오던 한줄기
의 이상과 거기 관련된 유혹과 실패와 그리고 재기의 연속을 그려보려고
하였다. 그러나 소년편·청춘편 두 권을 내어 놓고 보니 그 템포로 가다가
는 언제 최근 십년 간의 내 심경을 그리게 되는지 모른다. 그런데 반민법
도 이제 실시되었으니, 내가 언제 심판을 받을는지도 모르고 심판을 받
으면 어떠한 법의 처분을 받는지 모르니 아직 글을 쓸 수 있는 동안에
민족 운동과 나와의 대략을 적어서 평소에 나를 사랑하고 염려하여 주던,
또 나를 미워하고 저주하던 이들에게 내 심경을 알리고자 하여 이 글을

---

31) 임종국, 앞의 책, pp. 290~291에서 재인용.

쓴 것이다.

　나는 동포에 대하여 아무러한 장래의 약속도 할 처지에 있지 아니하다. 대개 나는 국법의 죄인이기 때문이다. 그러나 내 생명이 남아있는 동안 내게는 무슨 사명도 남으리라고 생각한다. 나는 그 사명을 따라서 여생을 바칠 것이다.[32)]

Ⅳ. 에필로그

　지금까지 살펴본 것처럼 최남선과 이광수는 신념의 붕괴와 민족의식의 결핍으로 인해, 처음에는 논리의 모순을, 나중에는 행동의 모순을 보여 주었다. 그것은 물론 신념의 모순과 직결된다. 그러나 그들에게는 또 하나의 다른 면(문학사적 공적)이 있음을 기억하지 않을 수 없다. 그들의 야누스적인 면모를 확인하는 것은 시대와 개인의 관계를 생각해 보게 하는 계기가 되기도 한다.

　시대는 개인의 도덕과 인격을 압살하기만 하지 않고, 거기에 가치를 부여해 줄 수도 있다. 이 때 개인에게 필요한 것이 바로 신념이다. 신념은 모든 가치를 거느리고 시대와 대결한다. 우리가 신념의 문제를 논의하는 까닭은 개인의 신념이 시대의 압력에 굴복한 경우가 많았기 때문이다.

---

32) 「해방과 나」『전집』 13, pp. 278~279.

이상화 시의 의식과 그 의미__이상화론

Ⅰ. 프롤로그

이상화 시의 중요성은 그의 시에 나타나는 세 가지 의식에 대한 논의를 통해서도 충분히 증명될 수 있다. 그 세 가지 의식은 첫째, 낭만의식이고, 둘째, 저항의식이며, 셋째, 자연의식이다.

1920년대 한국 낭만주의시가 지니고 있는 복잡하고 다양한 성격에 대해서는 별도의 다른 글에서 논의해야 마땅하다. 그러나 그러한 시들의 한가운데에 이상화 시들이 위치하고 있음은 분명하다.

시의 저항의식은 근본적으로 시의 사회적 기능과 관련된다. 문학과 사회의 관련성을 인정한다면, 그 저항의식은 당연히 사회의 구조적 모순에 대한 대응으로 해석되어야 한다. 문학에서의 저항의식을 중시하는 입장에서 볼 때, 이상화의 여러 편 시는 연구될 만한 충분한 가치를 지닌다.

시의 자연의식은 대개의 경우 자연예찬의 형식으로 나타나는데, 이상화 시에서는 그것이 조국애와 직결된다. 그의 시에 나타나는 저항의식을 염두에 둔다면 이것은 당연한 귀결이라 할 수 있을 것이다.

이상화 시에 대한 연구는 박종화의 「嗚呼 我文壇」[1]을 비롯한 김안서·김기진 등의 월평[2], 박영희의 회고[3], 그리고 이상화 시 열다섯 편을 정리해 놓았을 뿐만 아니라, 그의 시를 생애와 관련시켜 조감한 백기만의 『尙火와 古月』[4]이 나온 1950년대를 지나 1960년대에 이르러서야 본격적으로 이루어진다. 송욱, 김용직, 문덕수, 서정주, 이성교, 김춘수, 김학동, 김윤식, 신동욱, 이선영, 조동일 등의 글[5]은 1960년대부터 이루어진 본격적인 연구들 중에서 대표적인 것들이라 할 수 있는데, 그것들은 비교문학적 방법·역사주의 방법·구조주의 방법 등 다양한 방법과 관점을 적용하고 있다. 1980년

---

1) 박종화, 「嗚呼 我文壇」 (附 월평) 『백조』 2호, 1992. 5.
　　이상화의 「末世의 欷嘆」에 대한 박종화의 평은 당시의 문단 반응을 유추할 수 있게 하는 것이어서 그 부분만 인용해 보면 다음과 같다.
　　"이상화(李相和)씨의 「말세(末世)의 희탄」은 근래에 얻을 수 없는 강한 백열된 쇠같이 뜨거운 오열의 노래였다. 신년 이래로 지금까지 이만한 아픈, 뜨거운 시가 없었다. 시커 먼 굵다란 선이 힘있게 꿈틀하는 것 같은, 새빨갛게 달아서 녹은 무쇳물을 확 끼얹는 듯한 인생을 통곡하는 시이었다. 「단조(單調)」라는 동씨의 시는 또한 「말세의 희탄」에 지지하는 방렬(芳烈)한 관능의 노래이었다."
2) 김안서, 「시단의 一年」 『개벽』 42호, 1923. 12.
　　김기진, 「현시단의 시인」 『개벽』 58호, 1924. 5.
3) 박영희, 「'백조' 화려하던 시대」, 조선일보 1933. 9. 13~15.
4) 백기만 편, 『尙火와 古月』 (대구: 청구출판사, 1951)
　　이 책에는 '시집 『새벽의 빛』'이라는 제목 아래에 이상화의 시 16편과 백기만의 「尙火 와 古月의 回想」이라는 글이 수록되어 있다.
5) 송욱, 「시와 지성」 『시학평전』, 일조각, 1963.
　　김용직, 「현대 한국의 낭만주의에 관한 연구」 『서울대 논문집』 14, 1968. 10.
　　문덕수, 「이상화론」 『월간문학』 8호, 1969. 1.
　　서정주, 「이상화와 그의 시」 『한국의 현대시』, 일지사, 1969.
　　이성교, 「이상화 연구」 『성신여대 연구논문집』 2집, 1969. 11.
　　박두진, 「이상화와 홍사용의 시」 『한국현대시론』, 일조각, 1970
　　김춘수, 「이상화론」 『시론』, 송원문화사, 1971.
　　김학동, 「尙火 이상화론」 『한국근대시인연구』(1), 일조각, 1974.
　　김윤식·김현, 『한국문학사』, 민음사, 1973.
　　김윤식, 「한국문학 연구에 있어서의 장르의 문제점」 『한국문학 논고』, 법문사, 1973.
　　신동욱, 「백조파와 낭만주의」 『문학의 이해』, 고려대출판부, 1976.
　　이선영, 「식민지시대의 시인」 『상황의 문학』, 민음사, 1976.
　　조동일, 「김소월·이상화·한용운의 님」 『우리 문학과의 만남』, 홍성사, 1978.

대에 이르면 이상화 시를 여러 각도에서 고찰한 『이상화의 서정시와 그 아름다움』6)과 『이상화 전집』7) 출간된다.

이 글의 목적은 이상화 시에 나타난 의식과 그 의미를 살펴보는 데에 있다. 이를 위해 필자는 그의 시에 나타난 의식과 의미를 낭만의식과 감상, 저항의식과 현실대응, 자연의식과 조국애 등으로 구분하고자 한다. 이러한 구분이 절대적인 것이 아님은 물론이다. 그러나 최소한 그의 시 전체에 나타나는 흐름을 이렇게 세 갈래로 구분할 수 있는 것은 확실하다. 이러한 고찰이 이루어지면 그의 시의 성격을 구명할 수 있을 뿐 아니라 정신사적인 맥락도 가늠할 수 있을 것이다.

II. 낭만의식과 감상

3·1운동의 실패로, 당시 지식인들은 허무와 좌절의 늪에 빠지게 된다. 게다가 1920년대에는 전통적인 유교문화와 서구문화가 대립, 충돌하는 일이 빈번했다. 정신적 혼란을 겪은 것은 시인들도 마찬가지이다. 그것은 주로 "격렬한 미적 욕구와 강렬한 낭만적 의욕,"8) 그리고 이에 따르는 허무·좌절·절망 등에서 비롯된 것이었다. 이 점은 1920년대의 시를 낭만의식과의 관련 속에서도 반드시 살펴보아야 하는 이유가 되기도 한다.

여기서는 그의 「말세의 欷嘆」·「이중의 사망」·「나의 침실로」·「허무교도의 찬송가」를 중심으로 낭만의식과 그것을 대표하는 감상이 구체적으로 어떻게 나타나고 있는지를 살펴보기로 한다.

---

6) 신동욱 편, 『이상화의 서정시와 아름다움』, 새문사, 1981.
7) 김학동 편, 『이상화 전집』, 새문사, 1987.
8) 조연현, 『한국현대문학사』(성문각, 1969), p. 451.

저녁의 피묻은 洞窟 속으로
아―밑없는, 그 洞窟 속으로
끝도 모르고
끝도 모르고
나는 거꾸러지련다
나는 파묻히련다

가을의 병든 微風의 품에다
아―꿈꾸는 微風의 품에다
낮도 모르고
밤도 모르고
나는 술취한 집을 세우련다.
나는 속아픈 웃음을 빚으련다.

―「말세의 欷嘆」 전문

　『백조』 창간호에 게재된 이 시는 시대의 현실과 그 시대를 살아가는 시인의 내면세계가 어떠한 관계에 놓일 수 있는가를 잘 보여준다. 이 시에 나타나 있듯이, 그 시대의 현실은 그야말로 절망적인 현실이다. 현실이 절망적이기 때문에 시인은 내면세계에 침잠하려 한다. 시인의 내면세계를 둘러싼 공간은 '피묻은 洞窟'이고, 시간은 '가을'이다.

　공간으로서의 동굴은 이것을 수식하는 표현 '저녁의 피묻은'과 '아―밑없는'과 1연의 마지막 행인 '나는 파묻히련다'에 의해 그 이미지가 축소되면서 절망적 상황을 강하게 드러낸다. 시간으로서의 가을도 1연에서의 동굴처럼 절망적 상황을 강하게 드러내고 있는 점에서는 마찬가지이다. 가을은 '병든 미풍'의 환경이 되고 있을 뿐만 아니라 '술취한 집'과 '속아픈 웃음'의 시간적 거점이 된다.

　이상화의 내면세계가 이 시에서 보는 것처럼 공간적 이미지를 나타내는 동굴과 시간적 이미지를 나타내는 가을에 의해 구성되고 있다면, 그것의 근원은 아무래도 절망적인 현실에서 찾지 않을 수 없다. 이 작품이 발표된 때가 1922년 1월이므로, 이 시의 절망적 현실과 실제의 절망적 현실은 일치한다.

'아, 길 잃은, 어린 羊아, 어디로 가려느냐
아, 어미 잃은, 새새끼야, 어디로 가려느냐'
悲劇의 序曲을 리프레인하듯
虛空을 지나는, 숨결이 말하더라.
(……)
바람결을, 안으려 나부끼는, 거미줄같이,
헛웃음 웃는, 미친 계집의 머리털로 묶은―
아, 이 내 신령의, 낡은 거문고 줄은,
靑鐵의 옛 城門으로 닫힌 듯한, 얼빠진 내 귀를 뚫고,
울어들다―울어들다―울다는, 다시 웃다―
惡魔가, 野虎같이, 춤추는 깊은 밤에,
물방앗간의 風車가, 미친듯, 돌며,
곰팡스런 聲帶로 목메인 노래를 하듯……!

저녁 바다의, 끝도 없이 朦朧한 머―ㄴ 길을,
運命의 악지바른 손에 끄을려, 나는 彷徨해 가는도다,
嵐風에, 돛대 꺾인 木船과 같이, 나는 彷徨해 가는도다.

아, 人生의 쓴 饗宴에, 불림받은 나는, 젊은 幻夢의 속에서,
靑孀의 마음 위와 같이, 寂寞한 빛의 陰地에서,
柩車를 따르며 葬式의 哀曲을 듣는 護喪客처럼―
털 빠지고 힘없는 개의 목을 나도 드리고,
나는, 넘어지다―나는, 거꾸러지다!

죽음일다!

부드럽게 뛰노던, 나의 가슴이,

주린 牝狼의 미친 발톱에, 찢어지고,

아우성치는 거친 어금니에, 깨물려 죽음일다!

—「이중의 사망」 3, 5, 6, 7, 8연

이 시는 '가서 못오는 박태원의 애틋한 영혼에게 바침'이라는 부제에서
보듯이 친구인 박태원의 죽음을 슬퍼하는 조시이다. 그러나 이 시는 조시
이상의 많은 의미를 던져주고 있다.

첫째, 이 시는 단순히 친구의 죽음을 통한 허무감을 드러내는 데에 그치
지 않고 그것을 일반화한다. 인용시의 3연은 이 점을 잘 보여준다. '길 잃
은, 어린 羊'과 '어미 잃은, 새새끼'를 등장시켜 '어디로, 가려느냐'고 물음
으로써 비극의 정서는 이미 친구 박태원에게만 국한되어 나타나는 게 아님
을 알 수 있게 하는 것이다.

둘째, 이 시는 시대상황을 상징적으로 드러낸다. 그것은 5연의 '惡魔가,
野虎같이, 춤추는 깊은 밤', '물방앗간의 風車가, 미친듯, 돌며'에서 감지되
며, 6연의 '運命의 악지바른 손에 끄을려, 나는 彷徨해 가는도다', '嵐風에,
돛대 꺾인 木船과 같이, 나는 彷徨해 가는도다'에서 확인된다.

셋째, 이 시는 현실에 대한 "환멸감의 근원이 봉건적인 가족제도와 그것
의 억압에서 유래하고 있음"[9]을 암시한다. 7연의 '人生의 쓴 饗宴~', '靑
孀의 마음' 등은 그것의 예이다. 그러나 현실에 대한 환멸감은 봉건적인 가
족제도와 그것의 억압에만 한정되지 않고 죽음에 대한 생각으로까지 이어지
고 있으며, 그러한 생각은 '葬式의 哀曲'에 깔려 있는 허무로 발전한다. 이
시에 있어서의 감상이 구체적으로 허무라고 할 수 있는 것은 그 때문이다.

---

9) 김윤식·김현, 『한국문학사』(민음사, 1984), p. 150.

  ‘마돈나’ 지금은 밤도, 모든 목거지에, 다니노라 疲困하여 돌아가려는
도다,
  아, 너도 먼동이 트기 전으로, 水密挑의 네 가슴에, 이슬이 맺도록 달
려 오너라.

  ‘마돈나’ 오려무나, 네 집에서 눈으로 遺傳하던 眞珠는, 다 두고 몸만
오너라,
  빨리 가자, 우리는 밝음이 오면, 어딘지도 모르게 숨는 두 별이어라.

  ‘마돈나’ 구석지고도 어둔 마음의 거리에서, 나는 두려워 떨며 기다리
노라,
  아, 어느덧 첫닭이 울고―뭇 개가 짖도다, 나의 아씨여, 너도 듣느냐.

  ‘마돈나’ 지난 밤이 새도록, 내 손수 닦아둔 寢室로 가자, 寢室로!
낡은 달은 빠지려는데, 내 귀가 듣는 발자욱―오, 너의 것이냐?

  ‘마돈나’ 짧은 심지를 더우잡고, 눈물도 없이 하소연하는 내 맘의 燭불
을 봐라,
  羊털 같은 바람결에도 窒息이 되어, 얄푸른 연기로 꺼지려는도다.

  ‘마돈나’ 오너라 가자, 앞산 그르매가, 도깨비처럼, 발도 없이 이곳 가
까이 오도다,
  아, 행여나, 누가 볼는지―가슴이 뛰누나, 나의 아씨여, 너를 부른다.

  ‘마돈나’ 날이 새련다, 빨리 오려무나, 寺院의 쇠북이, 우리를 비웃기
전에
  네 손이 내 목을 안아라, 우리도 이 밤과 같이, 오랜 나라로 가고 말자.

  ‘마돈나’ 뉘우침과 두려움의 외나무다리 건너 있는 내 寢室 열 이도
없느니!

아, 바람이 불도다, 그와 같이 가볍게 오려무나, 나의 아씨여, 네가 오
느냐?

'마돈나' 가엾어라, 나는 미치고 말았는가, 없는 소리를 내 귀가 들음
은—,
　내 몸에 피란 피—가슴의 샘이, 말라버린 듯, 마음과 몸이 타려는도다.

'마돈나' 언젠들 안 갈 수 있으랴, 갈테면, 우리가 가자. 끄을려 가지
말고!
　너는 내 말을 믿는 '마리아'—내 寢室이 復活의 洞窟임을 네야 알련
만…….

'마돈나' 밤이 주는 꿈, 우리가 얽는 꿈, 사람이 안고 궁그는 목숨의
꿈이 다르지 않으니,
　아, 어린애 가슴처럼 歲月 모르는 나의 寢室로 가자, 아름답고 오랜
거기로.

'마돈나' 별들의 웃음도 흐려지려 하고, 어둔 밤 물결도 잦아지려는도다.
　아, 안개가 사라지기 전으로, 네가 와야지, 나의 아씨여, 너를 부른다.
-「나의 침실로」 전문

　미지의 세계를 동경하고 그 세계를 상상력에 의해 그려내는 것은 낭만주
의의 특성이다.10) 비록 그것이 감상의 수준에 머물고 있다 하더라도 낭만
주의 특성이라는 점에는 조금도 변함이 없다. 12연 24행으로 구성된 이 시
에는 미지의 세계에 대한 동경의 마음이 도처에서 나타난다. 그 이유는 말
할 필요도 없이 시대적 상황으로 인해, 시인의 마음이 현실에 뿌리를 내리
지 못한 데에서 찾을 수 있다. 이 점은 "가장 아름답고 오랜 것은 오직 꿈

---

10) 박찬기, 『독일문학사』 (일지사, 1980), pp. 246~247.

속에만 있어라 '내말'"이라는 부제에서 쉽게 확인된다.

  미지의 세계에 대한 동경은 우선 이 시의 시간적 배경이 밤으로 되어 있
는 점에서부터 구체화되기 시작한다. 2연 2행에서의 '밝음'이 일상적 현실
을 의미한다면, '어딘지도 모르게 숨는 두 별이어라'는 일상적 현실의 기피
를 의미한다. 방향을 뚜렷이 정하지 않고 미지의 세계로 향하려는 시인의
마음은 6연 1행의 '「마돈나」 오너라 가자'에도 나타난다. 그리고 7연 1행의
'우리도 이밤과 같이, 오랜 나라로 가고 말자'에서도 그것은 마찬가지로 나
타난다. 시인의 그러한 마음이 단호해지는 것은 10연 1행 '갈테면, 우리가
가자'에 이르러서인데, 그 곳은 1연 2행 '水密桃의 네 가슴에, 이슬이 맺도
록'에서 보는 것처럼 관능의 향기가 넘친다.

  여기서 우리는 그 미지의 세계가 구체적으로 어떠한 세계인가를 확인하
지 않을 수 없는데, 그것은 침실이다. 그렇다면 미지의 세계에 대한 동경은
침실에 대한 동경과 등식의 관계에 놓인다. 이 시에서 미지의 세계(침실)에
대한 동경이 시의 큰 흐름들 중의 하나라는 점은 낭만주의시의 일반적 특
성과 일치한다.

> 오를지어다, 있다는 너희들의 天國으로—
> 내려 보내라, 있다는 너희들의 地獄으로—
> 나는 하느님과 運命에게 사로잡힌 세상을 떠난,
> 네들의 보지 못할 머—ㄴ 길 가는 나그네일다!
>
> 죽음을 가진 뭇 떼여! 나를 따르라!
> 너희들의 靑春도 새 송장의 눈알처럼 쉬, 꺼지리라,
> 아! 모든 神明이여, 詐欺師들이여, 자취를 감추라,
> 虛無를 깨달은, 그때의 칼날이 네게로 가리라.

나는 萬象을 가리운 仮粧 너머를 보았다,
다시 나는, 이 세상의 秘符를, 혼자 보았다,
그는 이 땅을 만들고, 人生을 처음으로 만든 未知의 妖精이, 저에게
叛逆할까 하는 어리석은 뜻으로
'모든 것이 헛것이다' 적어둔 그 秘符를,

아! 세상에 있는 무리여! 나를 믿어라,
나를 따르지 않거든, 속썩은 너희들의 사랑을 가져가거라,
나는 이 세상에서 빌어입은 '숨기는 옷'을 벗고,
내 집 가는 어렴풋한 直線의 위를 이제야 가렴이다.

사람아! 목숨과 幸福이 모르는 새 나라에만 있도다.
세상은 罪惡을 뉘우치는 마당이니
게서 얻은 모든 것은 목숨과 함께 던져 버려라.
그때야, 우리를 기다리던 우리 목숨이 참으로 오리라.
－「허무교도의 찬송가」 전문

이 시에서 가장 두드러지게 나타나고 있는 관념은 죽음이다. 그런데 그 관념으로서의 죽음은 그냥 그 상태대로 드러나는 게 아니라 어떤 대상과 부딪치는 과정을 거쳐 구체화된다. 2연, 3연은 그 점을 잘 보여준다. 2연에서는 죽음이 '새 송장의 눈알처럼' 쉽게 사라질 '뭇 떼'와 부딪치고 난 후에, 3연에서는 죽음이 그것의 상징인 秘符와 부딪치고 난 후에 각각 구체화된다. 이것은 죽음에 대한 생각을 통해 얻어진 허무의 선언이라 할 만한다.

앞에서 살펴본 「이중의 사망」에서와 마찬가지로 이 시에서의 감상도 허무이다. 이것이 이상화의 초기 시에서 나타나는 다른 경향과 동일한 범주에 속하는 것임은 물론이다.

III. 저항의식과 현실대응

1925년을 기점으로 이상화는 그 이전의 감상적 경향에서 벗어나 식민지 현실을 통찰하고 그에 따라 나름대로의 저항의식을 보여주는 시를 쓰게 된다. 물론 그 이전에 쓴 시들이 모두 감상적 경향을 지닌 것이라고는 할 수 없지만, 최소한 1925년 이후에 씌어진 시들은 집중적으로 저항의식을 보여주고 있다는 점에서 그 이전의 시들과 다르게 취급되어야 하리라고 본다. 그 점은 이상화 자신이 쓴 글에서도 확인된다.

> 個性과 社會와 時代 — 말하자면 이 세상과 接流가 업시 살어 볼려는 마음이 잇으면 그는 하로 일즉 한울로나 물미테나 사람 업는 곳으로 가야 할 것이다. 웨 그러냐 하면 사람이 된 個性이 엇지 살까 하는 觀察이 업고, 個性이 살 社會가 엇더하다는 觀察이 업고 社會가 선 時代가 엇더하다는 觀察이 업시는 적어도 이러한 觀察을 해보려는 勞力이 업시는 그의 모든 것에서 사람다운 것이라고는 한아도 볼 수 업기 때문이다.[11]

여기서는 이상화 시에 나타난 저항의식과 그에 따른 현실대응의 측면을 「가장 비통한 祈慾」·「緋音」·「폭풍우를 기다리는 마음」·「통곡」·「빼앗긴 들에도 봄은 오는가」·「逆天」을 중심으로 살펴보기로 한다.

> 아, 가도다, 가도다, 쫓아가도다.
> 잊음 속에 있는 間島와 遼東벌로
> 주린 목숨 움켜쥐고, 쫓아가도다
> 진흙을 밥으로, 햇채를 마셔도
> 마구나, 가졌더면, 단잠은 얽맬 것을 —

---

11) 이상화, 「文壇側面觀」(『개벽』 55호, 1934. 5), pp. 35~36.

사람을 만든 검아, 하루 일찍
차라리 주린 목숨 뺏아가거라!

아, 사노라, 사노라, 취해 사노라
自暴 속에 있는 서울과 시골로
병든 목숨 행여 갈까, 취해 사노라
어둔 밤 말없는 돌을 안고서
피울음을 울더면, 설움은 풀릴 것을—
사람을 만든 검아, 하루 일찍
차라리 취한 목숨, 죽여 버려라!

—「가장 비통한 祈慾」 전문

이 시는 1925년 1월에 나온 『개벽』 55호에 게재되어 있다. '간도이민을 보고'라는 부제에도 드러나 있듯이 이 시에는 국권을 상실한 민족의 참상이 전편에서 진술된다.

'아, 가도다, 가도다, 쫓아가도다.'라는 1행에서 주목해야 할 표현은 '쫓아가도다'이다. 쫓겨가는 것이 아닌, '쫓아가도다'라는 표현은 3행에서도 반복된다. 시인은 억압과 수탈에 의한 피동적 행동이 아닌, '쫓아'가는 능동적 행동을 부각시키고 있는 것이다. 피동적 행동과 능동적 행동 사이에 놓인 의미의 격차는 엄청나게 크다. 일제의 억압과 수탈의 정도가 극심하면 극심할수록 그 차이는 정비례로 더 커진다. 그래서 마침내 시인은 '차라리 주린 목숨 뺏아가거라!'고 절규하기에 이른다.

이러한 상황에서 시인이 겪고 있는 고통이 무척 크리라는 점은 어렵지 않게 유추할 수 있다. 따라서 '아, 사노라, 사노라, 취해 사노라/自暴 속에 있는 서울과 시골로/병든 목숨 행여 갈까, 취해 사노라'는 시인을 포함한 민족전체가 직면하고 있는 현실에 대한 대응의 태도라 할 수 있다. 시인이 더 이상 그 현실을 견디지 못하겠다고 판단했을 때 뇌리에 떠올린 것은 죽음의 세계이다. '사람을 만든 검아, 하루 일찍/차라리 취한 목숨, 죽여 버려라'는 탄생의 근원을 향한 몸부림의 역설이다.

> 이 世紀를 물고 너흐는, 어둔 밤에서
> 다시 어둠을 꿈꾸노라 조으는 조선의 밤—
> 忘却 뭉텅이 같은, 이 밤 속으론
> 햇살이 비추어 오지도 못하고
> 하느님의 말씀이, 배부른 군소리로 들리노라
>
> 낮에도 밤— 밤에도 밤—
> 그 밤의 어둠에서 스며난, 뒤지기같은 신령은,
> 光明의 목거지란 이름도 모르고
> 술취한 장님이 머 — ㄴ 길을 가듯
> 비틀거리는 자욱엔, 핏물이 흐른다!

-「緋吂」 전문

이 시도 역시 1925년 1월의 『개벽』 55호에 게재되어 있는 「단장오편」 중의 한 편이다. '緋吂'이 어떠한 의미를 지닌 낱말인가 하는 데에 대한 단서는 2연의 마지막 행인 '비틀거리는 자욱엔, 핏물이 흐른다'에서 찾을 수 있다. '緋'의 음훈이 '붉은 빛'임을 감안한다면 '緋吂'은 '피나는 울음소리' 정도로 해석할 수 있을 것이다.

1연에는 당시의 현실상황이 자조적으로 제시되어 있다. 이 점은 '어둔 밤', '조으는 조선의 밤', '하느님의 말씀이, 배부른 군소리로 들리노라' 같은 표현에서 더 명확하게 드러난다. '이 밤 속으론/햇살이 비추어 오지도 못하고'는 현실의 고통과 절망을 우회적으로 표현한 것이다.

그러한 점은 2연에서도 마찬가지로 나타난다. '낮에도 밤 —밤에도 밤

一’에서는 밤으로 대표되는 현실상황을, ‘비틀거리는 자욱엔, 핏물이 흐른다!’에서는 그 현실상황을 인내하는 모습을 각각 보여준다. 여기서 하나 더 주목해야 할 것은 ‘뒤지기같은 신령’이 누구를 가리키느냐 하는 점이다. 그것은 말할 필요도 없이 그 시대를 살아가는 우리 민족일 것이다. 이 시는 고통과 절망에 싸여 그 시대의 현실을 살아가는 우리 민족의 문제를 고발하고 있다.

오랜 오랜 옛적부터
아 몇百년 몇千년 옛적부터
호미와 가래에게 등심살을 벗기우고
감자와 기장에게 속기름을 빼앗긴
山村의 뼈만 남은 땅바닥 위에서
아직도 사람은 收獲을 바라고 있다.

게으름을 빚어내는 이 늦은 봄날
‘나는 이렇게도 시달렸노라……’
돌멩이를 내보이는 논과 밭—
거기서 조으는듯 호미질하는
농사짓는 사람의 목숨을 나는 본다.

마음도 입도 없는 흙인줄 알면서
얼마라도 더 달라고 정성껏 뒤지는
그들의 가슴엔 저주를 받을
宿命이 주는 自足이 아직도 있다
自足이 시킨 屈從이 아직도 있다.

하늘에도 게으른 흰 구름이 돌고
땅에서도 고달픈 沈默이 까라진

오— 이런 날 이런 때에는
이 땅과 내 마음의 憂鬱을 부술
東海에서 暴風雨나 쏟아져라─빈다.

-「폭풍우를 기다리는 마음」 전문

「緋哭」의 경우와 마찬가지로 이 시도 우리 민족이 처한 현실을 그리고 있다. 그러나 소재, 내용에 있어서는 농민이 등장하고 있어서 「緋哭」과는 구별된다.

1연에서는 오래 전부터 온갖 시달림을 받아 척박해진 땅에서 수확을 기다리는 농민들의 마음이 제시된다. 시인은 그 시달림을 '호미와 가래에게 등심살을 벗기우고'와 '감자나 기장에게 속기름을 빼앗긴' 것으로, 척박해진 땅을 '山村의 뼈만 남은 땅바닥'으로 각각 표현한다.

2연에서는 시인이 바라보는 농민의 현실이 묘사된다. 그 묘사는 논과 밭을 의인화하여 '나는 이렇게도 시달렸노라'고 말하게 함으로써 더 절실한 느낌을 준다. 농민의 목숨을 유추하는 시인의 마음은 암울한 상태에 있다.

3연에서는 2연에서 묘사된 현실이 그냥 간과될 수 없는 현실임이 강조된다. '宿命이 주는 自足', '自足이 시킨 屈從'은 바로시인이 인식한 식민지 현실의 농민의 마음이다.

4연에서는 그 현실을 자연의 힘으로 바꾸고 싶어하는 시인의 마음이 노출된다. '이 땅과 내마음의 憂鬱을 부술/東海에서 暴風雨나 쏟아져라 ─빈다'는 그러한 마음을 단적으로 드러내는 표현이다.

이 시는 한마디로 그 시대의 현실을 감내하지 못하고 체념의 단계로 접어드는 과정에서의 현실대응의 태도를 드러내고 있다.

하늘을 우러러

울기는 하여도
하늘이 그리워 울음이 아니다
두 발을 못뻗는 이 땅이 애닲아
하늘을 흘기니
울음이 터진다
해야 웃지마라
달도 뜨지마라

-「통곡」 전문

이 시에의 핵심적인 소재는 울음이다. 그런데 이 울음은 보통의 울음이 아니며 '하늘이 그리워' 우는 울음도 아니다. 이 울음은 '두 발을 못뻗는 이 땅이 애닲아' 우는 울음이다..

'두 발을 못뻗는 이 땅'이 식민지로서의 조국을 의미한다고 할 때 그 조국을 그냥 '애닲아'하는 것도 현실대응의 한 태도이다. 더 나아가 시인은 하늘을 향하여 '해야 웃지마라', '달도 뜨지마라'라고 일관되게 요구하기도 한다.

지금은 남의 땅— 빼앗긴 들에도 봄은 오는가?

나는 온몸에 햇살을 받고
푸른 하늘 푸른 들이 맞붙은 곳으로
가르마 같은 논길을 따라 꿈속을 가듯 걸어만 간다.

입술을 다문 하늘아 들아
내 맘에는 내 혼자 온 것 같지를 않구나
네가 끌었느냐 누가 부르더냐 답답워라 말을 해다오.

바람은 내 귀에 속삭이며

한 자욱도 섰지 마라 옷자락을 흔들고
종다리는 울타리 너머 아씨같이 구름 뒤에서 반갑다 웃네.

고맙게 잘 자란 보리밭아
간밤 자정이 넘어 내리던 고운 비로
너는 삼단 같은 머리를 감았구나 내 머리조차 가뿐하다.

혼자라도 가쁘게나 가자.
마른 논을 안고 도는 착한 도랑이
젖먹이 달래는 노래를 하고 제 혼자 어깨춤만 추고 가네

나비 제비야 깝치지 마라
맨드라미 들마꽃에도 인사를 해야지
아주까리 기름을 바른 이가 지심매던 그 들이라 다 보고 싶다.

내 손에 호미를 쥐어다오
살찐 젖가슴과 같은 부드러운 이 흙을
발목이 시도록 밟아도 보고 좋은 땀조차 흘리고 싶다.

강가에 나온 아이와 같이
짬도 모르고 끝도 없이 닫는 내 혼아
무엇을 찾느냐 어디로 가느냐 우스웁다 답을 하려무나

나는 온몸에 풋내를 띠고
푸른 웃음 푸른 설움이 어우러진 사이로
다리를 절며 하루를 걷는다 아마도 봄 신령이 지폈나보다.
그러나 지금은—들을 빼앗겨 봄조차 빼앗기겠네
　　　　　　　　　　　　　　　−「빼앗긴 들에도 봄은 오는가」 전문

　　이 시는 1926년 6월의 『개벽』 호에 게재되어 있다. 이 시는 『백조』동인

이었던 이상화가 카프(KAPF)의 맹원으로서 프로문학의 방향으로 전신하던 1925년 이후에 씌어진 시인데도, 계급의식의 흔적은 별로 없고 오히려 우리 민족 공통의 보편적인 저항의식을 지니고 있다.

1연에서의 봄이 계절로서의 봄이 아님은 물론이다. 그것은 국권 회복의 봄이다. 시인은 '봄은 오는가?'라는 의문형의 표현 속에는 국권 회복의 봄이 올 것이라는 확신이 들어 있다.

2연에서는 화자인 '나'의, 우리의 국토를 걸어가는 행동을 통해 식민지 치하에서 벗어나 밝은 마음으로 살아갈 수 있을 것이라는 기대를 역설적으로 보여주고 있다. '꿈속을 가듯 걸어만 간다'는 미래에 도래할 국권 회복의 기쁨을 노래한 것이다.

3연에서는 '나'와 국토의 대화가 시도된다. 그러나 엄격히 말하면 대답은 없고 질문만 있는 대화이다. 그리고 3연에는 '내 맘에는 내 혼자 온 것 같지를 않구나'와 '입술을 다문 하늘과 들'에 보듯 국토와의 일체감을 재생시키려는 시인의 의도가 들어 있다.

4연부터 7연까지는, 국토와 국토 속의 자연물들을 통해 3연에서의 '네가 끌었느냐 누가 부르더냐'라는 물음에 대한 대답의 내용이다. 그 물음에 대답하는 역할은, 4연에서 바람과 종다리가, 5연에서 보리밭이, 6연에서 도랑이, 7연에서 나비·제비·맨드라미·들마꽃·아주까리 기름을 바른 이가 각각 수행한다.

8연에서는 국토에 대한 애정을 바탕으로 한 농민 또는 농토와의 일체감이 드러난다. 9연과 10연에서 화자인 '나'는 식민지의 현실을 상기하고 스스로에게 자문하며 반성한다. 11연에 이르러서는 1연에서처럼 국권 회복의 봄이 올 것이라는 기대가 다시 표명된다.[12]

---

12) 문덕수, 『현대시의 해석과 감상』 (이우출판사, 1982), pp. 93~99. 참조.

이 시는 이상화 시의 모든 시적 특징이 웬만큼 집약되어 있을 뿐 아니라, 그의 시가 도달할 수 있었던 최고의 수준을 보여준다. 이 시에는 「緋哭」이후의 저항적 민족주의는 물론이요, 그 이전의 감상적 낭만주의까지도 반영되어 있으며, 식민지 시대를 살아가는 우리 민족 전체의 지배적인 감정과 사상이 산문체 시형과 언어 구사로 표현되어 있다.[13]

> 이때야말로 이 나라의 보배로운 가을철이다.
> 더구나 그림도 같고 꿈과도 같은 좋은 밤이다.
> 초가을 열나흘 밤 열푸른 유리로 천정을 한 밤
> 거기서 달은 마중왔다 얼굴을 쳐들고 별은 기다린다 눈짓을 한다
> 거기서 실낱 같은 바람은 길을 끄으려 바래노라 이따금 성화를 하지 않은가.
>
> 그러나 나는 오늘 밤에 좋아라 가고프지가 않다.
> 아니다 나는 오늘 밤에 좋아라 보고프지도 않다.
>
> 이런 때 이런 밤 이 나라까지 복지게 보이는 저 편 하늘을
> 햇살이 못 쪼이는 그 땅에 나서 가슴 밑바닥으로 못 웃어 본 나는 선뜻만 보아도
> 철 모르는 나의 마음 홀아비자식 아비를 따르듯 불 본 나비가 되어
> 꾀우는 얼굴과 같은 달에게로 웃는 이빨 같은 별에게로
> 앞도 모르고 뒤도 모르고 곤두치듯 줄달음질을 쳐서 가더니.
>
> 그리하야 지금 내가 어디서 무엇 때문에 이 짓을 하는지
> 그것조차 잊고서도 낮이나 밤이나 노닐 것이 두려웁다.

---

13) 이선영, 「식민지시대 시인의 자세와 시적 성과」, 김치수 외 『식민지시대의 문학 연구』(깊은샘, 1987), p. 120. 참조

　　걸림없이 사는 듯하면서도 걸림뿐인 사람의 세상―
　　아름다운 때가 오면 아름다운 그때와 어울려 한뭉텅이가 못 되어지는
　이 살이―
　　꿈과도 같고 그림 같고 마음 위와 같은 나라가 있어
　　아무리 불러도 멋대로 못 가고 생각조차 못 하게 지천을 떠는 이 설움
　　벙어리 같은 이 아픈 설움이 칡넝쿨같이 몇 날 몇 해나 얽히어 틀어
　진다.

　　보아라 오늘 밤에 하늘이 사람 배반하는 줄 알았다.
　　아니다 오늘 밤에 사람이 하늘 배반하는 줄도 알았다.

―「逆天」 전문

　이 시에는 식민지 시대를 살아가는 우리 민족의 고통이 진술되고 있다. 1연에서는 그지없이 평화로운 자연배경이 제시된다. 때는 '이 나라의 보배로운 가을철'이며, '그림도 같고 꿈과도 같은 좋은 밤'이다. 게다가 달과 별과 바람은 서로 교감을 주고 받으며 노닐고 있다. 그런데 시인은 이 평화로운 자연을 있는 그대로 수용할 수가 없다. 그래서 시인은 2연에서 아무리 좋은 밤이라 하더라도 '가고프지가' 않고 '보고프지가' 않다.

　3연에 이르면 시인이 이러한 심사를 지니게 된 이유가 드러난다. 한마디로, '햇살이 못 쪼이는' 이 나라에 태어나서 '가슴 밑바닥으로' 웃어 보지 못하고, '불 본 나비'가 되어 있으며 '곤두치듯 줄달음을' 쳐야 하는 현실 때문이다. 그래서 시인은 스스로의 행동에 대해 가치를 부여하지 못하는 방황이 두렵다.

　5연에서는 우리 민족의 불행은 '걸림없이 사는 듯하면서도 걸림뿐인 세상'과 아름다운 때가 와도 '아름다운 그때와 어울려 한뭉텅이가 못 되어지는' 삶에서 비롯된 것임이 진술된다. 시인은 언제나 '벙어리같은 이 아픈

설움'을 지니지 않을 수 없고, 이 모든 것을, 하늘이 사람을 배반하고 사람이 하늘을 또한 배반한 결과로 생각한다.

Ⅳ. 자연의식과 조국애

1925년 이전의 시에서 보여 주었던 낭만의식과 감상, 그리고 1925년 이후에 보여 주었던 저항의식과 현실대응의 태도는 이상화 시에 있어서의 커다란 흐름을 형성하고 있는 것이지만, 이에 못지 않게 중요성을 지니는 또하나의 흐름은 자연의식과 조국애이다. 이상화의 후기 시에 나타난 경향과 관련하여 김학동은 "자신의 영달과 안일을 추구하는 무리들만이 들끓는 도회와 메별하고 그의 시의 소재를 향토의 자연으로 옮기게 된다."[14]고 설명하고 있으나, 실제로 시의 내용을 잘 살펴보면 반드시 그렇지는 않다. 즉 이상화의 후기 시에 나타나 있는 자연의식은 자연의식에만 머물고 있는 게 아니라, 조국의 문제와 관련된 조국애로까지 자연스럽게 직결되고 있는 것이다.

여기서는 「청량세계」·「금강송가」를 중심으로 자연의식과 조국애에 초점을 맞추어 살펴보기로 한다.

> 아침이다.
> 여름이 웃는다. 한해 가운데서 가장 힘차게 사는답게 사노라고 꽃불같
> 은 그 얼굴로 선잠 깬 눈들을 부시게 하면서 조선이란 나라에도 여름이
> 웃는다.

---

14) 김학동, 「이상화의 시세계」『이상화 전집』(새문사, 1987), p. 222.

　　오 사람아! 變化를 따르기엔 우리의 觸角이 너무도 鈍하고 弱함을 모
르고 사라지기만 하고 있다.
　　그러나 自然은 智慧를 보여주며 健康을 돌려 주려 이 季節로 轉身을
했어도 다시 온 줄을 이제야 알 때다.

　　아 한낮이다.
　　이마 우으로 내려 쪼이는 白金실 같은 날카로운 光線이 머리가닥마다
를 타고 골속으로 스며들며 마음을 흔든다 마음을 흔든다 — 나뭇잎도 번
쩍이고 바람결도 번쩍이고 구름조차 번쩍이나 사람만 홀로 번쩍이지 않
는다고 —.

　　언젠가 우리가 自然의 啓示에 衝動이 되어서 人生의 意識을 實現한
적이 조선의 記憶에 있느냐 없느냐? 두더지같이 살아온 우리다. 미적지
건한 빛에서는 健康을 받기보담 倦怠症을 얻게 되며 잇대연 滅亡으로
나도 몰래 넘어진다.
　　살려는 신령들아! 살려는 네 心願도 나무같이 뿌리깊게 땅 속으로 얽
어매고 오늘 죽고 말지언정 自然과의 큰 調和에 나누이지 말아야만 비
로소 내 生命을 가졌다고 할 것이다.

　　아, 이 때를 반길 이가 어느 누가 아니랴마는 自身과 景物에 分存된
한 意識을 同化시킬 그 生命도 조선아 가젓느냐? 自然의 熱情인 여름
의 變化를 보고 불쌍하게 무서워만 하는 마음이 弱한 者와 罪果를 가진
자여 邪惡에 追從을 하던 네 行爲의 懲罰을 이제야 알아라.
-「청량세계」 1, 2, 5, 8연

　　이선영이 "상화에게 있어 자연이란 서정의 소재로만 사용되는 것이 아니
라 곧잘 지혜나 깨달음의 자극물이 된다"[15]고 적절하게 지적했듯이, 그의

---

15) 이선영, 「식민지시대 시인의 자세와 시적 성과」, 김치수 외 『식민지시대의 문학연구』
　　(깊은샘, 1980), p. 124.

시에 나타나는 자연의식은 앞에서도 언급한 것처럼 자연의식에만 머물고 있는 게 아니라 조국의 문제와 연결된 조국애로까지 자연스럽게 연결되고 있다.

1연에서는 시간으로서의 아침과 계절로서의 여름이 제시되고 이러한 자연의 변화가 '조선이란 나라'에도 어김없이 적용되는 것임이 언명된다.

2연에서는 사람들이 자연의 변화가 주는 의미를 쉽게 포착하지 못하고 있는 데에 대해 각성해야 한다는 내용이 암시되고 , 5연에 이르러서 그것은 '언젠가 우리가 自然의 啓示에 衝動이 되어서 人生의 意識을 實現한 적이 조선의 記憶에 있느냐 없느냐?'라는 물음으로 구체화된다. 조국이 처한 현실을 직시해야 한다는 메시지가 드러나고 있는 것이다. 그리고 8연에서도 5연에서와 마찬가지로, '自身과 景物에 分存된 한 意識을 同化시킬 그 生命도 조선아 가젓느냐?'라는 물음을 통해 조국이 처한 현실을 직시해야 한다는 메시지가 드러나고 있다.

金剛! 너는 보고있도다 — 너의淨偉롭은목숨이 업대여있는가슴 — 衆香城품속에서생각의용소슴에끄을려 懺悔하는벙어리처럼 沈默의禮拜만 하는나를!

金剛!아, 朝鮮이란이름과얼마나融和된네이름이냐. 이表現의背景意識은 오직 마음의 눈으로만읽을수있도다. 모—든것이 어둠에窒息되었다가 웃으며놀라깨는曙色의榮華와 麗日의新粹를描寫함에서 — 계서비로소 熱情과美의源泉인靑春 — 光明과智慧의慈母인 自由 — 生 命과永遠의故鄕인默動을 볼수있으니 朝鮮이란指奧義가여기숨었고 金剛이란너는이奧義의集中統覺에서 象徵化한存在이여라.

金剛! 나는꿈속에서몇번이나보았노라. 自然가운데의 한聖殿인너를 — 나는눈으로도몇번이나보았노라 詩人의노래에서 또는그림에서너를 — 하나, 오늘에야 나의눈앞에솟아 있는것은 朝鮮의精靈이 空間으론 宇宙마음에觸角이되고 時間으론無限의마음에映像이되어 驚異의創造로 顯現된너의實體이여라.

金剛! 벌거벗은朝鮮 ─ 물이마른朝鮮에도 自然의恩寵이별달리있음을보고 애틋한생각 ─ 보바룹은생각으로 입술이달거라 ─ 노래부르노라.

金剛! 오늘의歷史가보인바와같이 朝鮮이죽었고釋迦가죽었고 地藏彌勒모든菩薩이죽었다. 그러나 宇宙生成의路程을밟노라 ─ 때로變化되는이過度現象을보고 묵은그時節의朝鮮얼굴을찾을수없어 朝鮮이란 그生成全體가 죽고말았다 ─ 어리석은말을못하리라. 없어진것이란다 맛 묵은朝鮮이죽었고 묵은朝鮮의사람이죽었고 묵은네목숨에서 겻방사리하던印度의모든神像이죽었을 다름이다, 恒久한靑春 ─ 無限의自由 ─ 朝鮮의生命이綜合된너의存在는 永遠한自然과 未來의朝鮮과함께기리누릴것이다.

金剛! 너는 四千餘年의오랜옛적부터 퍼붓는빗발과 모라치는바람에갖은威脅을받으면서 荒凉하다오는이조차없든江原의寂寞속에서 忘却속에있는듯한 孤獨의설음을 오직東海의푸른노래와마조읊조려이저바림으로 설어운自足을하지않고 돌이어그孤獨으로 너의情熱을더욱가다듬었으며 너의生命을갑절북도두었도다.

金剛! 朝鮮이너를뫼신자랑 ─ 네가朝鮮에있는자랑 ─ 自然이너를 노혼자랑 ─ 이모든자랑을속깊이깨치고 그를깨친때의驚異속에서 집을읽메고노래를부를보배로운 한精靈이未來의朝鮮에서 나오리라, 나오리라.

金剛! 이제 내게는 너를읊조릴말씨가적어졌고 너를기려줄가락이거치러져 다맛내가슴속에있는눈으로 내마음의발자욱소리를내귀가헤아리려든지못할처럼 ─ 나는고요롭은恍惚속에서 ─ 할아버지의무릎우에앉은손자와같이禮節과自重을못차릴네웃음의恍惚속에서 ─ 나의生命 너의生命

朝鮮의生命이서로默契되었음을보았노라 노래를부르며 가비압으나마이
로서사례를아뢰노라. 아 自然의 聖殿이여! 朝鮮의 靈臺여!
-「금강송가」 1, 2, 3, 5, 6, 7, 11, 12연

시에 있어서 대상을 의인화하는 방법은 무생물과 시의 화자가 특별하거나 진지한 관계를 유지하고 있을 때 흔히 사용된다. 이 시에서 금강이 의인화된 것은 이상화의 금강에 대한 애정을 보여 주는 것이다.

1연에서는 '淨偉롭은목숨이 업대여있는가슴'을 가진 금강이 예찬된다. 2연에 이르면 금강은 단순한 예찬 대상에서 벗어나 '朝鮮이란이름'과 아주 '融和'되었음이 강조되고, 또한 조선의 상징으로 인식의 범위가 확대, 심화된다. 3연에서도 금강에 대한 예찬은 계속되는데, 그것은 '自然가운데의 한 聖殿'이라는 정도로까지 강화된다.

5연에는 금강을 통하여 '벌거벗은朝鮮' 즉 헐벗을 대로 헐벗은 조국을 애틋한 마음으로 바라보고 있는 시인의 마음이 나타나 있다. 그러나 시인은 자연의 은총에 힘입은 조국의 미래를 낙관한다. 이 점은 6연에서도 같다. 시인은, 비록 '묵은朝鮮이죽었고 묵은朝鮮의사람이죽었'을지라도 새로운 조선은 결코 죽지 않을 뿐만 아니라 영원하리라고 본 것이다. 7연에서는 이러한 생각이 더욱 굳어져서 '돌이어그孤獨으로 너의情熱을더욱가다듬었으며너의생명을갑절북도두었도다'라는 긍정적 확인으로 진전된다.

이제 더 이상 시인의 개별적 자아는 개별적 자아에 머무르고 있지 않다. 개별적 자아는 민족적 자아로까지 확대되고 있는 것이다. 이 점은 12연의 '나의生命 너의生命 朝鮮의生命이서로默契되었음을보았노라 노래를부르며 가비압으나마이로서사례를아뢰노라. 아 自然의 聖殿이여! 朝鮮의 靈臺여!'라는 부분에서 확인된다.

이상화의 자연의식이 조국애와 연결되는 시는 앞에서 살펴본 「청량세계」

·「금강송가」이외에 「비갠 아츰」등도 있으나, 그 치열함의 정도에 있어서
는 두 시에 비해 현저히 떨어진다.

V. 에필로그

지금까지 이상화 시의 의식과 그 의미를 낭만의식과 감상, 저항의식과
현실대응, 자연의식과 조국애에 초점을 맞추어 살펴보았다. 그 내용을 결론
삼아 요약, 정리하면 다음과 같다.

「말세의 欷嘆」·「이중의 사망」·「나의 침실로」·「허무교도의 찬송가」등에
는 낭만의식이 두드러지게 나타나는데 그에 따라 표출된 감상은 절망·허무
·동경 등이다. 그런데 이러한 감상은 이상화만이 아닌, 시대적 분위기에 영
향을 받은, 당시의 거의 모든 지식인들이 공통적으로 지니고 있었다.

「가장 비통한 祈慾」·「緋唇」·「폭풍우를 기다리는 마음」·「통곡」·「빼앗긴
들에도 봄은 오는가」·「逆天」등에는 저항의식이 두드러지게 나타나는데
그에 따른 현실대응의 태도는 절망·고통·비애 등이다.

「청량세계」·「금강송가」에는 자연의식이 조국애와 직결된다. 「청량세계」
에는 특히 자연의 변화를 통해 조국이 처한 현실을 직시해야 한다는 메시
지가 분명하게 드러난다. 아울러 거기서는 일제에 아부하고 추종하는 무리
들에 대한 각성이 촉구된다. 「금강송가」는 시인의 개별적 자아가 개별적
자아에 머무르고 있지 않고, 민족적 자아로까지 확대되고 있음을 보여주고
있다.

이상화 시의 이러한 세 갈래 흐름을 가능하게 하는 커다란 흐름은 그의
현실인식과 정서이다. 그 현실인식과 정서는 처음에는 낭만의식과 감상으

로, 다음에는 저항의식과 현실대응으로, 마지막에는 자연의식과 조국애로 각각 나타난다.

『님의 침묵』의 수사적 경향__한용운론

I. 프롤로그

만해 한용운 시에 대해 논의한 글들은 많다. 그런데, 그것들의 대부분에는 독립운동가로서의 이미지를, 또는 승려로서의 이미지를 전제한 논리 전개가 우세한 편이다. 그가 독립 운동가였다는 점, 그리고 승려였다는 점은 그의 시를 연구하는 데 플러스가 되기도 했지만, 마이너스 결과를 초래했던 것도 또한 사실이다. 물론 이렇게 역사주의적 방법에 의해 그의 시를 논한다면 시대적, 사회적, 전기적 사실들이 필연적으로 참고되어야 하겠지만, 우리는 이러한 방법이 지나친 주관과 독단에 빠질 수 있는 위험을 내포하고 있다는 점을 간과해서는 안 될 것이다. 오히려 분석주의적 방법을 사용함으로써 시 자체에 대한 문학적 조명이 가능하게 되고 결국 시의 가치를 잘 해명할 수 있는 경우도 얼마든지 있는 것이다.

지금까지의 연구들에서는 한용운 시와 그의 행적을 연결시켜 단정을 내리거나, 또는 그러한 단정을 위해 그 시와 무관한 불교사상을 인용하면서 그를 독립 운동과 불교사상의 사슬로 묶어 놓으려는 태도가 많이 발견된다. 이러한 연구들은 나름대로의 가치를 지니고 있을지 모른다. 그러나 그러한 가치는 한용운 시를 해명하는 데에 절대적인 것은 못 된다고 생각한다.

한용운이 시를 쓰면서 의식적으로 고도의 수사법을 사용했으리라고는 생각되지 않지만 시에 나타난 결과를 가지고 이야기할 때, 그의 시의 수사적 경향에는 그대로 지나쳐서는 결코 안 될 것들이 많다. 이 글에서는 가능한 한 한용운이 살았던 시대, 사회, 그리고 전기적 사실을 시와 분리시켜 『님의 침묵』에 나타난 수사적 경향에 대해서만 살펴보고자 한다.

II. 시적 허용(poetic license)

시적 허용이란 비일상적인 문법(어법) 대한 허용을 말한다. 구체적으로 그것은 ① 비정상적인 어순 사용 ② 비정상적인 품사 사용 ③ 비정상적인 언어 사용 ④비정상적인 발음 사용 등으로 구분된다. 그러나 이러한 시적 허용은 항상 그러한 일탈의 이유가 시적 가치를 위한 것이어야 한다는 엄격한 전제를 수반한다. 만일 그렇지 않으면, 그것은 오류의 수준으로 전락하게 되기 때문이다.

한편 시적 허용에는 시대착오적인 것들도 포함된다. 예를 들면, 셰익스피어가 「줄리어스 시저」에서 클레오파트라에게 코르셋을 입혔고, 시간마다 종이 울리도록 괘종시계를 사용했다든가, 키츠가 「채프먼의 호머를 처음 보았을 때」에서 태평양 발견자를 발보아가 아닌, 코르테즈로 기술했다든가 하는 경우들이다. 그러한 사실들은 작자가 일부러 했든, 모르고 했든 역사적, 지리적 사실에서 일탈한 경우들임이 분명하다. 그러나 그렇다고 해서 시에 대한 독자의 홍미가 감소하는 것은 아니다.

ⓐ 바람도 없는 공중에 수직(垂直)의 파문(波紋)을 내이며 고요히 떨어지는 오동잎은 누구의 발자취입니까.

ⓑ 지리한 장마 끝에 서풍에 몰려가는 무서운 검은 구름의 터진 틈으로 언뜻언뜻 보이는 푸른 하늘은 누구의 얼굴입니까.

ⓒ 꽃도 없는 깊은 나무에 푸른 이끼를 거쳐서 옛 탑(塔) 위의 고요한 하늘을 스치는 알 수 없는 향기는 누구의 입김입니까.[1]

-「알 수 없어요」 부분

ⓓ 님은 갔읍니다. 아아, 사랑하는 나의 님은 갔읍니다.

ⓔ 푸른 산빛을 깨치고 단풍나무 숲을 향하여 난 작은 길을 걸어서 차마 떨치고 갔읍니다.

ⓕ 황금의 꽃같이 굳고 빛나던 옛 맹세는 차디찬 티끌이 되어서 한숨의 미풍(微風)에 날아갔읍니다.

-「님의 沈默」 부분

우선 우리가 이 시들에서 쉽게 발견하게 되는 것은 상징성이 강한 언어들이 많다는 점이다. 「알 수 없어요」·「님의 沈默」이란 제목부터가 그러할 뿐만 아니라 전편을 관류하는 의미 내용에 있어서도 위의 두 편 시는 상징의 숲으로 덮여 있다. 그것은 알 수 없는 세계에 대한 신비감을 더욱 강화시키며 겉으로 드러내 보이지 않는 암시의 세계를 형성한다. 따라서 이 시들은—상징성이 강한 시가 대부분 그렇지만—시인이 의도하는 범위 이상의 범위를 자연스럽게 표출한다. 그러나 이러한 신비와 암시의 세계는 우리를 난해의 늪 속으로 인도하는 계기가 될 수도 있다. 어쩌면 그것은 한용운 시에 나타나는 수사가 복합적인 성격을 띠고 있기 때문에 나타나는 결과인지도 모른다.

---

1) 만해 한용운 선생 전집간행위원회 편, 『한용운 전집』 제1권 (신구문화사, 1979), p. 43. 이후에 인용되는 시들도 이 전집에 의거.

　　「님의 沈默」의 설득력은 다분히 達辯·逆說·對句들을 빠른 속도로 다
루어내는 언어 구사, 어쩌면 공허한 華麗에 떨어지는 듯하면서도 깊은
사상과 감정을 전달할 수 있는 修辭에 달려 있다 하겠다. 이것은 그의
시나 소설에서 다 같이 발견되는데, 흥미있는 것은 소설에 있어서 비로
소 한용운의 언어의 특징이 두드러지게 드러난다는 것이다. 즉 소설이
우리에게 느끼게 해 주는 것은 그의 修辭力이 얼마나 전통적인 辭說에
유사한 것인가, 또 그것이 얼마나 現代的인 散文文體의 요구조건으로부
터 원격에 있는 것인가 하는 사실이다.[2]

　　이러한 견해는 다분히 포괄적인 형식론에 치우쳐져 있어서 다소 막연하
긴 하지만 타당하다. 그러면 그 수사의 표현 속에서 우리가 포착할 수 있는
것은 어떤 것일까. 첫째로 들 수 있는 것은 시적 허용(poetic license)이다.
시적 허용은 한용운 시에 전반적으로 나타나고 있는 경향으로서 앞에서 인
용한 두 편의 시뿐만 아니라 다른 시에도 많이 볼 수 있는데 여기서는 두
편의 시에 치중해서 살펴보고자 한다.

　　먼저 구체적인 분석에 앞서 시적 허용의 일반론에 대해 분명히 해둘 필
요가 있다. 언어 체계가 지니고 있는 몇 가지의 통상적인 제한을 완화시키
기 위해서 시에서는 일종의 파격을 허용해야 한다는 주장이 있어 왔다. 그
러나 시적 허용이 기교상의 무능력에 대한 변명 이상의 것이 되려면, 시어
가 문법적, 사전적 규범에서 벗어나기 위해서는 보다 심오한 정당화가 모색
되어야 한다. 그러므로 시적 허용은 국부적인 기교의 문제를 옹호하기 위해
서 이루어져서는 안 되고, 다만 내적, 외적 현실에 대한 예리한 인식을 가
져다 주는 탈선, 바로 그것이어야 할 것이다.[3] 이런 관점에서 볼 때 앞에서
인용한 시 중 시적 허용의 범주에 넣을 수 있는 것들은 다음과 같다.

---

2) 김우창, 「한용운의 소설」『궁핍한 시대의 시인』(민음사, 1978), pp. 150~151.
3) 김윤식, 『문학비평용어사전』(일지사, 1978), pp. 163~164. 참조

ⓐ 수직(垂直)의 파문(波紋)

ⓑ 무서운 검은 구름

ⓒ 꽃도 없는 깊은 나무에

ⓓ 차마 떨치고 갔읍니다.

ⓔ 옛 맹세는 차디찬 티끌이 되어서

ⓐ는 일반적인 수사학의 견지에서 볼 때 은유법에 속한다고 볼 수 있다. 그래서 ⓐ에만 국한시켜 의미를 찾아보면 이상한 점이 발견되지 않는다. 그런데 문제는 바로 앞 부분에 부사구로 나와 있는 '바람도 없는 공중'에 가 있다는 사실이다. 바람도 없는 공중에 수직의 파문이 존재하느냐 하는 것은 어리석은 물음인 것처럼 보인다. 구태여 그것을 해명하려면 수직의 파문을 떨어지는 오동잎을 형상화한 것으로 풀이할 수도 있다.

그러나 이것은 그렇게 간단하지가 않다. 앞에서 말한 것처럼 시적 허용이 내적, 외적 현실에 대한 예리한 인식을 가져다 줄 때, 다시 말하면 새로운 인식에 기여할 때 시 자체에도 기여하게 되는 것이라면, 우리가 생각하는 이상한 점이나 문제는 수사의 기능면에서 볼 때는 자연스러운 것이다. 한 편의 시가 의미의 불연속선 위에 위치해 있으며 그 고유한 의미를 정직하게 설명하려 하지 않는 것이 전통적 모습이라는 점을 생각하면 이러한 판단은 더욱 굳어질 수밖에 없다.

ⓑ의 '무서운 구름' 역시 ⓐ의 '수직의 파문'과 동일한 경우라고 할 수 있다. '무서운'이라는 형용사가 '구름'이라는 명사를 수식하는 것은 수식, 피수식 관계로 볼 때 어색하지 않다. 그런데 그 앞 부분에 '서풍에 몰려가는'이란 관형사구가 나와 있어 의미의 연결을 차단하고 있다. 물론 이것은 문법적인 면에 시선을 고정시킨 후에 내려진 판단이다. 이렇게 보면 우리가 ⓑ 전체를 분할하여 생각할 때 얻어지는 것은 단순한 의미 내용밖에 없는

셈이다. 한용운의 시처럼 산문적인 성격이 강한 시는 더욱 그렇다고 할 수 있다. 그러나 우리는 이처럼, 자연스러운 질서로부터의 이탈이 정신에 대해 빛을 조명해 주는 것이라는 콘라드의 견해에 동의하지 않을 수 없게 된다. '서풍에 몰려가는 무서운 검은 구름'은 기교를 극복한 상징성을 내포하고 있기 때문이다.

앞에서 열거한 다섯 개의 시적 파격 구문은 모두 이런 가정 아래에서 이해될 수 있는 것들이다. 일상적인 사고와 판단에 의하면 ⓒ의 경우도 마찬가지이다. '꽃도 없는 깊은 나무에' 중 '깊은 나무'는 우리가 아무리 초월적인 상상력을 동원한다 해도 의미에만 집착하면 이해하기 어려운 말이다. 이것은 어떤 표현과도 비교될 수 없으며 어떤 정교한 이론으로도 설명될 수 없는 표현이다. 그리고 '나무에'의 '에'는 조사의 기능상 다음에 나오는 '푸른 이끼'와 쉽게 이어지지 않는다. 이런 점은 ⓔ의 경우에 이르러서 언어의 용법 문제로까지 확대된다.

이 예문에서 거듭 주목해야 할 곳이 있다. "참어 뻘치고 갓슴니다."는 이른바 문법적인 破格構文이다. 사회적으로 규범화된 문장형식의 왜곡이고, 그 형식에서의 逸脫이다. '차마'라는 副詞는 '차마……아니치 못한다' 또는 "차마……아니 할 수 없다"라는 용례가 보여주고 있듯이 부정형의 敍述終止法과 짝지워져야 한다. 만해가 노래했듯이 긍정형의 서술종지법을 '차마'로 하여금 가지게 할 수는 없다. 따라서 문법적으로 보완하게 되면 "차마 떨칠 수 없는 것을 떨치고 갔습니다" 또는 "차마 떨치고 갈 수 없는 것을 구태여 떨치고 갔습니다"라는 文形을 이끌어 내게 될 것이다.

자세하게 그 방면을 캐보지 않았기 때문에 확언할 수는 없으나 한국근대시사상 최초의 파격구문이 아닌가 한다. 그 파격구문으로 동일어의 반복을 회피할 수 있고 또 그만큼 시의 律格에 탄력을 부여할 수 있게 되는 셈이다. 결과적으로 그 파격구문은 이른바 시적 오류 내지 시적 특권으로 간주될 수 있을 것이다. 이것은 만해가 지녔던 시어의 특수성에 대한 인식의 깊이를 일러주는 사례로 계산되어도 좋을 것이다. 분사와 파격구문의 수사에 의해 사랑을 놓친 아픔이 그만큼 극대화된 셈이다.[4]

이와 같은, 한용운 시에 대한 긍정적인 접근은 누구나 쉽게 수긍할 수 있을 것이다. 그의 시에 나타난 사랑 어법이 단순한 차원에 머무르지 않고 사회적 이데올로기에 의해 무장된 것임을 안다면 그 수긍의 정도는 더 커질 것이다. 그의 시는 시적 가치와 함께 비시적 가치까지를 포함하고 있기 때문이다.

III. 역설(paradox)

역설의 표면적 의미와 이면적 의미 사이에는 모순이 개입되어 있다. 역설의 가치는 그 모순을 바탕으로 형성된 의미론적 긴장에서 발생한다. 아이러니와 역설은 표면적 의미와 이면적 의미가 다르다는 공통점을 지닌다. 그러나 아이러니의 표현 자체에 모순이 없는 데에 반해, 역설의 표현 자체에는 모순이 있다.

한용운 시에서 가장 두드러진 수사는 역설이다. 그의 시는 주로 불교적 상상력을 기반으로 하고 있지만 수법은 역설 쪽에 기울어져 있다.

    ⓐ 아아, 님은 갔지마는 나는 님을 보내지 아니하였습니다.
-「님의 沈默」
    ⓑ 그런데 당신의 사랑은 양이 적을수록 좋은가 봐요.
-「사랑의 測量」

---

4) 김열규, 「님의 침묵에 대한 해석학적 접근」『문학사상』 80호.

ⓒ 타고 남은 재가 다시 기름이 됩니다.

-「알 수 없어요」

ⓓ 복종하고 싶은데 복종하는 것은 아름다운 자유보다도 달콤합니다

-「服從」

ⓔ 그리하여 당신은 나를 사랑하지 말고 나로 하여금 당신을 사랑할 수가 없도록 하여 주셔요, 오오 님이여.

-「참아주셔요」

ⓕ 사랑을 '사랑'이라고 하면 벌써 사랑은 아닙니다.

-「사랑의 存在」

시에서의 논리의 단절을 인정하는 것은 당연한 일이다. 이 논리의 단절을 근거로 등장한 수사법이 역설이다. 역설은 또한 직관을 전제로 한 수사법이다. 그 예로 우리는 ⓐ에 나타난 직관의 경지를 내세울 수 있다. 이것은 이별이 이별이 아닐 수 있는 높은 세계를 우리에게 보여줌으로써 반대로서의 진실을 깨닫게 한다. 역설 중에는 '찬란한 슬픔의 봄'과 같이 단절적 상황을 드러내는 것도 있긴 하지만, ⓐ의 경우는 전형적인 것에 속한다. 다시 말해서, 여기에 등장하는 '님'이 불교적인 것이든, 아니면 인간적인 것이든, 또는 조국을 지칭하는 것이든 모든 경우에 걸쳐 설득력을 지니는 까닭은 직관에 의해 표현된 것이기 때문일 것이다. 그런데 그 직관의 내용이 영탄조, 한탄조에 치중된 것처럼 보이는 데도 불구하고 인간적인 페이소스의 단계에서 벗어나 발전적인 모습으로 비치는 것은 무슨 이유인가. 아마 그것은 그의 인간적인 면모와 많은 관련이 있을 것이다. 님은 갔지마는 나는 님을 보내지 않았다는 데서 파생되는 고차원적인 진실은 역설이라는 수사적인 문제를 넘어서서 논의해야 할 영역일지도 모른다.

ⓑ에 나타난 역설은 ⓐ의 경우보다 단순성에 묶여 있다. 사랑의 양이 적을수록 좋다는 것은 얼핏 생각할 때 논리적으로 모순되는 말이다. 그런데,

‘당신의 사랑은 당신과 나와 두 사람 사이에’ 있는 것이고 ‘사랑의 양을 알려면 당신과 나의 거리를 측량할 수밖에’ 없으며 ‘그래서 당신과 나의 거리가 멀면 사랑의 양이 많고, 거리가 가까우면 사랑의 양이 적을 것’ 이라는 시인의 판단 앞에서 우리는 그것이 진실임을 인정하지 않을 수 없게 된다. 그리고 또한 우리는 ⓑ의, 단순한 것처럼 보이는 논리가 사실은 내면상의 진실을 거느리고 있는 것이며, 많음과 적음의 관계에서 설정된 것임을 알 수 있다. 이것은 어떤 의미에서 볼 때 대상에 대한 존재론적 인식의 결과이다. 이런 점에 유의하면서 앞에서 제시한 역설의 경우를 두 개로 구분한다면 ⓐⓒⓕ를 한 묶음으로 ⓑⓓⓔ를 다른 한 묶음으로 만들 수 있다. 그러나 본질적으로 역설에 의한 진실의 표출이 금을 긋듯 양분될 수 있는 성질의 것이 아님은 물론이다.

한용운 시가 지니고 있는 이 역설의 어법에 대해서는 타고르의 영향에 의해 생겼거나 더 굳어졌다고 보는 주장이 있다. 그 주장은 둘로 나누어진다. 하나는 그를 한국문학사 속에서 바라볼 때의 주장이고, 다른 하나는 그를 「園丁」과의 관계 속에서 바라볼 때의 주장이다. 전자의 주장에서는 그가 주재한 종합지 『唯心』지 창간호(1918. 9)에 그의 논설 「조선청년과 수양」과 함께 권두시로 「心」5)이 실려 있는 점을 놓치지 않는다. 그러나 전자의 주장에서 주목하는 것은 「心」을 시로 보느냐 하는 문제가 아니라, 그의 시의 출발점에 ‘절대’와 ‘자유’가 놓여 있다는 사실이다. 실상 이 「心」의 저변에는 타고르의 ‘생의 실현’과 채근담적인 발상이 놓여 있어서, 저 유연성

---

5) 이 시를 부분 인용해 보면 다음과 같다.

   심(心)은 심(心)이니라./심(心)만 심(心)이 아니라 비심(非心)도 심이니, 심외(心外)에는/하물(何物)도 무(無)하니라./생(生)도 심이요, 사(死)도 심이니라./무궁화도 심이요, 장미화도 심이니라./호한(好漢)도 심이요, 천장부(賤丈夫)도 심이니라./(……)/심은 절대며 자유며 만능이니라.

으로 개진될 수 있었던 것이 아닌가 하는 추측[6]이 가능하다.

한편 후자의 주장은 다음과 같이 전개된다. 「園丁」에는 "표현할 수 없는 사랑은 신성합니다"라는 구절이 있다. 이 부분의 주어부를 다시 수식하는 구절과 피수식어로 나눈 다음 그것을 한 문장으로 바꾸어 놓을 때 그 진술 형식은 "사랑은 말이나 글로 표현할 수 없는 것이다."와 같이 될 것이다. 그리고 이 진술 형식은 곧 한용운의 "사랑을 '사랑'이라고 하면 벌써 사랑은 아닙니다./사랑을 이름지을 만한 말이나 글이 어데 있읍니까."와 같은 시행을 연상시켜 주는 것이 아닐 수 없다. 한용운의 대표작에서 이와 같은 대비 가능성은 좀 더 복잡한 모습으로 나타난다. 가령 「님의 沈默」의 서두는 "님은 갔읍니다. 아아, 사랑하는 나의 님은 갔읍니다./푸른 산빛을 깨치고 단풍나무 숲을 향하여 난 작은 길을 걸어서 차마 떨치고 갔읍니다./황금의 꽃같이 굳고 빛나던 옛 맹세는 차디찬 티끌이 되어서 한숨의 미풍(微風)에 날아갔읍니다."와 같이 되어 있다. 가버린 님에 대한 추모의 정으로 이 작품이 시작되고 있음은 一見해 명백하다. 그런데 타고르의 「園丁」에도 가버린 님을 그려 읊은 작품이 있으며 거기에는 또 황금의 이미지를 쓴 부분이 보인다.[7]

이러한 두 주장은 한용운이 타고르와 유사한 이미지를 사용했거나 발상의 근원이 매우 깊은 연관성을 지니고 있다는 내용으로 요약될 수 있다. 그리고 그의 시에 나타난 형이상학적인 시 정신은 부분적으로 타고르의 그것과 상통된다는 것으로 받아들여진다. 그런데 우리는 이 경우, 비교문학적인

---

6) 김윤식, 「문화수용과 사상」『근대 한국문학 연구』(일지사, 1973), pp. 218~219.

7) 김용직, 「Rabindranath Tagore의 수용」『한국 현대시 연구』(일지사, 1979), pp. 142~143. 타고르의 「園丁」 중 黃金의 이미지를 쓴 부분은 다음과 같다.

그대는 나를 버리고 그대의 길을 갔습니다./나는 그대를 위하여 설워하며, 내 맘 속에 그대의 孤寂한 形象을 黃金의 노래로 써서 두려고 하였습니다.(인용문 속의 현대어-필자) (김억 역, 『기탄잘리』, p. 90.)

고찰에만 머물러서 시 전체를 구성하는 요소를 경시함으로써 발생되는 가치 판단의 불균형을 경계하지 않으면 안 될 것이다.

역설이 시에 있어서 불가피하고 또한 적합한 언어라는 점에서 응당 그 공시적인 분석의 가치는 증대되어야 할 것이다. 한용운 시의 경우, 역설은 타고르와의 관계에도 불구하고 시적 수사의 면에서 상당한 비중을 차지하고 있음이 분명하다.

Ⅳ. 아이러니(Irony)

아이러니의 원래 의도는 이면에 숨어 있다. 그래서 이면적 의미와 표면적 의미는 필연적으로 충돌한다. 결국 독자는 아이러니의 이러한 충돌을 통해 어떤 사실이나 현상에 대한 두 국면을 한꺼번에 파악할 수 있다.

아이러니는 보는 사람에 따라 각각 다르게 논의될 수 있으나 일반적으로는 언어적 아이러니와 구조적 아이러니로, 좀더 세부적으로는 극적 아이러니, 낭만적 아이러니, 우주적 아이러니, 순진성 아니러니, 냉소적 아이러니, 소크라테스적 아이러니 등으로 각각 구분된다.

한용운 시에 나타나는 아이러니는 대부분 언어적 아이러니이다. 언어적 아이러니는 말하는 사람과 듣는 사람이 둘다 말하는 사람의 의도를 알고 있다는 특징을 지닌다.

　　당신의 소리는 「침묵」인가요
　　당신이 노래를 부르지 아니하는 때에 당신의 노랫가락은 역력히 들립
　니다그려.
　　당신의 소리는 침묵이어요.

당신의 얼굴은 「흑암(黑闇)」인가요.
내가 눈을 감은 때에 당신의 얼굴은 분명히 보입니다그려.
당신의 얼굴은 흑암이어요.

당신의 그림자는 「광명(光明)」인가요.
당신의 그림자는 달이 넘어간 뒤에 어두운 창에 비칩니다그려.
당신의 그림자는 광명이어요.

-「反比例」 전문

아이러니는 고대 그리스 희극에 나오는 붙박이 인물 에이론(eiron)에서 유래했다. 에이론은 알라존(alazon)이라는 힘센 허풍장이와 대조적인 인물로서 겉으로는 힘이 약하고 세력도 없지만 알라존을 골려 주는 대단한 힘을 발휘한다. 이 에이론의 행동에서 만들어진 말이 아이러니다. 그러니까 아이러니는 본질적으로 외면적인 것과 내면적인 것 사이에 하나의 괴리가 형성되어야 성립이 가능하다. 이것은 시에서 다양한 인생의 형태 중에 정반대의 것을 포착하여 실제와의 비교를 가능하게 해줌으로써 보다 풍부한 시적 효과를 낳게 하는 데 기여하는 것이다.

인용시가 바로 이런 경우에 해당된다. '당신의 소리는 「침묵」인가요', '당신의 얼굴은 「흑암(黑闇)」인가요', '당신의 그림자는 「광명」(光明)인가요'의 강력한 대조는 아이러니의 전형이라 할 만한 것들이다. 이러한 의미론적 규범에서의 일탈을 통하여 얻어지는 인생의 두 가지 형태는 확실히 폭넓고 깊은 암시성을 수반하게 된다. 이와 함께 인용시에 조성된 아이러니의 구조적 상황은 언어 자체에 의존하고 있다. 일종의 언어적(verbal) 아이러니인 셈이다.

첫째, 둘째, 셋째 연 모두가 의문과 그에 대한 대답의 형식을 취하고 있어서 언어적 아이러니의 성격은 한층 더 강화되고 있다. 그리고 중간에 놓여진 완곡한 진술은 역설과도 관련된다. 이것은 아이러니의 가치에 커다란 이점을 가져다 줄 수 있다. 노래를 부르지 않을 때 노랫가락이 역력히 들리고, 눈을 감을 때에 얼굴이 분명히 보이며, 달이 넘어간 뒤 어두운 창에 그림자가 비친다는 식의 역설은 분명히 한용운 시에서 골격을 이루는 수사인 동시에 또한 아이러니의 속성인 부조화를 뒷받침하는 역할을 수행한다. 일반적인 이론으로서도 아이러니와 역설은 원래 분리된 것이 아니다.

> 죽은 줄 알았던 매화나무 가지에 구슬 같은 꽃망울을 맺혀 주는 쇠잔한 눈 위에 가만히 오는 봄기운은 아름답기도 합니다.
> 그러나 그 밖에 다른 하늘에서 오는 알 수 없는 향기는 모든 꽃의 죽음을 가지고 다니는 쇠잔한 눈이 주는 줄을 아십니까.
>
> 구름은 가늘고 시냇물은 얕고 가을 산은 비었는데 파리한 바위 사이에 실컷 붉은 단풍은 곱기도 합니다.
> 그러나 단풍은 노래도 부르고 울음도 웁니다. 그러한 '자연의 인생'은 가을 바람의 꿈을 따라 사라지고 기억에만 남아 있는 지난 여름의 무르녹은 녹음이 주는 줄을 아십니까.
>
> 일경초(一莖草)가 장육금신(丈六金身)이 되고 장육금신이 일경초가 됩니다.
> 천지는 한 보금자리요 만유(萬有)는 같은 소조(小鳥)입니다.
> 나는 자연의 거울에 인생을 비춰 보았읍니다.
> 고통의 가시덤불 뒤에 환희의 낙원을 건설하기 위하여 님을 떠난 나는 아아 행복입니다.
>
> — 「樂園은 가시덤불에서」 부분

이 시는 丈六金身, 萬有와 같은 불교적 용어에서 보는 바대로 불교적 상상력이 그 밑바탕에 깔려 있다. 이 시의 표현들 중 '樂園은 가시덤불에

서', '고통의 가시덤불 뒤에 환희의 낙원을 건설하기 위하여 님을 떠난 나
는 아아 행복입니다'라는 표현은 불교의 심오한 진리에 아이러니 수법이
적용된 결과로 나타난 것이다. 이런 점은 대체로 상상의 단계, 혹은 그 수
준을 넘어서서 우리의 시선을 시적 경험과 환경에 머무르게 한다. 이때 아
이러니의 기능이 최고도로 발휘된다면 그 경험이나 환경은 전달의 영역 속
에 쉽게 용해될 수 있다.

리챠즈의 말대로 단절이란 매우 슬픈 일이다. 이 단절의 슬픔을 예방하
기 위하여, 시인은 누구나 그의 시적 정신을 최고도의 수사로 드러내려는
욕망을 지니고 있다. 이 수사 중의 하나가 바로 아이러니이다. 이렇게 보면
아이러니는 시의 전달을 위한 필연적 노력의 결과라 할 수 있을 것이다.

앞에서 살펴본 것처럼 한용운 시에 나타난 아이러니는 대체로 역설과 관
련된 것임을 알 수 있다. 아이러니가 성공하기 위해서 역설의 방법에 의존
하는 것은 극히 자연스러운 일이다.

V. 여성편향(female complex)

어떤 집단이나 민족은 이념화될 때 여성적 이미지를 획득한다. 특히 그
것은 그 집단이나 민족이 위기에 놓일 때 가장 심각히 드러난다. 그러한 여
성화의 일반적인 지향성이 여성편향이다. 그것은 또한 ① 상당히 막연한 고
아의식, 즉 잃은 모성을 향한 유아의식 ② '님'을 향한 지향성 ③ anima,
animus ④ 스타일로서의 女性韻 등 다섯 항목으로 나뉘고, 이 다섯 항목
전체를 지배하는 일반원리는 조국 상실이라는 식민지적 조건이며 그로 인
한 시의 예언적 기능이다.[8]

한용운 시의 여성적 편향은 단연 ② 쪽에 놓여 있다. 그의 시의 여성편향은 다른 시인들, 이를테면 정지용, 박용철 등의 경우와는 다른 양상을 보여준다.9) 정지용이 「五月消息」에서 누이에 대한 생각을 읊은 것, 박용철이 「두 마리의 새」에서 누이 또는 누이의 친우와 관련된 자기 심경을 찾아낸 것과 비교해 보면 그의 시는 모든 것이 '님'에 의해 시작되고 '님'에 의해 귀결되고 마는 식의, '님'을 중심으로 한 여성편향을 현저히 드러낸다. 그의 시의 이러한 독자적 성격은 홍사용의 「나는 王이로소이다」에서 보는 고아의식, 이장희의 「靑天의 乳房」에서 보는 유아의식과는 판이하다.

> 님의 얼굴을 「어여쁘다」고 하는 말은 적당한 말이 아닙니다.
> 어여쁘다는 말은 인간 사람의 얼굴에 대한 말이요, 님은 인간의 것이라고 할 수가 없을 만큼 어여쁜 까닭입니다.
>
> 자연은 어찌하여 그렇게 어여쁜 님을 인간으로 보냈는지 아무리 생각하여도 알 수가 없습니다.
> 알겠읍니다. 자연의 가운데에는 님의 짝이 될 만한 무엇이 없는 까닭입니다.
>
> 님의 입술 같은 연꽃이 어디 있어요 님의 살빛 같은 백옥(白玉)이 어디 있어요.
> 봄 호수에서 님의 눈결 같은 잔물결을 보았읍니까. 아침 볕에서 님의 미소 같은 방향(芳香)을 들었읍니까.
> 천국(天國)의 음악은 님의 노래의 반향(反響)입니다. 아름다운 별들은 님의 눈빛의 화현(化現)입니다.
>
> 아아, 나는 님의 그림자여요

---

8) 김윤식, 「한국시의 여성적 편향」『근대 한국문학 연구』(일지사, 1973), pp. 456~460.
9) 김윤식, 위의 글, 위의 책, pp. 461~471 참조

님은 님의 그림자밖에는 비길 만한 것이 없읍니다.
님의 얼굴을 어여쁘다고 하는 말은 적당한 말이 아닙니다.
-「님의 얼굴」 전문

이 시에 나타난 님은 그야말로 어여쁜 얼굴을 가진 님이다. '「어여쁘다」
고 하는 말은 적당한 말이 아닐' 만큼 '자연의 가운데에는 님의 짝이 될 만
한 무엇'이 없다. 님의 입술은 연꽃이며 님의 살빛은 백옥이다. 그리고 님
의 미소는 芳香이고 님의 노래는 천국의 음악이며 님의 눈빛은 아름다운
별이다. 그런데 '나는 님의 그림자'가 될 수 있을 뿐이다. 그림자밖에는 비
길 만한 것이 없다. 님의 정체가 무엇이든 이 시에서의 님은 우상화되고 철
저히 신비적인 존재로 부각되어 있다. 이것은 시인 한용운이 부단하게 추구
한 미래상일 수도 있고 새롭게 강조해 보려는 인간상일 수도 있다. 이러한
시상은 다음 시에 이르러 여성적인 특질을 명료하게 드러내는 식으로 이어
진다.

당신이 아니더면 포시랍고 매끄럽던 얼굴이 왜 주름살이 접혀요.
당신이 괴롭지만 않다면 언제까지라도 나는 늙지 아니할 테여요.
맨 첨에 당신에게 안기던 그때대로 있을 테여요.
그러나 늙고 병들고 죽기까지라도 당신 때문이라면 나는 싫지 않아요.
나에게 생명을 주든지 죽음을 주든지 당신의 뜻대로만 하셔요.
나는 곧 당신이어요.
-「당신이 아니더면」 전문

'님의 얼굴'에서 볼 수 있는, 대상에 대한 우상화가 이 시에서는 시인 자
신과 밀착될 정도로 근거리에서 행해지고 있다. 그리고 이 시에서는 여성편
향의 농밀함이 드러난다. 이 두 가지와 관련하여 시인의 내부에 일어나는

것은 '당신'에 대한 일방적 인식이다.

　　님의 사랑은 강철(鋼鐵)을 녹이는 불보다도 뜨거운데 님의 손길은 너무 차서 한도(限度)가 없읍니다.
　　나는 이 세상에서 서늘한 것도 보고 찬 것도 보았읍니다. 그러나 님의 손길같이 찬 것은 볼 수가 없읍니다.

　　국화 핀 서리 아침에 떨어진 잎새를 울리고 오는 가을 바람도 님의 손길보다는 차지 못합니다.
　　달이 작고 별에 뿔나는 겨울 밤에 얼음 위에 쌓인 눈도 님의 손길보다는 차지 못합니다.
　　감로(甘露)와 같이 청량(淸涼)한 선사(禪師)의 설법(說法)도 님의 손길보다는 차지 못합니다.

　　나의 작은 가슴에 타오르는 불꽃은 님의 손길이 아니고는 끄는 수가 없읍니다.
　　님의 손길의 온도를 측량할 만한 한란계(寒暖計)는 나의 가슴밖에는 아무 데도 없읍니다.
　　님의 사랑은 불보다도 뜨거워서 근심 산(山)을 태우고 한(恨) 바다를 말리는데 님의 손길은 너무도 차서 한도가 없읍니다.
　　　　　　　　　　　　　　　　　　　　　　　　　　　－「님의 손길」 전문

　　님의 사랑은 '강철을 녹이는 불보다도' 뜨거운데 님의 손길은 限度가 없을 정도로 차다. 이것은 모순을 통하여 메시지를 전달하려는 시인의 절규에 가까운 호소이다. 이 과정에서 시인은 여성화를 그 방법의 하나로 택하고 있다. 여성에게서 가능한 발상, 예를 들면 '국화 핀 서리 아침에 떨어진 잎새를 울리고 오는 가을 바람', '달이 작고 별에 뿔나는 겨울 밤에 얼음 위에 쌓인 눈', '감로(甘露)와 같이 청량(淸涼)한 선사(禪師)의 설법(說法)' 같은 표현들은 그것을 뒷받침해 주고 있는 것들이다. 이처럼 전체적으로 자유분방한 발상의 터전 위에 자리잡은 한용운의 의식은 그 역동성에도 불구하고 여성적인 것에 속한다.

> 나는 당신의 옷을 다 지어 놓았읍니다.
> 심의(深衣)도 짓고 도포도 짓고 자리옷도 지었읍니다.
> 짓지 아니한 것은 작은 주머니에 수놓는 것뿐입니다.
>
> 그 주머니는 나의 손때가 많이 묻었읍니다.
> 짓다가 놓아 두고 짓다가 놓아 두고 한 까닭입니다.
> 다른 사람들은 나의 바느질 솜씨가 없는 줄로 알지마는 그러한 비밀은 나밖에는 아는 사람이 없읍니다.
> 나는 마음이 아프고 쓰린 때에 주머니에 수를 놓으려면 나의 마음은 수놓는 금실을 따라서 바늘 구멍으로 들어가고 주머니 속에서 맑은 노래가 나와서 나의 마음이 됩니다.
> 그리고 아직 이 세상에는 그 주머니에 넣을 만한 무슨 보물이 없읍니다.
> 이 작은 주머니는 짓기 싫어서 짓지 못하는 것이 아니라 짓고 싶어서 다 짓지 않는 것입니다.
>
> ―「繡의 秘密」 전문

한용운 시의 이러한 여성편향은 디테일한 시정신을 표현하는 한 방법으로 수용된 것이라는 가설을 세울 수 있을 듯하다. 그가 살았던 시대 상황이라든지 그의 행적을 살펴보면 이 점에 대해서는 얼마든지 근거를 내세울 수 있다. 물론 그의 시에서처럼 '님'의 영역에서 이루어진 것과는 다르지만 앞서 언급했던 정지용·박용철·김영랑·이장희·홍사용·김소월에게도 여성편향의 시들은 많이 있다. 그런데도 우리가 그의 경우를 중시하는 것은 그의 시가 시대, 신념, 철학의 시적 표현을 의도했기 때문이다. 어떤 서정, 어떤 정서는 그것이 흔들리지 않을 만큼 견고한 삶의 요소에 포용될 때 가치를 지니는 것이다.

Ⅵ. 에필로그

시는 과학처럼 진실을 말하지 않는다. 그러면서도 시는 진실에 기여하고 또 그것에 바탕을 두어 삶의 형태를 분석, 종합한다. 이 때 시인이 무기로 삼는 것은 언어이다. 언어를 통하여 시인은 진실의 속성에 접근한다. 그런데 어떤 시도 언어의 조탁에 의존하지 않고서는 삶의 형태를 효과적으로 드러내어 진실의 실상을 밝힐 수 없다. 시에 쓰인 언어가 숙명적으로 애매성을 지니고 있음을 생각할 때 그것은 당연한 일이다. 지금까지 이 글에서 한용운 시에 가해진 터치는 이런 점을 전제로 해서 이루어진 것이다.

한용운이 시문학파 시인들처럼 정교한 이론을 내세워 그의 시 정신을 전개시킨 것은 아니다. 그래서 우리가 내세울 수 있는 것은 결과에 대한 예증 정도이다. 그러나 여기서 얻어진 시적 허용, 역설, 반어, 여성편향은 모두 그의 탁월한 불교적 상상력의 구명을 위해 꼭 필요한 것들이며, 그 중요성은 이 구명 작업의 필요성에 정비례한다. 어떤 시가 그 중심에 거대한 사상을 간직하고 있다 하더라도 가치를 획득하기 위해서는 수사의 도움을 받아야 하기 때문이다. 수사의 승리, 이것은 작품 전체의 승리에 절대적으로 요청되는 조건이다.

「백록담」의 세 측면__정지용론

I

정지용의 「백록담」은 산문시적 형태의 서정시이다. 이 시는 『문장』 3호 (1939. 4)에 발표되었고 시집 『백록담』(1941)의 제목이 되었다. 「백록담」은 정지용의 모든 시들을 대표하는 시라고까지 할 수는 없으나, 자연과 일체가 되는 경지와 이미지즘에 근거한 사물시의 기법을 보여줌으로써 한국 근대시의 지평을 확대시켰다는 점에서 주목할 만한 가치를 지니고 있다. 그런데도 그러한 가치에 상응하는 관심은 미미한 형편이다. 물론 문덕수·김학동 등에 의해 연구가 이루어지기는 했다.[1] 그러나 그것은 정지용의 다른 시들과의 관계 속에서 이루어진 것이기 때문에 「백록담」의 종합적인 모습을 밝히는 데에는 미흡한 것일 수밖에 없다.

이 글의 의도는 「백록담」의 종합적인 모습을 밝히는 데에 있다. 이를 위해 이 글에서 필자가 설정한 측면은 세 가지인데 그것들의 첫째는 「백록담」의 배경이고, 둘째는 「백록담」의 세계이며, 셋째는 「백록담」의 기법이

---

1) 정지용의 「백록담」에 대한 문덕수·김학동의 연구서는 다음과 같다.
  문덕수, 「정지용론」, 『한국 모더니즘사 연구』(시문학사, 1981)
  김학동, 『정지용 연구』(민음사, 1987)

다. 「백록담」을 이와 같은 세 가지 측면에서 살펴보게 되면 그것의 종합적 모습이 드러날 뿐만 아니라 그 가치도 해명될 것으로 생각한다.

아울러 이 글에서의 「백록담」의 원문은 1946년 백양당에서 간행된 시집 『백록담』에 의거한 것임을 밝혀둔다.

II

정지용은 두 권의 시집과 두 권의 산문집을 남겼다. 두 권의 시집 중의 하나인 『정지용 시집』(시문학사, 1935/건설출판사, 1946)에는 89편이, 다른 하나인 『백록담』(문장사, 1941/백양당, 1946)에는 33편이 수록되어 있다. 그리고 두 권의 산문집은 『지용 문학독본』(박문출판사, 1948/1949)과 『산문』(동지사, 1949)이다.

「백록담」은 『백록담』에 수록된 시 33편 중의 하나인데, 국토순례의 여정에 따라 제주의 한라산을 직접 등반하고 얻은 체험을 바탕으로 씌어진 시이다. 1930년대에 이미 정지용은 시단에서 확고한 위치를 차지하고 있었고 당시의 동아일보나 조선일보에서는 그로 하여금 기행문을 쓰게 했다. 실제로 그는 전라남도 강진에 살고 있는 김영랑의 집에서 지내면서 그 주변에 산재한 풍물을 그린 산문 「南遊」를 1938년 8월의 동아일보에, 김영랑·김현구2)와 함께 집을 떠나 한라산을 등반하기까지의 여정에서 본 크고 작은 섬의 모습과 자연의 신비를 간직한 한라산에 대한 느낌을 쓴 산문 「多島海記」3)를 거의 같은 시기인 1938년 8월의 조선일보에 연재했다.

---

2) 金玄鳩는 『시문학』 2호에 「님이여 강물이 퍼렇습니다」 외 3편을 발표하면서부터 시작 활동을 한 시인으로 김영랑과는 한 집안이었고 김영랑의 집 부근에 살았던 것으로 알려지고 있다. 정지용과의 교분은 김영랑을 통해서 이루어졌을 것으로 추측된다.

정지용은 「多島海記」의 첫 번째 글인 「離家樂」에서, 여행을 앞두고 설레는 마음을 다음과 같이 토로하고 있다.

> 잠시 집을 떠나서 나그네가 되는 것이 흡사히 오래간만에 집을 찾아드는 것과 같이 기쁠 수 있는 일이기도 하다.
> 집을 떠나는 기쁨! 그래도 집이 있고 이웃이 있고 어버이를 모시고 처자식을 거나리는 사람이라야 오직 가질 수 있는 기쁨으로 돌릴 수밖에 없다.
> 家累라는 말을 쓰기로 하자. 가루에 얽매어 보지 못한 매아지같이 자유로울 수 있는 사람이 지금 형편으로는 미상불 부러웁기 그지없다.
> 허나, 내가 부러워하는 훗훗이 신세 편한 사람들이여, 집안일 나 모름세 하고 훌떨어 안해에게 처맡기고 물따라 구름따라 홀홀히 떠나가는 기쁨을 그대가 애초에 알 수가 없으리라.[4]

다도해를 거쳐 제주에 오는 뱃길에서 정지용은 시야에 들어오는 한라산의 모습에 감격해 하는데 그것은 「多島海記」의 다섯 번째 글인 「一片樂土」에서 다음과 같이 나타난다.

> 날이 새인 후에야 해면 우에 덩그렇게 嬋妍히 허우대도 끔찍이도 크게 나타나는 것이 아닙니까! 눈물이 절로 솟도록 반갑지 않으오리가. 한눈에 정이 들어 즉시 몸을 맡기도록 믿음직스러운 가슴과 팔을 벌리는 산이외다. 동방 화촉에 初夜를 새우올 제 바로 모신 님이 수집고 부끄럽고 아직 설어 겨울 뿐일러니 그 님의 그 얼굴 그 모습이사 東窓이 아주 희자 솟는 해를 품은 듯 와락 사랑홉게 뵈입는 신부와 같이 나는 이날 아침에

---

3) 「多島海記」는 다음 여섯 편의 글로 되어 있다.

    多島海記 1: 離家樂   多島海記 4: 失籍島
    多島海記 2: 海峽病 1   多島海記 5: 一片樂土
    多島海記 3: 海峽病 2   多島海記 6: 歸去來

4) 「離家樂」『정지용 전집 2』(민음사, 1988), p. 113.

평생 산을 바로 모시었습니다.(……) 산이 얼마나 장엄하고도 너그럽고 초연하고도 다정한 것이며 준열하고도 지극히 아름다운 것이 아니오리까.(……) 우리의 母陸이 이다지도 絶勝한 從船을 달고 엄연히 대륙에 기항하였던 것을 새삼스럽게 감탄하지 않을 수 없었습니다.(……) 한라산 이마는 아름풋한 자주빛이며 엷은 보랏빛으로 물들은 것이 더욱 거룩해 보이지 않습니까. 필연코 바다 저쪽의 아침해를 미리 맞음인가 하였으니 허리에 밤잔 구름을 두르고도 그 우에 다시 헌출히 솟아오릅니다.[5]

인용문 내용을 토대로 해서 볼 때 시 「백록담」의 모티프는 정지용의 국토순례이다. 그리고 그 국토순례의 과정에서 정지용이 발견하게 된 자연의 신비는 이 시의 정신적 배경인 동시에 내용의 근간을 형성하는 데에 작용한다. 이 시의 경우 자연의 신비는 물론 '한라산의 신비'로 그 의미의 폭을 좁혀 말할 수 있겠지만, 인용문 내용과 「多島海記」의 여섯 번째 글인 「歸去來」의 다음 부분 "해발 1950米突이요 里數로는 60리가 넘는 산 꼭두에 千古의 신비를 감추고 있는 백록담 푸르고 맑은 물을 곱비도 없이 유유자적하는 牧牛들과 함께 마시며 한나절 놀았습니다."[6]에서 알 수 있듯이, 결국은 자연의 신비로 귀착되고 만다. 정지용은 산과 관련되거나 산을 소재로 한 시[7]를 많이 썼는데, 그러한 시들의 대부분은 이러한 공통점을 지니고 있다.

---

5) 「一片樂土」『정지용전집 2』, pp. 123~124.
6) 「歸去來」『정지용 전집 2』, p. 125.
7) 시집 『백록담』에서 산과 관련되거나 산을 소재로 한 시는 모두 18편이다. 그것들의 예로는 「백록담」 「구성동」 「옥류동」 「장수산 1」 「장수산 2」 「비로봉」 등이 있다.

「백록담」의 세계를 알아보기 위하여 시 전문을 인용해 보기로 한다.

1

絶頂에 가까울수록 뻑국채 꽃키가 점점 消耗된다. 한마루 오르면 허리
가 슬어지고 다시 한마루 우에서 목아지가 없고 나종에는 얼골만 갸옷
내다본다. 花紋처럼 版박힌다. 바람이 차기가 咸鏡道끝과 맞서는 데서
뻑국채 키는 아조 없어지고도 八月한철엔 흩어진 星辰처럼 爛漫하다.
山그림자 어둑어둑하면 그러지 않아도 뻑국채 꽃밭에서 별들이 켜든다.
제자리에서 별이 옮긴다. 나는 여긔서 기진했다.

2

巖古蘭, 丸藥 같이 어여쁜 열매로 목을 축이고 살어 일어섰다.

3

白樺 옆에서 白樺가 髑髏가 되기까지 산다. 내가 죽어 白樺처럼 흴것
이 숭없지 않다.

4

鬼神도 쓸쓸하여 살지 않는 한모롱이, 도체비꽃이 낮에도 혼자 무서워
파랗게 질린다.

5

바야흐로 海拔六千呎우에서 마소가 사람을 대수롭게 아니녀기고 산
다. 말이 말끼리 소가 소끼리, 망아지가 어미소를 송아지가 어미말을 따
르다가 이내 헤여진다.

6

첫새끼를 낳노라고 암소가 몹시 혼이 났다. 얼결에 山길 百里를 돌아

西歸浦로 달어났다. 물도 마르기 전에 어미를 여힌 송아지는 움매 — 움매 — 울었다. 말을 보고도 登山客을 보고도 마고 매여달렸다. 우리 새끼들도 毛色이 다른 어미한틔 맡길것을 나는 울었다.

7

風蘭이 풍기는 香氣, 꾀꼬리 서로 부르는 소리, 濟州회파람새 회파람 부는 소리, 돌에 물이 따로 굴으는 소리, 먼 데서 바다가 구길때 쏴 — 쏴 - 솔소리, 물푸레 동백 떡갈나무속에서 나는 길을 잘못 들었다가 다시 측넌출 긔여간 흰돌바기 고부랑길로 나섰다. 문득 마조친 아롱점말이 避하지 않는다.

8

고비 고사리 더덕순 도라지꽃 취 삭갓나물 대풀 石茸 별과 같은 방울을 달은 高山植物을 색이며 醉하며 자며 한다. 白鹿潭 조찰한 물을 그리여 山脈우에서 짓는 行列이 구름보다 莊嚴하다. 소나기 놋낫 맞으며 무지개에 말리우며 궁둥이에 꽃물 익여 붙인채로 살이 붓는다.

9

가재도 긔지 않는 白鹿潭 푸른 물에 하눌이 돈다. 不具에 가깝도록 고단한 나의 다리를 돌아 소가 갔다. 좇겨온 실구름 一抹에도 白鹿潭은 흐리운다. 나의 얼골에 한나잘 포긴 白鹿潭은 쓸쓸하다. 나는 깨다 졸다 祈禱조차 잊었더니라.

정지용의 다른 시들과는 달리 이 시는 각 연을 일련번호로 구분하고 있다. 그것은 한라산 등반 과정을 명료히 드러내고자 하는 의도의 결과이다.

1연에는 대상을 바라보는 화자의 기본적인 시각이 제시된다. 즉, 화자는 '뻑국채 꽃키'를 대상이 정상에 가까울수록 '消耗된다'고 보는 것이다. 따라서 消耗의 정도와 산의 높이는 반비례의 관계에 있다. 그것을 도형화해 보면 다음과 같다.

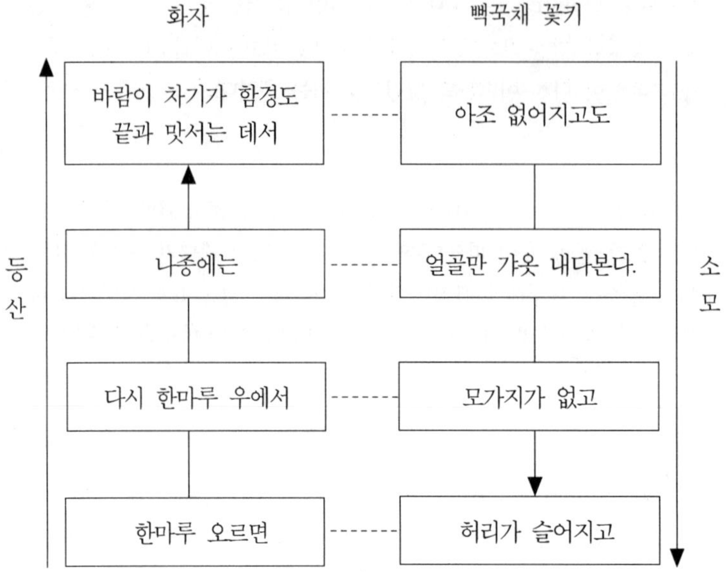

‘빽국채 키’는 아주 없어지고도 ‘八月 한철엔 흩어진 星辰처럼 爛漫’하며 어두워지면 ‘빽국채 꽃밭에서 별들이 켜든다’는 진술은 주목할 만하다. 그것은 시인이 직접 대상에 가깝게 접근하여 끝까지 관찰하지 않고서는 결코 이루어질 수 없기 때문이다.

1연의 ‘나는 여긔서 기진했다’는 기운이 다하여 힘이 없다는 의미뿐만 아니라 정상에 도달했다는 의미까지를 나타낸다. 그래서 화자는 ‘嚴古蘭’의 丸藥 같이 어여쁜 열매로 목을 축이고 기운을 차린다.

3연은 화자와 대상이 일체가 되는 경지를 보여준다. ‘白樺 옆에서 白樺가 髑髏가 되기까지 산다’든지 ‘내가 죽어 白樺처럼 흴것이 숭없지 않다’는 표현은 시인과 대상 사이에 어떠한 주관도 개입되어 있지 않은 상태일 때에만 가능하다.

주관을 배제하는 시인의 태도는 4연에서도 마찬가지로 감지된다. 김우창은 3연, 9연과 함께 4연을 "의식도 문제되지 않는 明澄의 경지를 나타낸다"8)고 해석하고 있거니와, 비유적으로 말하면 4연과 5연은 자연을 소재로 한 한 폭의 판화라 할 수 있다. 물론 그 판화는 무조건적인 모방에 의해서 만들어진 단순한 판화가 아니라, 보는 사람으로 하여금 판화의 깊은 곳에 위치한 정신의 세계까지도 감득하게 하는 판화이다.

5연과 6연에서는 동물들, 특히 마소의 생태에 시인의 시신이 집중되고 있다. 그 결과 시인에 의해 포착된 것은 ① 마소들은 산정에서 사람들을 대수롭게 여기지 않고 산다는 것 ② 말은 말끼리, 소는 소끼리 모여 살지만 어미를 찾지 못한 망아지가 어미소를, 송아지가 어미말을 따르다가 헤어지기도 한다는 것 ③ 첫 새끼를 낳느라고 혼이 난 암소가 서귀포로 달아나 버리자 갓 태어난, 어미를 잃은 송아지가 울며 어미말이나 등산객에게 매달린다는 것 등이다. 그런데 이 시를 읽은 사람들은 ① ② ③이 단순하게 마소의 생태에만 해당되는 일이 아님을 금방 깨닫게 된다.

7연에는 '길을 잘못 들었다가 다시 측넌츨 긔여간 흰돌바기 고부랑길로' 나서게 할 정도로 시인의 마음을 취하게 한 대상들이 부각되어 있다. 그것들은 風蘭의 향기, 꾀꼬리 소리, 휘파람새의 휘파람 부는 소리, 물이 흐르는 소리, 먼데서 들려오는 바닷소리, 솔소리 등이다. 그런데 그것들은 따로따로 존재하면서 취하게 한 게 아니라 서로 조화를 이룸으로써 시인을 취하게 했다.

시인을 취하게 한 것은 그것들만이 아니었다. 8연에서 보는 것처럼 고비, 고사리, 더덕순, 도라지꽃, 취 삭갓나물, 대풀, 石茸, '별과 같은 방울을 달은' 고산식물 등도 시인을 취하게 했다. 8연은 시인이 한라산의 정상인 백록담을 향해 가고 있음을 보여준다. 그것은 '소나기 눗낫 맞으며 무지개에

---

8) 김우창, 「한국시와 形而上」『궁핍한 시대의 시인』(민음사, 1978), p. 52.

말리우며 궁둥이에 꽃물 익여 붙인채로 살이 붓는다'에 잘 나타나 있다.

9연은 정상에 이른 시인이 백록담의 신비로운 경관을 바라보며 마침내 자연과 일체가 되는 과정을 표현한 부분이다. 백록담의 물은 하늘이 돌고 있음을 볼 수 있을 정도로, '좇겨온 실구름 一抹에도' 흐리게 될 정도로 맑고 푸르다. 그러한 백록담의 신비로운 경관에 시인은 '깨다 졸다 祈禱조차' 잊어버린다. 9연에서도 이 시의 다른 연들에서처럼 시인의 주관이 철저하게 배제되어 있다. 이 시의 그러한 점에 대해 문덕수는 다음과 같이 말한다.

> 「백록담」은 「장수산」과 마찬가지로 사물의 시다. 山이 작자를 매료하고 끌어당긴 것이지, 작자 쪽에서 山을 끌어들인 것은 아니라고 할 수 있지만 결과는 동일하다. 山과 이 시인의 관계는 돌과 돌의 관계가 아니라 의식의 교류를 바탕으로 하고 있다. 그러나 이 사물시는 환상, 꿈, 감정, 관념, 사상, 유토피아 등이 끼여들지 못한다. 山頂으로 올라갈수록 뻑꾹채 키가 점점 소모되고, 頂上에서 마침내 花紋처럼 板박힌다. 그러나, 이러한 뻑꾹채 꽃에도 아무런 감정, 어떤 사상도 침투되어 있지 않다. 그것은 사물을 사물 그대로, 자연을 자연 그대로, 곧 객관적으로 보면서 감정과 사상을 억누르고, 노출되려는 자아를 克己하고 있기 때문이다. 사물에 충실한 이미지즘의 시, 이른바 사물시(physical poetry)임을 알 수 있다.[9]

그러나 「백록담」은 나름대로의 한계도 지니고 있다. 그 이상의 높은 공간을 지향하는 의미의 움직임이 전혀 없는 것이 그것이다. 그 점은 사물시가 지니는 한계이기도 하다.[10]

---

9) 문덕수, 앞의 글, 앞의 책, p. 110.
10) 문덕수, 앞의 글, 앞의 책, p. 110. 참조

Ⅳ

정지용의 다른 많은 시들처럼 「백록담」도 이미지즘 기법(사물시 기법)으로 씌어졌다는 점에 대해서는 이론의 여지가 없다. 그래서 T. E. 흄의 영향을 받은 에즈라 파운드가 주도했고 F. S. 플린트, 리챠드, 올링턴 등이 활동했던 이미지즘 기법(사물시 기법)이, 한국의 정지용에 이르러서 어떻게 수용되고 어떻게 적용되었는지에 대해서는 면밀하게 살펴볼 필요가 있다.

T. E. 흄은 시각적인 시를 내세우면서 각 낱말에 있어서의 가시적인 이미지를 주장한 바 있다.[11] 이미지스트들의 두 번째 시집인 『SOME IMAGIST POETS : An Anthology』(1915)의 서문에 나와 있는 여섯 개 항목의 강령들 중 다음의 넷째 강령은 T. E. 흄의 주장과 동일하다.

> 4. 이미지를 제시할 것(여기에서 이미지스트라는 이름이 연유된 것이다).
> 우리는 화가들의 일파는 아니지만 시는 특수한 것을 정확히 표현해야 하며 아무리 훌륭하고 당당한 것이라도 막연히 일반적인 것을 다루어서는 안 된다고 믿는다.[12]

정지용의 많은 시들이 이미지스트들의 넷째 강령에 부합되고 있음은 일찍이 문덕수가 주장한 바 있다. 즉, 그에 의하면 정지용의 시에 나타난 이미지는 "공간적, 감각적 형태를 지닌 사물 자체"[13]라는 것이다. 그러한 주장은 「백록담」의 경우에도 해당된다. 게다가 정지용은 시를 "숫자의 정확

---

11) T. E. Hulme, "Notes on Language and Style", *Further Speculations*(Univ. of Nebraska Press, 1962), p. 79.
12) Stanley K. Coffman, JR., Imagism (New York, 1977), pp. 28~29.
13) 문덕수, 앞의 글, 앞의 책, p. 144.

성 이상에 다시 엄격한 미덕의 충일함"14)으로 보고 있으므로, 그가 자신의 시에서 이미지즘을 적극적으로 수용하고 실제 작품에 적용할 개연성은 매우 높다고 할 수 있다.

사물시는 J. C. 랜섬이 형이상시(metaphysical poetry)에 반대되는 시를 사물시(physical poetry)와 관념시(platonic poetry)로 구분하면서부터 굳어진 시의 한 유형이다. 물론 랜섬은 형이상시를 이상적인 시로 보고 사물시와 관념시를 비판했지만, 그것은 시에 대한 그의 개인적인 견해에서 비롯된 비판이라는 점을 알아야 한다.

랜섬은 사물시의 예로 이미지즘의 시를 들고, 이미지즘 시가 사상을 배제하고 하나의 이미지 또는 일련의 이미지만으로 독자의 주의를 지배하려 한 것을 비판하면서도, 이미지즘 시도 이미지스트들이 주장하는 대로 그렇게 순수한 이미지만으로 이루어질 수는 없고, 독자의 흥미를 끄는 시라면 거기에는 대체로 '극적 요소'가 개입되어 있다고 주장한다. 이 경우의 '극적 요소'란 어느 순간에 존재하는 인간 경험의 총체적 양상을 의미한다.15)

랜섬은 또한 관념시를 사물시와 같은 순수시의 일종으로 보고, 그것은 이미지를 배제하고 추상적인 사상만을 사용한 것이므로 논문이나 과학적 문서에 불과하다고 말한다. 그리고 그는, 사물시가 사상에는 무관한 체하면서 속으로는 사상을 사용하듯이, 관념시는 표면으로는 이미지를 사용하여 사물시인 것처럼 위장한다고 강조하면서 형이상시야말로 인간 경험의 완전한 지식을 전할 수 있는 시라고 주장한다.16)

그러나 그렇다고 해서 랜섬의 그러한 주장이 이미지즘 기법을 사용한 「백록담」의 가치를 훼손하거나 무시하는 근거가 될 수는 없다. 「백록담」의

---

14) 「시와 발표」 『정지용 전집 2』, p. 248.
15) 이창배, 『이십세기 영미시의 형식』 (민음사, 1987), p. 44.
16) 이창배, 위의 책, pp. 43~46. 참조

이미지즘 기법은 그러한 점과 전혀 관계없이 사용된 기법이기 때문이다. 예를 들어, 「백록담」 9연 '가재도 긔지 않는 백록담 푸른 물에 하눌이 돈다. 不具에 가깝도록 고단한 나의 다리를 돌아 소가 갔다. 쫓겨온 실구름 一抹에도 백록담은 흐리운다. 나의 얼골에 한나절 포긴 백록담은 쓸쓸하다. 나는 깨다 졸다 기도조차 잊었더니라'에서의 이미지즘 기법을 평가하는 데에 랜섬의 주장을 기준으로 삼을 수는 없다. 랜섬의 주장은 「백록담」의 기법을 논의하는 배경과는 무관하다.

V

　지금까지 「백록담」의 종합적 모습을 밝히기 위해 그것을 배경, 세계, 기법의 세 가지 측면에서 살펴보았다. 그 내용을 요약, 정리하면 다음과 같다.

　첫째, 「백록담」은 정지용이 국토순례의 여정에 따라 제주의 한라산을 직접 등반하고 나서 얻은 체험을 바탕으로 씌어진 시이다. 당시의 동아일보와 조선일보에서는 정지용으로 하여금 기행문을 쓰게 했는데, 「多島海記」에는 바다에서 바라본 한라산의 모습에 감격하는 그의 마음이 잘 나타나 있다.

　둘째, 「백록담」의 세계는 한마디로 대상이 되는 사물인 자연과 일체를 이루는 경지라고 할 수 있다. 그 자연은 구체적으로 한라산인데, 화자는 그것의 높이와 '뻑국채 꽃키'를 반비례의 관계로 파악하는 등 어떠한 주관도 개입되지 않는, 판화와 같은 세계를 보여준다. 또한 이 시는 백록담을 비롯한 한라산 도처의 신비로운 경관을, 관념을 철저히 배제한 상태에서 진술한다. 그러나 이 시는 백록담 이상의 높은 공간을 지향하는 의미의 움직임이 전혀 없다는 한계를 지니고 있기도 하다.

셋째, 「백록담」은 이미지즘 기법으로 씌어졌다. 이 시는 시각적 이미지와 엄격한 언어를 사용하는 등 이미지스트의 강령에 부합한다. 랜섬은 시를 관념시·사물시·형이상시로 나누고 이들 중 형이상시를 이상적인 시로 보았는데, 그렇다고 해서 「백록담」의 가치가 훼손되거나 무시될 수 있는 것은 결코 아니다. 시인이 「백록담」에서 사용한 이미지즘 기법은 랜섬의 주장과 전혀 관계없이 사용된 기법이기 때문이다.

정지용의 다른 시들에 대해서도 적용되는 평설이라는 점을 전제로 하고 말한다면, 「백록담」이 보여주는, 자연과 일체가 되는 경지와 이미지즘 기법은 한국 근대시의 지평을 확대시켰다고 단언할 수 있다.

임화 시의 현실의식__임화론

Ⅰ. 프롤로그

시를 바라보는 데에는 두 가지 시각이 있을 수 있다. 아름다운 서정을 노래해야 한다는 시각과, 현실의 문제를 반영해야 한다는 시각이 그것이다. 전자의 시각을 가진 사람은 시인과 현실이 화해 관계에 있다고 보는 데에 비해, 후자의 시각을 가진 사람은 시인과 현실이 불화 관계에 있다고 본다. 또한 전자의 시각을 가진 사람은 시인의 내면세계와 시의 리듬·형식을 중시하는 데에 비해, 후자의 시각을 가진 사람은 시인을 둘러싼 현실 세계와 시의 주제·내용을 중시한다. 이상적인 시의 형태로, 전자의 시각을 가진 사람은 순수서정시를, 후자의 시각을 가진 사람은 현실참여시를 각각 내세운다.

그러한 시각을 가능하게 한 원천은 말할 필요도 없이 그러한 시각을 가진 사람의 시적 신념이다. 다시 말하면 시인의 신념에 따라 순수서정시가 창작되기도 하고, 현실참여시가 창작되기도 한다. 그런데 그 시적 신념은 대개의 경우, 매우 가변적이다. 한 문인이 문학의 여러 분야에서 활동할 때에 그 점은 특히 더 그러하다. 따라서 한 문인이 그 여러 분야에 동일한 신념을 일관되게 적용하는 경우는 결코 흔하지 않다. 임화는 그 흔하지 않은 경우의 대표적인 예이다.

임화는 고백적인 글 「어떤 청년의 참회」에서 "낡은 감상풍의 시를 버리고, 다다풍의 시작을 시험했"[1]다고 밝힌 바 있고, 「화가의 시」·「赫土」·「지구와 박테리아」와 같은 다다이즘 경향의 시를 쓰기도 했으나, 윤기정의 추천으로 카프에 가입한 이후에 발표한 시들은 예외없이 모두 참여시이다. 다른 분야는 제쳐두고 문학 쪽에만 초점을 맞추어 볼 때에도, 임화는 세 분야에 두루 걸쳐 있다. 그는 카프의 서기장을 지냈던 문학운동가였고, 당대의 유력한 문학비평가였으며, 탁월한 프로시인이었던 것이다. 동일한 신념이 그 세 분야를 관류하고 있었음은 물론이다.

임화가 카프 해산 후에도 그 이전처럼 계속 순수문학을 비판한 점은 그가 문학과 사회에 대한 신념을 그대로 고수했음을 말해 준다. 그에 의하면, 언어는 모든 관념으로 불리는 사회생활의 상층 건축과 더불어 사회적 생산 관계에 의해 제약되는 것으로, 그 의의는 사유의 형식이라는 데에 있다.[2] 그가 이러한 생각을 피력한 시기는 1940년이었다. 문학과 사회에 대한 그의 신념은 조금도 변하지 않았던 것이다. 이 점은 문학적 신념을 대단히 중시하는 연구자들로 하여금 임화 시에 대한 연구의 필요성을 거듭 제기하게 한다.

지금까지 임화의 시가 현실의식의 측면에서 본격적으로 연구된 경우는 거의 없다고 해도 과언이 아니다. 그러나 그의 시의 현실의식이 다른 시인의 경우보다 훨씬 더 두드러지다는 점에서 그것은 반드시 필요하다. 이 글이 의도하는 바는 임화 시에 나타난 현실의식의 양상을 구체적으로 살펴보

---

1) 임화, 「어떤 청년의 참회」, 『문장』(1940. 2) 제2권 제2호, p. 23.
2) 임화, 「예술적 인식 표현의 수단으로서의 언어」, 『문학의 논리』(학예사, 1940), p. 602.

는 데에 있다.

아울러 이 글에서 인용된 시들의 텍스트는 모두 김외곤 편『임화 전집·
1』(박이정, 2000)에 의거한 것임을 밝혀 둔다.

Ⅱ. 투쟁의식과 노동운동

임화는 200만 프롤레타리아 대학살과 독일의 두 혁명가 칼 리프크네히
트(Karl Liebknecht)와 로자 룩셈부르크(Rosa Luxemburg)의 죽음[3]에 집착한
다. 그에게 있어서, 미국은 혁명 전사인 사코(Nicolas Sacco)와 반제티
(Bartolome Vanxetti)를 사형에 처한[4] 나라이다. 그래서「曇 - 1927」에 의하
면, 미국은 '인류의 범죄자/역사의 도살자'이며 '아메리카 - 부르주아의 정
부'이다. 미국이 사코와 반제티의 처형에 '프롤레타리아트의 發電하는 電
氣'를 사용한 것은 더욱더 그를 분노하게 만든다. 그가 이 시에서 시종일관

---

3) 칼 리프크네히트(1871~1919)와 로자 룩셈부르크(1870~1919)는 독일의 혁명가들로, 폴
   란드 사회민주당과 독일 공산당의 전신인 스파르타쿠스團(Spartakusbund)을 설립하는
   데에 핵심적 역할을 한 인물들이다. 리프크네히트와 룩셈부르크는 마르크스주의를 인간
   본위로 해석하고, 국제 사회주의의 목표를 달성하기 위한 민주주의와 대중혁명 운동의
   필요성을 역설했다. 리프크네히트와 룩셈부르크는 1918년 가을부터 활발한 활동을 전개
   했고, 독일혁명 이후의 혼란을 틈타 독일사회민주당 좌파와 손을 잡았으며, 1919년 1월
   1일에는 전당대회를 통해 독일공산당을 결성했다. 그러나 여전히 대중의 지지를 받지 못
   했다. 그 해 1월에는 베를린에서 스파르타쿠스 반란을 기도했으나 실패했다. 이 사건 때
   룩셈부르크와 리프크네히트는 경찰과 연계된 극우 민병대에 의해 살해되었다. 독일공산
   당은 이후 浮沈을 계속하다가 1956년에 위헌 결정으로 해산되었다.
4) 1927년 4월 15일, 미국 메사추세추州에서 한 구두회사 사원이 강도에게 1만 5천 달러를
   빼앗긴 후 피살되었다. 이탈리아계 노동운동가였던 사코와 반제티는 외국인·무신론자·
   무정부주의자라는 점 때문에 州 경찰에 의해 범죄 혐의자로 체포되었고, 결국 사형 판결
   을 받았다. 당시 실용주의 철학자 존 듀이, 하버드대 총장 등 저명 인사들이 나서서 변호
   하고 재심을 요구했으나 받아들여지지 않았다. 사코와 반제티에 대한 사형은 1927년 8
   월 22일에 집행되었다. 이 사건을 사코 반제티 사건이라 부른다.

투쟁을 강조하고 있는 것도 그 때문이다.

> 부르주아지의 ×× ―
> 1918
> 이백만의 프롤레타리아 '웰탄' 요새에서 ××한
> 그 놈들의 ×× 행위는 惡虐한 수단은
> '스파르타키스트'의 용감한 투사
> 우리들의 '칼', '로자'를 빼앗었다
> 혁명가의 묘지로 몰아넣었다
> 그러나 강철 같은 우리의 전열은
> ×人者 ―그들의 暴虐도 궤멸케 하지를 못하였다
>
> (……)
>
> 그러나
> 인류의 범죄자
> 역사의 도살자인
> 아메리카―부르주아의 정부는
> 사랑하는 우리의 동지
> 세계 무산자의 최대의 동무
> 사코, 반제티의 목숨을 빼앗었다
> 電氣로―
> (프롤레타리아트의 發電하는 電氣로)
>
> 그러나
> 제2인터내셔널은
> 드디어 양 동지 혁명 아메리카 위원회의 전 세계 노동자의   제너럴
> 스트라이크의 요망을 모반하였다
> 그들은 이미 우리의 힘이 아니다

프롤레타리아의 조직이 아니다
룸펜 인텔리겐차—의 허울좋은 도피굴이다

(……)

폭풍우다 ××이다
우리들의 진격하는 戰列을 향하야 두 동지는 외치지 않느냐
세계의 동지야—
1927—리아
××에 대하기를 ××으로
우리들은 동무와 같이 용감하게 전장에로 가자
　　　　　　　-「曇-1927」-'사코·반제티의 命日에' 부분

　부제인 '사코 반제티 命日'를 그대로 믿는다면, 이 시를 쓴 정확한 날짜
는 1927년 8월 22일이 된다. 이 날에 사코와 반제티가 처형되었기 때문이
다.『예술운동』창간호에 발표된 이 시는 임화가 쓴 최초의 프로시이며, 동
시에 다다이즘 경향에서 탈피한 새로운 경향의 출발점에 놓이는 작품이다.
　독자가 이 시에서 당장 포착할 수 있는 것은 계급의식의 국제적 연대성
이다. 그것은, 이 시의 등장인물인 사코와 반제티가 둘다 이탈리아에서 출
생하여 성장한 청년들이라는 점, 그들이 미국에서 공산주의를 신봉하면서
노동조합운동을 전개하다가 살인강도라는 죄목으로 체포되어 처형된다는
점, 이 시의 소재인 두 혁명 전사의 죽음이 미국 부르주아 정부에 대한 적
대감을 불러일으키고 독자에게 국제공산주의운동의 투쟁상을 알려 주는 연
결고리 역할을 수행하고 있다는 점 등에서 쉽게 확인된다.
　임화는 이 시를 쓴 이후에 조선일보를 통해서「자본주의사회에 재한 문
학운동의 전개경향」,「분화와 전개 - 목적의식 문학론에 서론적 도입」등의
글을 쓰는 한편,「착각적 문예이론 - 金華山 씨의 愚論 검토」를 통해 그 무

렵까지 같은 프로문학의 갈래에 속한 아나키즘적 경향에 대해 공격을 가한 바도 있다. 그는 같은 해 10월 조선일보에 실린 「一人一文」에서 그는 계급 투쟁의 의지를 밝히기도 했다.[5]

임화의 의도는 투쟁의식을 고취하는 데에 있다. 그것은, 서두에서부터 1919년에 처형된 독일의 혁명 지도자 칼 리프크네히트와 로자 룩셈부르크의 죽음이 제시되고 있는 점, 사코와 반제티의 목숨을 빼앗은 방식이 '電氣로-(프롤레타리아트의 발전하는 전기로)'임을 분명히 밝히고 있는 점, 범죄자·도살자·강도 등 즉각적으로 흥분을 유도하는 어휘를 동원하고나서 마지막에 '폭풍우다 ××이다/우리들의 진격하는 戰列을 향하야 두 동지는 외치지 않느냐/세계의 동지야-/1927-리아/××에 대하기를 ××으로/우리들은 동무와 같이 용감하게 전장에로 가자'라고 한 점 등에서 분명히 나타난다.

이와 함께 제2인터내셔날[6]은 이 시에서 '드디어 양 동지 혁명 아메리카 위원회의 전 세계 노동자의 제너럴 스트라이크의 요망을 모반하였다/그들은 이미 우리의 힘이 아니다/프롤레타리아의 조직이 아니다/룸펜 인텔리겐차—의 허울좋은 도피굴이다'에서와 같이 매도되고 있는데, 그것은 제3인

---

5) 김용직, 『임화문학 연구』(세계사, 1991), p. 261.
6) "제2인터내셔날(International Congress of Socialists. 1889~1914)은 19세기 말의 경제공황과 사회주의 정당의 형성을 배경으로 파리에서 결성되었다. 마르크스주의 사상에 입각한 독일 사회 민주당이 지도적인 지위에 있었고, 무정부주의를 배제했다. 대중운동을 전개하는 한편 메이 데이를 정하여 시행했고, 사회주의 운동의 국제적 전개를 확대하는 데에도 성과를 올렸다. 그러나 세력의 확대와 동시에 도리어 진보적인 성격은 약화되었다. 세기에 들어와서 전쟁의 위험도가 높아지자, 14년의 시투트가루트 대회 이후에 전쟁 반대의 입장을 확인하였으나, 내부 혼란이 일어나 제1차세계대전의 발발과 동시에 각국의 사회주의 정당은 계급투쟁적인 입장에서가 아닌, 애국주의적인 입장에서 참전함으로써 국제적인 결합이 무너져 결국은 해체되었다. 대전 후 1920년에 재건되어 1923년 제2반(半)인터내셔날과 합동, 사회주의 노동인터내셔날로 발전하였으나, 제3인터내셔날에 압도되어 국제적인 세력을 회복할 수는 없었다."
[조의설 편, 『세계사 대사전』(민중서관, 1976), p. 261.]

터내셔날(코민테른)[7]이 제2인터내셔날을 프롤레타리아트의 배신자라고 비난했던 것과 맥을 같이 한다. 따라서 임화가 취하고 있는 노선은 제3인터내셔날(코민테른) 산하 공산당이 취하고 있는 혁명 노선임이 분명히 드러난다. 이 점은 임화가 1926년 12월에 카프에 가입하고, 또 1927년부터 임화라는 필명을 사용하기 시작한 것과도 관계가 있다.

「曇－1927」의 소재는 임화가 직접적으로, 또는 간접적으로 체험한 사건이 아니라, 짤막한 신문 기사 내용에 불과하다. 그것은 프로시의 성격을 중시하는 입장에서 볼 때는 적절한 시의 소재라고 할 수 없다. 투쟁을 앞세우는 프로시의 강렬한 메시지와 어울리지 않을 뿐만 아니라 실제로 투쟁의 의도를 전파하는 데에도 한계가 있기 때문이다. 그것은 다른 시각으로 보면 지식인의 관념성이 말끔히 청산되지 못했음을 보여주는 증거가 되기도 한다.

연보에 의하면 「우리 오빠와 화로」는 임화의 시들 중에서 대표작으로 꼽히는 「네거리의 순이」, 「우산 받은 요코하마의 부두」, 「어머니」, 「병감에서 죽은 녀석」 등과 함께 그의 나이 21세가 되는 해인 1929년에 발표되었다. 김기진은 「단편서사시의 길로」에서 이 시를 '성장하는 ××××××의 시로서 근래에 드문 가작'이라고 평한 바 있다. 그에 의하면, 이 시는 의미가 불투명한 부분, 무의미하게 수사가 중첩된 부분 등 비판을 받아야 할 점들이 없

---

7) "제3인터내셔날(Communist International: Komintern, 1919. 3.~1943. 5)은 러시아 혁명에 성공한 후 볼세비키를 중심으로 한 레닌 등의 주도로 모스크바에 개국의 공산당과 좌익 사회주의자들이 모여 결성하였다. 마르크스·레닌주의를 내세워 제2인터내셔날의 사회 민주주의적인 경향을 철저히 배제함과 동시에, 세계 혁명의 제일선으로서 프로핀테른과 각국의 공산당을 지도하였는데, 중앙집권적인 성격이 농후했다. 1920년 제2차 대회에서 레닌의 「농업 및 식민지 문제」의 테제를 채택했고, 1928년 제6차 대회에서는 제국주의 전쟁의 위험에 대한 이른바 공산당의 무장을 결의했으며, 1935년 제7차 대회에서는 파시즘에 대한 노동자의 통일전선·인민전선 운동을 결성하였다. 그러나 독·소 전쟁의 발발과 함께 연합국의 전쟁 협력에 장애가 되어 해산되었다."(위의 글, 위의 책)

는 것은 아니지만, 골격이 되는 사건이 현실적, 실재적이고 오빠를 붙드는 누이동생의 감정이 공상적, 과정적이 아니며 현실·분위기·감정파악이 객관적, 구체적으로 되어 있어서 하나의 통일된 정서가 전파되는 동시에 감격으로 가득찬 하나의 소설적 사건이 전개되고 있다.

김기진은 프로 시인이 유의해야 할 점으로 첫째, 소재가 사건적, 소설적이되 시적으로 필요한 부분만 추리어 가지고 적당하게 압축하여 사건의 내용과 사건을 중심으로 한 분위기는 극히 인상적으로 선명·간결하게 만들기에 힘쓸 것, 둘째, 문장은 소설적으로 늘리고 둔해도 안 되지만 연마조탁할 필요는 없고 노동자들이 낭독하는 데에 호흡이 편하도록 용어는 소박·생경하고 '된 그대로의 말'일 것 등을 꼽고 있다. 그러고 보면 이 시는 고평될 만한 근거를 지니고 있다고 할 수 있다. 김기진은 이 시를, 단편 서사시의 형식으로 접근하지 않으면 안 되겠다는 생각을 증거하는 실제적인 작품 예로 들고 있어서 당시에 바람직하게 여겨지던 프로시의 형식까지도 짐작해 볼 수 있다.[8]

사랑하는 우리 오빠 어저께 그렇게 위하시던 오빠의 거북 무늬 질화로
가 깨어졌어요
언제나 오빠가 우리들의 '피오닐' 조그만 기수라 부르는 영남이가
지구에 해가 비친 하루의 모든 시간을 담배의 독기 속에다
어린 몸을 잠그고 사온 그 거북 무늬 화로가 깨어졌어요

그리하여 지금은 화(火)젓가락만이 불쌍한 영남이하구 저하구처럼
똑 우리 사랑하는 오빠를 잃은 남매와 같이 외롭게 벽에 가 나란히 걸
렸어요

---

8) 김병택, 『한국 현대시인론』(국학자료원, 1995), p. 237.

오빠……

저는요 저는요 잘 알았어요

왜 ― 그날 오빠가 우리 두 동생을 떠나 그리로 들어가실 그 날 밤에

연거푸 말는 궐련을 세 개씩이나 피우시고 계셨는지

저는요 잘 알았어요 오빠

언제나 철없는 제가 오빠가 공장에서 돌아와서 고단한 저녁을 잡수실 때 오빠 몸에서 신문지 냄새가 난다고 하면

오빠는 파란 얼굴에 피곤한 웃음을 웃으시며

……네 몸에선 누에 똥내가 나지 않니 ― 하시던 세상에 위대하고 용감한 우리 오빠가 왜 그 날만

말 한 마디 없이 담배 연기로 방 속을 메워 버리시는 우리 우리 용감한 오빠의 마음을 저는 잘 알았어요

천정을 향하여 기어올라가던 외줄기 담배 연기 속에서 ― 오빠의 강철 가슴 속에 박힌 위대한 결정과 성스러운 각오를 저는 분명히 보았어요

그리하여 제가 영남이의 버선 하나도 채 못 기웠을 동안에

문지방을 때리는 쇳소리 마루를 밟는 거치른 구두소리와 함께 ― 가 버리지 않으셨어요

그러면서도 사랑하는 우리 위대한 오빠는 불쌍한 저의 남매의 근심을 담배 연기에 싸 두고 가지 않으셨어요

오빠 ― 그래서 저도 영남이도

오빠와 또 가장 위대한 용감한 오빠 친구들의 이야기가 세상을 뒤집을 때

저는 製絲機를 떠나서 백 장에 일 전짜리 封筒에 손톱을 뚫어뜨리고

영남이도 담배 냄새 구렁을 내쫓겨 封筒 꽁무니를 뭅니다

지금 ― 만국 지도 같은 누더기 밑에서 코를 고을고 있습니다

오빠 ― 그러나 염려는 마세요

저는 용감한 이 나라 청년인 우리 오빠와 핏줄을 같이 한 계집애이고

영남이도 오빠도 늘 칭찬하던 쇠 같은 거북 무늬 화로를 사온 오빠의

동생이 아니에요
　그리고 참 오빠 아까 그 젊은 나머지 오빠의 친구들이 왔다 갔습니다
　눈물 나는 우리 오빠 동무의 소식을 전해 주고 갔어요
　사랑스런 용감한 청년들이었습니다
　세상에 가장 위대한 청년들이었습니다
　화로는 깨어져도 화(火)젓갈은 깃대처럼 남지 않았어요
　우리 오빠는 가셨어도 귀여운 '피오닐' 영남이가 있고
　그리고 모든 어린 '피오닐'의 따뜻한 누이 품 제 가슴이 아직도 더웁습
니다.

　그리고 오빠……
　저뿐이 사랑하는 오빠를 잃고 영남이뿐이 굳센 형님을 보낸 것이겠습
니까
　싫지도 않고 외롭지도 않습니다
　세상에 고마운 청년 오빠의 무수한 위대한 친구가 있고 오빠와 형님을
잃은 수없는 계집아이와 동생
　저희들의 귀한 동무가 있습니다

　그리하여 이 다음 일은 지금 섭섭한 분한 사건을 안고 있는 우리 동무
손에서 싸워질 것입니다

　오빠 오늘 밤을 새워 이만 장을 붙이면 사흘 뒤엔 새 솜옷이 오빠의
떨리는 몸에 입혀질 것입니다

　이렇게 세상의 누이동생과 아우는 건강히 오늘 날마다를 싸움에서 보
냅니다

　영남이는 여태 잡니다 밤이 늦었어요

- 누이동생
-「우리 오빠와 화로」 전문

이 시의 등장인물은 누이, 누이의 오빠, 그리고 오빠가 '피오닐',[9] '조그만 기수'라 부르는 누이의 동생 영남이다. 누이가 화자이기 때문에, 오빠와 영남이는 화자의 이야기 속에 등장하고 있을 뿐이다. 어느 날 문지방을 때리는 쇳소리, 마루를 밟는 거친 구두소리와 함께 오빠가 어디론가 잡혀가는 일이 벌어진다. 그 후 세상이 '오빠와 또 가장 위대한 용감한 오빠 친구들의 이야기'로 떠들썩하고, 누이와 영남이는 공장에서 쫓겨나 백 장에 일 전을 받는 봉투 붙이는 일을 하며 살아간다. 그런데 어느 날 오빠가 그렇게 아끼던 거북 무늬 질화로가 깨어진다. 그러나 누이는 오빠의 친구들이 전해 주는 소식에 위안을 삼으며 힘차게 살아갈 것을 다짐한다.

투쟁의식이 이 시의 전체를 감싸고 있는 것은 오히려 자연스럽다. 누이가 오빠의 '강철 가슴 속에 박힌 위대한 결정과 성스러운 각오'라고 했을 때 그것은 오빠의 투쟁의식을 지칭한 것이다. 그래서 오빠는 감옥에 가게 되었고 누이는 그러한 오빠를 자랑스럽게 생각하기 때문에, 오빠에게 차입할 솜옷을 마련하기 위해 밤을 새워 봉투 이만 장을 붙인다. 이 시의 등장인물은 모두 노동자들이다. 그들이 지닌 노동사상과 투쟁의식은 매우 뚜렷하다. 누이는 투쟁의식으로 무장된 오빠와 오빠 친구들을 '사랑스런 용감한 청년', '세상에 가장 위대한 청년'들이라고 부르며 그들을 존경한다. 그것은 물론 단순한 동지의식과 구별된다.

핵심적 소재인 화로에 대해서는 두 가지로 해석할 수 있다. 그것의 하나는 가족 중심의 시각에서 경제적 생활의 파탄을 상징하는 것으로 해석하는 것이고, 다른 하나는 국가 중심의 시각에서 국권의 상실을 상징하는 것으로 해석하는 것이다.[10] 그런데 더 중요한 것은 '그리하여 지금은 화(火)젓가락

<hr>

9) 영어의 pioneer(개척자)에 해당하는 러시아말로, '공산소년단원(9세~14세)을 일컫기도 한다. [김외곤 편, 『임화 전집·1』(박이정, 2000), p. 49.]
10) 김재홍, 「낭만파 프로시인, 임화」『카프시인 비평』(서울대 출판부, 1990), p. 161. 참조

만이 불쌍한 영남이하구 저하구처럼'과 '화로는 깨어져도 화(火)젓갈은 깃
대처럼 남지 않았어요'에서 보듯이 화젓가락이 남아 있는 것이 강조되고
있다는 사실이다. 그것은 다시 두 가지 방향으로의 해석이 가능하다. 오빠
가 잡혀갔어도 이렇게 꿋꿋하게 살아 있다는 해석과, 국권은 상실되었지만
민족의식은 이렇게 살아 있다는 해석이 그것이다. 그러나 확실한 것은 그것
을 어떻게 해석하든, 이 시에는 투쟁의식이 확고하게 자리잡고 있다는 사실
이다. 이 시의 투쟁의식이 「疊 - 1927」에서보다 더욱더 설득력이 있는 것은
그러한 점에서 기인한다.

　투쟁의식이나 계급의식이 시의 구조를 흔들 정도로 영향력을 발휘하는
경우는 드물다. 그런데 이 시는 실제로 그 정도로 영향력을 발휘하고 있다.
시의 미학적 측면과 이데올로기 측면이 격렬하게 충돌하고 있는 것이다. 그
러나 그러한 충돌로 이 시의 가치가 훼손되는 것은 아니다. 그것은 이 시가
지금까지 다양한 관점에서 논의되고 평가되는 이유이기도 하다.

III. 계급의식과 시의 미학

　한편의 시가 계급성을 드러내는 것에 대해서는 시의 물질주의라는 차원
에서 생각해 볼 여지가 많다. 그것은 사회적인 것이기도 하므로 계속 시와
사회의 관계를 논의하는 데에도 유용한 자료가 될 수 있다. 물론 마지막에
가서 그러한 논의는 예술을 향하는 쪽으로 귀결되어야 마땅하다. 아무리
계급성이 중요하다 하더라도 그것이 '시' 자체보다 중요할 수는 없기 때문
이다.

다음 시는 『조선지광』지 1929년 1월호에 처음 발표되었는데, 나중에는 1931년에 간행된 『카프 시인집』과 1938년에 간행된 『현해탄』에 각각 수록되었다.

네가 지금 간다면, 어디를 간단 말이냐?
그러면, 내 사랑하는 젊은 동무,
너, 내 사랑하는 오직 하나뿐인 누이동생 순이,
너의 사랑하는 그 귀중한 사내,
근로하는 모든 여자의 연인……
그 청년인 용감한 사내가 어디서 온단 말이냐?

눈바람 찬 불쌍한 도시 종로 복판에 순이야!
너와 나는 지나간 꽃피는 봄에 사랑하는 한 어머니를
눈물 나는 가난 속에서 여의었지!

(……)

순이야, 누이야!
근로하는 청년, 용감한 사내의 연인아!
생각해보아라, 오늘은 네 귀중한 청년인 용감한 사내가
젊은 날을 부지런한 일에 보내던 그 여윈 손가락으로
지금은 굳은 벽돌담에다 달력을 그리겠구나!
또 이거 봐라, 어서.
이 사내도 네 커다란 오빠를……
남은 것이라고는 때묻은 넥타이 하나뿐이 아니냐!
오오, 눈보라는 '트럭'처럼 길거리를 휘몰아간다.

자 좋다, 바로 종로 네거리가 예 아니냐!
어서 너와 나는 번개처럼 두 손을 잡고,

내일을 위하여 저 골목으로 들어가자.
네 사내를 위하여,
또 근로하는 모든 여자의 연인을 위하여……

이것이 너와 나의 행복된 청춘이 아니냐?
-「네거리의 순이」 부분

  우선 이 시의 등장인물에 대해 살펴보면, 화자인 오빠는 무기력한 인물
이다. 오빠는 종로 네거리에 있는 누이동생 순이에게 하소연하고 있는 점,
'이 믿지 못할 얼굴 하얀 오빠'라는 점에서 보면 실천적인 행동과는 거리가
멀다. 누이동생 순이는 사랑하는 청년이 감옥에 있기 때문에 방황하고 있는
근로 여성이다. 청년은 이 시에서 가장 긍정적으로 그려지고 있다. '너의
사랑하는 그 귀중한 사내,/근로하는 모든 여자의 연인……/그 청년인 용감
한 사내'라든가 '마음을 맡길 믿음성 있는 이 곳 청년'이라는 표현을 보면
그것은 금방 확인된다. 그러나 그 청년은 '젊은 날을 부지런한 일에 보내던
그 여윈 손가락으로/지금은 굳은 벽돌담에다 달력을 그리겠구나!'에서 보듯
이 감옥 생활을 하고 있다. 전체적으로 보면 이 시는 누이동생과 청년이 겪
고 있는 수난 쪽에 초점이 모아져 있다.
  등장하는 세 인물은 공통적으로 가난한 노동자들이다. 이들 중 오빠와
누이동생 순이는 어머니마저 잃은 고아이며 그래서 오누이는 노동할 수밖
에 없다. 청년은 "골목 뒤에서 중얼대고 일터에서 충성되던"과 "꺼질 줄
모르는 청춘의 정열에서 짐작할 수 있듯이 파업에 연루되어 감옥에 가게
된다. 이 부분에서 우리는 이 시가 지니고 있는 계급의식을 감지할 수 있
다. 그것이 구절 속에 암시되어 있기 때문이다. 그러나 그것은 본격적인 계
급의식과는 크게 다르다. 그것은 계급의식이 아닌, 계급의식의 이전 단계라

고 해야 할 정도로 미약하다. 화자인 오빠가 '보아라! 어느 누가 참말로 도적놈이냐?'고 외치고, 또 '어서 너와 나는 번개처럼 두 손을 잡고/내일을 위하여 저 골목으로 들어가자'고 권유하는 점을 염두에 두어도 그것은 마찬가지이다. 이 시의 표현들이 처음 발표될 당시와 다르게 많이 약화된 것은 1938년에 시집『현해탄』을 발간할 당시에 검열이 심했기 때문으로 추측된다.

이 시의 미학적 성취에 대해서는 쉽게 단언할 수 없다. '근로하는 청년'이 시 전체에서 효과적으로 형상화되지 못하고 있을 뿐만 아니라, 화자인 오빠의 감정이 직접적으로 노출되어 있는 것이 현저하게 시의 호소력을 약화시키고 있기 때문이다.

「우산 받은 요코하마의 부두」의 계급성은 외적 요소이면서도 내적 요소와 다름없이 소위 이데올로기에 봉사하고 있다. 이 시의 계급성은 현실 상황에서 유래한 것이지만, 실제로는 거의 독자적인 생명력을 지니고 있다. 만일 그것이 소멸해 버리면 이 시 자체가 전부 소멸할 것이라는 판단이 들 정도로 내적 요소와 외적 요소의 유기성은 두드러지다. 여기에 中野重治[11]의 「비 내리는 품천역」[12]이 관련되었다는 문학사적 사실을 덧붙인다고 해

---

11) 中野重治(1902~1979)는 동경대학 독문과를 졸업했고, 일본 NAPF의 간부였으며, 시인·소설가·문학이론가로 활약했다. 시집에 『中野重治 시집』이 있다.

12) 한글로 번역되어 『무산자』(1925. 5)에 실린 중야중치의 「비내리는 品川驛」(- ×××기념으로 李北滿 金浩永에게) 전문을 인용해 보면 다음과 같다.

辛이여 잘 가거라/金이여 잘 가거라/그대들은 비오는 品川驛에서 차에 오르는구나//李여 잘 가거라/또 한 분의 李여 잘 가거라/그대들은 그대들의 부모의 나라로 돌아가는구나//그대들의 나라의 시냇물은 겨울 추위에 얼어붙고/그대들의 ×× 반항하는 마음은 떠나는 일순에 굳게 얼어/바다는 비에 젖어서 어두워가는 저녁에 파도성을 높이고/비둘기는 비에 젖어서 연기를 헤치고 창고 지붕 위에서 날아다닌다/그대들은 비에 젖어 그대들을 쫓아내는 일본의 ××을 생각한다/그대들은 비에 젖어서 그대들을 쫓아내는 그의 머리털 그의 좁은 이마 그의 안경 그의 수염 그의 보기 싫은 곱사 등줄기를 눈앞에 그려본다//비는 줄줄 내리는데 새파란 시그널은 올라간다/비는 줄줄 내리는데 그대들의

도 그 사실은 바뀌지 않는다.

항구의 계집애야! 이국의 계집애야!
'도크'를 뛰어오지 말아라 '도크'는 비에 젖었고
가슴은 떠나가는 서러움과 내어쫓기는 분함에 불이 타는데
오오 사랑하는 항구 '요코하마'의 계집애야!
'도크'를 뛰어오지 말아라 난간은 비에 젖어 있다

"그나마도 天氣가 좋은 날이었더라면?"······
아니다 아니다 그것은 소용없는 너만의 불쌍한 말이다
네의 나라는 비가 와서 이 '도크'가 떠나가거나
불쌍한 네가 울고 울어서 좁다란 목이 미어지거나
이국의 반역 청년인 나를 머물러 두지 않으리라
불쌍한 항구의 계집애야 ―울지도 말아라

추방이란 標를 등에다 지고 크나큰 이 부두를 나오는 네의 사나이도
모르지는 않는다
네가 지금 이 길로 돌아가면

(······)
나야 쫓기어 나가지마는 그 젊은 용감한 녀석들은
땀에 젖은 옷을 입고 쇠창살 밑에 앉아 있지를 않을 게며

검은 눈동자가 번쩍인다//그대들의 검은 그림자는 개찰구를 지나/그대들의 하얀 옷자락
은 침침한 플랫폼에 흩날려/시그널은 색을 변하고/그대들은 차에 올라탄다/그대들은 출
발하는구나/그대들은 떠나가는구나//오오!/조선의 사나이요 계집아인 그대들/ 머리끝 뼈
끝까지 꿋꿋한 동무/일본 프롤레타리아트의 앞잡이요 뒷군/가거든 그 **딱딱**하고 두터운
번질번질한 얼음장을 두드려 깨처라/오래 동안 갇히었던 물로 분방한 홍수를 지어라/그
리고 또다시/해협을 건너뛰어 닥쳐오너라/고베[神戶] 나고야[名古屋]를 지나 동경에
달려들어/그의 신변에 육박하고 그의 면전에 나타나/×를 사로×어 그의 ×살을 움켜잡고
/그의 ×멱 바로 거기에다 낫×을 겨누고/만신의 뛰는 피에/뜨거운 복×의 환희 속에서/울
어라! 웃어라!

네가 있는 공장엔 어머니 누나가 그리워 우는 北陸의 幼年工이 있지
않으냐
너는 그 녀석들의 옷을 빨아야 하고
너는 그 어린 것들을 네 가슴에 안아 주어야 하지를 않겠느냐—
'가요'야! '가요'야! 너는 들어가야 한다
벌써 '사이렌'은 세 번이나 울고
검정 옷은 내 손을 몇 번이나 잡아당겼다
인제는 가야 한다 너도 가야 하고 나도 가야 한다

(……)

오오 그러면 사랑하는 항구의 계집애야
너는 그냥 나를 떠나 보내는 서러움
사랑하는 사나이를 이별하는 작은 생각에 주저앉을 네가 아니다
네 사랑하는 나는 이 땅에서 쫓겨나지를 않는가
그 녀석들은 그것도 모르고 갇혀 있지를 않은가 이 생각으로 이 분한
사실로
비둘기같은 네 가슴에 발갛게 물들어라
그리하여 하얀 네 살이 뜨거워서 못 견딜 때
그것을 그대로 그 얼굴에다 그 대가리에다 마음껏 메다쳐 버리어라

그러면 그때면 지금은 가는 나도 벌써 부산, 동경을 거처 동무와 같이
'요코하마'를 왔을 때다
그리하여 오래 동안 서러웁던 생각 분한 생각에
피곤한 네 귀여운 머리를
내 가슴에 파묻고 울어도 보아라 웃어도 보아라
항구의 나의 계집애야!
그만 '도크'를 뛰어오지 말아라
비는 연한 네 등에 내리우고 바람은 네 우산에 불고 있다
—「우산 받은 요코하마의 부두」 부분

임화의 이 시가 일본 시인 中野重治의 「비내리는 품천역」에 대한 화답 시라는 데 대해서는 대체로 이견이 없는 것 같다. 중야중치의 시에 등장하는 인물은 쫓겨가는 조선인과 그를 보내는 일본인인데, 임화의 시에 등장하는 인물도 쫓겨나는 조선인 청년과 배웅나온 일본인 여성이다. 그리고 이 시와 「비내리는 품천역」은 공통적으로 이별을 소재로 삼고 있다. 발표 시기만을 놓고 보더라도 두 시인의 시 사이에 놓이는 화답의 가능성은 적지 않다. 중야중치의 시는 일본의 종합지 『개조』(1929. 2)에 먼저 발표되었고 얼마 후 동경에서 발행되던 『무산자』에 번역, 게재되었다. 『개조』 발표 때 워낙 삭제를 많이 당해서 뒷날 한글 번역 텍스트를 참조에서 복원했다는 것인데 최초의 텍스트와 뒷날 『중야중치 시집』에 수록된 텍스트 사이에는 커다란 차이가 있다. 후반부가 많이 달라지고 간결해졌으며 한결 정연하다. 임화가 「우산 받은 요코하마의 부두」를 끝맺을 때 분명히 의존했을 것으로 보이는 시행, "그리고 또다시/해협을 건너뛰어 닥쳐오너라/고베[神戸] 나고 야[名古屋]를 지나 동경에 달려들어/그의 신변에 육박하고 그의 면전에 나타나/×를 사로×어 그의 ×살을 움켜잡고/그의 ×멱 바로 거기에다 낫×을 겨누고/만신의 뛰는 피에/뜨거운 복×의 환희 속에서/울어라! 웃어라!"는 삭제되고 "잘 가거라/보복의 환희에 울고 웃을 날까지"로 간략히 끝나고 있는데, 그것은 아마 1930년대 이후의 역사의 진행과 관련된 것이 아닌가 생각된다. 1920년대 말에 중야중치를 비롯한 과격파 지식인들이 꿈꾸던 희망적 관측은 실현되지 못했기 때문이다.[13]

남성인 화자가 여성을 부르는 것과 일본 여성이 등장하는 것에 대해서는 다소 면밀한 고찰이 필요하다. 우선 남성인 화자가 일본인 여성을 부르는 것 자체에는 특별한 의미를 부여할 여지가 없다. 그런데 이 시에서 그 남성

---

13) 유종호, 「사회주의 시인의 탄생」, 『다시 읽는 한국 시인』 (문학동네, 2002), pp. 38~39.

이 조선인 청년이라는 점, 그리고 일본인 여성은 그 청년의 애인이라는 점을 분명히 하고 나면 거기에는 여러 가지 의미가 발생한다. 임화는 이 시에서 근로 계급의 국제적 연대를 분명히 의식하면서 이 시를 썼던 것이다. 그 일본인 여성이 단순한 '항구의 계집애'가 아니라 그 청년과 동지의 관계에 있다는 점을 상기하면 그 점은 더욱더 분명해진다.

인상적인 표현 '비둘기 같은 네 가슴'은 물론 그 청년을 사랑하는 일본인 여성의 그것이다. 그녀의 가슴이 빨갛게 물든다는 것에 대해서는 또한 두 가지의 해석이 가능하다. 하나는 계급의식, 곧 공산주의를 상징하는 것으로 해석하는 것이고, 다른 하나는 저항과 분노를 그러한 빛깔로 심상화하는 것으로 해석하는 것이다. 그런데 그런 분노와 의식이 공격 대상으로 삼는 것은 '그 얼굴' 또는 '대가리'이다. 그것은 천황으로 상징되는 일본 제국주의자들을 의식한 직접적 표현이다. 그러한 분노와 반항의식은 그 다음 연에서 더욱 가속화된다. 화자는 여기서 일제의 패퇴를 예견하고 그 때 추방된 자신도 당당하게 다시 제자리에 설 것이라고 말한다. 그리하여 「네거리의 순이」 이하 몇 개의 작품과 함께 「우산 받은 요코하마의 부두」는 임화의 대표작이며 카프의 성공시로 일컬어질 수 있는 것이다. 이런 사실은 이 작품의 제작동기가 되었을 것으로 보이는 중야중치의 시 「비내리는 품천역」과 대비되는 경우 더욱더 그 윤곽이 확연하게 드러난다.[14]

앞에서 잠시 언급한 대로 중야중치의 「비내리는 품천역」 때문에 이 시의 가치가 훼손되는 것은 아니다. 오히려 「비내리는 품천역」으로 해서 이 시는 지식 계급에 속하는 한국과 일본 문인들의 의식구조가 어느 정도 공통성을 지니고 있음을 보여준다. 또한 이 시는 '그것을 그대로 그 얼굴에다 그 대가리에다 마음껏 메다쳐 버려라'에서 보듯이 일본제국주의가 한국과

---

14) 김용직, 앞의 책, pp. 47~48.

일본의 지식인들에게 공통적으로 증오의 대상이 되고 있었다는 점을 입증한다.

IV. 저항의식과 현실 극복

「병감에서 죽은 녀석」을 굳이 다른 시와 관련시켜 말한다면, 그 대상이 되는 시는 단연 「曇 - 1927」일 것이다. 「曇 - 1927」의 화자가 목청을 크게 높이고 있듯이, 이 시도 똑같은 양상을 보여준다. 상이한 점이 있다면, 「曇 - 1927」이 강한 투쟁성을 보여주고 있는 데에 비해, 이 시는 강한 저항성을 보여주고 있다는 점이다. 그것의 구체적인 예는 '조그만 너 하날 잡으러 몇 놈 몇 십 놈'이 온 것은 '그만큼 놈들은 너를 무서워하였고/우리들을 무서워' 했다는 데에서 찾을 수 있다. 저항성이야말로 상대방이 두려워하는 최대의 근거이기 때문이다.

긴 젊은 날을 너와 나는 ××을 의논하여 왔고 꿈같은 엷은 생각이 우리
앞을 막을 때면 '일리치 레닌'의 쇠 같은 얼굴을 바라며
밑빠진 주머니에 두 손을 고쳐 찌르고 또 다시 나가지를 않았던가—
그 날도—
그 날도 너는 여름의 밤이 아직도 안 새었을 때
오는 날에 계획의 실행 앞에서 우리는 지난 그 때를 이야기하였었다.

일찍이 해가 1920년이었을 때 3월
우리들의 사랑하는 용감한 내 나라의 백성들이
××한 제국주의 ××과 자유를 싸웠을 때
어떻게 꿈에도 못 잊을 사랑하는 동포가 ×들의 毒手에 넘어졌던가를
말하지 않았던가—

그렇다—
평화하여야 할 녹색의 고운 都邑 수원에서 한꺼번에 사랑하는 동포 팔
백 구백을 ×에 살라 ×인 놈도
오! 미운! 그 놈! 그 놈들이었고
수도 경성에서 대도상에서 귀여운 젊은 여자의 하얀 가슴에다 ×을 박
은 놈도!
근로하는 노동자 농민을 예속과 착취에서 해방하려는 우리들의 전위
×× 젊은 ××을 모든 ××한 야수적 방법으로 ×이고 ×問한 놈도
그 놈! 그 놈들이었다

그러므로!
너와 나는 쌓이고 쌓인 그 분한의 보복을 위하여 그 날의 실행될 계획
을 가졌던 것이 아니었더냐?

그러나! 지금은
이러던 너도 병감에서 죽었구나! 네가 병감에서 죽었어—

오! 내 나라의 용감한 사나이야! 번개 같은 사나이야—
그 날 놈들은 말굽 밑에다 알 수 없는 슬픔과 분한에 조그만 가슴을
덜렁대고 있던 학교의 계집애들을 짓밟고
번개같이 삐라를 뿌리고 지나가는 청년 용감한 우리들의 학생들을 ×
대구리로 거꾸러트리지를 않았더냐
놈들은 무서워 떨었다
그리고 조그만 너 하나를 잡으러 몇 놈이 몇십 놈이 왔었던 것이냐
그만큼 놈들은 너를 무서워하였고
우리들을 무서워하였던 것이다.
오! 귀여운 이 녀석아!
네가 사람을 죽이었기 때문에 놈들은 너를 ×인 것이 아니다
놈들은 너를 미워하였고 놈들은 너를 없애려는 데 모든 세력을 다한
것이다.

그러므로 너는 병감에서 ×었다

그러나 용감한 너와 또 젊은 용감한 청년 학생인 동무들이 흘린 ×에
젖은

6월 10일은 우리들 조선의 프롤레타리아의 가슴에서 스러지지는 않으
리라

봄이 엷은 삼월에 우리들의 山宣이 ×었고

똑같은 이 달에 渡政도 일본 노동자 농민의 원한 속에 갔는데

오! 또 이 녀석아!

병감에서 네가 ×다니 —

그러나 —

귀여운 이 녀석아! 잘 가거라

우리들의 ×××은 미친 개처럼 싸지르는 백색 테러들의 독수를 짓밟고

더 멀리 더 군세이 앞으로 나가리라

더 무서웁게 더 무서웁게 죽음을 안고 싸우리얀다고!

- 「병감에서 죽은 녀석」 - '×의 6월 10일에' 전문

  소재로 삼고 있는 역사적 사건은 3·1운동과 6·10만세운동이다. 이 시는
『무산자』 3권 2호에 수록되었다. 『무산자』 3권 2호는 특집으로 1926년의
6·10만세 운동을 기획했고, 임화는 거기에 6·10만세운동 때에 감옥에서 숨
진 동지를 애도하는 시를 썼다. 그래서 그런지 이 시는 저항의식을 고취하
는 내용으로 가득차 있다. 따라서 상대적으로 시의 미학적 성취에 대해서는
논의할 여지가 매우 적다고 할 수 있다. 「曇-1927」에서 보는 것과 같은
생경함과 과격함이 이 시에는 매우 뚜렷하다.

  우선 저항 대상에 대한 지칭도 '사랑하는 동포 팔백 구백을 ×에 살라 ×
인 놈도/오! 미운! 그 놈! 그 놈들이었고/수도 경성에서 대도상에서 귀여운
젊은 여자의 하얀 가슴에다 ×을 박은 놈도!/근로하는 노동자 농민을 예속과

착취에서 해방하려는 우리들의 전위 ×× 젊은 ××을 모든 ××한 야수적 방법으로 ×이고 ×問한 놈도/그 놈! 그 놈들이었다'에서 보듯 극단적인 분노의 감정을 드러낸다. 당연히 화자는 '쌓이고 쌓인 그 분한의 보복을 위하여 그 날의 실행될 계획을' 세운다. 그 계획이란 '번개같이 삐라를 뿌리'는 것인데, '놈'들은 '우리'들을 무서워했다. 그런데 지금은 어떠한가. 친구인 '너'는 병감에서 죽었다. 그러나 화자는 '우리들의 ×××은 미친 개처럼 싸지르는 백색 테러들의 독수를 짓밟고/더 멀리 더 굳세이 앞으로 나가리라/더 무서웁게 더 무서웁게 죽음을 안고 싸우리얀다고!'처럼 저항의지를 불태운다.

임화의 시를 읽어본 경험이 있는 독자는 다음 시에 들어있는 저항적이고 냉정한 표현들을 아주 자연스럽게 받아들일 가능성이 많다. 그러한 독자는 임화가, 순수 서정시의 '순수'와 '서정'을 철저히 배척하고, 그보다 훨씬 더 가치가 있다고 판단되는, 현실의 어떤 면을 부각시키고자 하는 의도를 지니고 있었음을 알고 있기 때문이다. 실제로 다음 시에서 그는 역사적 사건(3·1운동, 6·10만세운동)을 환기시키면서 그러한 의도를 온전히 구체화하고 있다.

대양과 같이 푸른 잎새를,
그 젊은 守護卒 滿山의 草花를,
돌바위 굳은 땅속에 파묻은 바람은,
이제 고아인 벌거벗은 가지 위에 소리치고 있다.
청춘에 빛나던 저 여름 저녁 하늘의 금빛 별들도
幽冥의 하늘 저쪽에 흩어지고,
손톱같이 여윈 단 한 개의 초생달,
그것조차 지금은 '레테'의 물 속에서 신음하고 있는가?

(……)

이 암흑, 폭풍, 雷鳴의 거대한 고통이
밀집한 교목의 대오와 그 한 개 한 개의 영웅인 청년, 수목의 육체 가
운데
굵고 검은 한 테의 연륜을 더 둘러주고 가는 것을!

너는 두려워하느냐?
사는 것을……
너는 아파하느냐?
청년이 우리들이 생존하고 성장하는 도표인 '나이'가 하나 둘 늘어가
는 것을!

영리한 새여 — 아직도 양심의 불씨가 꺼지지 않은 조그만 심장이여!
불룩 내민 그 귀여운 가슴을 두드리면서
이렇게 소리쳐라!

오라! 어둠이여! 울어라! 폭풍이여!
노호하라! 死와 암흑의 '마르세이유'여!

그렇지 않은가!
누구가 대지로부터 스며오르는 생명인 봄의 樹液을
누구가 청년의 가슴 속에 자라나는 영웅의 정신을 죽음으로써 막겠는가
암흑인가? 폭풍인가? 雷鳴인가?

-「암흑의 정신」 부분

이 시는 19연 82행으로 된 장시 형식을 지니고 있으면서도 실제로 뚜렷한 이야기가 별로 없다. 이 시가 발표된 1934년 10월쯤에 이르러 임화의 시는 투쟁의식을 고취하는 단계에서 내면세계를 지향하는 단계로 바뀌었음

을 말해 주는 증거이다. 이른바 시 세계의 변모를 보여 주는 것이다. 그러나 그렇다고 해서 그의 시가 다른 서정시인들의 그것처럼 서정성만을 온전히 드러내는 것은 아니다. 이 시의 내면세계에는 여전히 현실에 대한 부정이나 비판과 결부되는 저항성이 들어 있는 것이다.

암흑의 분위기가 이 시를 지배하고 있는 이유는 아무래도 임화를 중심으로 한 당시 문단의 변화와 개인적인 생활의 변화에서 찾아야 할 것이다. 1931년의 카프 제1차 검거 때에 잠시 수감생활을 하기도 했고, 카프 조직 내의 내분에 따라 서기장의 위치에 있던 그는 제2차 검거 때에 수모를 당하기도 했으며, 1935년에는 그 자신이 직접 카프 해산계를 제출하는 일을 겪기도 했다. 또 개인적으로는 첫 부인과 이혼하고 이현욱(필명 지하련)과 재혼하기는 했지만 그 자신은 심한 결핵을 앓는 등 그를 둘러싸고 있는 여러 가지의 위기는 심각한 것이었다.

임화는 이 시에서 암흑과 같은 현실을 포기하지 않는 저항의식과 극복의지를 동시에 드러낸다. 맨 마지막 연인 "그렇지 않은가!/누구가 대지로부터 스며오르는 생명인 봄의 樹液을/누구가 청년의 가슴속에 자라나는 영웅의 정신을 죽음으로써 막겠는가/암흑인가? 폭풍인가? 雷鳴인가?"에 그 점이 잘 나타나고 있다.

특징을 하나 더 든다면 이 시는 편지 형식을 취하고 있다는 점이다. 『카프 시인집』(1931)에 수록된 다수의 시들이 편지 형식을 취하고 있어서, 이 시의 그러한 형식이 새삼스러운 것은 아니다. 이처럼 편지 형식을 취하게 된 데에는 그에 상응하는 이유가 있을 수 있다. 한마디로 그것은, 자신의 시에 들어 있는 지나치게 강한 투쟁성·저항성·계급성이 독자와의 거리를 멀게 했던 이유임을 깨달은 후에, 이제는 거기에서 벗어나 독자에게 가깝게 다가서고자 하는 임화 자신의 의도와 관련된다.

V. 에필로그

지금까지 임화 시에 나타난 현실의식을 투쟁의식과 노동운동, 계급의식과 시의 미학, 저항의식과 현실 극복 등 세 가지의 방향에 초점을 맞추어 살펴보았다. 이제 그 내용을 요약해 보면 다음과 같다.

첫째, 「담 - 1927」에서 가장 두드러지게 눈에 띄는 점은 투쟁의식을 고취하고 있다는 사실이다. 그것은 서두에서부터 1919년에 처형된 독일의 혁명 지도자 칼 리프크네히트와 로자 룩셈부르크의 죽음이 제시되고 있는 점, 사코와 반제티의 목숨을 빼앗은 방식이 '電氣로 —(프롤레타리아트의 발전하는 전기로)'임을 분명히 밝히고 있는 점, 범죄자·도살자·강도 등 즉각적으로 흥분을 유도하는 어휘를 동원하고나서 마지막에 '우리들은 동무와 같이 용감하게 전장에로 가자'라고 한 점 등에서 분명히 나타난다.

「우리 오빠와 화로」 전체를 감싸고 있는 것은 투쟁의식이다. 누이가 오빠의 '강철 가슴 속에 박힌 위대한 결정과 성스러운 각오'라고 했을 때, 그것은 오빠의 투쟁의식을 지칭한 것으로 판단된다. 그래서 오빠는 감옥에 가게 되었고 누이는 그러한 오빠를 자랑스럽게 생각하기 때문에 오빠에게 차입할 솜옷을 마련하기 위해 밤을 새워 봉투 이만 장을 붙인다. 그들이 지닌 노동사상과 투쟁의식은 매우 뚜렷하다. 누이는 투쟁의식으로 무장된 오빠와 오빠 친구들을 '사랑스런 용감한 청년', '세상에 가장 위대한 청년'들이라고 부르면서 그들을 존경한다. 그것은 물론 단순한 동지의식과는 구별된다.

둘째, 「네거리의 순이」에 등장하는 세 인물은 공통적으로 가난한 노동자들이다. 이들 중 오빠와 누이동생 순이는 어머니마저 잃은 고아이며, 그래서 오누이는 노동 현장에 나설 수밖에 없다. 청년은 "골목 뒤에서 중얼대고 일터에서 충성되던”과 “꺼질 줄 모르는 청춘의 정열”에서 짐작할 수 있듯이 파업에 연루되어 감옥에 가 있다. 이 부분에서 독자는 이 시가 지니고 있는 계급의식을 감지할 수 있다. 그것은 약화된 계급의식이다. 그것은 이 시에서 화자인 오빠가 ‘보아라! 어느 누가 참말로 도적놈이냐?’고 외치고, 또 ‘어서 너와 나는 번개처럼 두 손을 잡고,/내일을 위하여 저 골목으로 들어가자’고 권유하는 대목을 염두에 두어도 그것은 마찬가지이다. 이 시가 처음 발표될 당시와 다르게 개작을 거치면서 표현의 강도가 많이 약화된 것은 1938년에 시집 『현해탄』을 발간할 당시에 검열이 심했기 때문으로 추측된다.

「우산 받은 요코하마의 부두」의 계급성은 분명히 외적 요소이면서도, 이 시에서는 내적 요소나 다름없다. 그것은 독자적인 생명력을 지니고 있다. 소위 이데올로기의 미학에 봉사하고 있는 것이다. 여기에 中野重治의 「비내리는 품천역」이 관련되었다는 문학사적 사실이 덧붙여진다고 해도 그 사실은 바뀌지 않는다.

「우산 받은 요코하마의 부두」가 일본 시인 중야중치의 「비내리는 품천역」에 대한 화답시로 평가된다. 중야중치의 시에 등장하는 인물은 쫓겨가는 조선인과 그를 보내는 일본인인데, 임화의 시에 등장하는 인물도 쫓겨나는 조선인 청년과 배웅나온 일본인 여성이다. 그리고 이 시와 「비내리는 품천역」은 공통적으로 이별을 소재로 삼고 있다. 발표 시기를 놓고 보더라도 「우산 받은 요코하마의 부두」가 「비내리는 품천역」에 대한 화답시일 가능성은 많다.

「우산 받은 요코하마의 부두」에서 ‘비둘기같은 네 가슴’은 물론 그 청년을 사랑하는 일본인 여성의 그것이다. 그녀의 가슴이 빨갛게 물든다는 것에 대해서는 두 가지의 해석이 가능하다. 하나는 계급의식, 곧 공산주의를 상징하는 것으로 해석하는 것이고, 다른 하나는 저항과 분노를 그러한 빛깔로 심상화하는 것으로 해석하는 것이다. 그런데 그런 분노와 의식이 공격 대상으로 삼는 것은 '그 얼굴' 또는 '대가리'이다. 그것은 천황으로 상징되는 일본 제국주의자들을 의식한 직접적 표현이다. 이런 분노와 반항의식은 그 다음 연에서 더욱 가속화된다. 화자는 여기서 일제의 패퇴를 예견하고 그 때 추방된 자신도 당당하게 다시 제자리에 설 것이라고 말한다. 그리하여 「네거리의 순이」 이하 몇 개의 작품과 함께 「우산 받은 요코하마의 부두」는 임화의 대표작이며 카프의 성공시로 일컬어질 수 있다. 이러한 사실은 이 작품의 제작동기가 되었을 것으로 보이는 중야중치의 시 「비내리는 품천역」과 대비되는 경우 더욱더 그 윤곽이 확연하게 드러난다.

셋째, 「병감에서 죽은 녀석」을 굳이 다른 시와 관련시켜 말한다면, 대상이 되는 시는 단연 「曇-1927」일 것이다. 「담-1927」의 화자가 목청을 크게 높이고 있듯이, 이 시도 똑같은 양상을 보여준다. 상이한 점이 있다면, 「담-1927」이 강한 투쟁의식을 보여주고 있는 데에 비해, 이 시는 강한 저항성을 보여주고 있다는 점이다. 그러한 점의 구체적인 예는 '조그만 너 하나 잡으러 몇 놈 몇 십 놈'이 온 것은 '그만큼 놈들은 너를 무서워하였고/우리들을 무서워' 했다는 데에서 찾을 수 있다. 상대방이 두려워하는 최대 근거는 상대방 지니고 있는 저항성이기 때문이다.

「병감에서 죽은 녀석」의 소재는 3·1운동과 6·10만세운동이다. 이 시는 『무산자』 3권 2호에 발표되었다. 『무산자』 3권 2호는 1926년의 6·10만세운동을 특집으로 기획했고, 임화는 여기에 6·10 만세 운동 때에 감옥에서 숨진 동지를 애도하는 시를 썼던 것이다. 그래서 그런지 이 시는 저항의식을 고취하는 내용으로 가득차 있다. 상대적으로 시의 미학적 성취 쪽에 대해서는 논의할 여지가 매우 적다고 할 수 있다. 「담-1927」에서 보는 것과 같은 생경함과 과격함이 이 시에는 들어 있다.

「병감에서 죽은 녀석」은 극단적인 분노의 감정을 담고 있다. 당연히 화자는 '쌓이고 쌓인 그 분한의 보복을 위하여 그 날의 실행될 계획'을 세운다. 그 계획이란 '번개같이 삐라를 뿌리'는 것인데, '놈'들은 '우리'들을 무서워한다. 결국 친구인 '너'는 병감에서 죽었다. 그러나 화자는 '멀리 더 굳세이 앞으로 나가리라/더 무서웁게 더 무서웁게 죽음을 안고 싸우리안다고!'처럼 저항의지를 불태운다.

「암흑의 정신」은 19연 82행으로 된 장시 형식을 지니고 있으면서도 실제로 제시된 이야기가 별로 없다. 그것은 이 시가 발표된 1934년 10월쯤에 이르러 임화의 시는 투쟁의식을 고취하는 단계에서 내면세계를 지향하는 단계로 바뀌었음을 말해 주는 증거이다. 이른바 시 세계의 변모를 보여 주는 것이다. 그러나 그렇다고 해서 그의 시가 다른 서정시인들의 그것처럼 온전히 서정성만을 드러내는 것은 아니다. 이 시의 내면세계에는 여전히 현실에 대한 부정이나 비판과 결부되는 저항성이 들어 있는 것이다. 이와 더불어 이 시는 암흑과 같은 현실에 대한 저항의식과 함께 극복의지를 보여 주기도 한다.

시적 경험과 상상력__서정주론

I. 프롤로그

시는 언어에 의한 존재의 건설이다.[1] 따라서 시의 언어는 본질적인 것이다. 본질적인 것이란 무엇인가. 그것은 측량의 대상이 아니며, 유한하거나 무한한 것과도 전혀 관계가 없다. 그러면서도 그것은 끊임없이 생성되고 자유롭게 창조된다. 그 세계는 근원적으로 부여된 카오스의 세계, 우리의 인식을 불러일으키는 노모스의 세계와도 같다. 그것은 우리의 정신에 잠재하는 균열과 영혼을 하나의 방향으로 이끌어 준다. 동시에 그것은 우리의 현존을 어떤 의미 위에 정착시킨다.

이런 의미에서, 본질적인 언어는 가장 본질적인 시의 형태를 구축할 수 있다. 그렇다면 본질적인 언어를 가능하게 하는 것은 무엇인가. 언어 자체만으로는 그 본질을 드러낼 수 없다. 어떤 특별한 상태의 도움을 받을 때에 비로소 완전한 본질을 드러낼 수 있는 것이다. 그 물음에 대해, "그것은 경험 또는 상상력이다"라고 대답해버리면 문제가 해소될 것 같지만 실제로는 그렇지 않다. 그 대답은 경험 또는 상상력이 구체적으로 시의 본질과 어

---

1) 하이데거, 『시와 철학』, 소광희 역 (박영사, 1978), pp. 54~55. 참조

떤 관계에 있는가라는 다른 물음을 유발하기 때문이다. 그러나 I. A. 리챠즈의 이론2)을 빌리면 그 문제에 대해서는 비교적 명쾌하게 설명할 수 있을 듯하다.

시인은 외적 영향에 대해 극히 민감하다. 또 그것에 대해 우수한 식별력을 가지고 있다. 시인은 적어도 두 가지에 있어 보통 사람보다 앞서 있다. 즉 그것은 외적 영향에서 받은 인상을 정착시키지 않고 자유로이 보유할 수 있다는 점과, 그러한 인상과의 새로운 관계를 형성할 수 있다는 점이 그것이다. 드라이튼은 셰익스피어에 대해 "그는 자연의 온갖 이미지를 늘 볼 수 있었다. 그는 그것을 두려움 없이 운 좋게 그릴 수 있었다"고 말한다. 이것은 셰익스피어가 스스로 소유하고 있는 경험의 요소를 결합시킬 때 범위의 넓이, 정교함, 자유로움 등에 있어서 모두 탁월했다는 것을 의미한다. 과거를 언제라도 이용할 수 있는 상태로 가지고 있다는 것, 이것은 시인의 첫째 자질이다.

그러나 더 본질적인 문제는 경험을 소유하는 데 있는 것이 아니라, 그것을 이용할 수 있다는 점에 있다. 다시 말해서 과거의 경험을 자유롭게 재생하는 능력에 있다. 이것은 물론 경험의 일시나 장소를 전부 기억해 낸다는 뜻이 아니다. 오히려 특별한 정신 상태를 이용할 수 있는 상태로 바꿀 수 있다는 뜻이다. 과거의 경험을 자유롭게 재생한다는 것은 이처럼 특별한 의미로 쓰일 수 있다. 그리고 그것이 특별한 의미를 가지는 한에 있어서는 상상력과 불가분의 관계에 놓인다.

문학과 관련되는 상상력은 다음 두 가지로 나누어 생각해 볼 수 있다. 하나는 상상력이 단순히 비유적인 말의 용법만을 말하는 경우이다. 그래서 실제로 은유나 직유를 잘 구사하는 사람을 가리켜 우리는 상상력이 풍부한

---

2) I. A. Richards, *Principles of Literary Criticism*, pp. 139~143., pp. 188~199. 참조.

사람이라고 말한다. 다른 하나는 상반되는 성질이나 부조화한 성질을 밸런스 또는 화해로 나타내는 힘을 말하는 경우이다. 이것은 코울리지의 비평이론에 나타나는 내용인데, 그는 음악적인 즐거움의 감각과 다수의 것을 하나의 효과로 환원하는 힘, 혹은 감정에 의해서 일련의 사상에 변화를 주는 힘을 상상력의 힘이라고 주장한다. 우리가 여기서 주목해야 할 것은 후자의 경우이다.

시인은 경험을 이용할 수 있으며 혼란스러운 충돌들을 상상력으로 질서화하는 사람이다. 그래서 시인에게는 상상력이 요구된다. 한 편의 시는 상상력에 의해 질서화될 때 비로소 예술적 가치를 획득한다. 물론 그 상상력은 시적 상상력으로, 경험은 시적 경험으로 그 범주가 국한된다. 즉, 심미적 반응으로 나타난 상상력이나 경험일 때에 그렇다는 말이다. 아무렇게나 나열한 경험에서는 어떤 시적 공감도 기대할 수 없다. 결국 시는 개인적인 경험을 질서화한 것이다. 그것은 언어에 의해서 구축되며 상상력의 도움을 받아야 여러 가지 모습을 드러낼 수 있다. 그러므로 어떤 작품을 분석할 때, 언어 형태로 나타나기 이전의 과정(의식화의 과정), 원시적인 경험 등에까지 접근해 보는 것은 매우 중요하다. 이 때의 경험은 현실에서 얻은 경험뿐만 아니라 비현실적인 세계에서 얻은 경험까지를 두루 의미한다. 다만 앞에서 잠시 말한 대로 그러한 경험들이 반드시 시적인 것이어야 한다는 전제는 꼭 필요하다.

이 글의 목적은 서정주의 시에 나타난 시적 경험은 어떤 것이며, 그 경험은 어떤 상상력에 의해 본질적인 존재로서의 가치를 지니게 되었는지를 밝히는 데에 있다.

II. 자화상 또는 역사의 흐름

한 시인의 심층의식은 대체로 유·소년기에 형성되는 것이 보통이다. 이 시기에 형성된 심층의식의 유형에 따라 그의 전인생의 유형이 결정된다. 치열한 세계 인식으로 인생의 여정을 항해하는 시인의 경우라면 그것은 더욱 더 그렇다. 그리고 그것은 비교적 확실한 상태를 유지하면서, 시인이 앞으로 지니게 되는 경험과 그것을 새로운 유형으로 구축하는 상상력에 영향을 끼친다. 그것은 우연적 요소의 침입을 받으면 이미 구성된 유형을 붕괴시키기도 한다. 이때 그 붕괴의 현장에 참여하는 것이 바로 지적인 인식이다. 그런데 이 지적인 인식은 아프리오리한 것이다. 뛰어난 시에 아프리오리한 인식은 항시 있어 왔다. 아마 앞으로도 그러할 것이다. 이런 예로 우리는 당장 보들레르의 시를 들 수 있다. 발레리는 스승인 말라르메와 보들레르, 그리고 그 자신까지도 의식하면서 다음과 같이 말한 바 있다.

> 神秘로운 면에서는 變轉이란 어떤 年齡에도 일어날 수 있지만, 知的
> 인 면에서는 대체로 19세에서 24세 사이에 일어나는 것 같다 — 적어도
> 알려진 自我들의 몇몇 '種類'들에서는 그러했다.[3]

발레리가 말한 '알려진 自我들'을 보들레르를 통해 구명하는 것은 이 글에서의 목적이 아니다. 그러나 우리는 최소한 시인 서정주의 시를 살펴보는 자리에서는 이 문제를 유념하는 것이 좋을 듯하다. 물론 이것은 시적 경험과 실제 경험이 매우 가까이 운명적으로 밀착될 수밖에 없거나 그와 유사한 관계를 맺고 있다는 것을 전제하고 하는 말이다. 김붕구는 보들레르를 '저주받은 시인'으로 규정하고 있지만, 한국의 시인 서정주에게 '저주받은'

---

3) 김붕구, 『보들레르』 (문학과지성사, 1977), p. 72에서 재인용.

이란 수식어를 붙이는 것은 적절하지 못하다. 보들레르의 시에 나타난 운명과 그의 실제 운명은 일치하는 것이지만, 서정주의 초기 시 「자화상」에 나타난 운명은 실제 운명이라기보다는 그의 탁월한 시적 경험에 의해 구성된 것이기 때문이다.

애비는 종이었다. 밤이 깊어도 오지 않았다.
파뿌리같이 늙은 할머니와 대추꽃이 한 주 서 있을 뿐이었다.
어매는 달을 두고 풋살구가 꼭 하나만 먹고 싶다 하였으나…… 흙으로 바람벽한 호롱불 밑에
손톱이 까만 에미의 아들.
甲午年이라든가 바다에 나가서는 돌아오지 않는다 하는 외할아버지의 숱 많은 머리털과
그 커다란 눈이 나는 닮았다 한다.
스물 세 해 동안 나를 키운 것 八割이 바람이다.
세상은 가도 가도 부끄럽기만 하더라
어떤 이는 내 눈에서 罪人을 읽고 가고
어떤 이는 내 입에서 天痴를 읽고 가나
나는 아무것도 뉘우치진 않으련다.
찬란히 틔어 오는 어느 아침에도
이마 위에 얹힌 詩의 이슬에는
몇 방울의 피가 언제나 섞여 있어
볕이거나 그늘이거나 혓바닥 늘어뜨린
병든 수캐마냥 헐떡거리며 나는 왔다.

- 「자화상」 전문

이 시에서 우리는 사회에 내버려진 인간의 의식이 뚜렷한 존재 이유를 발견하지 못한 채 긴장과 혼란에 휩싸여 있음을 발견하게 된다. 이 의식은 하나의 존재론적인 것이며, 타인에 의해서 이루어진 것이라기보다는 아프

리오리한 것이다. '애비는 종이었다. 밤이 깊어도 오지 않았다'에 나타난 근원적이고 무가치한 유대의식은 한 개인의 역사가 허무와 절망의 끈으로 간신히 연결되어 있는 것임을 예고한다. 시인의 의식을 둘러싼 사물들은 어떤 의미에 앞서 그냥 존재하고 있다. '파뿌리같이 늙은 할머니와 대추꽃이 한 주 서 있을 뿐'이었고, 모든 것이 분리되어 있으며, '어매는 달을 두고 풋살구가 꼭 하나만 먹고 싶다 히였으니……'에 나타난 어머니의 소망은 시인에게 고통으로 작용한다. 그러면서도 시인은 혼자 있기를 거부하고 타인의 시선으로 자기 자신을 확인하기에 이른다. 그러나 '甲午年이던가 바다에 나가서는 돌아오지 않는다 하는 외할아버지의 숱 많은 머리털과 그 커다란 눈이 나는 닮았다 한다.'에서의 자기 확인은 진정한 의미에서의 자기 확인이 아니다. 타인에 의한 자기 확인이기 때문이다. 그러나 시인이 자기 확인을 단념한 것은 아니다. 다른 사람들이 '내 눈에서 罪人을 읽고' 가든 '내 입에서 天痴를 읽고' 가든 '아무것도 뉘우치지 않는' 자세에서 명백하게 나타난다. 여기서 우리는 개인사의 수락이라든가 자기 자신에 대한 확인이 모두 원하는 바대로 이루어진 것이 아님을 주목할 필요가 있다.

> 인간은 단지 존재할 뿐이다. 비단 그가 스스로를 마음 속에 그리는 대로 존재할 뿐만이 아니고, 스스로를 원하는 대로 존재하며, 그리고 그는 實存 후에 스스로를 마음 속에 품기 때문에, 그는 實存을 향한 그 약동을 좇아 스스로를 원하는 바 그대로 존재한다 — 인간은 저 스스로를 만들어가는 그것 이외의 아무것도 아니다.[4]

이러한 생각을 참조한다면, '볕이거나 그늘이거나 혓바닥 늘어뜨린/병든 수캐마냥 헐떡거리며 나는 왔다'는 최후의 진술은 끊임없이 자기를 창조해

---

4) 김붕구, 『작가와 사회』(일조각, 1973), p. 11에서 재인용.

나가는 시인의 자화상이다. 또한 그것은, 인생에 의미를 부여하는 일은 바로 시인 자신이 맡아야 한다는, 일종의 각성이다. 그런데도 시인의 의식이 단순히 사변적인 것으로 끝나지 않고, 오히려 다시 새로운 영역을 향해 돌진하고 있음을 느끼게 되는 것은 무슨 까닭인가. 그것은 타인이 시인에게서 '罪人'을 읽고 가고 '天痴'를 읽고 가는 것의 인과관계를 '몇방울의 피'로 설정하고 있기 때문일 것이다. 그 '몇 방울의 피'는 개인사를 포함한 우리 역사의 흔적이고 개인의 비극을 포함한 우리의 비극이다. 역사를 통해 개인을 보는 것은 쉬워도 개인을 통해서 역사를 보는 것은 어렵다. 서정주는 자화상을 통하여 개인뿐만 아니라 역사의 모습까지도 제시한다. 그러면 이쯤에서 시인이 갖는 상상력이 개인의 역사 무대 위에 어떤 모습으로 투영되어 있는가를 살펴보기로 한다.

[A]
해와 하늘 빛이
문둥이는 서러워

보리밭에 달 뜨면
애기 하나 먹고

꽃처럼 붉은 울음을
밤새 울었다.

-「문둥이」 전문

[B]
덧없이 바라보던 壁에 지치어
불과 時計를 나란히 죽이고

어제도 내일도 오늘도 아닌
여기도 저기도 거기도 아닌

꺼져드는 어둠 속 반딧불처럼 까물거려
靜止한 '나'의
'나'의 설움은 벙어리처럼……

이제 진달래꽃 벼랑 햇볕에 붉게 타오르는
봄날이 오면
壁 차고 나가 목메어 울리라! 벙어리처럼
오—壁아.

—「壁」 전문

이 두 편이 각각 표출하고 있는 절망은 약간 다르다. [A]에 나타난 절망이 숙명적인 것이라면, [B]에 나타난 절망은 한계적인 것이다. 그러나 근본적으로 이 두 개의 절망은 시인을 둘러싼 환경이 시인에게 부여한 것으로 절대의 안일과 사회를 포함한 개인의 존립 근거를 파괴한다는 점에서 같은 줄로 연결되어 있다. 두 절망은 일방통행으로 선택된 인간의 운명을 상징한다.

[A]에서의 절망과 비극은 너무도 처절하여 하나의 미스티시즘을 느끼게 한다. 그리고 그것은 인간이 천형의 벌을 받았을 때 행사할 수 있는 자유는 극히 제한되는 것임을 보여준다. 여기에 역사와 사회에 관련된 하나의 테마를 첨가할 수 있음은 물론이다.

'해와 하늘 빛이/문둥이는 서러워'에서 발견되는 것은 설움 의식이 해와 하늘 빛에서부터 시작된다는 점이다. 이것은 소외된 인간에게는 '나=설움'이라는 심각한 등식이 얼마든지 성립될 수 있음을 의미한다. 이러한 등식은 자의적인 것이 아니며 이미 주어진 상황에 의해 기초한 것이다. '보리밭에 달 뜨면/애기 하나 먹고'는 문둥이에 대해 떠돌아다니는 이야기를 시적 경험의 단계에까지 끌어올린 것으로, 역사와 사회 앞에서 자기를 발견한 순간에 얻어 낼 수 있는 일종의 자기 확인의 진술이다. '울음'은 자기 확인이 실상을 통해 명백히 이루어졌을 때 필연적으로 나타난다. '꽃처럼 붉은 울음을/밤새 울었다'에서의 공감각 이미지와 그것으로 형성된 시적 효과에 대해서도 주목할 필요가 있다.

[B]는 1936년 동아일보 신춘문예에 당선된 시이다. 이 시에도 [A]에서처럼 마찬가지의 절망이 도사리고 있으나, 앞에서 말한 대로 그 절망은 한계를 지니고 있다. 아마 이것은 '壁'이라는 하나의 언어가 제시하는 분위기 때문에 더욱 그러한 것일 터이다. '덧없이 바라보던 壁에 지치어/불과 時計를 나란히 죽이고'에서 보듯 '壁'은 하나의 단절인 동시에 시인의 희망과 가능성을 가로막는 '차단'을 의미한다. 그것은 또한 여타의 세계를 무력화하고 시인과의 동화를 거부한다. 이것은 마치 우리가 망망대해를 가로질러 항해하고 있을 때 눈앞에 전개되는 빙산의 모습과도 같다. 그런데 시인의 의식은 이러한 데에 머물러 있는 것이 아니라, 오히려 그것을 설움으로 전이시킨다. "꺼져드는 어둠 속 반딧불처럼 까물거려/靜止한 '나'의/'나'의 설움은 벙어리처럼……"에서의 설움의식은 설움으로 빠져드는 의식이며 또한 설움에서 벗어나는 의식이다. 이 때 시인에게 요구되는 것은 무가치한 영역에서 가치 있는 영역으로 달려가는 시적 에스프리이다. 그런데 이 경우, 시적 에스프리가 반드시 희망과 광휘로 무장될 필요는 없다. '이제 진달래꽃 벼랑 햇볕에 붉게 타오르는/봄날이 오면/壁 차고 나가 목메어 울리라! 벙어리처럼/오 — 壁아.'라는 마지막 연에 이르면 우리는 시인이 선택한 것이 희망과 광휘 같은 것과는 무관한 것임을 알게 된다. 그래서 '봄날'이 상징하는 희망이 여지없이 무너지고 [A]에서 나타난 것과 같은 울음이 다

시 솟아오르는 것이다. '설움=울음'이라는 등식은 너무도 명백한 것이어서 어떻게 보면 진부하기조차 하지만, 그것이 보통 우는 울음이 아니라 '벙어리처럼' 우는 울음이기 때문에 '壁'이 주는 이미지와는 쉽게 연결된다.

다음에 우리가 살펴볼 것은 [A]와 [B]에 똑같이 등장하는 '울음'의 정체이다. 이 시에서의 울음은 그 의미가 여러 갈래로 확대될 수 있다. 실제 울음이 아니라 상상력에 의해 조작된 울음이기 때문이다. '꽃처럼 붉은 울음을 밤새 울었다'와 '壁 차고 나가 밤새 울리라'에서의 울음은 본질적으로 같은 이미지에 의해 표현된 것이지만, 각각 근거로 삼고 있는 시적 허용은 다르다. 즉 '꽃처럼 붉은 울음'이 예리한 시각적 이미지에 의해 숙명적 비극성을 강화시켜 주고 있다면, '壁 차고 나가 밤새 우는 울음'은 하나의 세계를 파괴하고 난 다음이라는 전제가 있어서 여전히 한계적 비극성을 지니고 있다. 그리고 이러한 울음들은 1930년대 한국의 사회상황과 결코 분리될 수 없는 것들이다. 말하자면 개인의 시적 경험이 사회와 국가에까지 자연스럽게 파급되고 있는 것이다. 이처럼 한 시인이 지니고 있는 시적 경험은 마지막에 사회·국가와 연결된다. 이것을 우리는 시의 상징의 측면으로 설명할 수도 있고, 시인 자신이 지니고 있는 역사의식의 측면으로 설명할 수도 있다. 서정주 시의 경우는 두 측면에 다 해당된다.

Ⅲ. 신라 또는 영원주의의 유형

『화사집』에서의 절망은 『신라초』에 오면 새로운 영역의 탐구정신으로 변모된다. 이 경우, 탐구정신이란 물론 과학적 인식 으로 이루어지는 탐구정신은 아니다. 또한 이론적, 관찰적 지식에 의거한 탐구정신은 더욱 아니다. 그것은 언어의 상상적 기능에 의해 얻어낼 수 있는 새로운 정신세계의 구축을 꾀하는 정신을 의미하는 말이다. 신라는 서정주 시의 거점이며 오랫동안 그를 머무르게 했던 상징의 숲이다. 이 숲에서 그는 새로운 현대정신의 유형을 창조하려 한다. 영원주의가 바로 그것이다.

> 新羅精神이 우리것보다 더 가지고 있었던 것은 뭐냐 하면, 그것은 알아듣기 쉽게 요샛말로 하면 永遠主義입니다. 現生만을 重要視하여 理致나 모랄이나 志向이나 感情을 가진 것이 아니라 永遠을 立場으로 해서 가졌었단 말씀입니다.[5]

그러면 그 영원주의의 실상이 어떤 것인지를 작품을 통해 구체적으로 살펴보기로 한다.

[A]
朕의 무덤은 푸른 嶺 위의 欲界 第二天.
피, 예 있으니, 피, 예 있으니, 어쩔 수 없이
구름 엉기고, 비 터 잡는데—그런 하늘 속.

피, 예 있으니, 피, 예 있으니
너무들 인색ㅎ지 말고
있는 사람은 病弱者한테 紫糧도 더러 노느고
홀어미 홀아비들도 더러 찾아 위로ㅎ고,
瞻星臺 위엔 瞻星臺 위엔 그중 실한 사내를 놔라.

살(肉體)의 일로써 살의 일로써 미친 사내에게는
살 닿는 것 중 그중 빛나는 黃金팔찌를 그 가슴 위에,

그래도 그 어지러운 불이 다 스러지지 않거든
다스리는 노래는 바다 넘어서 하늘 끝까지.

하지만 사랑이거든
그것이 참말로 사랑이거든
서라벌 千年의 知慧가 가꾼 國法보다도 國法의 불보다도
늘 항상 더 타고 있거라.

朕의 무덤은 푸른 嶺 위의 欲界 第二天.
피, 예 있으니, 피, 예 있으니, 어쩔 수 없이
구름 엉기고, 비 터잡는 데―그런 하늘 속.

내 못 떠난다.

―「善德女王의 말씀」 전문

[B]
千五百年 乃至 一千年 前에는
金剛山에 오르는 젊은이들을 위해
별은, 그 발밑에 내려와서 길을 쓸고 있었다.
그러나 宋學 以後, 그것은 다시 올라가서
치켜든 손보다 더 높은 데 자리하더니,
開化 日本人들이 와서 이 손과 별 사이를 虛無로 塗壁해 놓았다.
그것을 나는 單身으로 側近하여
내 體內의 鑛脈을 通해, 十二指腸까지 이끌어갔으나
거기 끊어진 곳이 있었던가.
오늘 새벽에도 별은 또 거기서 逸脫했다. 逸脫했다가는 또 내려와 貫
流하고 貫流했다간 또 거기가서 逸脫한다.
腸을 또 꿰매야겠다.

―「韓國星史略」 전문

[A]에 나타난, 선덕여왕의 사랑에 대한 감각에는 현대적인 것과 상통하는 바가 있다. 그러나 여기서 선덕여왕이라는 역사적 인물의 행적을 지나치게 파고들면 이 시를 이해하는 데 있어서는 오히려 장애가 될 수 있다. 그리고 시인의 의도와는 거리가 먼 의미로 해석될 수 있다. 널리 유포된 속설에서처럼, 선덕여왕이 단순히 성적인 면에만 집착했다는 식의 고정관념은 우선 한 편의 시를 역사의 틀에 끼워 맞추는 결과를 빚게 된다.

우선 중요한 것은 작품 자체에 대한 해석이다. 1연의 '朕의 무덤은 푸른 嶺 위의 欲界 第二天'이라는 상황은 우리로 하여금 신라라는 과거의 아득한 공간의 신비적 세계에 빠지게 한다. 이러한 신비적 세계는 시 전편에 넘쳐 흐르고 있으며 선덕여왕이라는 인물에 대한 새로운 이미지(독창적인 이미지)를 그려볼 수 있게 한다. 이러한 세계는 연과 연 사이에 텐션을 유지시켜 주는 역할까지 수행하고 있다. 이 경우, 시의 미학을 강화해 주는 것은 시인의 상상력이다. 서정주는 이 상상력을 자유롭게 구사한다. '피, 예 있으니, 피, 예 있으니, 어쩔 수 없이/구름 엉기고 비 터 잡는데―그런 하늘 속' 같은 공간의 구체화는 상상력이 발휘되지 않고서는 불가능한 표현이다. 이것은 신라적 요소들을 통일하고 조화시킨 결과이다. 2연에는 선덕여왕의 지혜가 일상적인 생활 중에서 가장 중요한 것들과 결부된다. 그러면서도 본능적인 욕망의 기색은 한구석에서 여전히 자리를 지키고 있다.『화사집』에 나타났던 강렬한 육감과 관능이『신라초』에까지 그대로 이어지고 있음을 알 수 있다. '瞻星臺 위엔 瞻星臺 위엔 그중 실한 사내를 놔라'와 같은 원시적인 욕망의 발언은 선덕여왕에게서만 찾을 수 있는 여성미가 될 것이다. 이러한 여성미는 3연에 이르러서 또 다른 요소들을 포괄한다. '살(肉體)의 일로써 살의 일로써 미친 사내에게는/살 닿는 것 중 그중 빛나는 黃金팔찌를 그 가슴 위에'는 志鬼라는 자의, 여왕에 대한 짝사랑을 위로해서 그가 누워 자는 곳으로 가까이 가, 가슴에 그의 팔찌를 벗어 놓은 일이 있다는 이야기에 근거한 표현이다. 여기에서도 상상력은 질서화된 형태로 나타나고 있다. 4연의 '서라벌 千年의 知慧가 가꾼 國法보다도 國法의 불보다도/늘 항상 더 타고 있거라'는 성에 대한 욕망이 승화된 경우이다. 그것은 마지막 연인 6연 '내 못 떠난다'에서도 이루어진다. 한마디로 해서 [A]는 서정주가 그의 영원주의를 시적 공간 속에 적용한 시이다.

서정주가 말하는 영원성은 종교적, 철학적인 것, 즉 신라의 儒·佛·仙 三道가 서로 밀접하게 조화된 영역에서 추출된 것이다. 이 경우, 그 영원성은 역사적인 공간뿐만 아니라, 우주의 엄청난 폭까지를 포괄한다. 영원성은 그러한 유대와 합체에서 생성된 말이므로, 공허한 느낌과는 거리가 먼 실감 쪽으로 우리의 감각을 끌고 간다. 그래서 그의 시는 단순한 관념적 설교가 아니라, 새로운 종합의 호소이며, 또한 신념의 소산임을 알 수 있다. 이 점은 [B]에서도 극명하게 드러난다.

[B] 전편에 흐르고 있는 것은 불교, 유교, 그리고 일제치하의 일본식 교육이념으로 이어지는 역사에 대한 감각이다. 이것은 다른 말로 해서 역사에 근거를 둔 상상력인데, 이 상상력의 배후는 비극적인 공간이다. '千五百年 乃至 一千年 前에는/金剛山에 오르는 젊은이들을 위해/별은, 그 발밑에 내려와서 길을 쓸고 있었다.'에서 우리는 상징으로 나타난 불교정신을 금방 머리에 떠올리게 된다. '별이 발밑에 내려와서 길을 쓸고 있었다'는 것은 의인화한 시적 경험이다. 상상력과 연결될 수 있는 것도 그것이 시적 경험이기 때문이다. '그러나 宋學 이후, 그것은 다시 올라가서/치켜든 손보다 더 높은 데 자리하더니'는 그가 스스로 말하고 있는 대로, 고려시대에 들어와서 유교의 송학이 융성해졌다는 사실과, 그 유교가 불교와는 달리 천체나 신위를 인간보다 높은 걸로 삼았다는 사실에 기초해서 이루어진 표현이다.

그리고 '開化 日本人들이 와서 이 손과 별 사이를 虛無로 塗壁해 놓았다'
는 일본인에 의해 우리의 지혜가 한꺼번에 소멸해 버린 것에 대한 진술이
다. 이런 점에서 보면 이 시는 추상적 사변의 범주에서 멀리 벗어나 있다.
한 시대의 역사가 이처럼 비극으로 점철될 때, 그 역사 속에서 살아온 인간
에 대해서는 어떻게 파악해야 할까. 당연히 역사와 동일한 방법으로 파악해
야 한다. 인간은 가장 구체적인 역사의 실체이기 때문이다. 그것은 한 시대
의 역사가 종언될 때, 그 인간도 동시에 종언되는 것임을 생각하면 금방 수
긍할 수 있는 주장이다. 역사에 대한 이러한 자각이야말로 인간의 의미를,
인간의 능력에 대한 한계를 분명히 해준다.

'그것을 나는 單身으로 側近하여/내 體內의 鑛脈을 通해, 十二指腸까
지 이끌어갔으나/거기 끊어진 곳이 있었던가'에서 나타난 지향성은 매우 역
설적이다. 원래, 인간의 의식은 외부세계의 객체를 지향한다. 그런데 여기
서는 그것이 정반대이다. 그러나 우리는 이 외부세계가 의식이 스며들어 본
적이 없는 내부 속의 외부세계라는 점을 간과해서는 안 될 것이다. 즉 그
외부세계는 의식과 동화되기를 거부했던 외부세계이다. 그런데, 거기에 인
간의 처참한 비극을 지속시키는 요인이 있었다. 그래서 '오늘 새벽에도 별
은 또 거기서 逸脫했다. 逸脫했다가는 또 내려와 貫流하고, 貫流했다간 또
거기가서 逸脫한다'. 그야말로 개인이 정신을 부흥시키는 일은 도로일 수
도 있다. 그런데도 시인은 최후까지 포기하지 않는다. '腸을 또 꿰매야겠다'
와 같은 결의가 바로 그것을 말해 준다.

신라라는 역사적 공간을 무대로 펼쳐지는 서정주의 이러한 발상은 그의
영원주의(영원성)에 대한 신념에서 비롯된 것이다.

보아, 보아, 와 살며 보아,
門을 밀고서 房으로 들어가듯

門을 열고 나와서 여기 좀 보아

예서부턴 핏줄이 綠金으로 뻗치는 것을!
사람과 짐승 맨 앞인 예서부터
핏줄은 이제 綠金으로 뻗치어서
사람과 짐승의 맨 뒤로 連하는 것을!

-「婆蘇의 편지」 부분

　　이 시의 내용적 근거는 영원주의의 한 단면인 불교의 윤회사상이다. 시
인은 신라 시조 박혁거세의 어머니인 婆蘇의 시선으로 역사의 현장을 끌어
내고 있다. 또한 시인은 현장 그 자체를 적나라하게 보여준다. 다음 시가
이에 해당된다.

언제던가 나는 한 송이의 모란꽃으로 피어 있었다.
한 예쁜 처녀가 옆에서 나와 마주보고 살았다.

그 뒤 어느 날
모란 꽃잎은 떨어져 누워
메말라서 재가 되었다가
곧 흙하고 한 세상이 되었다.
그게 이내 처녀도 죽어서
그 언저리의 흙 속에 묻혔다.

그것이 또 억수의 비가 와서
모란꽃이 사위어 된 흙 위에 재들을
강물로 쓸고 내려가던 때,
땅 속에 괴어 있던 처녀의 피도 따라서
강으로 흘렀다.

-「因緣說話調」 부분

지금까지 살펴보았듯이, 그에게 있어서의 영원주의(영원성)란, 시간 규칙에 따라 묶어 놓은 이론이 아니라. 신라를 통해 발견하고 실천한 우리의 생활 그 자체이다.

Ⅳ. 질마재 또는 신화의 끝

서정주는 신라라는 역사적 공간을 그의 거점으로 확보하고, 그가 태어난 마을 질마재를 새로운 형태의 정신적 터전으로 삼는다. 신라가, 그가 추구한 미래적 이상향의 공간이라면 질마재는 그가 태어난 개인사의 무대로 개인사에 대한, 그리고 상상력에 의해 만들어진 과거적 이상향이다. 신라가 과거의 역사적 공간이면서 미래적임은 이상향이라는 점에, 질마재가 이상향이면서 과거적임은 그의 체험과 깊은 관계를 맺고 있다는 점에 각각 그 근거가 있다. 이런 점에서 그는 내버려진 인간으로서의 의식이 아닌, 단단한 줄로 묶인 인간으로서의 의식을 지니고 있는 시인이다. 그는 스스로의 모습을 그려낼, 자기가 원하는 대로의 모습을 그려낼 본질적인 소재를 지니고 있는 셈이다. 그 소재에 의해 그려진 세계는 분석 정신으로 이해될 수 없다. 그것은 하나의 종합 정신으로만 이해될 수 있다.

『화사집』에서 비롯된 관능과 육감은 『신라초』에 그대로 이어지고 『질마재 신화』에 와서 그 형태상의 변화를 수반하면서 한층 더 풍요로워진다. 그 관능과 육감은 물론 언어로 표현된다.

희랍신화에 에로스에 관한 이야기가 많이 등장하는 것은 희랍인들이 이성적인 것에서 벗어난 일들, 이를테면 사랑과 관련하여 분노에 사로잡힐 때나 사랑에 탐닉하여 저지르게 되는 일들의 원인을 인간의 수준을 넘어서는 초월적인 힘에서 찾았기 때문이다. 에로스는 신이 인간에게 부여한 것 중의 하나이다. 이렇게 보면, 서정주의 신화 무대인 질마재에 관능의 향기가 가득한 것은 그렇게 우연한 일이 아니다. 그러나 그 관능의 향기는 질마재의 공간에 맴도는 향기일 뿐, 신화와는 구별되어야 마땅하다. 『질마재 신화』를 살펴보는 데에는 가장 중요한 전제가 되어야 한다.

그러면 그의 자서전[6] 중 「질마재」와 시집 『질마재 신화』를 비교하면서 시적 경험과 상상력의 형태를 살펴보기로 한다.

> 바닷물이 넘쳐서 개울을 타고 올라와서 삼대 울타리 틈으로 새어 옥수수밭 속을 지나서 마당에 홍건히 고이는 날이 우리 외할머니네 집에는 있었읍니다. 이런 날 나는 망둥이 새우 새끼를 거기서 찾노라고 이빨 속까지 너무나 기쁜 종달새새끼 소리가 다 되어 알발로 낄낄거리며 쫓아다녔읍니다만, 항시 누에가 실을 뽑듯이 나만 보면 옛날이야기만 무진장 하시던 외할머니는, 이때에는 웬일인지 한마디도 말을 않고 벌써 많이 늙은 얼굴이 엷은 노을빛처럼 불그레해져 바다 쪽만 멍하니 넘어다보고서 있었읍니다.
>
> 그때에는 왜 그러시는지 나는 아직 미처 몰랐습니다만, 그 분이 돌아가신 인제는 그 이유를 간신히 알긴 알 것 같습니다. 우리 외할아버지는 배를 타고 먼 바다로 고기잡이 다니시던 漁夫로, 내가 생겨나기 전 어느 해 겨울의 모진 바람에 어느 바다에선지 휘말려 빠져 버리곤 영영 돌아오지 못한 채로 있는 것이라 하니, 아마 외할머니는 그 남편의 바닷물이 자기집 마당에 몰려 들어오는 것을 보고 그렇게 말도 못하고 얼굴만 붉어져 있었던 것이겠지요

-「海溢」전문

시인은 어릴 때 '한 차렌가 두 차례' 집마당에 해일이 드는 것을 본 일이

---

6) 『서정주 문학전집』 (일지사, 1972) 제3권.

있다. 시인은 '바닷물에 혹 밀려들는지도 모를 고기떼를 한번 보기가 소망이었으나' 본 것은 '추녀 바로 밑까지 핥고 간 뒤의 바다흙기운 아롱진 무늬'뿐이었다. 개울물이 줄어든 뒤에 시인은 외할머니의 웃음을 보고 "'바닷고기가 들어왔어?' '운지리(망둥어) 랑? 응?'" 하고 졸라댔으나 이런 물음에 외할머니는 그저 "'아니' '아니'" 대답할 뿐이었다. 자서전 속의 이 내용에 대한 상상은 '이런 날 나는 망둥이 새우 새끼를 거기서 찾노라고 이빨 속까지 너무나 기쁜 종달새새끼 소리가 다 되어 앞발로 낄낄거리며 쫓아다녔습니다만, 항시 누에가 실을 뽑듯이 나만 보면 옛날이야기만 무진장 하시던 외할머니는, 이때에는 웬일인지 한마디도 말을 않고 벌써 많이 늙은 얼굴이 엷은 노을빛처럼 불그레해져 바다쪽만 멍하니 넘어다보고 서 있었습니다.'로 나타난다. 여기서 상상력이 발휘된 부분으로는, 즐거워했던 자신을 '너무나 기쁜 종달새 새끼'로 나타냈다는 것과, 외할머니가 '바다쪽만 멍하니' 본 이유를 '아마 외할머니는 그 남편의 바닷물이 자기 집 마당에 몰려들어오는 것을 보고 그렇게 말도 못하고 얼굴만 붉어져 있었던 것이겠지요.'로 마무리지은 것을 들 수 있다.

해일은 아무래도 남성적 이미지에 가까운 말이다. 이 남성적 이미지는 외할머니, 그것도 고기잡이 나갔다가 숨져간 외할아버지를 기다리는 외할머니와 대립된다.

> 이 땅 위의 場所에 따라, 이 하늘 속 時間에 따라 情들었던 여자나 남자를 떼내버리는 方法에도 여러가지가 있겠읍죠.
> 그런데 그것을 우리 질마재마을에서는 뜨끈뜨끈하게 매운 말피를 그런 둘 사이에 좌악 검붉고 비리게 뿌려서 영영 情떨어져버리게 하기도 했습니다.
> 모시밭 골 감나무집 薛莫同 이네 寡婦어머니는 마흔에도 눈썹에서 쌍

굿한 제물香이 스며날만큼 이뻤었는데, 여러해동안 도깝이란 別名의 사
잇서방을 두고 田畓마지기나 좋이 사들인다는 소문이 그윽하더니, 어느
저녁엔 대사립門에 인줄을 늘이고 뜨끈뜨끈 맵고도 비린 검붉은 말피를
좌악 그 언저리에 두루 뿌려놓았습니다.

　그래 아닌게아니라, 밤에 燈불 켜 들고 여기를 또 찾아들던 놈팽이는
금방에 情이 새파랗게 질려서 "동네 방네 사람들 다 들어보소……이부
자리 속에서 情들었다고 예편네들 함부로 믿을까 무섭네……"한바탕
왜장치고는 아조 떨어져나가버렸다니 말씀입지요.

　이 말피 이것은 물론 저 新羅적 金庾信이가 天官女 앞에 타고 가던
제 말의 목을 잘라 뿌려 情떨어지게 했던 그 말피의 效力그대로사, 李朝
를 거쳐 日政初期까지 온것입니다마는 어떨갑쇼? 요새의 그 시시껄렁한
여러가지 離別의 방법들보단야 그래도 이게 훨씬 찐하기도 하고 좋지 않
을갑쇼?

-「말피」 전문

　이것은 할머니에게서 들은 이야기를 소재로 한 작품인데, 할머니가 해준
이야기 역시 할머니가 동네사람들로부터 들은 것이다. 그 이야기의 내용은
과부어머니가 내심 도깨비를 쫓기 위해 도깨비에게 그 묘방을 물었더니
'글시' 하고 이불 속에서 까막까막하더니 '밖에 말은 안 낼 테지?' 하곤 생
각만해도 몸서리가 친다는 듯이 모기 것만 하게 된 목안엣소리로 '말피
……'라고 했다는 것이다. 이러한 내용이 시에서는 상상력의 단계를 거쳐
다음과 같은 표현들로 나타난다. '그래 아닌게아니라, 밤에 燈불 켜들고 여
기를 또 찾아들던 놈팽이는 금방에 情이 새파랗게 질려서 '동네 방네 사람
들 다 들어보소……이부자리 속에서 情들었다고 예편네들 함부로 믿을까
무섭네……'한바탕 왜장치고는 아조 떨어져나가버렸다니 말씀입지요'
　신화 속에 나타난 이별의 방식은 철저히 신화적이다. 아니, 그것은 엄밀
한 의미에서 이별이 아니라, '떼내버리는' 방법이다. 따라서 거기에는 일방

적인 행위가 필수적으로 작용한다. 이렇게 일방적이라는 점에서 볼 때도 그것은 또한 신화적이다. 「말피」에서의 과부어머니는 마술에 걸린 듯 '뜨끈뜨끈 맵고도 비린 검붉은 말피를 쫘악 그 언저리에' 두루 뿌려놓았다. 여기서 '말피' 또는 '피'의 의미에 주목할 필요가 있다. 「자화상」에서부터 시작하여 「말피」에 이르기까지 서정주의 시에는 피가 끊임없이 등장한다. 이러한 사실은 피가 그의 작품에서 중요한 모티브임을 의미한다.

아이를 낳지 못해 自進해서 남편에게 小室을 얻어주고, 언덕 위 솔밭 옆에 홀로 살던 한물宅은 물이 많아서 붙여졌을 것인 한물이란 그네 親庭 마을의 이름과는 또 달리 무척은 차지고 단단하게 살찐 玉같이 생긴 女人이었습니다. 질마재마을 女子들의 눈과 눈썹, 이빨과 가르마 중에서는 그네것이 그중 端正하게 이뿐 것이라 했고, 힘도 또 그중 아마 실할 것이라 했습니다. 그래, 바람부는 날 그네가 그득한 옥수수 광우리를 머리에 이고 모시밭 사이길을 지날 때, 모시잎들이 바람에 그 흰 배때기를 뒤집어 보이며 파닥거리면 그것도 "한물宅 힘 때문이다"고 마을 사람들은 웃으며 우겼습니다.

그네 얼굴에서는 언제나 소리도 없는 엣비식한 웃음만이 玉 속에서 핀 꽃같이 벙그러져 나와서 그 어려움으론 듯 그 쉬움으론 듯 그걸 보는 男女老少들의 웃입술을 두루 위로 약간씩은 비끄러올리게 하고, 그 속에 웃이빨들을 어쩔 수 없이 잠깐씩 드러내놓게 하는 莫强한 힘을 가졌었기 때문에, 그걸 당하는 사람들은 힘에 겨워선지 그네의 그 웃음을 오래 보지는 못하고 이내 슬쩍 눈을 돌려 한눈들을 팔아야 했습니다. 사람들뿐 아니라, 개나 고양이도 보고는 그렇더라는 소문도 있어요. "한물宅같이 웃기고나 살아라" 모두 그랬었지요.

그런데 그 웃음이 그만 마흔 몇살쯤 하여 무슨 지독한 熱病이라던가로 세상을 뜨자, 마을에는 또다른 소문 하나가 퍼져서 시방까지도 아직 이어내려오고 있습니다. 그 한물宅이 한숨쉬는 소리를 누가 들었다는 것인데, 그건 사람들이 흔히 하는 어둔 밤도 궂은 날도 해어스름도 아침해가

마악 올라올락말락한 아주 밝고 밝은 어떤 새벽이었다고 합니다. 그리고
그것은 그네 집 한 치 뒷산의 마침 이는 솔바람 소리에 아주 썩 잘 포개
어져서만 비로소 제대로 사운거리더라고요.
　그래 시방도 밝은 아침에 이는 솔발람 소리가 들리면 마을사람들은 말
해 오고 있습니다. "하아 저런! 한물宅이 일찌감치 일어나 한숨을 또 도
맡아서 쉬시는구나! 오늘 하루도 그렁저렁 웃기는 웃고 지낼라는가부다"
고……．

―「石女 한물宅의 한숨」 전문

　이 시에서 그의 시적 경험과 상상력이 작용한 곳은 '질마재 마을 女子들
의 눈과 눈썹, 이빨과 가르마 중에서는 그네것이 그중 端正하게 이쁜 것'이
라는 자전적 이야기를 제외한 시 전편이다. 이 시 전편을 가득 채우고 있는
그의 거침없는 상상력은 어린 시절에 겪은 잠재의식과 관련된 연극적 꾸밈
의 형식으로 발휘된다. 이 시에서 그것은 하나의 신화임을 분명히 드러내는
객관적 방법으로 이용되기도 한다.

Ⅴ. 떠돌이 또는 상상의 무늬

　앞에서 살펴본 『질마재 신화』에는 형이상학적인 힘이 있다. 이 경우, 형
이상학적인 힘이란 어느 정도 폐쇄성을 띠고 있는 세계의 힘까지도 포괄하
는 말이다. 그러나 『떠돌이의 시』에 이르러 그 폐쇄성은 인간 본연의 유랑
성과 관련되면서 서서히 붕괴될 조짐을 드러낸다. 상상력이 시간과 공간을
뛰어 넘는 단계를 보여 주는 것이다.

　失戀한 女弟者가 "落葉같다"줏어온 돌이

제1부 시인론　135

내 눈에는 돛단배의 돛만 같아서
'돛'이라 새이름을 붙여 그네에게 돌리나니
사랑하는 사람들의 사랑의 落葉들이여.
모조리 돛이나 되어 또한번 떠 가자쿠나.

-「모조리 돛이나 되어」 전문

이 시에서 발견되는 것은 인생의 긴 항해를 경험한 사람만이 지니고 있는 지혜이다. 이것은 그의 상상력이 일상적 상황이나 관념의 세계에 기초한 것임을 의미한다. '돌'이 '돛'과 같다는 표현과 '사랑하는 사람들의 사랑의 落葉들이여/모조리 돛이나 되어 또 한번 떠 가자쿠나.'라는 표현도 그러한 상상력이 발휘된 것들이다.

역설적으로 말해서 진정한 지혜는 일상과 무관한 데에서 비롯된다. 그러나 사람은 누구나 일상과 무관할 만큼 자유롭지 못하다. 보이지 않는 줄이 우리를 묶고 있고, 그 줄을 끊으려 하면 할수록 우리는 더욱더 자유롭지 못하게 된다. 그러면 이 줄의 정체는 무엇인가. 우리 육신을 감싸고 있는 이 줄은 혈맥처럼 영원히 우리와 분리될 수 없는 것인가. 이러한 물음들에 대해서는 누구나, 우리와 연결되고 있는 줄은 하나의 '본질'이며, 그 '본질'은 어떤 것에 의해서도 훼손될 수 없는 것이라는 식으로 다소 애매모호하게 대답할 수밖에 없을 것이다.

봄 여름 내가 키운
내 마음 속 기러기
인제는 날을만큼 날개힘이 생겨서
내 고향 질마재 수수밭길 우에 뜬다.
어머님이 가꾸시던 밭길 가의 들국화,
그 옆에 또 길르시던 하이연 산돌

그 들국화 그 산돌 우를 돌고 또 돈다.

-「鄕愁」 전문

　'봄 여름 내가 키운/내 마음 속 기러기'가 상징하는 것은 앞에서 말한 '본질'이다. 사람들은 자기 자신의 내부에 떠도는 행위의 주체를 쉽게 의식하려 하지 않는다. 너무 깊은 내부에서 떠돌기 때문에 그 존재를 인정하기가 어려운 것이다. '본질'은 여러 가지 다른 형태로 인식되기도 한다. 이 시에는 그 여러 가지 다른 형태들 중의 하나가 향수와 연관된 기러기로 나타나 있다. 그래서 시인의 현주소는 늘 고향이면서 또한 늘 고향이 아니라는 역설이 성립된다. '내 마음 속 기러기'는 '내 고향 질마재 수수밭길 우에 우수수' 뜨기도 하고 '그 들국화 산돌 우를'돌기도 한다.

　서정주에게 있어서 '피'가 특별한 의미를 지닌 것처럼 '돌' 또한 그렇다. 그것은 '어머님이 가꾸시던 밭길 가의 들국화/그 옆에 또 길르시던 하이연 산돌'이 고향에 대한 의식의 모티프로, 다음 시에서는 자기 자신에 대한 의식의 모티프로 나타난다.

세상에 더 볼 것도 없고 하여서
淸平에 가 돌 하나를 업어다 놓고
한 王年 이것하고 눈맞추어 지내다가,
어느날 아찔하여 이것마자 놓칠까봐
그 옆으로 바짝 다가가다가,
불燒酒 기운 빌려 바짝 다가가다가,
힘 부치어 그만 그 돌 우에 쓰러져버리다.
부닥친 이마의 한줄기 피로
그만 그 돌 우에 포개어지다.

-「이마의 傷痕」 전문

이 시는 1975년 5월 회갑 때에 쓴 것으로 되어 있다. '세상에 더 볼 것도 없고 하여서'는 실제 생활의 영역에서 우러난 표현이라기보다는 하나의 관념 내용이다. 그러니까 그것은 대체로 시인의 뇌리에 부유하는 회갑의 의미를 관념적으로 수용한 것에 지나지 않는다. 이러한 관념의 표출은 시인의 상상이 눈앞에 전개되는 현상과 통합되었을 때만 가능하다. 이 시에서의 그 현상이 회갑임은 물론이다.

다른 한편으로 서정주는 신라라는 역사의 맥락과는 차이가 있는 상상의 무늬를 우리에게 보여준다. 『떠돌이의 시』에 나타난 그러한 무늬는 분명히 새로운 단계를 형성하고 있는 것으로, 정치·사회에 대한 견해의 피력이라 할 만하다.

    곰아.
    곰아.
    제 발바닥이나 핥는 재주밖에 없는
    곰아.
    곰아.

    쑥 먹고
    마늘 먹고
    고쉰번 인도환생 해보아도,
    쌍동이를 만들거나,
    역적도모 할까 또 동골을 빼보아도

    초가집웅에 박꽃,
    초가집웅에 붉은 고추, 고추, 고추
    모조리 뭉땅 마스라 먹는대로
    시원치않은 시원치않은

추석달이 뜨네요. 추석달이 뜨네요.

-「추석」 전문

이처럼, 역사와 현실의 유대가 빚어내는 서정은 시적 경험과 그에 따른 상상력에 의해서만 구현될 수 있다. 이 시는 우리로 하여금, 역사는 개별화된 현실과 만날 때 비로소 그 전체를 드러내는 것임을 상기하게 한다. 이것은 『떠돌이의 시』에 수록된 「마지막 남은 것」이나 「우리 故鄕 중의 故鄕이여……」에서도 마찬가지이다.

내게
마지막 남은 것은
고향 山골 잔디 덮은
님의 무덤뿐
그 무덤에 내리는
어둔 눈물뿐.

-「마지막 남은 것」 부분

목을 베니
젖이 나 솟았다는
聖 異次頓의 講義소리가 늘 들리고

慶州 石窟庵에 彫刻된 것과 같은
永遠을 사는 사람의 모양들이
講堂마다 學生들 틈에 그윽히 끼어 同行한다.

-「우리 故鄕 중의 故鄕이여……」 부분

우리의 모든 행동을 사실상 지배하는 것은 절망이다. 아니, 모든 것에는 절망이라는 속성이 들어 있다. 이 절망에서 기쁨도 나오고 슬픔도 파생된다. 절망은 인간의 본연의 모습이다. 시인도 여기서 예외는 아니다.

막걸리도 바닥나 말라붙던 日政末期
시인 故 下榮魯가 東 門까지 가서라던가
어느 친구네 祭祀房에서 겨우 몇잔 얻어마시고
밤 늦게 내리는 비 속을 주춤 걸어서
漢江가 자기 움막집으로 혼자 돌아오다가
絶壁에 미끄러져 쭈루루 江으로 내려가다가
運좋게도 사타구니에 걸렸다는 그 소나무 그루터기.
밤내 손발로 허우적거리면서도
그 걸린 덕으로 아주 빠져죽진 못하게 하고,
고함치고 고함치다 새벽 지새는 소달구지꾼에게
救濟되게 했다는
그 고마웁디 고마운 소나무 그루터기.
그건 어디쯤인가? 어디쯤인가?
내 오늘은 비내리는 午後의 明水臺 밑 漢江가를
거닐며 거닐며 눈여겨 찾고 있나니……
한잔술도 오히려 陳腐하여 마시지도 못하고
찾고 있나니…… 찾고 있나니……
아! 또 억수로 비 퍼붓는 내 넋의 絶壁에
내 소나무 그루터기는 어디메쯤 있는가!
　　　　　　　　　　　　－「絶壁의 소나무 그루터기」 전문

　이 시에는 '고 수주 변영로 선생의 영전에 삼가 이 글을 바친다'는 부제
가 달려 있다. 이러한 부제와 관계없이 보더라도 제목이 상징하는 바와 절
망은 밀접하게 관련된다. 그것은 개인에 대한 절망이기도 하고 사회에 대한
절망이기도 하다. 시인은 그 절망의 확인 과정에서 '그건 어디쯤인가? 그건
어디쯤인가?'라고 절규한다. 그렇게 해서 마침내 얻어 낼 수 있는 것도 '아,

또 억수로 비 퍼붓는 내 넋의 絶壁에/내 소나무 그루터기는 어디메쯤 있는
가!'에서 보듯 절망이다. 시인의 영혼은 절대 고독에 둘러싸여 있다. 시인이
산화하는 것은 그 다음 단계인 것 같다.

VI. 에필로그

이제까지, 시인의 시적 경험이 그 구체적 작품 속에서 어떤 형태의 상상
력으로 구현되었는가를 살펴보았다. 그 결과 마침내 얻게 된 것은, 훌륭한
시는 누가 읽어도 공감할 수 있을 만큼의 전달력을 지니고 있다는 점이다.
이 경우, 훌륭한 시란 시가 갖추어야 할 모든 요소를 다 갖춘 시만을 의미
하는 것은 아니다. 사실상 그러한 시는 거의 존재하지 않는다. 이것은 한
편의 시를 분석할 때, 부분적인 가치에 중점을 두지 않을 수 없는 이유이기
도 하다.

서정주 시는 우리에게 시적 경험과 상상력이 융합된 세계를 보여준다.
그 융합된 세계는 자화상에서, 신라라는 역사의 공간에서, 질마재 신화에
서, 절망하는 인간에서 각 다른 모습으로 나타난다. 그것은 아름다운 수사
만으로는 결코 가능하지 않다. 그것이 가능해지려면 인간에 대한 통찰과 해
석이 있어야 한다.

시적 경험을 기초로 한 상상력이야말로 시에서 시를 시로 존재하게 하는
가장 중요한 요소이다. 만일 이러한 요소를 도외시한다면, 시인의 노력은
도로가 될 공산이 크다. 또한 빈 병 속의 공기처럼 무의미하게 될 공산이
크다.

서정주가 그려 놓은 신라와 질마재의 하늘은 대체로 맑고 비밀스럽다.

그러나 그 하늘 한 구석에 회색구름이 자리잡고 있는 것도 부정할 수 없다. 시에 이질적 요소가 틈입하는 것을 막고 한층 더 정교하게 시적 경험과 상상력을 융합하는 것은 모든 시인에게 부여된 숙명적 과제이다.

이용악 시의 서사와 서정__이용악론

Ⅰ. 프롤로그

월북문인들에 대한 1988년의 해금조치[1]는 지금까지 많은 제한을 받아 왔던, 월북문인들에 대한 연구를 촉진시키는 데에 결정적인 역할을 했다. 비록 소수의 문인[2]에 대해서는 아직까지 해금조치가 내려져 있지 않은 상태이기는 하지만, 대부분의 월북문인들에 대한 연구가 가능해졌고, 반쪽의 문학사가 아닌 통일문학사의 출현을 기대할 수도 있게 된 것이다. 사실, 지금까지 씌어진 문학사는 결코 온전한 문학사가 아니었음에도 불구하고 특히 현대문학을 연구하는 사람들에게는 그것을 뚜렷하게 인식할 수 있는 계기가 없었다. 이것은 국토의 분단을 고정적인 것으로 판단함으로써 결국 통일의 가능성을 배제하는 결과를 빚게 된 것과도 관계가 깊다.

해금조치에 따라 해금작가들에 대한 연구가 활발히 이루어지는 것은 바람직한 일이다. 그런데, 연구에 따라서는 독자들이 지니는 문학적 호기심에

---

[1] 1988년 7월 19일에 정부는 월북 문인들의 광복 이전 작품에 대해 공식으로 해금조치한다고 발표했다. 김기림과 정지용에 국한된 작품 해금은 이미 같은 해 3월 31일에 조치한 바 있다.

[2] 정부의 해금조치 때에 백인준·조영출·한설야·이기영·홍명희 등은 해금 조치 대상에서 제외되었다.

편승하여 작가의 역량이 터무니없이 높게 평가되거나, 작가의 작품 세계가 연구자의 비실증적인 판단에 따라 심하게 왜곡되거나, 작가의 역량이 제대로 평가받지 못하는 경우들도 있었다. 이러한 과장, 왜곡, 축소 등의 결과는 곧바로 우리 문학의 실상을 과장, 왜곡, 축소하는 결과로 이어지는 것이므로, 월북작가들에 대해 연구할 때는 특히 세심한 주의가 요구된다. 그런데 실제로는 그렇지 못한 경우가 많았다는 데에 문제가 있다.

이용악 시에 대한 연구도 여기서 예외는 아니다. 시를 보는 관점에 따라 평가가 달라질 가능성은 얼마든지 있다는 점을 염두에 두더라도, 그의 시에 대한 평가는 제각각이라는 인상이 짙다. 그의 시를 두고 間島 等地를 배경한 침통한 북방의 정조를 나타내었다는 평가3)가 있는가 하면, 이미지보다 묘사에 의지하여 情恨의 또다른 깊이를 보여주고 있는 시로서 소월로 대표되는 1920년대의 리리시즘과 연결되고 있다는 견해4)도 있다. 그런가 하면 그의 시 거의 모두가 타국 일본에서 또는 간도 등지에서 고향집을 그리워하는 것이라 해도 지나치지 않을 정도로 가정적 애정에 굶주려 있었다는 주장5), 그리고 무엇보다도 일제 강점기에 대규모적으로 발생한 국내외 유이민의 집단적 비극을 민족모순으로 명확하게 인식하고 이를 그 시에 정당하게 형상하였다는 점에서 그의 시의 우수성을 찾으려는 시각6)도 있다. 또한 그를, 친일시를 쓴 시인으로 논하는 사람이 있는가 하면 그것을 적극 부정하는 사람도 있다.7) 이처럼 그의 시에 대한 논의의 결론이 다양하게 또

---

3) 백철, 『조선신문학사조사』(백양당, 1949), p. 356.

4) 정한숙, 『현대한국문학사』(고려대학교 출판부, 1982), p. 243.

5) 유정, 「암울한 시대를 비춘 외로운 시혼」, 『이용악 시전집』(창작과비평사, 1988), p. 190.

6) 윤영천, 「민족시의 전진과 좌절」, 『이용악 시전집』(창작과비평사, 1988), p. 193.

7) 임종국은 이용악의 「길」·「눈나리는 거리에서」·「불」 등을, 장덕순은 「길」을 각각 친일시로 보고 있다. [임종국, 『친일문학론』(평화출판사, 1978), p. 476./장덕순, 『한국문학사』(동화문화사, 1984), p. 459. 참조] 그러나 유정과 윤영천은 이를 적극 부정하고 있다.(유정, 앞의 책, pp. 191~192./윤영천, 앞의 책, pp. 204~207. 참조)

는 대립적으로 나타나고 있는 사실은 그의 시에 대한 냉정하고 정확한 판
단의 필요성을 증가시키는 것이라고 할 수 있다.

이 글은 이러한 점을 염두에 두면서 그의 시집들인 『분수령』·『낡은 집』·
『오랑캐꽃』·『이용악집』 등에 나타난 서사와 서정의 세계를 살펴보는 데에
목적을 둔다. 그의 시에 나타난 서사와 서정을 중시하는 까닭은 그의 시가
현실을 외면하지 않고 오히려 현실을 있는 그대로 이야기하고 있으며 또한
그 이야기를 서정으로 감싸고 있기 때문이다. 그 서사와 서정의 세계는 세
갈래 즉, 행동의 '대상'으로서의 고향과 감상, 개인사의 절망과 희망, 민족
의 고난과 비애 등으로 나누어 살펴보기로 한다.

II. 행동의 '대상'으로서의 고향과 감상

연보에 의하면 이용악은 함경북도 경성읍 출생이다. 경성읍은 시인 유정
에 의해 다음과 같이 설명된다.

> 경성군청 소재지이며, 북으로 羅南 4킬로, 남으로 朱乙 4킬로, 시가지
> 의 남쪽 작은 평야를 냇물이 흐르고, 서남·서북에 나직한 산과 아득한 서
> 쪽에 해발 2천 5백 미터의 冠帽蓮嶺이 사철 백설로 빛나고, 동으로 2킬
> 로에 푸른 동해가 웅얼거린다.[8]

경성의 사방이 이러한 곳이라면 이용악 시에 있어서의 고향은 일단 분위
기로는 아늑함을 주고, 배경으로는 수려한 경관을 지닌 모습으로 등장하게
되리라는 추측이 가능하다. 그러나 실제로 그의 시에 나타난 고향은 그렇지

---

8) 유정, 앞의 책, p. 183.

못하다. 그 고향은 어떤 '모습'으로 등장하지 않고 어떤 '행동의 대상'으로
등장하기 때문이다. 그것은 각각의 경우에 따라 탈출의 대상이 되기도 하고
회귀의 대상이 되기도 하며 재탈출의 대상이 되기도 한다. 이 부분에서는
그의 시에 나타난, 이러한 행동의 대상과 또한 이에 따르는 감상의 내용을
알아보기로 한다.

　　　바닷바람이 묘지를 지나
　　　무너지다 남은 城 굽이를 돌아 마을을 지나
　　　바닷바람이 어둠을 헤치고 달린다
　　　밤
　　　등잔불들은 졸음 졸음 눈을 감었다

　　　동무야
　　　무엇을 뒤돌아보는가
　　　너의 터전에 비둘기의 團欒이 질식한 지 오래다
　　　가슴을 치면서 부르짖어보라
　　　너의 고함은 기울어진 울타리를 멀리 돌아
　　　다시 너의 귓속에서 신음할 뿐
　　　그 다음
　　　너의 食慾의 抗議에 꺼꾸러지고야 만다

　　　기름기 없는 살림을 보지만 말어도
　　　토실토실 살이 찔 것 같다.
　　　뼉다구만 남은 마을……
　　　여기서 생활은 가장 平凡한 因襲이었다

　　　가자
　　　씨원히 떠나가자
　　　흘러가는 젊음을 따라

바람처럼 떠나자

뚝장군의 전설을 가진 조고마한 늪
늪을 지켜 숨줄이 말른 썩달나무에서
이제
늙은 올빼미 凶夢스런 울음을 꾀이려니
마을이 떨다
이 밤이 떨다
어서 지팽이를 옮겨놓아라

―「도망하는 밤」 전문9)

이 시가 시집 『분수령』에 수록되어 발표된 1937년은 이용악이 일본의 동경에 있는 上智大學 신문학과에 유학하고 있을 때이다. 그러나 그가 『분수령』의 발문에서 "하여튼 이 조고마한 시집으로 지나간 10년을 씨원히 청산해 버리고 나는 다시 출발하겠다"10)고 한 것으로 보아 이 시는 1937년의 훨씬 이전에 씌어진 것으로 보인다. 그렇다면 이 시는 그의 고향인 함경북도 경성읍을 떠나올 때의 심경을 이야기한 것으로 판단된다.

전체 다섯 연 중에서 첫째 연은 「도망하는 밤」의 배경에 해당한다. 그 밤에는 바닷바람이 불고 있었으며 등잔불들이 '졸음 졸음' 깜빡이고 있었다.

둘째 연에 이르면, 화자의 단단한 각오에 밀려 '동무'의 고향에 대한 미련은 사라지게 된다. '동무야/무엇을 뒤돌아보는가/너의 터전에 비둘기 團欒이 질식한 지 오래다'와 같은 표현이 바로 그 점을 말해 준다. 셋째 연에 나타난, 가난에 찌든 고향의 모습은 넷째 연의 감상적, 유랑적 심리를 유발시키는 구체적 조건이 된다. 여기서 '감상적', '유랑적' 심리라고 한 것은

---

9) 윤영천 편, 『이용악 시전집』(창작과비평사, 1988), pp. 14~15. 이후의 이용악 시는 모두 이 책에서 인용함.
10) 이용악, 「꼬리말1」『이용악 시전집』, p. 175.

‘씨원히’, ‘흘러가는 젊음을 따라’, ‘바람처럼’ 등의 표현이 충분히 그런 심리를 드러내고 있다고 보기 때문이다. 그러나 이러한 심리는 다섯째 연에 이르러서 냉정해지게 되고 마침내 ‘도망’해야 한다는 화자의 일관된 의지 속에 수렴된다. 한마디로 이 시의 주제는 가난에 찌든 고향으로부터의 탈출이다.

> 냇물이 맑으면 맑은 물밑엔
> 조약돌도 디려다보이리라
> 아이야
> 나를 따라 돌다리 위로 가자
>
> 멀구광주리의 풍속을 사랑하는 북쪽 나라
> 말 다른 우리 고향
> 달맞이노래를 들려주마
>
> 다리를 건너
> 아이야
> 네 애비와 나의 일터 저 푸른 언덕을 넘어
> 풀냄새 깔앉은 대숲으로 들어가자
>
> 봉사꽃 유달리 고운 북쪽 나라
> 우리는 어릴 적
> 해마다 잊지 않고 우물가에 피웠다
>
> 하늘이 고히 물들었다
> 아이야
> 다시 돌다리를 건너 온 길을 돌아가자
> — 「아이야 돌다리 위로 가자」 1, 2, 3, 6, 7연

「도망하는 밤」과는 반대로 이 시는 고향으로의 회귀를 강조하고 있다. 고향으로부터의 탈출을 강조할 때는 고향의 '가난'이 부각되지만 고향으로의 회귀를 강조할 때는 고향의 자연이 예찬된다. 고향의 맑고 밝은 냇물 밑엔 조약돌이 들여다 보일 것이라는 것이 그것이다.

이 시에 있어서의 '돌다리'는 매우 의미심장하면서도 다양한 뜻을 담고 있는 말이다. '아이야/나를 따라 돌다리 위로 가자'에서 보듯이 '돌다리'는 고향으로의 회귀를 시작하는 출발지점의 역할뿐만 아니라, 셋째 연에서 보듯이 현실의 어려움과 고향에 대한 그리움을 갈라놓고 있는 중간지대의 역할도 수행하고 있는 것이다. 이 중간지대를 넘어서야 비로소 고향으로의 회귀가 가능하기 때문에 시인은 그것을 열렬히 바라는 의미에서 청유형 종결어미를 사용하고 있는데, 나를 따라 '돌다리 위로 가자', '풀냄새 깔앉은 대숲으로 들어가자', '다시 돌다리를 건너 온 길을 돌아가자' 등의 표현들이 바로 그러한 것들에 해당한다. 그 표현들이 내포하고 있는 의미가 한결같이 고향으로의 회귀임은 물론이다.

> 드디어 나는 떠나고야 말았다
> 곧 얼음 녹아내려도 잔디풀 푸르기 전
> 마음의 불꽃을 거느리고
> 멀리로 낯선 곳으로 갔더니라
>
> 그러나 너는 보드러운 손을
> 가슴에 얹은 대로 떼지 않았다
> 내 곳곳을 헤매여 살 길 어두울 때
> 빗돌처럼 우두커니 거리에 섰을 때
> 고향아
> 너의 부름이 귀에 담기어짐을

막을 길이 없었다

"돌아오라 나의 아들아
까치둥주리 있는
아까시야가 그립지 않느냐
배암장어 구어 먹던 물방앗간이
새잡이하던 버들방천이
너는 그립지 않나
아롱진 꽃 그늘로
나의 아들아 돌아오라"

나는 그리워서 모두 그리워
먼 길을 돌아왔다만
버들방천에도 가고 싶지 않고
물방앗간도 보고 싶지 않고
고향아
가슴에 가로누운 가시덤불
돌아온 마음에 싸늘한 바람이 분다

이 며칠을 미칠 듯이 살아온 내게
다시 너의 품을 떠날려는 내 귀에
한마디 아까운 말도 속삭이지 말어다오
내겐 한 걸음 앞이 보이지 않는
슬픔이 물결친다

하얀 것도 붉은 것도
너의 아들 가슴엔 피지 못했다
고향아
꽃은 피지 못했다

－「고향아 꽃은 피지 못했다」 4～10연

이 시는 세 개의 의미 단락으로 이루어져 있다. 이것은 첫째 연부터 넷째 연까지, 다섯째 연부터 여덟째 연까지, 아홉째 연부터 열째 연까지의 구분에 의거한 것이다. 각 의미단락은 고향과 관련된 한 가지씩의 행동을 담고 있어서 구조적으로 정교한 인상을 주고 있는데, 그 행동은 구체적으로 말해서 고향으로부터의 탈출(첫째 의미단락), 고향으로부터의 회귀(둘째 의미단락), 고향으로부터의 재 탈출(셋째 의미단락) 등이다. 첫째 의미단락에 있는 탈출의 동기는 말할 필요도 없이 가난이다. 이 가난의 바로 옆에는 심정적인 것들, 예를 들면 안타까움·지루함·답답함 같은 것들이 놓여 있을 것이다. 둘째 의미단락에 있는 회귀의 동기는 그리움이다. 그런데 그 그리움은 회고적이고 감상적인 그리움이다. 그것은 그리움을 가령 '까치둥주리 있는 아까시야', '배암장어 구어 먹던 물방앗간', '새잡이하던 버들방천' 등을 통해 표현하고 있는 점에서 쉽게 확인할 수 있다. 그러니까 최소한 현실과 밀접하게 관련되고 절실한 필요성에 따라 대두되는 그리움은 아니다. 따라서 그 그리움은 화자가 고향에 회귀했을 때 화자를 현실적으로 위안시켜 주지는 못한다. 그래서 셋째 의미단락에 나와 있는 대로 화자는 재탈출할 수밖에 없었던 것이다. '고향아/꽃은 피지 못했다'는 고향이 화자가 마음 속에 그리던 고향과는 판이할 뿐만 아니라 재탈출할 수밖에 없는 황폐한 고향임을 말해준다. 이 고향을 조국의 개념으로 확대 해석하는 경우[11]에도 그러한 점은 그대로 적용된다.

　　石段을 올라와
　　잔디에 조심스레 앉어
　　뾰족뾰족 올라온 새싹을 뜯어 씹으면서
　　조곰치도 아까운 줄 모르는 주림

11) 감태준, 「시적 대상과 유형·상」 『월간문학』 (1989. 12), p. 253.

지난밤
회파람은 돌배꽃 피는 洞里가 그리워
北으로 北으로 갔다

- 「길손의 봄」 전문

눈이 오는가 북쪽엔
함박눈 쏟아져내리는가

험한 벼랑을 굽이굽이 돌아간
백무선 철길 우에
느릿느릿 밤새어 달리는
화물차의 검은 지붕에

연달린 산과 산 사이
너를 남기고 온
작은 마을에도 복된 눈 내리는가

잉크병 얼어드는 이러한 밤에
어쩌자고 잠을 깨어
그리운 곳 차마 그리운 곳

눈이 오는가 북쪽엔
함박눈 쏟아져 내리는가

- 「그리움」 전문

　　앞부분에서 살펴본 대로 고향은 탈출의 대상이기도 하고 회귀의 대상이기도 하며 재탈출의 대상이 되기도 하는데 그것들과 한결같이 끈끈한 유대관계를 맺는 것이 있다면 그것은 그리움일 것이다.
　　「길손의 봄」은 그 그리움의 정도를 잘 보여준다. 즉, 그리움은 '지난밤/

회파람은 돌배꽃 피는 洞里가 그리워/北으로 北으로 갔다'의 '돌배꽃 피는 동리'로 표현되고 '지난밤/회파람'이 '북으로 북으로'갈 정도의 그리움이다. 이러한 그리움은 「그리움」에서도 마찬가지로 나타난다. 「길손의 봄」과 다른 점이 있다면, 「그리움」의 그리움은 회고적인 정서와 쉽게 결합함으로써 그리움의 정도를 훨씬 더 강화시키고 있다는 점이다. '어쩌자고 잠을 깨어/그리운 곳 차마 그리운 곳'이란 표현이 그 증거이다.

Ⅲ. 개인사의 절망과 희망

우선, 여기서 사용된 '개인사'란 용어의 '개인'의 의미를 확실히 해 둘 필요가 있다. 한마디로 이 '개인'은 이용악이라는 한 시인에 그치지 않고 이용악의 가족, 예를 들면 부모, 조카 등을 포괄하는 의미로 쓰인다. 따라서 '개인사의 절망과 희망'은 이용악 자신의 직접체험뿐만 아니라 간접체험까지를 모두 포괄할 때 나타나는 절망과 희망을 가리킨다.

지금까지 연구자들에 의해 밝혀진, 이용악의 개인사를 대략 정리하면 다음과 같다.[12] 이용악은 1913년 11월 23일에 함경북도 경성읍에서 출생하여 경성보통학교를 졸업하고 서울에서 고등 보통학교를 졸업한 후 일본 동경에 있는 上智大學에 유학했다. 1935년에는 『신인문학』 3월호에 시 「패배자의 소원」을 발표하면서 문단에 나왔고, 그 시기에 그는 동경에서 함경북도 명천 출생의 김종한과 같이 동인지 『二人』을 오, 육회에 걸쳐 발간하였다. 그의 형 松山, 동생인 庸海 삼형제가 모두 시를 썼다. 제1시집 『분수령』은 1937년 5월 30일 일본 동경의 삼문사에서, 제2시집 『낡은 집』은

---

12) 윤영천 편, 앞의 책, p. 252. 참조

1938년 11월 10일에 역시 동경의 삼문사에서 각각 발간되었다. 1936년에 일본의 유학생활을 마치고 귀국해서는 최재서가 주관하던『인문평론』의 편집기자로 근무했고 1942년에는 고향인 경성으로 돌아가 결혼해 살다가 1945년 광복이 되자 귀경했다. 1946년에는 같은 해 2월 8일에 결성된 조선문학가 동맹의 회원으로 가담하고 중앙일보 기자가 되었다. 1947년 4월 20일에는 아문각에서 제3시집『오랑캐꽃』을, 1949년 1월 25일에는 동지사에서 제4시집『이용악집』을 발간한 후 모종의 사건에 연루되어 서대문 형무소에 수감되었다가 1950년 6·25전쟁 중 월북했다.

이상이 간략하게 정리한 이용악의 개인사이거니와 이 개인사 속에 숨어 있는 구체적인 정황은 시를 분석할 때 밝히기로 한다. 그리고 개인사의 유형을 크게 절망과 희망으로 나눈 다음, 절망의 요인들로는 궁핍, 죽음, 병 등을 설정하기로 한다.

땀 말른 얼골에
소금이 싸락싸락 돋힌 나를
공사장 가까운 숲속에서 만나거든
내 손을 쥐지 말라
만약 내 손을 쥐드래도
옛처럼 네 손처럼 부드럽지 못한 이유를
그 이유를 묻지 말어다오

주름잡힌 이마에
石膏처럼 창백한 불만이 그윽한 나를
거리의 뒷골목에서 만나거든
먹었느냐고 묻지 말라
굶었느냐곤 더욱 묻지 말고
꿈 같은 이야기는 한마디도

나의 沈默에 侵入하지 말어다오

폐인인양 씨드러져
턱을 고이고 앉은 나를
어둑한 廢家의 廻廊에서 만나거든
울지 말라
웃지도 말라

너의 平凡한 表情을 힘써 지켜야겠고
내가 자살하지 않는 이유를
그 이유를 묻지 말아다오

―「나를 만나거든」 전문

　일본 유학시절에 씌어진 이 시에는 감상성이 많이 배제되고 서술성이 두드러지게 나타나 있다. 화자의 궁핍한 생활은 이 시의 서술성에 의해 크게 부각되고 있으며 역설적으로 느껴지기도 한다. 이러한 느낌은 대체로 명령형 종결어미의 사용과 화자의, 세계에 대한 부정적 인식의 내용에서 오는 것일 것이다. 가령, '내 손을 쥐지 말라', '그 이유를 묻지 말어다오', '나의 沈默에 侵入하지 말어다오', '울지 말라/웃지도 말라' 등은 그것의 좋은 예들이다.

　그런데 여기서 우리가 주목하지 않으면 안 될 것은 그 궁핍함이 깊은 절망과 연결되어 있다는 점이다. 바로 앞에서 예를 든 명령형 종결어미 사용도 그렇거니와 실제로 시에서 제시된 상황도 그렇다. 예를 들면 '소금이 싸락싸락 돋힌 나', '옛처럼 네 손처럼 부드럽지 못한 이유', '주름잡힌 이마에/石膏처럼 창백한 불만이 그윽한 나', '먹었느냐고 묻지 말라/굶었느냐곤 더욱 묻지 말고', '폐인인양 씨드러져/턱을 고이고 앉은 나' 등은 궁핍함이 궁핍함에서 끝나는 게 아니라 바로 절망에 연결되어 있음을 알 수 있게 해

주는 표현들이다. 그 궁핍함이 절망에 연결되고 난 다음 시인의 뇌리에 떠
오르는 것은 죽음이다.

우리집도 아니고
일가집도 아닌 집
고향은 더욱 아닌 곳에서
아버지의 寢床 없는 최후 最後의 밤은
풀버렛소리 가득차 있었다.

露領을 다니면서까지
애써 자래운 아들과 딸에게
한마디 남겨두는 말도 없었고
아무을灣의 파선도
설룽한 니코리스크의 밤도 완전히 잊으셨다
목침을 반듯이 벤 채

다시 뜨시잖는 두 눈에
피지 못한 꿈의 꽃봉오리가 깔앉고
얼음장에 누우신 듯 손발은 식어갈 뿐
입술은 심장의 영원한 停止를 가르쳤다.
때늦은 醫員이 아모 말 없이 돌아간 뒤
이웃 늙은이 손으로
눈빛 미명은 고요히
낯을 덮었다

우리는 머리맡에 엎디어
있는 대로의 울음을 다아 울었고
아버지의 寢床없는 최후 最後의 밤은
풀버렛소리 가득 차 있었다.

-「풀버렛소리 가득 차 있었다」 전문

달빛 밟고 머나먼 길 오시리
두 손 합쳐 세 번 절하면 돌아오시리
어머닌 우시어
밤내 우시어
하아얀 박꽃 속에 이슬이 두어 방울

-「달 있는 제사」 전문

인용된 시들의 소재인 죽음은 시인과 밀접한 관계를 맺고 있는 사람들, 즉 아버지와 어머니의 죽음이다. 이 죽음을 통해서 시인은 생생한 리얼리티의 세계를 보여주고 있는데 이것은 아주 높은 단계의 시적 성취라 할 만하다.

「풀버렛소리 가득차 있었다」의 전편에 흐르고 있는 아버지의 임종 분위기는 죽음에 의해 형성된 것이면서도 죽음을 초월한 듯한 인상을 준다. 이러한 인상을 주는 것은 아마도 이 시가 지니고 있는 강한 서사성 때문일 것이다. 그 서사성은, 첫째 연에서는 '풀버렛소리' 가득한 밤에 타관에서 맞이한 아버지의 임종을 통해, 둘째 연에서는 유언 한마디 없는 아버지의 임종을 통해, 셋째 연에서는, 이웃 늙은이 손으로 이루어진 아버지의 임종을 통해, 넷째 연에서는 '있는 대로의 울음을' 울었던, '풀버렛소리' 가득찬 아버지의 임종의 밤을 통해 각각 드러나고 있다.

「달 있는 제사」에는 어머니의 죽음이 간접적으로 묘사된다. 분위기도 「풀버렛소리 가득 차 있었다」와는 다소 다르다. 「풀버렛소리 가득 차 있었다」가 죽음에 따르는 슬픔을 서술하고 있다면 「달 있는 제사」는 죽음에 따르는 슬픔을 묘사한다. 이것은 '하이얀 박꽃 속에 이슬이 두어 방울'에서 잘 나타난다. 그러나 슬픔을 서술하는 것이든 묘사하는 것이든 둘 다 절망의 요인이 되는 것임은 공통적임을 알 수 있다.

팔다리는
千里海風을 넘어온 白鷗의 그것같이 말렸고
阿片쟁이처럼 蒼白한 얼굴에
새벽별같이 빛을 잃은 눈동자만 오락가락…….
그래도 나는 때를 기다렸더란다

夕陽에 하소하는 파리한 落葉
北極圈 넘나드는 白態의 가슴인들
오늘의 내처럼이야 人情의 淪落을 느낄소냐
허덕이는 心臟이 蒼空에 피를 뿜고
─다 吐한 뒤
내 가슴속은 까─만 숯(炭)덩이로 變하리라

-「哀訴·遺言」 3, 4연

말 아닌 말로
病室의 전설을 주받는
흰 壁과
하아얀
하얀
壁

花甁에 씨들은 따알리야가
날개 부러진 두루미로 밖에
그렇게 밖에 안 뵈는 슬픔─
무너질 상싶은
가슴에 숨어드는
차군 입김을 막어다오

실끝처럼 여윈 思念은
회색 문지방에

알 길 없는 손톱그림을 새겼고
그 속에 뚜욱 떨어진 황혼은 미치려나
폭풍이 헤여드는 내 눈 앞에서
미치려는가 너는

시퍼런 핏줄에
손가락을 얹어보는 마음—
손끝에 다앟는 적은 움즉임
오오 살아 있다
나는 확실히 살아 있다

-「病」 전문

사람을 육체적, 심리적으로 절망시키는 것들 중의 하나가 병이다. 어쩌면 이것은 사람을 총체적으로 절망하게 하는 것들 중에서는 가장 대표적인 것인지도 모르다. 이 시의 병도 예외는 아니다. 다만 다른 시와 다른 점이 있다면, 이 시의 화자는 절망의 단계를 지나 마지막에는 '살아 있음'을 확인하고 있다는 점이다. 그런데 이 시는 병이 어떠한 원인에서 비롯되고 그 배경이 무엇인지를 전혀 제시하지 않고 있을 뿐만 아니라 더 나아가 그것을 은폐하고 있기까지 하다. 그 은폐의 방법은, 예를 들면 '말 아닌 말로/病室의 전설을 주받는/흰 壁과/하이얀/하얀 壁'에서처럼 화자의 시선을 어느 한 부분에 고정시킴으로써 이야기의 기회를 차단하여 은폐의 결과를 낳도록 하는 것이다. 또한 이 시는 전체적으로 볼 때 관념의 지배에서 벗어나지 못하고 있다. '말 아닌 말로/病室의 전설을 주 받는' '무너질 상싶은/가슴에 숨어드는/차군 입김을 막어다오', '실끝처럼 여윈 思念' 등은 이 시의 그러한 점들을 잘 말해준다.

그러나 개인사는 앞에서 논의한 절망의 요인들, 즉 궁핍, 죽음, 병 등만

으로 이루어지는 것은 아니다. 그것은 미래에 대한 희망이나 그에 따르는
계획으로 이루어지기도 한다.

열기를 토하면서
나의 雙頭馬車가 赤道線을 돌파할 때
거기엔 억센 심장의 威嚴이 있고
季節風과 싸우면서 凍土帶를 지나
北極으로 다시 南極으로 돌진할 때
거기선 확확 타오르는 삶의 힘을 발견한다

나는 항상 나를 冒險한다
그러나 나는 나의 天性을 슬퍼도 하지 않고
期約없는 旅路를
疑心하지도 않는다

明日의 새로운 地區가 나를 부르고
더욱 나는 그것을 믿길래
나의 雙頭馬車는 쉴새없이 굴러간다
날마다 새로운 旅程를 探求한다

-「雙頭馬車」 4, 5, 6연

　　이 시에 있어서의 쌍두마차는, 화자를 희망의 영토로 실어다 주는 역할
을 수행하고 있다. 그래서 화자는 쌍두마차에서 '억센 심장의 威嚴'과 '확
확 타오르는 삶의 힘'을 발견한다. 그리고 화자는 절망의 단계에서 많이 지
니고 있었던 부정적인 요소들을 말끔히 해소함으로써 '天性을 슬퍼도 하지
않고/期約없는 旅路를/疑心하지도' 않게 되었다. 이 때 무엇보다도 중시되
어야 할 것은 화자의 마음의 자세가 그렇게 바뀌었다는 점이다. 이 마음의
자세는 '明日의 새로운 地區가 나를 부르고/더욱 나는 그것을 믿길래'에

분명하게 나타난다. 그래서 화자는 '나의 雙頭馬車는 쉴새없이 굴러간다.'
거나 '날마다 새로운 旅程을 探求한다.'고 말할 수 있는 것이다.

Ⅳ. 민족의 고난과 비애

여기서 사용된 '민족'은 시인의 고향을 중심으로 한 이웃과 만주를 비롯
한 시베리아 및 일본 등지의 流移民을 포괄하는 개념이다. 이러한 개념에
시간성을 부여한다면 이용악이 시를 쓰기 시작한 시기는 1935년쯤이 될 것
이다. 민족의 개념을 이렇게 정했을 때 이 부분에서 가장 중시해야 할 것은,
이용악 시가 무엇을 통해 민족의 고난을 드러냈는가 하는 점이다. 그것들은
세부적으로 자세히 고찰되겠지만 큰 흐름만 제시해 본다면, 이웃(유이민)·
고향을 통해 드러낸 경우, 강을 통해 드러낸 경우, 항구를 통해 드러낸 경
우, 물을 통해 드러낸 경우 등이다.

그가 아홉살 되던 해
사냥개 꿩을 쫓아다니는 겨울
이 집에 살던 일곱 식솔이
어데론지 사라지고 이튿날 아침
북쪽을 향한 발자옥만 눈 우에 떨고 있었다

더러는 오랑캐령 쪽으로 갔으리라고
더러는 아라사로 갔으리라고
이웃 늙은이들은
모두 무서운 곳을 짚었다

지금은 아무도 살지 않는 집

마을서 흉집이라고 꺼리는 낡은 집
제철마다 먹음직한 열매
탐스럽게 열던 살구
살구나무도 글거리만 남았길래
꽃피는 철이 와도 가도 개울안에
꿀벌 하나 날아들지 않는다

-「낡은 집」 6, 7, 8연

북쪽은 고향
그 북쪽은 女人이 팔려간 나라
머언 山脈에 바람이 얼어붙을 때
다시 풀릴 때
시름 많은 북쪽 하늘에
마음은 눈감을 줄 모르다

-「北쪽」 전문

이용악 시의 대부분이 이야기 구조를 갖추고 있음은 많은 연구자들이 공통적으로 지적하고 있는 사항이다. 그런데 그 중에서도 「낡은 집」은 그 이야기 구조를 가장 명료하게 드러내는 시이다.

이야기는 낡은 집으로 상징되는 피폐한 삶의 현장을 중심으로 펼쳐진다. 그 낡은 집은 '날로 밤으로/왕거미 줄치기에 분주한 집'이다. 그 낡은 집에 살았던 이웃 털보네는 마을에서 사라져버렸다. 아무도 털보네가 간 곳을 모른다. 털보네가 사라진 이유는, 셋째 아들이 태어나도 축복을 받지 못할 정도의 가난 때문이었다. 아낙네들은 '털보네는 또 아들을 봤다우/송아지래두 붙었으면 팔아나 먹지'라고 말할 정도였던 것이다. 털보네가 '나의 동무'였던 아홉 살 셋째 아들은 물론 모든 식구들이 함께 그 낡은 집을 떠나 간 곳은 오랑캐령인지, 아라사인지 아무도 모른다. 오로지 마을에서 흉집이라

꺼리는 낡은 집만이 있을 뿐이다. 「낡은 집」은 이웃인 털보네를 통해 민족의 고난을 명료하게 보여주고 있다.

「낡은 집」의 이야기 구조가 구체적이고 명료한 데 비해서 「北쪽」의 이야기 구조는 다소 애매하다. 그 이유는 시인이 「낡은 집」에서처럼 이야기 구조에 초점을 맞추려 하지 않고 고향에 초점을 맞추려 했기 때문이다. 그래서 「北쪽」에서 이야기 구조가 있다면 '북쪽은 고향/그 북쪽은 女人이 팔려간 나라'정도를 지적할 수 있다. 나머지는 고향에 대한 생각으로 채워지고 있다. 그런데 그 생각은 아득한 옛날, 어린 시절에 대한 그리움의 생각이 아니라 '그 북쪽은 여인이 팔려간 나라', '시름 많은 북쪽'에서 드러나고 있듯이 역사적 비극을 내포하고 있는 생각이다. 그 역사적 비극은 '머언 山脈에 바람이 얼어붙을 때/ 다시 풀릴 때'에서 또한 드러나고 있듯이 반복적인 것이다. 「北쪽」은 이처럼 「낡은 집」과는 다른 측면에서 민족의 고난을 보여준다.

네가 흘러온
흘러온 山峽에 무슨 자랑이 있었드냐
흘러가는 바다에 무슨 榮光이 있으랴
이 은혜롭지 못한 꿈의 饗宴을
傳統을 이어 남기려는가
江아
天痴의 江아

너를 건너
키 넘는 풀속을 들쥐처럼 기어
색다른 국경을 넘고저 숨어다니는 무리
맥풀린 백성의 사투리의 鄕閭를 아는가
더욱 돌아오는 실망

墓標를 걸머진 듯한 이 실망을 아느냐

江岸에 무수한 해골이 딩굴러도
해마다 季節마다 더해도
오즉 너의 꿈만 아름다운 듯 고집하는
江아
天痴의 江아

-「天痴의 江아」 3, 4, 5연

잠들지 말라 우리의 강아
오늘 밤도
너의 가슴을 밟는 뭇 슬픔이 목마르고
얼음길은 거츨다 길은 멀다

길이 마음의 눈을 덮어줄
검은 날개는 없느냐
두만강 너 우리의 강아
북간도로 간다는 강원도치와 마조앉은
나는 울 줄을 몰라 외롭다

-「두만강 너 우리의 강아」 4, 5연

　「天痴의 江아」가 씌어진 때가 1937년 5월임을 생각한다면 강을 통해 민족의 고난을 서술하는 이 시의 기교는 주목할 만하다. 이 시는 특히 강에다 인격을 부여함으로써 의인법을 통해 민족이 겪은 고난의 역사를 서술하고 있다. 그 고난의 역사를 서술하는 태도는 첫째 연의 "오즉 네만 냉정한 듯 차게 흐르는"에서 보듯이 엄격하다. 둘째 연에서는 '天痴의 강'이 지니는 수동적 자세를 서술한다. 이 자세는 셋째 연에서도 마찬가지이다. 이러한 수동성은 강이 지니고 있는 가장 기본적 속성이라고 보아도 좋을 것이다.

민족이 겪은 고난의 역사도 또한 이러한 수동성을 기본적 속성으로 지니고 있다. 이 시의 강과 민족이 겪은 고난의 역사가 잘 어우러지고 있는 것은 바로 이러한 점들이 뒷받침되고 있기 때문이다.

시의 기교면에서 볼 때 「두만강 너 우리의 강아」는 「天痴의 江아」와 다를 바 없으나 두 강에 대한 시인의 애정의 정도는 다르다. 즉 두만강에 대해서는 더 큰 애정을 품고 있는 것이다. 애정을 품고 있는 만큼 두만강에 대한 주문도 분명하다. 그 주문은 다름아닌 '잠들지 말라 우리의 강아'이다. 바로 앞에서 살펴본 대로 강의 역사와 민족이 겪은 고난의 역사를 등식으로 생각한다면 그 강은 곧 고난의 강일 수밖에 없는 것이다. '오늘 밤도/너의 가슴을 밟는 뭇 슬픔이 목마르고/얼음길은 거츨다 길은 멀다'나 '북간도로 간다는 강원도치와 마조앉은/나는 울 줄을 몰라 외롭다'는 강의 이러한 점을 드러내는 서술이다.

太陽이 돌아온 記念으로
집집마다
카렌다아를 한 장씩 뜯는 시간이면
검누른 소리 港口의 하늘을 빈틈없이 흘렀다

머언 海路를 이겨낸 汽船이
港口와의 因緣을 死守하려는 검은 汽船이
뒤를 이어 入港했었고
上陸하는 얼골들은
바늘 끝으로 쏙 찔렀자
솟아나올 한 방울 붉은 피도 없을 것 같은
얼골 얼골 희머얼건 얼골뿐

埠頭의 인부꾼들은

흙을 씹고 자라난 듯 꺼머틱틱했고
시금트레한 눈초리는
푸른 하늘을 쳐다본 적이 없는 것 같앴다
그 가운데서 나는 너무나 어린
어린 노동자였고 ―

물위를 도롬도롬 헤여다니던 마음
흩어졌다도 다시 작대기처럼 꼿꼿해지던 마음
나는 날마다 바다의 꿈을 꾸었다
나를 믿고저 했었다
여러 해 지난 오늘 마음은 港口로 돌아간다
埠頭로 돌아간다 그날의 羅津이여

-「港口」전문

   이 시는 민족이 겪은 고난의 역사를 항구를 통해 서술하고 있다. 서술에 못지 않게 화자의 심리도 잘 드러나고 있는데, 첫째 연과 넷째 연이 특히 그렇다. 둘째 연과 셋째 연은 첫째 연과 넷째 연의 심리를 일으키는 계기의 역할을 수행하고 있다. 서술된 내용이나 드러난 심리는 '검누른 소리 港口의 하늘을 빈틈없이 흘렀다.', '항구와의 因緣을 死守하려는 검은 汽船', '그 가운데서 나는 너무나 어린/어린 노동자였고', '물위를 도롬도롬 헤여다니던 마음' 등에서 알 수 있듯이 민족의 고난을 암시한다.

   이 시는 보기에 따라서는 단순한 정서, 그것도 개인의 회고적 정서를 읊은 것으로 파악될 수 있을 것 같기도 하다. 실제로 넷째 연에는 '나는 날마다 바다의 꿈을 꾸었다'라든지 '여러 해 지난 오늘 마음은 항구로 돌아간다/埠頭로 돌아간다. 그날의 羅津이여'와 같은 표현이 있어서 그렇게 파악될 수 있는 부분적 근거를 확보하고 있다. 그러나 첫째 연부터 셋째 연까지의 서술 내용 내지 심리는 단순한, 회고적 정서를 읊는 시로 볼 수 없는 근거를 충분히 제공한다.

　　　아낙도 우두머리도 돌볼 새 없이 갔단다
　　　도래샘도 띳집도 버리고 강건너로 쫓겨갔단다
　　　고려 장군님 무지 무지 쳐들어와
　　　오랑캐는 가랑잎처럼 굴러갔단다

　　　구름이 모여 골짝 골짝을 구름이 흘러
　　　백년이 몇백년이 뒤를 이어 흘러갔나

　　　너는 오랑캐의 피 한 방울 받지 않았건만
　　　오랑캐꽃
　　　너는 돌가마도 털메투리도 모르는 오랑캐꽃
　　　두 팔로 햇빛을 막아줄께
　　　울어보렴 목놓아 울어나 보렴 오랑캐꽃

-「오랑캐꽃」 1, 2, 3연

　이 시에서의 오랑캐꽃이 서정적 묘사의 대상으로 존재하는 자연의 꽃이 아님은 확실하다. 첫째 연에서는 오랑캐꽃의 유래담이 간단하게 제시되고, 둘째 연에서는 우리 민족과 유랑과 고난의 흐름이 제시되며, 셋째 연에서는 그야말로 무력하고 아무런 일도 해낼 수 없는 조선 민중의 암울한 모습이 제시되고 있으므로 이 시는 결국 꽃을 통해 민족의 고난을 서술한 셈이 된다.

V. 에필로그

지금까지 이용악 시에 나타난 서사와 서정의 내용을, 행동의 대상으로서의 고향과 감상, 개인사의 절망과 희망, 민족의 고난과 비애 등 세 갈래로 구분하고, 그것들이 전개되면서 드러내는 의미를 살펴보았다. 이제, 이것을 결론 삼아 요약, 정리해 보면 다음과 같다.

첫째, 이용악 시에 등장하는 고향은 그의 실제의 고향인 함경북도 경성의 아늑한 분위기와 수려한 경관과는 달리 어떤 모습으로 등장하지 않고 어떤 행동의 대상으로 등장한다. 그런데 그것은 경우에 따라 탈출의 대상이 되기도 하고 회귀의 대상이 되기도 하며 재탈출의 대상이 되기도 한다. 탈출 또는 재탈출의 가장 핵심적인 동기는 가난이며 회귀의 동기는 그리움이다. 그 그리움은 회고적이고 감상적인 것이어서 재탈출의 요소로 작용하기도 하지만 그리움 자체는 '고향'과 밀접히 관련되어 있다.

둘째, 이용악 시에 나타나는 개인사의 유형은 크게 절망과 희망으로 구분할 수 있다. 그 절망의 용인들은 궁핍함·죽음·병 등이다. 이들 중 궁핍함은 주로 서술성에 의해 크게 부각되고 있으며 역설적이기까지 하다. 죽음은 주로 시인과 밀접한 관계를 맺고 있는 사람들, 즉 아버지와 어머니의 죽음을 의미한다. 그 죽음을 통해서 시인은 생생한 리얼리티의 세계를 보여주고 있는데 이것은 아주 높은 단계의 시적 성취라 할 만하다. 병은 사람을 육체적, 심리적으로 절망시키는 데에 큰 힘을 발휘한다. 그의 시에 나오는 병도 여기서 예외는 아니다. 작품에 따라서는, 시의 화자가 절망의 단계를 지나 마지막에는 살아있음을 확인하는 경우도 있다. 개인사의 또 하나의 유형인 희망의 의미는 쌍두마차라는 매개물을 통해서 구현되고 있다. 화자는 쌍두마차에서 억센 심장의 위엄과 확확 타오르는 삶의 힘을 발견한다. 그것은 화자가 그의 뇌리에 가득 차 있는 부정적 요소를 말끔히 해소했을 뿐 아니라 그의 마음의 자세가 그렇게 바뀌었음을 말해 주는 것이다.

셋째, '민족'을, 시인의 고향을 중심으로 한 이웃과 만주를 비롯한 시베리아 및 일본 등지의 流移民을 포괄하는 개념으로 파악한다면, 이용악 시는 민족의 고난을 이웃(유이민)·고향을 통해, 강을 통해, 항구를 통해 각각 드러내고 있다고 할 수 있다. 그 과정에서 그의 시는 이야기 구조를 단단히 유지하고 있으며 그 이야기는 주로 털보네로 대표되는 이웃과 낡은 집으로 대표되는 고향, 그리고 나진항을 중심으로 전개된다.

백석 시의 특질 __백석론

Ⅰ. 프롤로그

　연보[1])에 의하면 백석이 시작 활동을 한 기간은 1935년 8월 31일자 조선일보에 「定州城」을 발표한 때부터 1936년 1월에 상재한 시집 『사슴』을 거쳐 1941년 4월 「국수」 등 6편을 발표한 때까지 약 5년 6개월에 불과하다. 작품 수는 그의 친구인 허준이 8·15광복 이전부터 간직했다가 1947년과 1948년에 대신 발표한 것까지 합하면 95편에 이른다.

　시집 『사슴』에 수록된 시들을 비롯하여 그 이후에 발표된 그의 시들이 보여주는 세계는 그 이전에 다른 시인들의 시에서 많이 보았던 감상주의적 경향과는 뚜렷이 구별되는 것이다. 그래서 김기림도 시집 『사슴』의 독후감을 다음과 같이 피력한 바 있다.

　　시집 『사슴』의 세계는 그 시인의 기억 속에 쭈그리고 있는 동화와 전설의 나라다. 그리고 그 속에서 실로 속임없는 향토의 얼굴이 표정한다. 그렇건마는 우리는 거기서 아무러한 회상적인 감상주의에도 불어오는 복고주의에도 만나지 않아서 이 위에 없이 유쾌하다.

---

1) 이 연보는 김학동 편 『백석 전집』의 '백석의 연보'와 '백석의 작품연보'를 가리킨다.

　　白石은 우리를 충분히 哀傷的이게 만들 수 있는 세계를 주무르면서도
그것 속에 빠져서 어쩔줄 모르는 것이 얼마나 추태라는 것을 가장 절실
하게 깨달은 시인이다. 거의 鐵石의 냉담에 필적하는 불발한 정신을 가
지고 대상과 마주선다.
　　그 점에 『사슴』은 그 외관의 철저한 향토취미에도 불구하고 주착없는
일련의 향토주의와는 명료하게 구별되는 '모더니티'를 품고 있는 것이
다.2)

　　그러나 백석 시에 대한 평가가 반드시 긍정적인 것만은 아니다. 오장환
은 백석 시에 대해 "그는 시에서 少年期를 回想한다. 아무런 센치도 나타
나지는 않고 동화의 세계로 배회한다. 그러면 그는 만족이다. 그의 작품은
그 이상의 무엇을 우리에게 주지 안는다. 그는 압날을 이야기한 적이 없다.
자긔의 감정이나 의견을 이야기하지 않는다."3)고 부정적으로 평가한다. 비
록 오장환의 평가가 부정적인 것이라 하더라도, 그것은 백석 시에 대한 논
의의 가치를 인정하는 전제에서 나온 것이므로 단편적이긴 하지만 긍정적
이든, 부정적이든 논의 자체가 이루어진 것은 확실하다고 할 수 있다. 그러
다가 1983년에 고형진의 「백석 시 연구」라는 논문이 나오고 『백석 시전집』
(창작사, 1987), 『백석 시집 가즈랑집 할머니』(새문사, 1988), 『백석 전집』
(새문사, 1990)이 간행되면서부터는 구체적인 논의가 이루어지기에 이른다.
　　지금까지의 백석 시에 대한 논의4)는 단편적인 것이거나 아니면 본격적

---

2) 김기림, 「'사슴'을 안고」『김기림 전집』(2) (심설당, 1988), pp. 372~373.
3) 오장환, 「백석론」『풍림』제5집, P. 18.
4) 백석 시에 대해 논의한 글들을 다음과 같다.
　김기림, 「'사슴'을 안고」, 조선일보 1936. 1. 29. 『김기림 전집』 (2) (심설당, 1988)에
　재수록.
　박용철, 「백석 시집 '사슴' 평」, 『박용철 전집』제2권 (대동인쇄소, 1940)
　오장환, 「백석론」『풍림』제5집.
　유종호, 「한국의 페시미즘」『비순수의 선언』(신구문화사. 1962)

인 것이라 하더라도 그것을 바라보는 관점이 지나치게 목적론적인 것들이 대부분이다. 그래서 이러한 점에 유의하면서 백석 시의 특질을 고찰해 보는 것이 이 글의 목적이다. 이를 위해 이 글에서 설정한 세부항목은 민속적 풍물과 샤머니즘의 서사적 승화, 토속적 언어와 소재의 사용, 고향상실감과 유랑의식의 표출 등이다.

이러한 방향에서 백석 시의 특질을 고찰한다면, 백석 시의 특질을 분명히 제시하는 데에 그치지 않고 한국현대시사의 총체적 맥락을 파악하는 데에 기여할 수 있을 것으로 생각한다.

II. 민속적 풍물과 샤머니즘의 서사적 승화

백석의 시에는 그가 자란 고향의 풍물이 끊임없이 등장하고 또한 샤머니즘이 서사적으로 승화되어 나타난다. 백철은 이에 대해 다음과 같이 언급하고 있다.

> 민속적인 것은 백석의 다른 시에는 더 한층 그 색채가 농후했으니 그 중에서도 「여우난 곬族」, 「고방」, 「古夜」, 「酒幕」, 「城外」, 「女僧」, 「절간의 소 이야기」, 「定州城」 등을 읽으면서 독자는 이 시인의 각별한 민속취미에 놀랄 것이다. 백석에게 있어 민속은 결코 피상적인 것이 아니

김종철, 「30년대 시인들」『시와 역사적 상상력』(문학과지성사, 1978)
최두석, 「1930년대 시의 표현에 관한 고찰』(서울대 대학원 석사논문, 1980)
김명인, 「백석시고」『우보 김병두박사 화갑 기념 논문집』(1983)
고형진, 「백석 시 연구」『백석 전집』(새문사, 1983)
이동순, 「민족시인 백석의 주체적 시정신」『백석 전집』(창작사, 1987)
최두석, 「백석의 시세계와 창작 방법」『우리 시대의 문학』6집(1987)
김학동, 「백석 연구」『백석 전집』(새문사, 1990)

다. 그에게 있어 이 민속은 그의 시학의 출발점이요, 다시 그 결론이었다. 그것은 그의 시 정신에까지 앙양된 것이다. 우리가 백석의 시를 읽고 단순한 민속화를 보는 이상 깊은 감격을 가지게 되는 것은 그 때문이다.

그 지방적이고 민속적인 것에 집착하여 백석은 특수한 일경지를 개척하고 그것으로 성공한 사람이다.[5]

여기서는 「山地」·「古夜」·「가즈랑집」·「오금덩이라는 곳」·「旌門村」을 중심으로, 그의 시에서 민속적 풍물이 어떻게 나타나고 있고 또 샤머니즘이 어떻게 서사적으로 승화되고 있는가를 살펴보기로 한다.

갈부던 같은 藥水터의 山거리
旅人宿이 다레나무지팽이와 같이 많다
시냇물이 버러지 소리를 하며 흐르고
대낮이라도 山옆에서는
승냥이가 개울물 흐르듯 운다

소와 말은 도로 山으로 돌아갔다
염소만이 아직 된비가 오면 山개울에 놓인 다리를 건너 人家 근처로 뛰여온다

벼랑탁의 어두운 그늘에 아츰이면
부헝이가 무거웁게 날러온다
낮이 되면 더 무거웁게 날러가 버린다

山너머 十五里서 나무뎅치 차고 싸리신 신고 山비에 촉촉이 젖어서
藥물을 받으러 오는 山아이도 있다

---

5) 백철, 『신문학사조사』 (신구문화사, 1983), pp. 540~541.

아비가 앓는가부다
다래먹고 앓는가부다

아랫마을에서는 애기무당이 작두를 타며 굿을 하는 때가 많다
-「山地」 전문

이 시는 민속적 풍물과 샤머니즘이 절묘하게 결합된 예라 할 수 있을 것이다. 여인숙이 많다는 것은 그만큼 그 곳을 찾는 사람이 많음을 의미한다. 이 시를 잘 살펴보면 그 곳을 찾는 사람이 많은 이유는 바로 그 곳의 자연 속에 숨어 있음을 알 수 있다. 시냇물이 흐르고 승냥이가 울며 소·말·염소가 다니고 부엉이가 날아다니는가 하면 '藥물'을 받으러 오는 '山아이'가 있는 자연은 범상치 않은 자연이라 할 수 있다. 이러한 자연은 이 시에서, 제시된 자연으로 끝나지 않고 무엇인가를 이야기하는 상황의 배경 역할까지도 수행하고 있는데, 샤머니즘과 관련된 이야기의 내용에 해당하는 그 '무엇'은 끝까지 베일 속에 가려 있다. '아비가 앓는가부다/다래먹고 앓는가부다//아랫마을에서는 애기무당이 작두를 타며 굿을 하는 때가 많다'는 그 점을 잘 보여 주는 부분이다.

그런데 「古夜」에 이르면 샤머니즘의 서사성은 더 분명하게 드러나고 체계를 갖추게 된다.

아배는 타관 가서 오지 않고 山비탈 외따른 집에 엄매와나와 단둘이서
누가 죽이는 듯이 무서운 밤 집뒤로는 어늬 山골짜기에서 소를 잡어먹는
노나리꾼들이 도적놈들같이 쿵쿵거리며 다닌다

날기멍석을 져간다는 닭보는 할미를 차 굴린다는 땅아래 고래 같은 기
와집에는 언제나 니차떡에 청밀에 은금보화가 그득하다는 외발 가진 조

마구 뒷山 어늬메도 조마구네 나라가 있어서 오줌 누러 깨는 재밤 머리
맡의 문살에 대인 유리창으로 조마구 군병의 새까만 대가리 새까만 눈알
이 들여다보는 때 나는 이불속에 자즈러붙어 숨도 쉬지 못한다

　또 이러한 밤 같은 때 시집갈 처녀 막내고무가 고개너머큰집으로 치장
감을 가지고 와서 엄매와 둘이 소기름에 쌍심지의 불을 밝히고 밤이 들
도록 바느질을 하는 밤 같은 때 나는 아릇목의 샷귀를 들고 쇠든밤을 내
여 다람쥐처럼밝어먹고 은행여름을 인두불에 구어도 먹고 그러다는 이
불 우에서 광대넘이를 뒤이고 또 누어 굴면서 엄매에게 웃목에 두른 평
풍의 새빨간 천두의 이야기를 듣기도 하고 고무더러는 밝는 날 멀리는
못난다는 뫼추라기를 잡어달라고 조르기도 하고

　내일같이 명절날인 밤은 부엌에 쩨듯하니 불이 밝고 솥뚜껑이 놀으며
구수한 내음새 곰국이 무르끓고 방안에서는 일가집 할머니가 와서 마을
의 소문을 펴며 조개송편에 달송편에 쥔두기송편에 떡을 빚는 곁에서 나
는 밤소 팥소 설탕 든 콩가루소를 먹으며 설탕 든 콩가루소가 가장 맛있
다고 생각한다
　나는 얼마나 반죽을 주무르며 흰가루손이 되여 떡을 빚고 싶은지 모
른다

　섣달에 냅일날이 들어서 냅일날 밤에 눈이 오면 이 밤엔 쌔하얀 할미
귀신의 눈귀신도 냅일눈을 받노라 못 난다는 말을 든든히 녀기며 엄매와
나는 앙궁 우에 떡돌 우에 곱새담 우에 함지에 버치며 대냥푼을 놓고 치
성이나 드리듯이 정한 마음으로 냅일눈 약눈을 받는다
　이 눈세기물을 냅일물이라고 제주병에 진상항아리에 채워두고는 해를
묵여가며 고뿔이 와도 배앓이를 해도 갑피기를 앓어도 먹을 물이다
-「古夜」 전문

이 시에 들어있는 이야기는 표면에 등장한 것만도 네 개인데,　① '어느

山골짜기에서 소를 잡어먹는 노나리꾼들'의 이야기 ② '외발 가진 조마구 뒷山 어늬메'의 '조마구네'의 이야기 ③ '웃목에 두른 평풍의 새빨간 천두' 의 이야기 ④ '쌔하얀 할미귀신의 눈귀신도 넵일눈을 받노라 못난다는' 이 야기 등이 그것들이다. 이러한 이야기들은 이 시의 화자인 어린이를 통해 제시됨으로써 '古夜'라는 배경과 잘 호응하고 있고 샤머니즘의 서사성을 한층 더 고양시키고 있다. 백석 시에서 화자가 어린이인 경우는 「가즈랑집」 ·「여우난골族」·「오리 망아지 토끼」 등에서도 보이는데 한결같이 이 시에서 와 같은 효과를 드러낸다. 한편, 이 시에서 간과할 수 없는 것은 음식물 이 름이 많이 등장하고 있다는 점이다. 쇠든밤·인두여름·천두·곰국·조개송편· 달송편·죈두기송편·밤소·팟소·콩가루소·떡 등이 방언 이름 그대로 등장하 는 것은 이 시의 화자가 어린이라는 점, 그 어린이가 산골에 살고 있다는 점과 깊이 관련시켜 해석되어야 할 사항이다.

화자가 산골에 사는 어린이이면서 이야기를 통해 샤머니즘의 서사성을 보여 주는 예로 「가즈랑집」도 있다.

예순이 넘은 아들 없는 가즈랑집 할머니는 중같이 정해서 할머니가 마
을을 가면 긴 담뱃대에 독하다는 막써레기를 몇대라도 붙이라고 하며

간밤엔 섬돌 아래 승냥이가 왔었다는 이야기
어늬메 山골에선간 곰이 아이를 본다는 이야기

나는 돌나물김치에 백설기를 먹으며
녯말의 구신집에 있는 듯이
가즈랑집 할머니
내가 날 때 죽은 누이도 날 때
무명필에 이름을 써서 백지 달어서 구신간시렁의 당즈깨에 넣어 대감

님께 수영을 들였다는 가즈랑집 할머니
　언제나 병을 앓을 때면
　신장님 단련이라고 하는 가즈랑집 할머니
　구신의 딸이라고 생각하면 슬퍼졌다

　토끼도 살이 오른다는 때 아르대즘퍼리에서 제비꼬리 마타리 쇠조지
가지취 고비 고사리 두릅순 회순 山나물을 하는 가즈랑집 할머니를 따
르며
　나는 벌써 달디단 물구지우림 둥굴레우림을 생각하고
　아직 멀은 도토리묵 도토리범벅까지도 그리워한다
- 「가즈랑집」 부분

이 시에 등장하는 가즈랑집 할머니는 고개 밑에서 아들 없이 살고 있는,
예순이 넘은 할머니이지만 마을에서는 대단히 중요한 역할을 하는 존재이
다. 마을의 재난을 막고 사람들의 병을 낫게 하는 굿을 해 주는 '구신의 딸'
로서 마을의 수호자라는 위치에 있기 때문이다. 그러면서도 가즈랑집 할머
니는 '간밤엔 섬돌 아래 승냥이가 왔었다는 이야기', '어느메 山골에선간
곰이 아이를 본다는 이야기' 등 어린 아이들에게 재미있는 이야기를 해주
기도 하고 온갖 궂은 일을 마다하지 않는다. 가즈랑집 할머니의 일상생활은
평범한 것이지만 마을에 좋지 않은 일이 벌어졌을 때에는 결코 평범하지
않은 힘을 발휘한다.

　이 시에 나타난 샤머니즘의 서사성은 가즈랑집 할머니라는 한 인물을 중
심으로 전개되고 있지만 다음에 살펴 볼 「오금덩이라는 곳」은 장소를 중심
으로 전개된다.

　어스름저녁 국수당 돌각담의 수무나무가지에 녀귀의 탱을 걸고 나물매
갖추어놓고 비난수를 하는 젊은 새악시들

─ 잘 먹고 가라 서리서리 물러가라 네 소원 풀었으니 다시 침노 말아라

벌개눞녘에서 바리깨를 뚜드리는 쇳소리가 나면
누가 눈을 앓어서 부증이 나서 찰거마리를 부르는 것이다
마을에서는 피성한 눈슭에 저린 팔다리에 거마리를 붙인다

여우가 우는 밤이면
잠없는 노친네들은 일어나 팥을 깔이며 방뇨를 한다
여우가 주둥이를 향하고 우는집에서는 다음날 으례히 흉사가 있다는
것은 얼마나 무서운 말인가

─ 「오금덩이라는 곳」 전문

오금덩이는 오금 즉, 무릎의 구부리는 안쪽을 의미하는 말인데, 이 시에
서는 지명을 가리킨다. 이 곳에서 마을 사람들은 잡귀신들을 물리치기도 하
고 눈에 부증이 나거나 눈언저리에 피멍이 들면 '바리깨'를 두드리면서 '찰
거마리'나 '거마리'를 붙이는 것이다. 그리고 이 오금덩이라는 곳에는, 여우
가 주둥이를 향하고 우는 집에서는 으레 흉사가 있다는 이야기가 전해진다.
이 시는 이처럼 샤머니즘의 서사성이 오금덩이라는 장소를 중심으로 전개
되고 있다.

백석 시에 있어서의 샤머니즘이 서사성의 이야기 단계를 넘은 좀더 분명
한 이야기와 결합한 예는 「旌門村」에서 발견된다.

주홍칠이 날은 旌門이 하나 마을 어구에 있었다
'孝子盧迪之之旌門' ─ 몬지가 겹겹이 앉은 木刻의 額에
나는 열 살이 넘도록 갈지字 둘을 웃었다

아카시아꽃의 향기가 가득하니 꿀벌들이 많이 날어드는 아츰

구신은 없고 부헝이가 담벽을 띠쫗고 죽었다

기왓골에 배암이 푸르스름히 빛난 달밤이 있었다
아이들은 쪽재피같이 먼길을 돌았다
旌門집가난이는 열다섯에
늙은 말꾼한테 시집을 갔겄다

-「旌門村」 전문

旌門은 충신·효자·열녀 등을 표창하기 위하여 집 앞에 세우던 붉은 색의 문을 말한다. 따라서, 정신사적 의미에서 볼 때 정문은 조선시대의 정신적 가치를 표상하는 것이라고 할 수 있다. 그런데 이 시에 있어서의 정문은 예전의 정신적 가치를 표상하기는커녕 그것의 소멸과 퇴락을 표상한다. 귀신이 드나들 뿐만 아니라 부엉이가 담벽을 '띠쫗고' 죽는 곳이 되어버린 것이다. 더구나 기왓골에는 뱀이 기어다녀서 아이들도 먼길을 돌아서 갈 정도로 정문집은 피폐한 상태에 놓여있다. 정문집의 '가난'이가 어린 나이인 열다섯살에 말꾼한테 시집을 갔다는 것이 이점을 더욱 더 강화해 준다.

이 시에는, 정문으로 표상되는 조선시대의 정신적 가치가 여지없이 붕괴되고 이에 따라 정문집 일가가 몰락해버린 비극적 상황이, 샤머니즘과 연결되어 있으며 그 샤머니즘은 서사적 이야기로 승화된다.

이상에서 살펴본 것처럼 백석 시에 등장하는 민속적 풍물은 샤머니즘과 결합되어 있고 그 샤머니즘은 서사성을 지니고 나타나는데 그것의 정도는 작품마다 다소 다르다.

III. 토속적 언어와 소재의 사용

시에 있어서의 언어와 소재는 그것의 내용을 규정하는 데에 힘을 발휘한다. 그것들이 토속적인 것이라면 그 정도는 더 강하다. 백석 시는 이러한 경우의 전형적 예라 할 수 있다. 이에 대해서는 다음과 같은 주장들이 있다.

> 백석씨의 시집, 『사슴』 一券을 대할 때에 작품전체의 자태를 우리의 눈에서 가리어버리도록 크게 앞에 서는 것은 그 수정없는 평안도방언이다. 그러나 우리가 이 작품의 주는 바를 받아들이려는 好意를 가지고 이것을 熟讀한 결과는 解得하기 어려운 약천의 어휘를 그냥 包含한 채로 그 전체를 鑑味하는데 아무 지장이 없다는 母語 偉大한 힘을깨닫게 된다.6)

> 백석은 민속 그 자체를 시의 대상으로 삼은 시인이다. 그의 北쪽의 어느 산골 마을을 그의 시작의 중심지로 삼는다. 그러기 때문에 그의 시에는 북부방언이 노골적으로 드러나 있다. 그 방언을 통해 현대도시인들에게는 망각되어 있는 한국인의 상상력의 원초적 장이 드러난다.7)

백석 시에 나타나는 평안북도 지방의 토속적 방언과 소재는 한결같이 그 시의 내용이 전개되는 방향과 적절하게 결합됨으로써 백석 시 특유의 분위기와 정서를 드러내는 데에 기여하는 한편 내용을 규정하는 데에도 힘을 발휘한다. 여기서는 그의 시들 중 「定州城」·「酒幕」·「夏畓」·「山비」·「彰義門外」를 중심으로 어떠한 토속적 언어와 소재가 사용되고 있는지를 살펴보기로 한다.

---

6) 박용철, 「백석시집, '사슴'평」『박용철전집』제2권 (대동인쇄소, 1940), p. 121.
7) 김윤식·김현, 『한국문학사』(민음사, 1984), p. 217.

山턱 원두막은 뷔었나 불빛이 외롭다
헌겊심지에 아즈까리 기름의 쪼는 소리가 들리는 듯하다

잠자리 조을든 문허진 城터
반딧불이 난다 파란 魂들 같다
어데서 말 있는 듯이 크다란 山새 한 마리 어두운 골짜기로 난다

헐리다 남은 城門이
한울빛같이 훤하다
날이 밝으면 또 메기수염의 늙은이가 청배를 팔러 올 것이다.

-「定州城」 전문

이 시는 1935년 8월 31일자 조선일보에 발표된 백석의 데뷔작이다. 이후에 씌어진 많은 시들에서처럼 이 시에서도 그의 고향은 어김없이 자리잡고 있다. 정주성은 평안북도 정주군 阿耳面에서 시작하여 강계군 설한령까지에 이르는 약 1리의 길이의 城으로, '헐리다 남은 城門', '잠자리 조을든 문허진 城터'는 고구려 때에 말갈의 침입을 막기 위해 쌓은 古州의 長城과 그 옛터를 가리킨다.[8]

이 시에 나오는 토속적인 언어와 소재는 '원두막'·'헌겊심지'·'아즈까리'·'잠자리 조을든'·'메기수염의 늙은이'·'청배' 등이다. 이처럼 평북방언과 소재를 사용한 것은 철저하게 의도적이고 그 의도 속에서는 그렇게 함으로써 그 자신의 독자적인 호흡으로 토속적인 정서를 드러내려하는 또 하나의 의도가 주류를 이룬다. 이러한 점은 「酒幕」에서도 마찬가지이다.

호박잎에 싸오는 붕어곰은 언제나 맛있었다

---

8) 이동순, 「白石, 내 가슴 속에 지워지지 않는 이름」, 『창작과 비평』 제16권 제1호(1988)

부엌에는 빨갛게 질들은 八모알상이 그 상 우엔 새파란 싸리를 그린
눈알만한 盞이 뵈였다

아들아이는 범이라고 장고기를 잘 잡는 앞니가 뻐드러진 나와 동갑이
었다

울파주 밖에는 장꾼들을 따러와서 엄지의 젖을 빠는 망아지도 있었다
-「酒幕」 전문

「定州城」과 다른 것이 있다면 이 시에서는 시제가 과거 또는 대과거로
되어 있어서 청년이 된 화자의 입장에서 유년시절의 기억을 진술하고 있다
는 점이다. 앞에서 잠깐 언급한 대로 토속적 언어와 소재의 사용이 의도적
이고 그 의도 속에서는 또 하나의 의도가 주류를 이루고 있다.

이 시에 나오는 토속적인 언어와 소재는 '질들은'·'八모알상'·'뻐드러진'
·'울파주' 등이다. 이러한 것들은 단순하게 다른 말들과 함께 나열되어 있
지 않고, 과거의 기억 속에 용해되어 있다. 전문이 4행으로 되어 있기 때문
에 이 시가 담고 있는 내용이 소략하다는 판단이 전혀 나올 수 없을 만큼
이 시는 견고한 시적 구조 속에서 많은 이야기를 전해준다.

짝새가 발뿌리에서 닐은 논드렁에서 아이들은 개구리의뒷다리를 구어
먹었다

게구멍을 쑤시다 물쿤하고 배암을 잡은 눞의 피 같은 물이끼에 햇볕이
따그웠다

돌다리에 앉어 날버들치를 먹고 몸을 말리는 아이들은 물총새가 되었다
-「夏畓」 전문

‘논드렁’·‘게구멍’·‘물쿤하고’·‘따그웠다’·‘물총새’ 등이 이 시에 나오는 토속적 언어와 소재이다. 이러한 것들을 사용함으로써 견고한 시적 구조 속에서 많은 이야기를 전해 주고 있는 점은 「酒幕」의 경우와 별로 다르지 않다. 그런데 다음에 살펴 볼 「山비」와 「彰義門外」에서는 여러 가지 면에서 앞의 시들과 다른 모습을 보이고 있다.

山뽕잎에 빗방울이 친다
멧비둘기가 낮다
나무등걸에서 자벌기가 고개를 들었다 멧비들기켠을 본다
-「山비」 전문

무이밭에 흰나뷔 나는 집 밤나무 머루넝쿨 속에 키질하는 소리만이 들린다
우물가에서 까치가 자꼬 즞거니 하면
붉은 수탉이 높이 샛더미 우로 올랐다
텃밭가 在來種의 林檎낡에는 이제도 콩알만한 푸른 알이달렸고
히스무레한 꽃도 하나둘 퓌여 있다
돌담 기슭에 오지항아리 독이 빛난다
-「彰義門外」 전문

「山비」는 ‘산뽕잎’·‘자벌기’(자벌레)·‘멧비들기’ 등의 토속적 언어와 소재가 밀접하게 연관되어 이루어진 풍경을 그리고 있다. 그리고 시제가 현재형에 치중되어 있어서 그 풍경의 선명함을 더해준다. ‘나무등걸에서 자벌기가 고개를 들었다’에 과거시제가 있긴 하지만, 그것은 눈에 보이는 풍경의 의미를 더 강화하기 위한 시적 장치일 뿐이다. 「山비」에 대해 김용직은 다음과 같이 주장한 바 있다.

여기서 '산비'란 물론 산에 내린 비를 가리킨다. 그 빗방울이 반드시 산뽕잎에만 내리지는 않는다. 다른 나뭇가지와 풀잎이나 바위에 고루 내릴 것이다. 그것을 백석은 하필이면 산뽕잎에 내린다고 표현했다. 이것은 그가 산에 인간의 입김, 특히 서민의 생활감정을 곁들이고자 한 의도의 결과로 보인다. 그리고 다음 자리에서 그는 멧비둘기에 자벌레를 연관시킨다. 자벌레는 그 움직이는 버릇이 바로 상체를 꺾는 것이다. 멧비둘기가 날기 때문에 고개를 드는 것은 아니다. 그러나 이런 관계 설정을 통해서 우리에게는 비가 내리는 어느 산자락의 풍경이 아주 선명한 심상으로 제시된다. 이것은 백석의 시가 그 소재나 말씨만을 토속적으로 쓴 게 아님을 뜻한다. 적어도 그에게는 신선한 심상을 제시할 줄 아는 언어구사의 능력이 있었다. 그를 통해 서민적인 세계를 다루고 있는 것이 그의 작품이다. 이런 의미에서 그의 시는 년대 한국시단의 아주 특이한 정경이 된다.[9]

「山비」의 이러한 점은 「彰義門外」에서도 그대로 적용될 수 있다. 彰義門은 조선조 태조 때 축조된 서울시 성곽의 한 관문이다. 「彰義門外」에도 토속적 언어와 소재는 어김없이 사용되고 있는데, 이것은 서울의 「彰義門外」의 풍경을 시인이 자신의 고향 방언으로 묘사한 경우로 보아야 할 것이다. 이 시에서 사용된 토속적 언어와 소재들은 '무이밭'·'머루넝쿨'·'샛더미'·'텃밭'·'히스무레한꽃'·'오지항아리' 등이다.

한편 백석은 국어문법의 관용을 파기하여 나름대로 造語를 하고 있고 이것은 주로 음절의 겹받침에서 이루어지고 있는데, 'ㄹㄴ'을 사용한 삸다·엱다·앉다·욹다·쓴다·낤다, 'ㄹㅅ'을 사용한 '세메돐·산곬·곬작·곬안', 'ㄹㅎ'을 사용한 '슳븐역사·슳허한다', 'ㅁㄱ'을 사용한 '닭으러·낢에·스무낢에' 등이 그 예들이다. 이 외에도 '욹간'·'욹목'·'욹엔'·'욹로'·'가락닢'·'새

---

9) 김용직, 「서정, 실험, 제목소리담기」, 김우종 외 『한국 현대문학사』 (현대문학사, 1990), p. 159.

빩안'·'빩아코'·'노락코'·'뿕은'·'눈숡에'·'훍한데' 등과 같은 것을 들 수 있는바, 이들은 향토적 방언의 성조와 리듬의 묘미를 살리기 위해 의도적으로 구사한 것이다. 문법적인 관용을 떠나 방언의 질감을 최대로 발휘하기 위한 造語이기도 하다.[10]

이상에서 살펴본 것처럼, 백석 시에 등장하는 평안북도 지방의 토속적 언어와 소재는 배석 시 특유의 분위기와 정서를 드러내는 데에 기여하는 한편 내용을 규정하는 데에도 힘을 발휘하고 있다. 그리고 그것들은 일부 시에서 과거시제와 결합하여 유년시절의 이야기를 전해주기도 하고, 현재 시제와 결합하여 선명한 풍경을 제시하는 데에 큰 역할을 하기도 한다. 또한 백석 시에는 造語가 많이 나타나는데,이것은 향토적 방언의 성조와 리듬의 묘미를 살리기 위한 백석의 의도에 따른 결과이다.

Ⅳ. 고향상실감과 유랑의식의 표출

연보에 의하면 백석은 평북 정주군에서 태어나 1929년 오산고보를 졸업하고 조선일보 후원 장학생 선발에 뽑혀 일본 靑山學院에서 영문학을 공부한 것으로 되어 있다. 1934년에는 귀국하여 조선일보사에 입사했고 계열 잡지인 『여성』지의 편집을 맡았다. 1936년에는 시집 『사슴』을 상재했고 이 해에 조선일보 기자를 그만두고 함경남도 함흥의 영생여고보로 전직했다. 1938년에는 교원직을 그만두고 1939년에는 서울에 와서 『여성』지의 편집에 관계하다가 만주의 新京으로 갔다. 1941년에는 만주의 安東으로 자리를 옮겨 세관업무에 종사했고 1945년에는 귀국하여 한때 신의주에서 거주

---

10) 김학동, 「백석 연구」 『백석 전집』 (새문사, 1990), p. 241. 참조

하다 고향 정주로 돌아왔다.

　백석의 연보 중 상당 부분은 이처럼 한 곳에 오래 정착하지 못하고 여기 저기로 옮겨다닌 '移動의 기록'으로 채워져 있다. 이것은 『사슴』 이후에 씌어진 시들 중에 기행시가 많이 있으며 거기에서 발견되는 것이 고향상실감과 유랑의식이라는 점과 크게 관련된다.

　여기서는 주로 그 고향상실감과 유랑의식이 어떤 양상으로 표출되고 있는가를 살펴보기로 한다.

나는 北關에 혼자 앓어 누어서
어늬 아츰 醫員을 뵈이었다
醫員은 如來 같은 상을 하고 關公의 수염을 드리워서
먼 녯적 어늬 나라 신선 같은데
새끼손톱 길게 돋은 손을 내어
묵묵하니 한참 맥을 짚드니
문득 물어 故鄕이 어데냐 한다
平安道 定州라는 곳이라 한즉
그러면 아무개氏 故鄕이란다
그러면 아무개氏ㄹ 아느냐 한즉
醫員은 빙긋이 웃음을 띠고
莫逆之間이라며 수염을 쓴다
나는 아버지로 섬기는 이라 한즉
醫員은 또 다시 넌즈시 웃고
말없이 팔을 잡어 맥을 보는데
손길은 따스하고 부드러워
故鄕도 아버지도 아버지의 친구도 다 있었다

-「故鄕」 전문

　이 시의 배경으로 등장한 '北關'은 함경남북도의 별칭으로 사용되던 말이다. 평안북도가 고향인 백석으로서의 북관이 타향인 셈이다. 이 시의 화자는 그냥 타향에 있지 않고 '혼자 앓아 누어' 있다. 왕진을 온 의원과 이야기를 나누는 과정에서 화자는 그 의원이 자기의 아버지와 막역지간의 사이라는 것을 알게 된다. 이때 화자는 의원의 손길이 따스하고 부드럽게 느껴지고 동시에 고향과 아버지와 아버지의 친구를 한꺼번에 발견하기에 이른다.

화자에게 있어서의 북관은 이 시에서 고향을 떠올리게 하고 그 고향의 포근함을 느끼게 하는 배경적 장치로서의 기능을 수행한다. 그런데 이러한 배경적 장치로서의 기능은 근본적으로 고향상실감과 유랑의식이 전제되었을 때에 비로소 수행이 가능하다. 이 점을 확인시켜 주는 시로는 「絶望」[11]이 있는데, 여기에 등장하는 배경적 장치로서의 기능을 수행하는 북관은 「故鄕」에서의 북관에 비해 더 직접적인 정서를 불러일으키는 대상이다. '北關에 계집'은 튼튼하고 아름다우며 '흰 저고리에 붉은 길동을 달어/검정 치마에 받쳐입은 것은/나의 꼭 하나 즐거운 꿈'이었는데, 북관은 화자를 한종일 서럽게 한 곳이기 때문이다. 또한 화자를 서럽게 한 것은 '머리에 무거운 동이를 이고/손에 어린것의 손을 끌고/가펴러운 언덕길을/숨이 차서 올라'간 북관의 어느 아침에 본 계집의 모습이다. 이 계집의 모습을 보고 화자는 힘들게 살아가는 고향 사람들을 떠올리게 되었고, 그것은 고향상실감과 유랑의식으로 이어진다.

고향상실감과 유랑의식이 어떤 계기에 의해 직선적으로 표출되는 경우,

---

11) 「絶望」의 전문은 다음과 같다.

北關에 계집은 튼튼하다/北關에 계집은 아름답다/아름답고 튼튼한 계집은 있어서/흰 저고리에 붉은 길동을 달어/검정치마에 받쳐입은 것은/나의 꼭 하나 즐거운 꿈이였드니/어늬 아츰 계집은/머리에 무거운 동이를 이고/손에 어린것의 손을 끌고/가펴러운 언덕길을/숨이 차서 올라갔다/나는 한종일 서러웠다

대부분의 시는 감상적이고 과장적이기 쉽다. 그런데 백석 시의 경우는 그 내용이 너무도 진솔하여 전혀 그러한 느낌을 주지 않는다. 「北方에서」[12]는 그것의 대표적인 예이다. 이 시는 백석이 만주의 新京에 거처를 정해 살고 있을 때에 지은 것으로 '鄭玄雄에게'란 부제에서도 알 수 있듯이 조국을 떠나 살고 있는 자신의 심경을 친구에게 토로하는 형식을 취하고 있다. 그것은 '아득한 넷날에 나는 떠났다'로 시작하여 '떠남'의 의미와 '떠날 때'의 비감을, 그리고 '떠난 후'의 애수를 말하고 있어서 때로는 냉정함을, 때로는 처연한 분위기를 드러낸다. 이 점은 가령, '이미 해는 늙고 달은 파리하고 바람은 미치고 보래구름만 혼자 넋없이 떠도는데/아, 나의 조상은 형제는 일가친척은 정다운 이웃은 그리운 것은 사랑하는 것은 우러르는 것은 나의 자랑은 나의 힘은 없다 바람과 물과 세월과 같이 지나가고 없다'에서도 마찬가지이다.

　　　오늘저녁 이 좁다란 방의 흰 바람벽에
　　　어쩐지 쓸쓸한 것만이 오고 간다
　　　이 흰 바람벽에
　　　희미한 十五燭 전등이 지치운 불빛을 내어던지고
　　　때글은 다 낡은 무명샤쯔가 어두운 그림자를 쉬이고
　　　그리고 또 달디단 따끈한 감주나 한잔 먹고 싶다고 생각하는 내 가지
　　　가지 외로운 생각이 헤매인다
　　　그런데 이것은 또 어인 일인가

---

12) 「北方에서」의 후반부는 다음과 같다.
　　그동안 돌비는 깨어지고 많은 은금보화는 땅에 묻히고 가마귀도 긴 족보를 이루었는데/ 이리하야 또 한 아득한 새 넷날이 비롯하는 때/이제는 참으로 이기지 못할 슬픔과 시름에 쫓겨/나는 나의 넷 한울로 땅으로 ― 나의 胎盤으로 돌아왔으나//이미 해는 늙고 달은 파리하고 바람은 미치고 보래구름만 혼자 넋없이 떠도는데/아, 나의 조상은 형제는 일가친척은 정다운 이웃은 그리운 것은 사랑하는 것은 우러르는 것은 나의 자랑은 나의 힘은 없다. 바람과 물과 세월과 같이 지나가고 없다

> 이 흰 바람벽에
> 내 가난한 늙은 어머니가 있다
> 내 가난한 늙은 어머니가
> 이렇게 시퍼러둥둥하니 추운 날인데 차디찬 물에 손은 담그고 무이며
> 배추를 씻고 있다
> 또 내 사랑하는 사람이 있다
> 내 사랑하는 어여쁜 사람이
> 어늬 먼 앞대 조용한 개포가의 나즈막한 집에서
> 그의 지아비와 마조 앉어 대구국을 끓여놓고 저녁을 먹는다
>
> ─「흰 바람벽이 있어」 부분

백석이 이 시를 발표한 1941년은 만주에서 호구지책으로 측량보조원, 측량서기 등의 일을 하던 때이다. 이런 점으로 미루어 그의 고향상실감과 유랑의식이 더 두드러지게 그의 뇌리를 지배하고 있었으리라고 짐작하는 것은 어렵지 않다.

이 시에서 고향상실감과 유랑의식을 불러일으키는 데에 매개 역할을 한 것은 '내 가난한 늙은 어머니와 내 사랑하는 사람'이다. '이 좁다란 방'에서 화자는 '흰 바람벽'에 스쳐가는 환영같은 상념들에 잠긴다. 쓸쓸하고 외로운 생각도 근원을 캐고 보면 '내 가난한 늙은 어머니'와 '내 사랑하는 사람'에게서 비롯된다. '내 가난한 늙은 어머니'는 추운 날인데도 차디찬 물에 손을 담그고 무와 배추를 씻고 있고 '내 사랑하는 사람'은 집에서 그의 지아비와 마주 앉아 대구국을 끓여 놓고 저녁을 먹고 있다. 이러한 것들을 중심으로 한 고향생각이 화자를 쓸쓸하고 외롭게 만든다. 그런데 화자는 이러한 감정에 머물러 있지 않는다. 그것이 운명임을 인식하는 것이다. '나는 이 세상에서 가난하고 외롭고 높고 쓸쓸하니 살아가도록 태어났다'가 그 점을 말해준다. 그리고 마침내 화자는 그 운명에 순응해야 한다는 깨달음,

즉, ‘하눌이 이 세상을 내일 적에 그가 가장 귀해하고 사랑하는 것들은 모두/가난하고 외롭고 높고 쓸쓸하니 그리고 언제나 넘치는 사랑과 슬픔 속에 살도록 만드신 것이다’라는 깨달음에 도달하는 것이다.

오늘은 正月보름이다
대보름 명절인데
나는 멀리 고향을 나서 남의 나라 쓸쓸한 객고에 있는 신세로다
넷날 杜甫나 李白 같은 이 나라의 詩人도
먼 타관에 나서 이 날을 맞은 일이 있었을 것이다
오늘 고향에 내집에 있는다면
새 옷을 입고 새 신도 신고 떡과 고기도 억병 먹고
일가친척들과 서로 모여 즐거이 웃음으로 지날 것이연만
나는 오늘 때묻은 입든 옷에 마른물고기 한 토막으로
혼자 외로히 앉어 이것저것 쓸쓸한 생각을 하는 것이다
(……)
먼 타관에 난 그 杜甫나 李白 같은 이 나라의 詩人도
이 날은 그 어늬 한고향 사람의 주막이나 飯館을 찾어가서
그 조상들이 대대로 하든 본대로 元宵라는 떡을 입에 대며
스스로 마음을 느꾸어 위안하지 않었을 것인가
그러면서도 이 마음이 맑은 넷 詩人들은
먼 훗날 그들의 훗자손들도
그들의 본을 따서 이 날에는 元宵를 먹을 것을
외로히 타관에 나서도 이 元宵를 먹을 것을 생각하며
그들이 아득하니 슬플 것이로다
아, 이 正月대보름 명절인데
거리에는 오독도기 탕탕 터지고 胡弓소리 뺄뺄 높아서
내 쓸쓸한 마음엔 자꼬 이 나라의 넷 詩人들이 그들의 쓸쓸한 마음들
이 생각난다
내 쓸쓸한 마음은 아마 杜甫나 李白 같은 사람들의 마음인지도 모를

것이다

아모려나 이것은 넷투의 쓸쓸한 마음이다

-「杜甫나 李白같이」 부분

「흰 바람벽에 있어」에서처럼 이 시에서도 고향상실감과 유랑의식의 정조는 고향의 가족과의 관련 속에서 전개된다. 다만 다른 점이 있다면 「흰 바람벽이 있어」에서는 가족의 명칭이 '어머니'와 같이 구체적으로 밝혀지고 있는 데 비해, 이 시에서는 그것이 '일가친척'과 같이 포괄적으로 나타나고 있다는 것 정도이다.

이 시의 배경도 다른 시의 경우와 유사하다. 화자는 '남의 나라'에 있으며 '쓸쓸한 객고'에 처해 있다. 그런데 그 '쓸쓸한 객고'는 두보나 이백의 그것과 같다. 스스로 마음을 위안하는 것이나 '외로히 타관에 나서도 이 元宵를 먹을 것을 생각하여 슬퍼'하는 것이 같기 때문이다.

이러한 고향상실감과 유랑의식의 정조가 「적막강산」에 이르러서는 더 넓은 공간을 배경으로 전개된다.

오이밭에 벌배채 통이 지는 때는
산에 오면 산 소리
벌로 오면 벌 소리

산에 오면
큰솔밭에 뻐꾸기 소리
잔솔밭에 덜거기 소리

벌로 오면
논두렁에 물닭의 소리
갈밭에 갈새 소리

산으로 오면 산이 들썩 산 소리 속에 나 홀로
벌로 오면 벌이 들썩 벌 소리 속에 나 홀로

定州 東林 九十여 里 긴긴 하로 길에
산에 오면 산 소리 벌에 오면 벌 소리
적막강산에 나는 있노라

- 「적막강산」 전문

  백석은 8·15광복과 함께 만주의 安東에서 신의주로 옮겼다가 이 시가 발표된 1947년에는 고향인 정주에 머무른다. 『신천지』(2권 10호)에 게재된 이 시의 끝 부분에 백석의 친구였던 허준이 쓴 "이 시는 내가 가지고 있었던 것"이라는 부기가 있는 것으로 볼 때 이 시는 백석이 만주에서 살 때 느낀 쓸쓸함을 기초로 해서 씌어진 것임을 알 수 있다.

어느 사이에 나는 아내도 없고, 또,
아내와 같이 살던 집도 없어지고,
그리고 살뜰한 부모며 동생들과도 멀리 떨어져서,
그 어느 바람 세인 쓸쓸한 거리 끝에 헤매이었다.
바로 날도 저물어서,
바람은 더욱 세게 불고, 추위는 점점 더해 오는데,
나는 어느 木手네 집 헌 삿을 깐,
한 방에 들어서 쥔을 붙이었다.
이리하여 나는 이 습내 나는 춥고, 누긋한 방에서,
낮이나 밤이나 나는 나 혼자도 너무 많은 것 같이 생각하며,
딜옹배기에 북덕불이라도 담겨 오면,
이것을 안고 손을 쬐며 재 우에 뜻없이 글자를 쓰기도 하며,
또 문밖에 나가디두 않구 자리에 누어서,
머리에 손깍지벼개를 하고 굴기도 하면서,

나는 내 슬픔이며 어리석음이며를 소처럼 연하여 쌔김질하는 것이었다.

내 가슴이 꽉 메어 올 적이며,

내 눈에 뜨거운 것이 핑 괴일 적이며,

또 내 스스로 화끈 낯이 붉도록 부끄러울 적이며,

나는 내 슬픔과 어리석음에 눌리어 죽을 수 밖에 없는 것을 느끼는 것
이었다.

그러나 잠시 뒤에 나는 고개를 들어,

허연 문창을 바라보든가 또 눈을 떠서 높은 턴정을 쳐다보는 것인데,

이 때 나는 내 뜻이며 힘으로, 나를 이끌어 가는 것이 힘든 일인 것을
생각하고,

이것들보다 더 크고, 높은 것이 있어서, 나를 마음대로 굴려 가는 것을
생각하는 것인데,

이렇게 하여 여러 날이 지나는 동안에,

내 어지러운 마음에는 슬픔이며, 한탄이며, 가라앉을 것은 차츰 앙금이
되어 가라앉고,

외로운 생각만이 드는 때쯤 해서는,

더러 나줏손에 쌀랑쌀랑 싸락눈이 와서 문창을 치기도 하는 때도 있
는데,

나는 이런 저녁에는 화로를 더욱 다가 끼며, 무릎을 꿇어 보며,

아니 먼 산 뒷옆에 바우섶에 따로 외로이 서서,

어두어 오는데 하이야니 눈을 맞을, 그 마른 잎새에는,

쌀랑쌀랑 소리도 나며 눈을 맞을,

그 드물다는 굳고 정한 갈매나무라는 나무를 생각하는 것이었다.
-「南新義州 柳洞 朴時逢方」 전문

이 시에서 고향상실감과 유랑의식은 절정에 이르고 있다. 또한 첫부분부터 끝부분까지 이 시 전체가 고향상실감과 유랑의식으로 충만하다. 그것은 조작된 것이 아니라 자연스럽게 형성된 것이다.

화자가 거처하는 곳은 표면적으로 '남신의주 유동 박시봉방'이지만 내용

적으로는 외로움의 공간이다. 이 외로움의 공간에서 화자는 여러 가지를 생각한다. 그 '여러 가지'의 첫째는 '내 뜻이며 힘으로, 나를 이끌어 가는 것이 힘든 일인 것'이고 둘째는 '이것들보다 더 크고, 높은 것이 있어서, 나를 마음대로 굴려 가는 것'이며 셋째는 '쌀랑쌀랑 소리도 나며 눈을 맞을,/그 드물다는 굳고 정한 갈매나무라는 나무'이다. 이러한 생각의 대상들은 파악하기에 따라서는 페시미즘의 결과일 수도 있지만 근본적으로는 외로움의 결과일 것이다. 이 외로움이 고향상실감과 유랑의식에 밀접하게 관련되는 것임은 말할 필요도 없다.

이상에서 살펴본 것처럼 백석 시에 있어서의 타향은 배경적 장치로서의 기능을 수행한다. 그런데 이러한 기능은 근본적으로 고향상실감과 유랑의식이 전제되었을 때에 비로소 수행이 가능하다. 백석 시에 있어서의 고향상실감과 유랑의식은 그 내용이 진솔하여 감상적이라거나 과장적이라는 느낌을 전혀 주지 않는다. 고향상실감과 유랑의식을 불러일으키는 데에 매개 역할을 하는 것은 가족·애인·일가친척 등이다. 그리고 백석 시에 있어서의 외로움은 고향상실감과 유랑의식에 밀접하게 관련된다.

V. 에필로그

지금까지 민속적 풍물과 샤머니즘의 서사적 승화, 토속적 언어와 소재의 사용, 고향상실감과 유랑의식의 표출 등에 초점을 맞추어 백석 시의 특질에 대해 살펴보았다. 그 내용을 결론 삼아 요약해 보면 다음과 같다.

첫째, 백석 시에 등장하는 민속적 풍물은 샤머니즘과 결합되어 있고, 그 샤머니즘은 서사성을 지니고 나타나는데, 그것의 정도는 작품마다 다소 다르다. 그리고 그 샤머니즘은 나중에 서사적 이야기로 승화되어 나타난다.

둘째, 백석 시에 등장하는 평안북도 지방의 토속적 언어와 소재는 백석 시 특유의 분위기와 정서를 드러내는 데에 기여하는 한편 내용을 규정하는 데에도 힘을 발휘하고 있다. 그리고 일부 시에서는 그것들이 과거시제와 결합하여 유년시절의 기억 속에 숨어 있는 이야기를 전해 주기도 하고 현재시제와 결합하여 선명한 풍경을 제시하는 데에 큰 역할을 하기도 한다. 또한 백석 시에는 造語가 많이 나타나는데 이것은 향토적 방언의 성조와 리듬의 묘미를 살리기 위한 백석의 의도에 따른 결과이다.

셋째, 백석 시에 있어서의 타향은 배경적 장치로서의 기능을 수행한다. 그런데 이러한 기능은 근본적으로 고향상실감과 유랑의식이 전제되었을 때에 비로소 수행이 가능하다. 백석 시에 있어서의 고향상실감과 유랑의식은 그 내용이 진솔하여 감상적이라거나 과장적이라는 느낌을 전혀 주지 않는다. 고향상실감과 유랑의식을 불러일으키는 데에 매개역할을 하는 것은 가족·애인·일가친척 등이다. 그리고 백석 시에 있어서의 외로움은 고향 상실감, 유랑의식과 밀접하게 관련된다.

이육사 시의 저항의식과 그 변용__이육사론

I. 프롤로그

李陸史(1904~1944) 시를 특징짓는 가장 적절한 말은 행동주의이다. 그가 직접 밝힌 대로, 실제 행동뿐만 아니라 "기백을 키우고 길러 金剛心에서 나오는[1] 시를 쓰는 것도, 시를 생각하는 것도 그에게는 모두 행동이었기 때문이다. 포괄적으로 말해서 그에게는 오직 행동의 연속만이 있을 뿐이었다. 이 점은 그가 약 40년의 짧은 생애 동안 무려 17회나 투옥된 적이 있는 독립투사였다는 사실만으로도 쉽게 증명된다.

일제시대를 살았던 시인들 중에는 현실 문제를 외면한 채 허망한 상상의 세계를 부유하면서 관념적 유희에 골몰하던 시인들도 있었지만, 이와는 반대로 현실 문제와 치열하게 싸우면서 그것을 시속에 담아내려고 노력한 시인들도 있었다. 그러한 시인들의 시에는 공통적으로 저항의식이 내포되어 있고, 그 저항의식은 당연히 시 영역에서의 논의 대상이 된다. 이육사 시의 저항의식도 여기서 예외가 아님은 물론이다.

연보[2]에 따르면 이육사가 발표한 최초의 시는 당시 조선일보에 게재된

---

1) 이육사, 「계절의 五行」, 김학동 편, 『이육사 전집』(새문사, 1986), p. 125.

「말」3)(1930. 1. 3)이다. 그러나 이 시를 읽어본 사람은 누구나 이 시가 습작기의 작품임을 금방 알 수 있다. 시의 수준이『新朝鮮』에 발표한「春愁三題」(1935. 6)·「黃昏」(1935. 12) 등에 비해 현저히 떨어지기 때문이다. 이 점에 유의하면, 그가 시인으로 활동을 시작한 시기는 그의 나이 32세가 되는 해인 1935년으로 잡는 것이 타당하다. 그가 남긴 한글시가 33편에 불과한 것4)도 이 점을 중심으로 해명될 수 있을 것이다.

이 글의 의도는 이육사 시의 저항의식이 어떻게 변용되고 있는가를 살펴보는 데에 있다. 아울러 이 글에서 사용된 이육사 시의 텍스트는 모두 김학동 편,『이육사 전집』(새문사, 1986)에 의거한 것임을 밝혀 둔다.

Ⅱ. 신념과 상황의식

시인의 신념은 시를 시일 수 있게 하는 데에 작용하는 원천이다. 그것은 시의 내용을 객관화하는 데에 적극적으로 참여한다. 모든 시에는—고급의 시이든 저급의 시이든—시인의 신념이 내재되어 있다. 그것은 시를 구성하는 데에 참여할 뿐만 아니라, 시를 현실 속으로 끌어들이는 역할을 수행하므로 시에서는 시의 내적 요소들에 못지 않은 중요성을 지닌다. 또한 시인의 신념은 설령 철학적인 것이 아니라 하더라도, 시 내용의 바탕을 이룬

---

2) 이 연보는 김학동 편,『이육사 전집』(새문사, 1986)의 '작품 연보'를 가리킨다.
3) 참고로「말」전문을 인용해 보면 다음과 같다.

   훗트러진 갈기/후주군한 눈/밤송이 가튼 털/오! 먼 길에 지친말/채찍에 지친 말이여!//수굿한 목통/축처—진 꼬리/서리에 번적이는 네굽/오! 구름을 헷치려는 말새해에 소리칠 힌 말이여!
4) 이육사 시들 중에는「謹賀 石庭先生 六旬」「晩登東山」「酒暖興餘」등 3편의 한시도 있다.

다. 「喬木」은 시인의 신념이 시에서 구체적으로 어떻게 드러나는가를 잘
보여준다.

> 푸른 하늘에 다을드시
> 세월에 불타고 웃둑 남아서셔
> 차라리 봄도 꽃피진 말어라.
>
> 날근 거미집 휘두르고
> 끝없는 꿈길에 혼자 설내이는
> 마음은 아예 뉘우침 안이리
>
> 검은 그림자 쓸쓸하면
> 마츰내 湖水속 깊이 꺼우러져
> 참아 바람도 흔들진 못해라.

- ss에게
- 「喬木」 전문

교목이란 소나무처럼 줄기가 굳고 곧으며 높이 자라고 위쪽에서 가지가
퍼지는 나무를 가리킨다. 이 시에서의 묘사 대상은 오랜 세월 동안 푸른 하
늘에 닿을 듯이 높이 자란 교목이다. 그런데 시인은 교목을 향하여 '차라리
봄도 꽃피진 말아라'고 말한다. 시인은 순리가 허용되지 않은 시대 상황을
간접적으로 그렇게 표현한 것이다. 원래는 교목도 봄이 되면 꽃을 피워야
마땅하지만, 꽃을 피울 만한 시대 상황이 아니므로 시인은 그렇게 말할 수
밖에 없다. '마음은 아예 뉘우침 안이리'는 시인의 시대 인식이 정신 자세
로 전환된 경우이다. 즉, 교목이 꽃을 피우기는커녕 낡은 거미집이 휘두르
고 있는 상황이어도, 그리고 긍정적인 미래 설계('끝없는 꿈길')로 마음이
설레는 일이 있다 하더라도, 시인은 자신의 신념을 전혀 후회하지 않는다는

것이다. 시인이 지닌 신념의 모습은 '참아 바람도 흔들진 못해라.'에 이르러서 드러나는데 그 배경에는, 만일 시대가 시인을 회유하고자 하면 시인은 차라리 호수 속에 몸을 던져 목숨을 버릴 수도 있다는 올곧은 정신이 놓여 있다. 이 시를 이렇게 해석하면 '喬木'이 의미하는 바는 자연스럽게 도출된다. 교목은 다름 아닌, 굳은 신념을 지니고 있는 시인 자신인 것이다.

이 시는 이육사의 다른 시와 마찬가지로 현실의식이 뚜렷하다. 온갖 형태의 이기적 처세 방법이 지사들을 유혹해도 그만은 결코 흔들리지 않는다. 그에게는 그 자신의 신념을 지키는 것이 무엇보다도 중요하다. 그 신념은 이 시에서, 어려운 상황을 제시하고 마음을 가다듬는 과정을 통해 한층 더 강화된다.

동방은 하늘도 다 끗나고
비 한방울 나리쟌는 그따에도
오히려 꼿츤 밝아케 피지안는가
내 목숨을 꾸며 쉬임업는 날이며

北쪽 '쓴도라'에도 찬 새벽은
눈속 깁히 꼿 맹아리가 옴작어려
제비떼 까마케 나라오길 기다리나니
마츰내 저버리지 못할 約束이며!

한 바다 복판 용소슴치는곧
바람결 따라 타오르는 꼿城에는
나븨처럼 醉하는 回想의 무리들아
오날 내 여기서 너를 불러보노라

- 「꽃」 전문

어려운 상황은 「喬木」에서와 마찬가지로 이 시에도 제시된다. '비 한방울 나리쟌는 그따'가 그것이다. 빨갛게 핀 꽃은 어려운 상황에서 이루어진 것이므로, 어려운 상황에도 불구하고 결국 독립이 이루어질 것이라고 시인이 유추하는 것은 자연스럽다. 그 유추는 '내 목숨을 꾸며 쉬임업는 날이며'에서도, 그리고 '北쪽 쓴도라에도 찬 새벽은/눈속 깊히 꽃 맹아리가 움작어려/제비떼 까마케 나라오길 기다리나니'에서도 나타난다. 한편 이 시에서는 희망적인 미래에 대한 기대가 아주 구체화된다. '바람결따라 타오르는 꽃城'은 다소 상징적인 표현이면서 동시에 긍정적이고 희망적인 개념이다.

시인의 신념은 '시로서의 시'를 약화시키는 계기로 작용하기도 하지만, 다른 한편으로는 시에 차원 높은 정신 세계를 부여하기도 한다. 그런데 그러한 시인의 신념은 언제나 현실적 요소들과 결합하여 형성된다. 이 시에서의 '나븨처럼 醉하는 回想의무리들아/오날 내 여기서 너를 불러보노라'는 그것의 예이다.

신념은 항상 무엇에 대한 신념이다. 대부분의 경우, 신념의 전후에 나타나는 상황 의식은 그것을 강화시키는 역할을 수행한다. 어떤 경우이든 항상 상황의식은 신념을 지향하는 것이다. 「喬木」과 「꽃」의 경우가 그러하다.

Ⅲ. 고발과 북방의식[5]

이육사 시는 반드시 존재하는 것에 대해서만 말한다. 그런데 그 배후에는 대체로 부정적인 내용이 숨겨져 있다. 고발은 이렇게 배후에 숨겨져 있는 부정적인 내용을 우리 삶의 전면으로 이동시키는 대표적인 언술 형식이

---

5) 북방의식에서의 '북방'은 지리적 위치가 아닌, 절체절명의 심리적 위치(상황)를 의미한다.

다. 이러한 의미에서 그의 시는 현실 상황의 내재적 논리에 충실하다. 그 내재적 논리를 객관화하는 데에는 시대 상황이 필수적으로 개입된다. 「失題」에는 그 점이 잘 나타나 있다.

　　하날이 놉기도 하다
　　고무풍선갓흔 첫겨울 달을
　　누구의 입김으로 부러올렷는지?
　　그도 반넘어 서쪽에 기우러젓다

　　행랑뒤골목 휘젓한 상술집엔
　　팔려온 冷害地處女를 둘너싸고
　　大學生의 지질숙한 눈초리가
　　思想善導의 염탐밋헤 썰고만잇다

　　‘라듸오’의 修養講話가 끚치낫는지?
　　마―장 俱樂部 門간은 합흠을 치고
　　‘쎌딍’돌담에 꿈을 그리는 거지색기만
　　이都市의 良心을 직히나보다

　　바람은 밤을 집어삼키고
　　아득한 싸스속을 홀너서가니
　　거리의 主人公인 해태의 눈짤은
　　언제나 말가케 푸르러오노

―「失題」 전문

　　이 시에는 ‘고무풍선갓흔 첫겨울 달을/누구의 입김으로 부러올렷는지?’에서처럼 상상력을 발휘하고 있는 부분도 있으나, 그보다는 당시 식민지 시대의 현실을 고발하고 있는 부분이 훨씬 더 우세하다. 우선 ‘행랑뒤골목 휘젓한 상술집'에는 '팔려온 冷害地處女'들이 있다. 그것은 식민지 시대가 "한국 사회의 전통적인 도덕과 윤리를 근본적으로 파괴하는 결과를 가져 왔"[6]음을 의미하는 것으로 해석된다. 그런데 여기서 시인이 심각하게 생각 하고 있는 것은 당시의 엘리트라고 할 수 있는 대학생의 '지질숙한 눈초리 가/팔려온 冷害地處女'를 둘너싸고 '思想善導의 염탐밋헤' 떨고만 있다는 사실이다. 시인은 이것을 고발하고 있다. 일제가 라디오를 통해 조선 국민 을 대상으로 '修養講話'를 하고 있는 것, '마장 구락부 문간은 하품을 치' 고 있는 것, '삘딩 돌담에 꿈을 그리는 거지 새끼만'이 '도시의 양심'을 지 니고 있는 상황 등이 모두 시인의 그러한 의도의 소산임은 물론이다.

고발은 시인의 신념(정신)과 현실의 불일치에서 비롯된다. 이 시에서의 고발 정도는 결코 약하지 않다. 그것은 시에서 서술의 방식이 아닌, 묘사의 방식으로 나타난다. 그 점은 '大學生의 지질숙한 눈초리가/思想善導의 염 탐밋헤 떨고만잇다.'에서 확인할 수 있다.

> 매운 季節의 챗죽에 갈겨
> 마츰내 北方으로 휩쓸려오다
>
> 하늘도 그만 지쳐 끝난 高原
> 서리빨 칼날진 그우에서다.
>
> 어데다 무릎을 꾸러야하나?
> 한발 재겨디딜 곳조차 없다
>
> 이러매 눈감아 생각해볼밖에
> 겨울은 강철로된 무지갠가 보다.
>
> ―「絶頂」 전문

---

6) 김시태, 「민족의 비젼」『현대시와 전통』(성문각, 1981), p. 278.

「失題」가 일제시대의 세속적 현실을 고발하고 있다면, 이 시는 일제시대의 억압적 현실을 고발한다. 전반부에는 극단적인 상황이, 후반부에는 그 상황에 대한 시인의 인식이 각각 나타나 있다. 이 시에서의 '매운 季節의 챗죽'은 말할 필요도 없이 일제시대의 탄압을 가리킨다. 시인은 일제의 탄압 때문에 北方까지 밀려온 처지이다. 그런데 그 '北方'은 '하늘도 그만 지쳐 끝난 高原'이며, '서리발 칼날진 그 우'이다. 게다가 '어디다 무릎을 꿇을' 곳도 없고 '한 발 재겨 발 디딜 곳초차' 없다.

시정신이 시대정신과 반드시 부합되는 것은 아니다. 시에 따라서는 시정신이 시대정신과 부합되지 않을 뿐만 아니라 시대정신과 정반대의 세계를 보여 주는 경우도 있다. 그것은 '시정신과 세속적 현실의 타협'에 따라 나타나는 결과이다. 그러나 이 시는 그러한 점과 무관하다. 시정신이 시대정신과 부합되고 있을 뿐만 아니라, 아주 짧은 순간의 정지조차도 허용되지 않을 정도의 끊임없는 연관관계를 맺고 있다. 이점은 바로 이 시의 정신적 가치와 결부되는 것이기도 하다.

시인이 시를 통해 부정적 현실을 고발한 후에 할 수 있는 일은 무엇일까? 그것은 아마 그 고발의 합목적성을 검토해 보는 일일 것이다. 그것은 「失題」의 '바람은 밤을 집어삼키고/아득한 까스속을 흘너서가니/거리의 主人公인 해태의 눈깔은/언제나 말가케 푸르러오노'에서, 그리고 「絶頂」의 '이러매 눈감아 생각해볼밖에/겨울은 강철로된 무지갠가 보다.'에서 확인된다.

Ⅳ. 자연과 광명의식

시인이 자연을 매개로 자신이 지향하는 세계를 드러내는 경우는 흔하다.

대체로 그것은 '자연을 대상으로'의 방향이 아닌, '자연을 매개로'의 방향
을 취한다. 따라서 그것은 자연을 비판하거나 숭배하는 것과는 전혀 다르
다. 그 자연은 시인의 지향하는 바를 분명히 드러내는 데에 매개 역할을 수
행할 뿐이다. 「한 개의 별을 노래하자」는 그러한 예들 중의 하나이다.

> 한 개의 별을 노래하자 꼭 한 개의 별을
> 十二星座 그 숱한 별을 어찌나 노래하겠니
>
> 꼭 한 개의 별! 아침 날 때 보고 저녁 들 때도 보는 별
> 우리들과 아―주 親하고 그 중 빛나는 별을 노래하자
> 아름다운 未來를 꾸며 볼 東方의 큰 별을 가지자
>
> 한 개의 별을 가지는 건 한 개의 地球를 갖는 것
> 아롱진 설움밖에 잃을 것도 없는 낡은 이 땅에서
> 한 개의 새로운 地球를 차지할 오는 날의 기쁜 노래를
> 목안에 핏대를 올려가며 마음껏 불러 보자
>
> 처녀의 눈동자를 느끼며 돌아가는 軍需夜業의 젊은 동무들
> 푸른 샘을 그리는 고달픈 沙漠의 行商隊도 마음을 축여라
> 火田에 돌을 줍는 百姓들도 沃野千里를 차지하자
>
> (……)
>
> 한 개의 별을 노래하자 다만 한 개의 별일망정
> 한 개 또 한 개 十二星座 모든 별을 노래하자.
>
> ―「한 개의 별을 노래하자」 부분

이 시에서 '한 개의 별'이 상징하는 바는 다양하다. 그 속에는 광복의 의

미도, 희망의 의미도 모두 포함되어 있다. 그것은 '노래하자' 등의 청유형 종결어미에 의해 더욱더 구체적인 의미를 획득한다. 그 '한 개의 별'은 아침 저녁으로 들여다 볼 만큼 시인에게 매우 가까운 존재이다. 그 별은 시인에게 대단히 큰 의미를 지닌다. '한 개의 별을 가지는 건 한 개의 지구를' 가지는 것과 같기 때문이다. 그 별은 시인이 기대하는 생산의 토양이기도 하다. 그것은 '모든 생산의 씨를 우리의 손으로 휘뿌려 보자'에서 확인된다.

거듭 말하지만 이 시에 등장하는 '한 개의 별'은 묘사 대상이 아닌, 다른 어떤 것을 드러내는 매개물로 사용되고 있다. 보기에 따라서는 '한 개의 별'의 위상이 통상적인 경우보다 격하된 것으로 판단될 수도 있으나, 사실은 그와 정반대이다. '한 개의 별'은 보다 가치 있는 개념인 '광복'과 결합됨으로써 한층 더 고양된 위치를 차지한다. 여기서 우리는 자연이 체험 대상으로만 존재하는 것이 아니라, 가치 있는 관념과 결합하는 데에 매개물로도 존재하는 것임을 알 수 있다.

光明을 背反한 아득한 洞窟에서
다 썩은 들보라 무너진 城砦 위 너 홀로 돌아다니는
가엾은 박쥐여! 어둠의 王者여!
쥐는 너를 버리고 부잣집 庫간으로 도망했고
大鵬도 北海로 날아간 지 이미 오래거늘
검은 世紀에 喪裝이 갈갈이 찢어질 긴 동안
비둘기 같은 사랑을 한번도 속삭여 보지도 못한
가엾은 박쥐여! 孤獨한 幽靈이여!

앵무와 함께 종알대어 보지도 못하고
딱다구리처럼 古木을 쏘아 울리도 못 하거니
만호보다 노란 눈깔은 遺傳을 원망한들 무엇하랴
서러운 呪交일사 못 외일 苦悶의 이빨을 갈며

種族과 홰(塒)를 잃어도 갈 곳조차 없는
가엾은 박쥐여! 永遠한 '보헤미안'의 넋이여!

제 情熱에 못 이겨   타서 죽은 不死鳥는 아닐망정
峇山 잠긴 달에 울어 새는 杜鵑새 홀리는 피는
그래도 사람의 心琴을 흔들어 눈물을 짜내지 않는가!
날카로운 발톱이 암사슴의 연한 肝을 노려도 봤을
너의 머ㅡㄴ 祖先의 榮華롭던 한시절 歷史도
이제는 아이누'의 家系와도 같이 서러워라!
가엾은 박쥐여! 滅亡하는 겨레여!
運命의 祭壇에 가늘게 타는 香불마저 꺼졌거든
그 많은 새짐승에 빌붙일 愛嬌라도 가졌단 말가?
相琴鳥처럼 고운 뺨을 채롱에 팔지도 못하는 너는
한 토막 꿈조차 못 꾸고 다시 洞窟로 돌아가거니
가엾은 박쥐여! 검은 化石의 妖精이여!

-「蝙蝠」 전문

　　이 시에 등장하는 박쥐는 우리 겨레를 상징하고 있음이 분명하다. 그것
은 이 시에서 공통적으로 '가엾은' 상태를 벗어나지 못하지만, 최소한 다음
의 다섯 국면과 동일시된다. 먼저, 박쥐는 '光明을 背反한 아득한 洞窟에
서/다 썩은 들보라 무너진 城砦 위 너 홀로' 돌아다녀야 할 만큼 스산한
환경에서 살고 있다. 다음으로 그것은 '孤獨한 幽靈'이다. '검은 世紀에 喪
裝이 갈갈이 찢어질 긴 동안/비둘기 같은 사랑을 한번도 속삭여' 못했기 때
문이다. 셋째로 그것은 '永遠한 보헤미안의 넋'이다. '種族과 홰(塒)를 잃
어도 갈 곳조차 없'기 때문이다. 넷째로 그것은 '滅亡하는 겨레'이다. 아이
누족처럼 사라지고 있기 때문이다. 다섯째로 그것은 '검은 化石의 妖精'이
다. '한 토막 꿈조차 못 꾸고 다시 洞窟로 돌아'가야 하기 때문이다.

국권을 상실하고 멸망의 나락으로 떨어지는 우리 민족의 실상을 고발한 이 시에서, 영탄적 어조는 부정적으로 작용한다. 그것은 매우 강렬하고 직접적이어서 시의 미학적 측면에 기여하지 못하고 있는 것이다. 그런데도 이 시에 들어 있는 시대정신은 설득력을 지닌다. 미학적 측면이 도외시되는데도 불구하고 이처럼 시대정신이 설득력을 지니고 있는 경우는 결코 흔하지 않다.

결국 「한 개의 별을 노래하자」는 시인이 지향하는 세계가 광명(광복)의 세계임을 노래하고 있고, 「蝙蝠」은 「한 개의 별을 노래하자」에서의 그러한 내재적 논리를 강화하고 있다. 「蝙蝠」이 드러내는 것과 같은 암담한 현실은 「한 개의 별을 노래하자」에서처럼 시인이 광명을 지향하는 이유가 된다.

V. 에필로그

지금까지 앞에서 논의한 내용을 요약하면 다음과 같다.

1) 「喬木」에서의 '교목'은 굳은 신념을 지니고 있는 시인 자신을 가리킨다. 이 시는 이육사의 다른 시와 마찬가지로 뚜렷한 현실의식을 지니고 있다. 어떤 유혹에도 그는 흔들리지 않는다. 그 자신의 신념을 지키는 것이 그에게는 무엇보다도 중요하다. 그 신념은 이 시에서, 어려운 상황을 제시하고 마음을 가다듬는 과정을 통해 한층 더 단련된다. 신념은 항상 무엇에 대한 신념이므로 대부분의 경우, 신념의 전후에 나타나는 상황의식은 그것을 강화시키는 역할을 수행한다. 어떤 경우이든 항상 상황의식은 신념을 지향하는 것이다. 「喬木」에서의 신념은 저항정신의 다른 표현이며, 「꽃」에서의 상황의식은 그 신념을 지향하고 있다.

2) 고발은 현실에 대한 부정적 반응을 표현하는 언술 형식이다. 그것은 시인의 신념(정신)과 현실의 불일치에서 비롯된다. 「失題」에서의 고발 정도는 강한 편에 속한다. 그것은 시에서 서술의 방식이 아닌, 묘사의 방식을 취한다. 특히 '大學生의 지질숙한 눈초리가/思想善導의 염탐밑헤 떨고만 잇다.'는 그 예이다. 시정신이 반드시 시대정신과 부합되는 것은 아니다. 시에 따라서는 시정신이 시대정신과 부합되지 않을 뿐만 아니라 시대정신과 정반대의 세계를 보여 주는 경우도 있다. 그것은 시정신과 세속적 현실이 타협했기 때문에 나타나는 결과이다. 그러나 「絶頂」은 그러한 점들과 무관하다. 이 시의 시정신이 시대정신인 북방의식과 부합되고 있을 뿐만 아니라 끊임없는 연관관계를 맺고 있는 점은 바로 이 시의 가치와도 결부된다.

3) 「한 개의 별을 노래하자」에 등장하는 '한 개의 별'은 매개물로 사용되고 있다. 보기에 따라서는 '한 개의 별'의 위상은 통상적인 경우보다 격하된 것으로 판단될 수도 있으나, 사실은 그와 정반대이다. '한 개의 별'은 훨씬 더 가치 있는 개념인 '광복'과 결합되면서 한층 더 고양된 위치를 차지하고 있다. 이것은 자연이 체험 대상으로 존재할 뿐만 아니라, 가치 있는 관념과 결합하는 데에 있어서의 매개물로도 존재하는 경우이다. 「蝙蝠」의 영탄적 어조는 강렬하고 직접적이어서 시의 미학적 측면에 전혀 기여하지 못하고 있다. 그런데도 이 시의 시대정신은 독자에게 설득력을 지닌다. 미학적 측면이 훼손되고 있는데도 불구하고 이처럼 시대정신이 독자에게 설득력을 지니고 있는 경우는 흔하지 않다.

윤동주 시의 의식과 그 의미__윤동주론

Ⅰ.프롤로그

　문학을 사회의 반영으로 보는 반영론은 이제 보편화된 문학관의 하나가 되었다. 그런데 이 반영론에서 거듭 주목해야 할 것은 문학과 사회의 관계이다. 문학과 사회는 일단 독립적으로 존재하면서도 마지막에는 유기적으로 결합한다. 그래서 문학은 단순한 문학이 아니라 사회를 반영한 문학이 되고 사회 또한 단순한 사회가 아니라, 문학을 가능하게 하는 사회가 되는 것이다. 이처럼 문학과 사회는 서로 불가분의 관계에 놓여 있다.

　문학과 사회의 관계가 이러하다면 문학의 생산자인 작가와 사회의 관계도 또한 그러하리라는 것은 쉽게 짐작할 수 있다. 어떻게 보면 작가와 사회의 관계에는 문학과 사회의 관계에서보다 더 복잡하고 미묘한 문제들이 내포되어 있는 것 같다. 문학은 하나의 결과인데 비해서 작가는 하나의 결과를 이루어내기 위해 방황하고 고심해야 하는 생산자이기 때문이다.

　따라서 그 문제들은 작가의, 사회에 대한 문학적 태도로 귀착되는데 이것은 두 가지로 나누어 생각해 볼 수 있다. 하나는 작가가 그의 작품 속에 적극적으로 사회를 반영하는 태도이고 다른 하나는 소극적으로 사회를 반영하는 태도이다. 전자는 리얼리즘 문학과 크게 관계되는 것으로 문학 작품에 대한 가치 평가 기준은 사회 반영의 정도이다. 그런데 후자는 다르다. 문학 작품에 대한 가치평가의 기준을 사회 반영의 정도가 아니라 문학 작품 자체의 미학적 수준이다.

두 가지의 태도 중 어느 태도가 옳은 것인가 하는 물음은 별로 중요하지 않다. 중요한 것은 작가가 그의 작품 속에서 어떠한 태도를 어떻게 보여 주었는가 하는 데에 있다. 이 글은 이러한 점에 유의하면서 윤동주 시에 나타난 의식과 그것들이 어떠한 의미를 지니고 있는가를 살펴보는 데에 목적을 두고 있다. 이를 위해 필자는 나름대로 그의 시에 나타난 의식을 네 가지로 구분하고 그것들이 전개되면서 드러내는 의미를 분석하는 방법을 취하였다.

II. 윤동주 시의 의식과 그 의미

윤동주 시의 의식을 살펴보기 위해서 추출한 시들은 그 의식의 방향을 가장 잘 드러낸 것들 중에서 각 3편씩이다. 그것들 중에는 잘 알려진 시도 있고 그렇지 않은 시도 있다. 그리고 집중적인 논의의 대상이 되는 시들은 전문을 인용했다. 논지를 분명히 하기 위해서 전문 인용이 필요하다고 판단했기 때문이다.

집중적인 논의의 대상이 되는 시들은, '저항의식과 어둠의 내면풍경'에서는 「자화상」·「돌아와 보는 밤」·「참회록」, '자연의식과 삶의 方式'에서는 「새로운 길」·「별헤는 밤」·「서시」, '고향의식과 두 개의 자아'에서는 「고향집」·「또 다른 고향」·「쉽게 씌어진 시」, '종교의식과 극복의 의지'에서는

「팔복」·「새벽이 올 때까지」·「십자가」 등이다. 도합 열 두 편밖에 되지 않지만 윤동주 시의 네 가지 의식을 살펴보는 데는 적절하다고 생각한다. 많은 시에서 떼어 낸 한 부분 한 부분을 연결하여 논의하는 방법도 있긴 하지만, 이 방법은 그 한 부분의 의미만을 강조함으로써 한 편의 시 전체 맥락을 놓치게 되는 단점이 있어서 사용하지 않았다.

1. 저항의식과 어둠의 내면풍경

저항의식의 근원은 억압과 모순으로 가득찬 어두운 현실(시대)이다. 그리고 시적 표현의 대상도 그 어두운 현실이다. 여기서 우리는 저항의식과 어둠의 상관관계를 따져보지 않을 수 없다. '어둠'은 단순히 '어두운 현실'에서 비롯된 것만은 아니다. 밝음과는 대조적으로 어둠은 그 상태를 벗어나고 싶어하는 의식을 불러일으킨다. 이것은 인간에게는 공통적으로 나타나는 심리 현상이다. 하물며 그 어둠이 억압과 모순으로 가득찬 현실의 어둠이라면 더 말할 필요조차 없다. '그 상태를 벗어나고 싶어하는 의식'이 이러한 어둠에서 나타난 것이라면 이것이 저항의식으로 발전되는 것은 지극히 당연하다. 그래서 저항의식과 어둠은 결코 분리될 수 없는 필연의 관계를 유지하게 된다.

그 어둠이 내면세계에 자리잡게 되었을 때 윤동주의 시에서는 대략 세 가지의 의미를 드러내는 계기로 작용하는데, 그 세 가지의 의미들은 자기 자신에 대한 성찰, 현실에 대한 인식, 자기 자신에 대한 부끄러움 등이다.

산모퉁이를 돌아 논가 외딴우물을 홀로 찾아가선 가만히 들여다 봅니다.

우물속에는 달이 밝고 구름이 흐르고 하늘이

펼치고 파아란 바람이 불고 가을이 있읍니다.

그리고 한 사나이가 있읍니다.
어쩐지 그 사나이가 미워져 돌아갑니다.

돌아가다 생각하니 그 사나이가 가엾어집니다.
도로가 들여다 보니 사나이는 그대로 있읍니다.

다시 그 사나이가 미워져 돌아갑니다.
돌아가다 생각하니 그 사나이가 그리워집니다.

우물속에는 달이 밝고 구름이 흐르고 하늘이
펼치고 파아란 바람이 불고 가을이 있고
追憶처럼 사나이가 있읍니다.

-「자화상」 전문

이 시에서 맨 먼저 주목해야 할 소재는 '우물'이다. 그런데 이 '우물'은 마을 어디에서나 볼 수 있는 우물이 아니라 '산모퉁이를 돌아 논가'에 있는 '외딴우물'이다. 따라서 이 '우물'은 현실의 한복판에서 멀리 떨어진 곳에 위치하고 있다. 잡다한 사물과 현상이 틈입할 수 없는 우물인 것이다. 이 '우물' 속을, 시인은 '가만히 들여다' 본다. 자기 자신에 대한 성찰이 시작되는 것이다.

우물 속을 들여다보았을 때 시인은 가을의 자연환경과 함께 있는 '한 사나이'를 발견한다. 그 사나이에 대한 생각은 두 가지인데, 하나는 미움이고 다른 하나는 가엾음이다. 이 두 가지 생각이 지니는 대립적 성격을 파악하는 것은 이 시의 핵심 주제를 파악하는 것과 동일한 작업이다. 이를 위해 그 내용을 요약해 보면 다음과 같다.

① 미워져 돌아간다
    돌아가다 생각하니 가엾어진다.
② 다시 미워져 돌아간다
    돌아가다 생각하니 그리워진다.

①과 ②에는 두 개의 대립적 자아가 각각 뚜렷하게 부각되고 있다. '미워져 돌아간다'와 '다시 미워져 돌아간다'가 이상적 자아의 움직임이라면 '돌아가 생각하니 가엾어진다'와 '돌아가다 생각하니 그리워진다'는 현실적 자아의 움직임이다. 두 자아가 끊임없이 갈등을 일으키는 이유는 말할 필요도 없이 현실의 모순과 억압이다. 여기서 우리는 자기 자신에 대한 성찰이 갈등의 터전 위에서 이루어지고 있음을 알 수 있다. 그런데 이 갈등은 다음의 시에서 더 구체화되어 나타나기도 한다. 이것은 현실에 대한 인식이 더 구체화된 결과일 것이다.

세상으로부터 돌아오듯이 이제 내 좁은 방에 돌아와 불을 끄옵니다. 불을 켜두는 것은 너무나 피로롭은 일이옵니다. 그것은 낮의 延長이옵기에 —

이제 窓을 열어 空氣를 바꾸어 들여야 할텐데 밖을 가만히 내다 보아야 房안과같이 어두어 꼭 세상같은데 비를 맞고 오든 길이 그대로 비속에 젖어 있사옵니다.

하로의 울분을 씻을바 없어 가만히 눈을 감으면 마음속으로 흐르는 소리, 이제, 사상이
능금처럼 저절로 익어 가옵니다.

-「돌아와 보는 밤」 전문

연보에[1] 의하면 이 시는 윤동주가 연회전문 문과를 졸업하는 해인 1941년 6월에 쓴 것으로 되어 있다. 1941년은 일제시대 중 제3기에 해당하는 시기로서 일본의 아시아 침략 야욕이 노골화되는 한편 1940년부터 시작된 창씨개명 등의 강제적 방법으로 민족말살 정책이 실시되던 해이다. 감수성이 강한 윤동주로서는 견디기 어려운 현실이었을 것이다.

'불을 켜두는 것은 너무나 피로롭은 일이옵니다. 그것은 낮의 延長이옵기에 - '에는 이러한 그의 현실인식과 현실을 수용하지 않겠다는 의식이 함께 포함되어 있다. 나중에 그 의식은 더 견고해지는 단계로 돌입하게 된다. '하로의 울분을 씻을 바 없어 가만히 눈을 감으면 마음속으로 흐르는 소리, 이제, 사상이 능금처럼 저절로 익어 가옵니다.'는 이 점을 잘 나타내고 있다. 그런데 이처럼 '사상이 능금처럼 익어' 가는 단계에서도 그의 괴로움은 여전하다.

<blockquote>

파란 녹이 낀 구리거울속에
내 얼골이 남어 있는 것은
어느 王朝의 遺物이기에
이다지도 욕될가

나는 나의 懺悔의 글을 한줄에 주리자
滿二十四年一個月을
무슨 기쁨을 바라 살어 왔든가
내일이나 모레나 그 어느 즐거운 날에

나는 또 한줄의 懺悔錄을 써야한다.
― 그때 그 젊은 나이에

</blockquote>

---

1) 이 연보는 윤일주 편 『하늘과 바람과 별과 시』(정음사, 1978)의 '윤동주 연보'와 '윤동주 작품 연보'를 말한다.

웨 그런 부끄런 告白을 했든가

밤이면 밤마다 나의 거울을
손바닥으로 발바닥으로 닦어 보자.

그러면 어느 隕石밑으로 홀로 걸어가는
슬픈 사람의 뒷모양이
거울속에 나타나온다.

－「참회록」 전문

그 괴로움은 자기 자신에 대한 부끄러움에 기반을 두고 있다. 그래서 그는 자기의 '거울'을 닦고 있었고 그 '거울' 속에 그는 '꽃처럼 피어나는 피'를 조용히 흘리는 자신의 십자가를 어느 별하늘, 隕石 밑에서 보고 있었다. 先詩的인 것이 곧 現詩的이면서 後詩的임을 그는 증명하고 있었던 것이다.[2]

이 시에서도 「자화상」의 경우에서처럼 이상적 자아와 현실적 자아는 갈등을 일으키고 있다. 현실적 자아는 '밤이면 밤마다 나의 거울을/손바닥으로 발바닥으로 닦아'야 할 만큼 끊임없는 자기 자신에 대한 성찰을 계속해야 하는 데에 비해 이상적 자아는 '어느 隕石밑으로 홀로 걸어가는/슬픈 사람의 뒷모양'으로 나타나고 있는 것이다. 이 이상적 자아는 "시인의 비전을 통해 상상적으로 파악한 미래의 자화상이다. 그래서 시인은 밤마다 거울을 닦고 있었는가. 거울을 닦는다는 것은 그러고 보면 단순한 의식의 투영을 가리키는 것이 아니고, 윤리적인 자아의 성숙을 의미한다. 자아의 성숙은 결국 자아의 완성을 의미하는 것이며, 따라서 현실 속에 직접 뛰어들어가 자아의 실현 가능성을 획득하는 것을 의미한다"[3] 이러한 점에서 보면 이

---

2) 김윤식, 「어둠 속에 익은 사상」『한국 근대작가 논고』(일지사, 1982), p. 271.

시는 「자화상」과 「돌아와 보는 밤」에 나타난 의식의 연장선상에 위치한다.

결국 윤동주 시의 저항의식과 내면풍경은 「자화상」에서의 자기 자신에 대한 성찰, 「돌아와 보는 밤」에서의 현실에 대한 의식, 「참회록」에서의 자기 자신에 대한 부끄러움 등으로 나타난다. 이 때의 자기 자신에 대한 성찰은 현실적 자아와 이상적 자아의 갈등을 통해, 현실에 대한 인식은 저항의식과의 갈등을 통해, 자기 자신에 대한 부끄러움은 「자화상」과 마찬가지로 현실적 자아와 이상적 자아의 갈등을 통해 각각 이루어지고 있음을 알 수 있다.

2. 자연의식과 삶의 방식

윤동주 시에 압도적으로 많이 등장하는 소재는 자연이다. 하늘·별과 같은 우주의 천체가 등장하는가 하면 가을·봄과 같은 계절, 그리고 꽃과 같은 식물이 등장하기도 한다. 그런데 그의 시에 소재로 등장하는 자연은 한결같이 삶의 방식을 제시하는 도구로서의 자연이다. 여기서는 천체·계절·식물을 통하여 삶의 방식을 제시하는 세 편의 시를 분석해 보기로 한다.

> 내를 건너서 숲으로
> 고개를 넘어서 마을로
>
> 어제도 가고 오늘도 갈
> 나의 길 새로운 길
>
> 문들레가 피고 까치가 날고
> 아가씨가 지나고 바람이 일고

---

3) 김시태, 「밤의 인식과 자기성찰」 『현대시와 전통』 (성문각, 1981), P. 300.

나의 길은 언제나 새로운 길
오늘도…… 내일도……

내를 건너서 숲으로
고개를 넘어서 마을로

-「새로운 길」 전문

　「새로운 길」이란 제목에서도 암시되고 있는 것처럼 이 시에서 소재로 등
장하고 있는 내·숲·문들레·까치·바람 등은 삶의 길, 즉 삶의 방식(방향)을
제시하는 도구들이다. 종래의 전통적인 서정시들의 대부분이 자연의 모방
(mimesis)의 대상으로 취급했던 점에 비해 보면 이것은 현격한 차이를 드러
낸다.

　'내를 건너서 숲으로'라든지 '고개를 넘어서 마을로'에서 나타난 행동의
방향은 단순한 의미에 머무르는 것이 아니라 '어제도 가고 오늘도 갈' 길이
며 '나의 길 새로운 길'이다. 한마디로 의미심장한 뜻이 내포되어 있어서
소재주의적인 것과는 완전히 구별된다. 그러나 여기서 분명한 것은 문들레
·까치·아가씨·바람 등에 나타나는 이미지들과 '나의 길 새로운 길'의 의미
는 서로 밀접한 관련이 있다는 점이다. 그 이미지들이 대체로 평화롭고 순
수하여 아름다운 것이라면 '나의 길 새로운 길'도 그러한 방향의 길인 것이
다. 그리고 그러한 길은 어제, 오늘, 내일로 이어지는 일관된 길이라는 점도
간과되어서는 안 될 것이다.

季節이 지나가는 하늘에는
가을로 가득 차 있읍니다.

나는 아무 걱정도 없이

가을 속의 별들을 다 헤일듯합니다.

가슴 속에 하나 둘 새겨지는 별을
이제 다 못헤는 것은
쉬이 아침이 오는 까닭이오,
來日 밤이 남은 까닭이오,
아직 나의 靑春이 다하지 않은 까닭입니다.

별하나에 追憶과
별하나에 사랑과
별하나에 쓸쓸함과
별하나에 憧憬과
별하나에 詩와
별하나에 어머니, 어머니

어머니, 나는 별하나에 아름다운 말 한 마디씩 불러봅니다. 小學校때
册床을 같이 했든 아이들의 이름과, 佩, 鏡, 玉 이런 異國 少女들의 이
름과, 벌써 애기 어머니 된 계집애들의 이름과, 가난한 이웃 사람들의 이
름과 비둘기, 강아지, 토끼, 노새, 노루, 「프랑시쓰·짬」, 「라이넬·마리아·
릴케」 이런 詩人의 이름을 불러봅니다.

이네들은 너무나 멀리 있읍니다.
별이 아슬히 멀듯이,

어머님,
그리고 당신은 멀리 北間島에 계십니다.

나는 무엇인지 그리워
이 많은 별빛이 나린 언덕우에
내 이름자를 써 보고,

흙으로 덮어 버리었습니다.

따는 밤을 새워 우는 버레는
부끄러운 이름을 슬퍼하는 까닭입니다.

그러나 겨울이 지나고 나의 별에도 봄이 오면,
무덤우에 파란 잔디가 피어나듯이
내 이름자 묻힌 언덕우에도
자랑처럼 풀이 무성할게외다.

-「별 헤는 밤」 전문

이 시는 세 개의 의미 단위로 구분된다. 첫째 의미 단위는 1연부터 3연까지인데, 여기에는 계절과 천체를 중심으로 한 서정이 펼쳐져 있다. 그 서정이 단순한 서정이 아니라 삶의 방식과 밀접하게 관련된 것임은 앞에서 예를 든, 다른 시의 경우와 같다. 특히 2연을 지나 3연에 이르러서는 현실에 벌어지는 일들 사이의 인과관계가 제시된다. '가슴 속에 하나 둘 새겨지는 별을/이제 다 못헤는' 까닭을, 시간이 연속 개념에서 찾은 것은 특이한 점이다. 그 연속 개념도 '쉬이 아침이' 온다든지 '來日 밤이' 남았다든지 '나의 靑春이 다하지' 않았다는 것이어서 예사롭지 않다.

둘째 의미 단위는 4연부터 7연까지이다. 여기에는 주로 별과 과거의 기억이 결합되어 나타난 그리움이 주된 흐름이다. 이 그리움은 어머니뿐만 아니라 小學校 때의 친구들, 이웃 사람들, 순한 동물들, 외국 시인들 등 광범위한 대상들에게까지 이어져 왔다. 이것은 윤동주가 北間島 明東村에서 출생하여 명동소학교를 졸업했다는 전기적 사실을 염두에 두고 보면 윤동주 자신의 그리움과 일치한다.

셋째 의미 단위는 8연부터 10연까지인데 여기에는 현실적 자아를 성찰

하는 계기가 마련되고 있다. '내 이름자를 써 보고/흙으로 덮어' 버렸다든
지 '따는 밤을 새워 우는 버레는/부끄러운 이름을' 슬퍼한다든지 하는 것은
현실적 자아가 갈등을 일으키고 있음으로 보여 주는 예들이다. 그러나 마지
막에 이르면 '내 이름자 묻힌 언덕우에도/자랑처럼 풀이 무성할게외다.'라
고 함으로써 결코 그의 신념을 굽히지 않을 것임을 은유적으로 표현하고
있다. 윤동주 시의 이러한 점은 다음과 같은 평가를 낳게 한다.

> 그의 시는 그러나 그가 식민지 치하에서 獄死를 하였기 때문에 아름다
> 운 것은 아니다. 그의 시는 한용운의 시가 슬픔을 이별의 美學으로 승화
> 시켜 식민지 치하의 정서에 하나의 질서를 부여한 것과 같이, 식민지 치
> 하의 가난과 슬픔을 부끄러움의 美學으로 극복하여 식민지 후기의 무질
> 서한 정서에 하나의 질서를 부여한다. 그의 부끄러움의 美學은 자신과
> 생활에 대한 애정있는 관찰, 그리고 자신이 지켜야 할 理念에 대한 순결
> 한 신앙과 시의 형식에 대한 집요한 탐구의 결과이다.[4]

「별헤는 밤」처럼 천체를 중심으로 삶의 방식을 제시하는 또 하나의 시에
는 「서시」가 있다.

> 죽는 날까지 하늘을 우러러
> 한점 부끄럼이 없기를,
> 잎새에 이는 바람에도
> 나는 괴로와했다.
> 별을 노래하는 마음으로
> 모든 죽어가는 것을 사랑해야지
> 그리고 나한테 주어진 길을
> 걸어가야겠다.

---

4) 김윤식·김현, 『한국문학사』 (민음사, 1984), p. 8.

오늘밤에도 별이 바람에 스치운다.

-「서시」 전문

이 시는 형식상 두 연으로 되어 있으나 의미 단위는 다섯 개로 나눌 수 있다. 첫째는 1·2행으로 도덕적 결백의 의지를, 둘째는 3·4행으로서 현실에서 겪고 있는 인간적 괴로움을, 셋째는 5·6행으로 자기 자신의 사명감을, 넷째는 7·8행으로 신념에 대한 일관된 의지를, 다섯째는 9행으로 현실에 대한 자각을 각각 드러내고 있다. 비교적 짧은 이 시의 처음부터 끝까지 일관되게 흐르고 있는 것은 삶의 방식에 대한 확인이다. 「십자가」라는 시의 내용과 관련시킨다면 첫째의 의미 단위와 넷째의 의미 단위에는 민족의식이 담겨 있다는 해석이 충분히 가능하다. 윤동주는 '괴로웠든 사나이,/幸福한 예수·그리스도에게/처럼/십자가가 許諾된다면/ 목아지를 드리우고/꽃처럼 피어나는 피를/어두어가는 하늘 밑에/조용히 흘리겠읍니다.'와 같은 결연한 의지를 밝히고 있기 때문이다.

세 편의 시를 통해서 보았듯이 윤동주 시에 등장하는 자연은 삶의 방식을 제시하는 도구로서의 자연이다. 그 자연은 「새로운 길」에서는 대체로 평화롭고 순수하여 아름다움을 견지하는 삶의 방식을, 「별헤는 밤」에서는 결코 신념을 굽혀서는 안 된다는 삶의 방식을, 「序詩」에서는 시대적 모순에 영합해서는 안 된다는 삶의 방식을 각각 제시하고 있는 것이다.

3. 고향의식과 두 개의 자유

윤동주 시에 있어서의 고향은 두 곳으로 나타난다. 연보에 의하면, 하나는 그의 증조부가 북간도로 이주하기 이전까지 살았던 일본의 식민지인 한국의 함경북도 종성이요, 다른 하나는 그가 태어난 곳이며 명동소학교와 중

국입관립학교를 다녔던 명동촌이다. 이 두 고향은 그의 시에서 그리움의 대상으로 나타나기도 하고 식민지 시대를 살아가는 지식인의 갈등과 고뇌의 근원으로 나타나기도 한다. 여기서는 그의 시에 나타나는 고향의식이 어떠한 배경과 정신에서 현실과 연결되는지를 살펴보기로 한다.

> 헌 짚신짝 끄을고
>   나 여기 왜 왔노
> 두만강을 건너서
>   쓸쓸한 이 땅에
>
> 남쪽 하늘 저 밑에
>   따뜻한 내 고향
> 내 어머니 계신 곳
>   그 리운 고향집
>
> - 「고향집」 - '만주에서 부른' 전문

이 시는 1936년 1월 6일에 쓴 것으로 되어 있다. 연보에 의하면 이 해에 윤동주는 평양의 숭실학교가 신사참배 문제로 폐교되자 북간도 龍井으로 돌아와 광명중학교에 전입학한다. '만주에서 부른'이라는 부제에서도 알 수 있듯이 이 시는 이 때 쓴 작품이다.

이 시는 성공작이라고 할 수는 없으나 윤동주의 고향의식을 확실하게 알 수 있는, 초기시의 좋은 예가 되는 작품이다. 그 고향의식은 1·2연에 나타난 것처럼 북간도에 대한 불만과 한국의 고향에 대한 그리움의 두 갈래로 구분된다. 북간도에 대한 불만은 '나 여기 왜 왔노'에서 알 수 있듯이 북간도 자체에 대한 불만보다는 한국의 고향을 떠나온 것에 대한 불만 쪽에 경사되어 있다. 그리고 한국의 고향에 대한 그리움은 '내 어머니 계신 곳'에서 집중적으로 드러나고 있다.

　이 시에서 주목해야 할 점은 4·3 또는 3·3조의 율격이다. 이것에 대해서는 일본식 리듬의 영향으로 보는 견해도 있다.[5] 그러나 초기시를 넘어선 1937년부터는 이러한 정형성은 거의 사라진다.

故鄕에 돌아온 날 밤에
내 白骨이 따라와 한방에 누었다.

어둔 房은 宇宙로 通하고
하늘에선가 소리처럼 바람이 불어온다.

어둠 속에서 곱게 風化作用하는
白骨을 들여다 보며
눈물 짓는 것이 내가 우는 것이냐
白骨이 우는 것이냐
아름다운 魂이 우는 것이냐

志操 높은 개는
밤을 새워 어둠을 짖는다.

어둠을 짖는 개는
나를 쫓는 것일게다.

가자 가자
쫓기우는 사람처럼 가자
白骨 몰래
아름다운 또 다른 故鄕에 가자.

-「또 다른 故鄕」 전문

---

5) 위의 책, p. 211.

1941년 9월에 씌어진 이 시의 해석은 세 개의 맥락을 통해서 가능하다. 그 첫째는 '내 白骨', '어둔 房', '風化作用'으로 이어지는 맥락이다. '내 白骨'은 현실적 자아를 표상한 것인데 이 현실적 자아가 위치하고 있는 곳은 '어둔 房'이다. 당시가 식민지 시대라는 점을 생각한다면 '어둔 房'에 위치하는 '내 백골'이 '풍화작용'의 대상이 되는 것은 당연하다. 그 둘째는 '아름다운 魂'과 '志操높은 개'의 맥락이다. '아름다운 魂'은 '내 백골'과 대립되는 이상적 자아라 할 만하다. 이 이상적 자아의 표상은 바로 '志操높은 개'이다. '志操 높은 개'이기 때문에 '밤을 새워 어둠을 짖고' 현실적 자아인 '나'를 좇는다. 그 셋째는 '아름다운 또 다른 故鄕'의 맥락이다. 현실적 자아는 이상적 자아의 억압 때문에 더 이상 버릴 수가 없다. 그래서 '가자 가자/쫓기우는 사람처럼 가자'라는 내면의 외침을 불러일으키게 된다. 그러고 보면 이 시에서의 '또 다른 故鄕'은 이상적 자아를 실현할 수 있는 정신적 고향임을 알 수 있다.

窓밖에 밤비가 속살거려
六疊房은 남의 나라,

詩人이란 슬픈 天命인줄 알면서도
한줄 詩를 적어 볼까,

땀내와 사랑내 포근히 품긴
보내주신 學費 封套를 받어
大學 노ー트를 끼고
늙은 敎授의 講義 들으려 간다.

생각해 보면 어린때 동무들
하나, 둘, 죄다 잃어 버리고

나는 무얼 바라
나는 다만, 홀로 沈澱하는 것일까?

人生은 살기 어렵다는데
詩가 이렇게 쉽게 씌어지는 것은
부끄러운 일이다.

六疊房은 남의 나라
窓밖에 밤비가 속살거리는데

등불을 밝혀 어둠을 조금 내몰고,
時代처럼 올 아침을 기다리는 最後의 나,

나는 나에게 적은 손을 내밀어
눈물과 慰安으로 잡는 最初의 握手.

-「쉽게 씌어진 詩」 전문

　　윤동주의 마지막 시로 알려진 이 시에서의 고향의식은 식민지 한국을 억압하는 일본에서 형성된 것이다. 1942년 6월 3일에 씌어진 것으로 보아 이 시는 동경에 있는 立教大에 다닐 때 작품이다. 시 전체는 10연으로 되어 있지만 의미단위로 나누면 1·2연, 3·4연, 5·6연, 7연, 8·9·10연 등 다섯 개가 된다.

　　1·2연은 타국에서의 시인으로서의 天命意識을, 3·4연은 부모의 사랑을 바탕으로 한 대학생활을, 5·6연은 상실감에 젖은 자기 성찰을, 7연은 시쓰는 일에 대한 부끄러움을, 8·9·10연은 치열한 역사의식을 각각 드러내고 있다.

　　이 시에서 크게 주목해야 할 부분은 8·9·10연이다. 8연에 나타난 배경에서 이 시의 역사의식이 '時代처럼 올 아침을 기다리는 最後의 나'와 '눈물과 慰安으로 잡는 最初의 握手'의 대립적 의미를 통해 이루어지고 있기 때문이다. '最後의 나'가 광명의 시대를 끝까지 기대하는 '나'라면 '最初의 악수'는 그 기대를 실현시키기 위해 부단히 애쓰기 시작하는 몸짓일 것이다. 결국 이 시대에 있어서의 고향의식은 당대의 현실을 극복하고 개혁하려는 의지와 결부되어 있는 것이다.

이상의 논의를 요약하면, 「고향집」에는 그의 肉身的 故鄕인 북간도에 대한 불만과 그의 조국으로서의 한국의 고향에 대한 그리움이 나타나 있다. 그리고 「또 다른 故鄕」에서는 현실적 자아와 이상적 자아의 갈등을 통한 현실의식이 표출되는데, '또다른 고향'은 이상적 자아를 실현할 수 있는 정신적 고향을 의미한다. 그리고 「쉽게 씌어진 詩」에 있어서의 고향의식은 당대의 현실을 극복하고 개혁하려는 의지와 결부되어 있다.

4. 종교의식과 극복의 의지

윤동주와 기독교의 관계가 직접적이고 실천적인 것이었음을 밝혀 주는 근거는 아직까지 없다. 그러나 간접적인 것이나마 그 관계를 알 수 있게 하는 사실은 두 가지가 있다. 하나는 그의 조부가 기독교 장로였기 때문에 어느 정도 그 영향을 받았으리라는 점6)이고 다른 하나는 그가 다녔던 숭실중학, 연전, 동지사대학이 모두 개신교 미션계 학교였기 때문에 역시 어느 정도 영향을 받았을 것이라는 점이다.

실제로 그의 시에는 기독교적 의식을 보여 주는 시들이 있는데, 「八福」, 「새벽이 올 때까지」, 「十字架」, 「太初의 아침」, 「또 太初의 아침」 등이 그 것들이다. 여기서는 이들 중에서 앞의 세 편의 시에 대해 기독교적 의식의

---

6) 윤일주 편, 「先佰의 생애」 『하늘과 바람과 별과 시』 (정음사, 1979), p. 267.

시대적 의미를 검토해 보기로 한다.

　　　　－ 마태福音 5章 3～12

　　　슬퍼 하는자는 복이 있나니
　　　슬퍼 하는자는 복이 있나니
　　　슬퍼 하는자는 복이 있나니
　　　슬퍼 하는자는 복이 있나니
　　　슬퍼 하는자는 복이 있나니
　　　슬퍼 하는자는 복이 있나니
　　　슬퍼 하는자는 복이 있나니
　　　슬퍼 하는자는 복이 있나니

　　　저희가 永遠히 슬플 것이오.

　　　　　　　　　　　　　　　　　　－「八福」 전문

　　문학 작품의 기교로 사용되는 패러디(parody)는 하나의 특정한 작품의 진지한 소재와 양식을 모방하거나 특정한 문체를 흉내내어 그것을 저급하거나 어울리지 않는 주제에 적용시키는 것[7]을 말한다. 이러한 정의에 충실히 따른다면 이 시는 패러디의 기교를 통한 전통적인 작품이라 할 만하다.

　　이 시에 明記되어 있는 「마태복음」 5장 3절부터 12절까지는 주지하듯이 심령이 가난한 자, 애통한 자, 온유한 자, 義에 주리고 목마른 자, 궁휼히 여기는 자, 마음이 청결한 자, 화평케 하는 자, 義를 위해 핍박을 받는 자, '나'(예수)로 인하여 핍박을 받는자는 '복이 있나니' 이에 대한 온당한 은총이 내려지리라는 내용으로 되어 있다. 그런데 이 시에서는 그것이 동일한

---

7) M. H. Abrams, *A Glossary of Literary Terms* (New York: Holt, Rinehart & Winston, Inc., 1981), p. 18.

내용과 형식을 담은 여덟 개의 문장 나열로 바뀐 것이다.

　이 시에서 중시되어야 할 것은 '슬퍼 하는자'의 의미와 '슬퍼 하는자는 복이 있나니'를 여덟 번 반복, 나열한 시인의 의도이다. '슬퍼 하는자'의 의미를 알기 위해서는 '슬퍼 하는' 까닭을 생각해 보면 된다. 그 까닭은 아무래도 시대와 깊이 관련되어 있는 것 같다. 그렇다면 그 까닭은 시대적 모순일 수밖에 없다. 그래서 '슬퍼 하는자'는 시대적 모순을 슬퍼하는 자가 된다. 즉, 슬퍼하는 까닭과 대상이 동일해진 것이다. 그런데 시인은 계속 슬퍼하고 있을 수만은 없다. 시대적 모순에 저항하는 방법을 모색해야 하는 것이다. 이러한 단계까지 이르기 위해서는 부단한 자기 성찰과 거듭되는 자기 확인이 필요하다. '슬퍼 하는자는 복이 있나니'를 여덟 번 반복한 것은 이러한 이유에서이다. 마지막 행인 '저희가 永遠히 슬플 것이오'는 매우 역설적인 의미를 담고 있는데 정말로 '슬퍼하는'상태를 계속 유지하겠다는 것이 결코 아님은 확실하다.

　　　다들 죽어가는 사람들에게
　　　검은 옷을 입히시요.

　　　다들 살아가는 사람들에게
　　　흰 옷을 입히시요.

　　　그리고 한 寢臺에
　　　가즈런히 잠을 재우시요

　　　다들 울거들랑
　　　젖을 먹이시요

　　　이제 새벽이 오면

나팔소리 들려 올게외다.

- 「새벽이 올 때까지」 전문

  5연으로 구성된 이 시는 1·2연, 3·4연, 5연 등 삼단계의 의미 단위로 이루어져 있다. 그 삼단계는 대립·화해·초월의 단계이며 이 단계들의 관계에는 종교의식이 개입되어 있다.

  맨먼저 주목해야 할 것은 '다들 죽어가는 사람들'과 '다들 살어가는 사람들'의 의미이다. 그들에게 검은 옷을 입히라거나 흰 옷을 입히라는 주문으로 보아서 '다들 죽어가는 사람들'과 '다들 살어가는 사람들'은 시대적 모순을 기준으로 여기에 영합하는 사람들과 여기에 저항하는 사람들의 태도(처세)에 초점을 둔 표현임을 알 수 있다. 그런데 3·4연에 이르면 이러한 대립적 태도를 취하는 사람들은 화해의 원리 속에 포괄되고 만다. 즉, 그들을 '한 寢臺에/가즈런히 잠을' 재우라든가 '다들 울거들랑/젖을'먹이라는 것이 그것이다. 이 화해의 원리에 나타난 행동은 幼兒의 그것에 기초한 것으로서 절대자는 인간의 행동을 하잘 것없는 것으로 판단하고 있음을 보여주기 위해 동원된 것인 듯하다. 이 절대자를 기독교적 신이라고 상정할 때 5연의 나팔소리는 대립과 화해의 단계를 거친 절대자의 목소리라고 할 만하다. 따라서 이것은 초월의 소리이기도 할 것이다.

쫓아오든 햇빛인데
지금 敎會堂 꼭대기
十字架에 걸리었읍니다.

尖塔이 저렇게도 높은데
어떻게 올라갈수 있을까요

鍾소리도 들려오지 않는데
휘파람이나 불며 서성거리다가,

괴로웠든 사나이
幸福한 예수·그리스도에게
처럼
十字架가 許諾된다면

목아지를 드리우고
꽃처럼 피어나는 피를
어두어가는 하늘 밑에
조용히 흘리겠읍니다.

-「十字架」 전문

이 시의 의미 단위도 역시 1·2연, 3·4연, 5연의 삼단계이다. 1·2연에서의 화자는 교회당의 꼭대기에 걸려 있는 십자가를 보며 '尖塔이 저렇게 높은데/어떻게 올라갈 수 있을까요'라고 말한다. 이때의 십자가는 물론 기독교의 희생정신을 상징화한 것이다. 따라서 2연의 의미는 시인이 지향하고 있는 이상적 세계이다. 그 이상적 세계는 쉽게 도달할 수 없는 세계이기도 하다. 그러나 3·4연에 이르면 '괴로웠든 사나이/幸福한 예수·그리스도'가 그러했던 것처럼 희생정신을 바탕으로 한 이상적 세계의 체험이 허락된다면 그것을 실현하기 위해 '鍾소리가 들려오지'도 않고 '휘파람이나 불며' 서성거리듯이 방황을 계속하는 중이지만 희생할 준비가 되어 있음을 암시하고 있다. 5연에 이르면 이러한 자기 희생에 대한 암시는 자기 희생에 대한 결단으로 바뀐다. 이러한 결단을 내리게 된 것은 '어두어가는 하늘'에서 드러나는 것처럼 시대적인 모순 때문이다. 이 때의 자기 희생이 바로 저항을 의미하고 있음은 물론이다.

한마디로 이 시는 기독교적 상징을 통해 저항의 방법을 나타내고 있다고 할 수 있다. '꽃처럼 피어나는 피를' '조용히 흘리겠읍니다'는 이 점을 극명하게 보여주고 있다.

이상의 논의를 통해 볼 때 윤동주의 시들 중에는 종교의식, 특히 기독교 의식에 의해 씌어진 것들이 하나의 흐름을 형성하고 있음을 알 수 있다. 그런데 이러한 시들은 한결같이 종교의식의 표출 그 자체에 머무르지 않고 시대적 모순과 결부되고 있어서 그의 시에 있어서의 종교의식의 성격을 뚜렷이 파악할 수 있게 한다. 즉, 「八福」에서는 '슬퍼 하는자는 복이 있나니'를 여덟 번 반복하는 패러디를 통해서, 「새벽이 올 때까지」에서는 나팔소리와 같은 절대자의 목소리를 통해서, 「十字架」에서는 십자가와 같은 기독교적 상징을 통해서 시대적 모순과 이를 극복하려는 의지를 분명히 나타내고 있는 것이다. 이외에도 종교의식이 담긴 시는 「太初의 아침」[8] 「또 太初의 아침」[9] 등이 있다.

III. 에필로그

지금까지 윤동주 시에 나타난 의식을 네 가지로 구분하고 그것들이 전개

---

8) 전문은 다음과 같다.

봄날 아침도 아니고/여름, 가을, 겨울,/그런날 아침도 아닌 아침에//빨—간 꽃이 피어났네,/햇빛이 푸른데,//그 前날 밤에/그 前날 밤에/모든것이 마련되었네,//사랑은 뱀과 함께/毒은 어린 꽃과 함께

9) 전문은 다음과 같다.

하얗게 눈이 덮이었고/電信柱가 잉잉 울어/하나님 말씀이 들려온다.//무슨 啓示일까.//빨리/봄이오면 罪를 짓고 눈이 밝어//이브가 解產하는 수고를 다하면/無花果 잎사귀로 부끄런데를 가리고//나는 이마에 땀을 흘려야겠다.

되면서 드러내는 의미를 분석해 보았다. 이 내용을 결론 삼아 요약, 정리해
보면 다음과 같다.

　첫째, 윤동주 시의 저항의식과 내면풍경은 자기 자신에 대한 성찰, 현실
에 대한 인식, 자기 자신에 대한 부끄러움 등으로 나타난다. 이때의 자기
자신에 대한 성찰은 현실적 자아와 이상적 자아의 갈등을 통해, 자기 자신
에 대한 부끄러움은 자기 자신에 대한 성찰과 마찬가지로 현실적 자아와
이상적 자아의 갈등을 통해 각각 이루어지고 있음을 알 수 있다.

　둘째, 윤동주 시에 등장하는 자연은 삶의 방식을 제시하는 도구로서의
자연이다. 즉 그 자연은 대체로 평화롭고 순수하며 아름다움을 견지하는 삶
의 방식, 결코 신념을 굽혀서는 안 된다는 삶의 방식, 시대적 모순에 영합
해서는 안 된다는 삶의 방식 등을 제시하고 있는 것이다.

　셋째, 윤동주 시의 고향의식은 육신적 고향인 북간도에 대한 불만과 조
국으로서의 한국의 고향에 대한 그리움, 현실적 자아와 이상적 자아의 갈
등을 통한 현실의식, 당대의 현실을 극복하고 개혁하려는 의지 등으로 나타
난다.

　넷째, 윤동주 시의 종교의식은 한결같이 그 자체에 머무르지 않고 고향
의식의 경우처럼 시대적 모순을 극복하려는 의지를 분명히 나타내고 있다.

모더니즘의 수용과 시대인식__박인환론

Ⅰ. 프롤로그

한국의 본격적인 근대시는 1918년 9월 26일에 창간된 주간문예지 『태서문예신보』에 수록된 작품들로부터 시작된다. 여기에 작품을 발표한 시인들은 김억·장두철·백대진·황석우 등 여럿이었지만 본격적인 근대시의 모습과 관련해서 논의의 대상으로 삼을 수 있는 시인은 김억, 황석우 정도이다. 이 두 시인의 작품은 다같이 상징주의의 영향을 받았다는 점말고도 내면세계를 자기 자신이나 소수의 몇 사람에게 들려주는 형식의 서정시를 썼다는 공통점을 지니고 있다. 1920년대 초반부터 1930년대 초반에 이르기까지는 이데올로기를 바탕으로 한 프로문학과 민족주의문학의 열기가 시기에 따라 고조하기도 하고 쇠퇴하기도 했지만, 서정시의 맥은 좀처럼 끊어지지 않았다. 또한 1930년대 초반 이후 김기림을 비롯해 정지용, 김광균 등 일군의 모더니스트 시인들에 의해 모더니즘의 거점이 확보된 적이 있었는데도 불구하고 이후에도 시문학파, 생명파 시인들을 거쳐 청록파 시인들에 의해 서정시의 맥이 계속 이어지게 된 데에는 나름대로의 이유가 있다. 즉, 시는 반드시 도시문명이라든가 모더니티를 담아야 한다는 반서정성의 원리에 대한 회의가 그것이다. 그러나 해방 공간 다음에 이어지는 6·25전쟁 전후 시기에 이르면 청록파의 시로 대표되는 전통 지향성의 서정시는 그 기세가 약화되고 1930년대의 김기림·정지용·김광균 등이 추구하던 시적 방법과 정신을 이어 받는 모더니즘시가 등장하게 된다.

이러한 모더니즘 시는 후반기 동인들에 의해 주로 씌어졌는데, 당시 부산의 국제신보사가 발행하던 신문 「주간국제」의 후반기 문예특집 기사는 "후반기의 처음 출발은 『신시론』에 있다. 『신시론』은 일찍이 국내에 있어서의 이상, 김기림 등의 현대시의 초보적인 실험에 반하여 T. S. 엘리엇, New Country, 쉬르레알리즘 이후의 모더니즘 운동에 참가하였던 몇몇이 중심이 되어 기타 젊은 시인들을 합하여 광복 후 국내에서 모더니즘의 운동을 일으키려는 데 있었다."[1]고 쓰고 있다. 이 기사에 의하면 당시 동인은 김경린·김병욱·박인환·임호권·김경희 등이었으며 1948년 4월에 『신시론』 제1집이 발간된 이후 김병욱, 김경희 등은 "동인 간의 사상적인 불일치"[2] 때문에 이탈하고, 1949년 4월에는 『새로운 도시와 시민들의 합창』이라는 시집을 발간하는데, 여기에는 김수영, 양병식 등이 남은 동인들과 보조를 같이 하게 된다. 그 후 1950년 1월 "운동의 새로운 모먼트를 전제로『신시론』를 『후반기』로 개제하고 조향, 김차영이 새로이 참가하여"[3] 전반적인 발전을 꾀했으나 6·25전쟁으로 동인들이 분산되었다가, 1952년 6월 16일까지 당시 박인환·조향·김경린·김차영이 후반기 동인에 복귀하게 되고 이봉래, 김규동 등이 새로이 참가하게 된다. 이상이 전시의 임시 수도 부산에서의 후반기 동인회 결성 전말이다.

---

1) 김경린, 「모더니즘의 실상과 역사적 발전과정」, 『모더니즘 시선집』 (청담문학사, 1986), p. 472에서 재인용.
2) 위의 글, 위의 책.
3) 위의 글, 위의 책, p. 473.

후반기 동인회의 중요성은, 해방공간에서부터 1950년대까지에 이르는 전후시의 창작 주체로 활동하면서 식민지시대의 시와 현대시의 시사적 고리의 역할을 담당했다[4]는 데에 있다. 이러한 중요성을 놓치지 않는다면, 우리는 후반기 동인들 중에서도 가장 적나라하게 그들의 시적 특성을 보여주는 박인환의 시에 대해서 주목하지 않을 수 없을 것이다. 물론 후반기 동인들 중에서 김경린·조향의 작품이 지니는 특성을 그냥 지나치기는 어렵다. 그러나 김경린·조향은 1930년대의 김기림처럼 도시문명의 표면만을 시에 옮겨 놓았지만, 박인환은 도시문명의 이면과 그 그늘에 위치한 정서를 표출했다는 점에서, 그들과는 분명히 다른 시를 썼다.

이 글은 식민지시대의 시와 현대시의 사이에서 시사적 고리의 역할을 담당했던 후반기 동인들 중 특히 박인환이 모더니즘에 대해 어떠한 인식을 가지고 그것을 수용했는가를 밝힌 후에 그의 시에 나타난, 시대에 대한 인식의 내용을 고찰하는 데에 목적을 둔다. 이러한 작업은, 박인환이 살았던 시대가 식민지시대에서 해방공간, 그리고 전후까지를 포괄하고 있다는 점에서 당시대를 살았던 시인들의 정신사적 측면을 밝히는 의의를 함께 지닐 수도 있을 것이다.

II. 모더니즘의 수용

후반기 동인과 그 구성원들 중의 한 사람인 박인환이, 모더니즘에 대해 어떠한 인식을 가지고 그것을 수용했는가를 알기 위해서는 그것의 원류인 서구의 모더니즘과 1930년대의 한국 모더니즘에 대해서 먼저 고찰해 볼 필

---

4) 김재홍, 『한국전쟁과 현대시의 응전력』 (평민사, 1978), p. 8. 참조

요가 있다. 따라서 서구의 모더니즘, 후반기 동인들의 모더니즘, 박인환이 지녔던 모더니즘에 대한 인식과 수용 등의 순서로 논의를 전개하고자 한다.

서구의 모더니즘은 광의과 협의로 나누어 그 개념을 규정할 수 있다. 광의의 모더니즘은 19세기까지의 전통시에 반발해서 일어난 세기 초반의 전위적 시운동을 모두 포괄하는 시운동을 말한다. 예를 들면, 이미지즘을 비롯해서 신고전주의, 입체주의, 초현실주의, 미래주의, 다다이즘 등이 그것들이다. 이들 시운동들의 공통적인 특징은 실험시를 지향했다는 데에 있다. 이러한 실험시는 그 유파별로 독특한 시적 방법을 사용하기도 했는데, 초현실주의가 자동기술법을 사용한 것은 대표적인 예이다.

협의의 모더니즘은 1909년부터 1917년까지 주로 영국과 미국에서 전개되었던 이미지즘 등의 신시 운동을 가리킨다. 이미지즘은 모든 새로운 시운동이 그러하듯이 19세기의 영국과 미국의 시에 대한 반발로 일어났다. 19세기의 영국, 미국의 시는 "인습에 사로잡힌 채 고루한 형식과 내용에서 벗어나지 못하고 침체한 채로 새로운 발전을 못하고 있음을 불만히 여겼다. 그들은 이와 같은 문학적인 침체 상태에서 벗어나기 위하여 다른 나라 문학에서 새로운 내용과 새로운 양식을 찾으려 했다. 그들에게 절대적인 영감을 준 것은 현대 프랑스 시였다. 이미지즘에 관계를 맺은 모든 시인들은 프랑스어에 대하여 영어와 같은 정도의 깊은 지식을 가졌었다."[5] 이미지즘 운동을 일으킨 시인들은 1914년에 『DES IMAGISTES: AN ANTHOLOGY』라는 시집을 냈는데 여기에 작품을 수록한 시인들은 에즈라 파운드를 비롯해 리차드 올딩턴, F. S. 플린트, 에미 로우웰 등이다.[6] 한편, 신고전주의를 제창한 T. E. 흄은 르네상스 이후, 서구의 인간중심적 문화가 중세에 중

---

5) 김재근, 『이미지즘 연구』 (정음사, 1973), p. 10.
6) 위의 책, pp. 1~12.

시되었던 윤리적 가치와 종교적 가치를 망각하고 있음을 지적하면서 이러한 휴머니즘을 근간으로 하여 이루어진 낭만주의를 배격하고 있다.[7]

한국의 모더니즘은 주로 영국과 미국에서 일어났던 이미지즘 시운동과 T. E. 흄에 의해 제창된 신고전주의가 주류를 이루고 있다. 모더니즘, 이미지즘, 주지주의의 상관관계에 대해서는 다음과 같은 주장이 있다.

> 이 주지주의의 상위개념은 모더니즘이 된다. 이는 구래의 문학에 반대한 새로운 운동 유파로서, 주지주의, 이미지즘 등이 다 포함되는 것이다.(……)
>
> 한국에 있어서는 주지주의와 모더니즘을, 즉 종개념과 유개념을 구분하지 않는 듯 보이나, 1930년대의 이 운동이, "이 땅에 모더니즘에 의해 비로소 세기가 시작"(편석촌 「모더니즘의 역사적 위치」, 『인문평론』 창간호)되었다고 할 만큼이었다. 그것은 세기 문예사조가 시에 있어서는 이미지즘에서 비롯되며 편석촌이 도입한 것이 바로 이것이었던 것이다. 시에 있어서의 이러한 역할을 산문에 있어서 최재서가 하게 된 것은 「현대주지주의의 문학이론」(1943. 8, 조선일보)에서 부터이다.[8]
>
> T. E. 흄의 신고전주의의 방법은 시에 있어서는 이미지즘, 비평에 있어서는 주지주의라 흔히 불린다. 그 대표적 논객은 최재서인데 그는 T. S. 엘리어트, T. E. 흄, A. 헉슬리 등의 지적 방법을 도입 적용했으며, 정지용, 김기림, 김광균 등이 실제 작품으로 보여 주었다.[9]

한국의 모더니즘 운동은 1930년대 일어났다고 보는 것이 일반적인 통설이다. 그런데 실제 모더니즘 운동이 이미 배태되었던 시기를 1926년경으로 보는 견해[10]도 있다. 그 근거로 제시되고 있는 것은 첫째, 김기림·최재서

---

7) T. E. Hulme, *Speculations*(London: Routledge & Kegan Paul Ltd., 1924), p. 10.

8) 김윤식, 「비평과 모더니티」 『한국 근대작가 논고』 (일지사, 1982), p. 147.

9) 김윤식, 「한국 현대문학사 개관」 『한국 근대문학의 이해』 (일지사. 1982), p. 390.

등이 일본에 유학하여 모더니즘 운동을 어떤 식으로든 경험했다는 점과 둘째, 정지용 등의 작품에 모더니즘의 측면이 나타나고 있다는 점이다. 그 작품들은 정지용이 1925년 6월 발행의 경도유학생 잡지인『학조』창간호에 발표한「카페 프란스」,「슬픈 인상화」,「파충류 동물」등인데, 이러한 작품들이 모더니즘에 접맥되어 있는 것은 사실이다. 그러나 하나의 이즘으로 표방되어 나타난 것은 아무래도 김기림이 등단한 1930년대로 보아야 할 것이다. 김기림은 시론과 비평활동을 통하여 전세기적 타성에 젖어 있는 한국시를 명실공히 현대적인 시로 탈바꿈시키고 시작에 이론적 근거를 제공했으며 현대성을 내세우는 새로운 시관을 제시하는 등 나름대로의 공적을 남겼으나 원래의 모더니즘이 추구하던 바에 이르지 못하고 아류에 머무르고 마는데[11] 이것은 1950년 전후의 후반기 동인들의 출현을 촉진시키는 계기가 된다. 이 점은 후에 후반기 동인회의 결성과 활동을 주도한 김경린도 분명히 밝히고 있다.

> 그러나 그들 대부분이 개별적인 작품활동과 자기의 세계 구축에만 열중한 나머지 새로운 시운동을 그룹화하지는 못했고 특히 자기들의 시세계를 계승할만한 유능한 후진의 양성을 소홀히 한 점과 그 당시의 현실적인 저항선을 뛰어 넘을만한 체력의 부족으로 모더니즘을 이 땅에 정착시키지 못한 아쉬움이 있었다. 이 점은 훗날 본인이 김기림과 장만영에게도 지적한 바가 있었다.[12]

후반기 동인회의 구성 경위를 밝힌 바 있는 김경린은「현대시의 구상성」에서 '우리의 주장'을 다음과 같이 내세우고 있는데, 이것은 그들이 추구하

---

10) 한계전,『한국 현대시론 연구』(일지사, 1983), p. 155.
11) 김은전 외 4인,『한국문학 신강』(개문사, 1978), pp. 158~159. 참조
12) 김경린, 앞의 책, p. 467.

는 모더니즘이 구체적으로 어떤 것인지를 알 수 있게 해준다.

현대시는 언어에 관한 모든 약속을 파기함으로써 출발하였다. 과거에 있어서 언어는 사상을 보편화하려는 재료에 불과하였으므로 관념을 위한 기구인 동시에 표현의 재료에 불과하였던 것이다. 그러나 현대시에 이르러 기호(記號)를 위한 언어로부터 사고(思考)를 위한 언어에로 발전하여 감에 따라, 언어는 새로운 기능을 발휘할 수 있는 기회를 가질 수가 있었다. 그러므로 현대시인들은 언어의 시각적, 취각적(臭覺的), 음향적, 색채적인 면에 이르기까지 예민하지 않을 수 없었던 것이다. 언어와 언어와의 새로운 결합에서 발생하는 이미지의 수정막적(水晶膜的) 효과는 현대시가 쌓아올린 화려한 피라밋이 아닐 수 없는 동시에, 이것이야말로 현대시가 우리에게 주고 간 귀중한 선물인 것이다.

우리들의 새로운 시적 사고(시적 사고)를 표현하기 위하여, 하나의 현실은 과학적인 면에서 정확한 속도로 채택되어야 하며, 그 현실은 현실과의 새로운 결합에서 신선한 회화적인 이미지네이션으로써 구상화되어야 한다. 이러한 새로운 결합을 규정하는 것은 시적 사고이며, 다시금 이 새로운 사고에 속도를 가하는 것은 예술의 종합적인 액션 action인 것이다. 그러나, 면밀한 계산을 하여야 한다. 우리의 배후에는 무서운 새타이어의 세계가 따르고 있는 것이다. 새타이어는 시를 위험하게 한다. 우리는 현실의 과학적인 면에서의 새로운 결합에 의하여 신선한 이미지의 세계를 구상화하여야 하며, 이 세계는 인간성의 기반 위에 구성되어야 한다.13)

이러한 그들의 주장을 요약하면 첫째, 현대시의 언어는 과거처럼 관념을 위한 기구나 표현의 재료에서 벗어나 새로운 기능을 발휘함으로써 언어의 시각적, 취각적, 음향적, 색채적인 면뿐 아니라 이미지의 수정막적 효과를 나타내고 있다는 것과, 둘째, 새로운 시적 사고를 표현하기 위해 현실을 과

---

13) 김경린, 앞의 책, pp. 470~471.

학적인 면에서 정확한 속도로 파악하고 신선한 회화적인 이미지네이션으로
써 구상화하여야 하며 이 세계는 인간성의 기반 위에서 구성되어야 한다는
것이다. 당시로서는 새롭고 실험적인 내용을 담고 있는 이러한 주장에 대해
모두가 긍정적인 반응만을 보인 것은 아니다. "좌익진영으로부터의 사상성
의 결여라는 기총소사가 그러했고 서정의 세계에 머무르면서 풍월과 영원
과 사랑만을 노래하던 우익진영의 시인들로부터의 난해라는 비난이 빗발처
럼 쏟아져 왔지만"[14] 후반기 동인들은 "모더니즘에 대한 확고한 신념과 이
론무장"[15]을 가지고 "50년은 먼저 가야 한다. 따라서 살아 있는 동안 유명
해지지 않아도 좋다."[16]는 결의를 다지기도 한다.

후반기 동인들의 모더니즘에 대한 열정은 마침내 두 권의 책으로 묶여지
는데 산호장과 도시문화사에서 각각 발간된 『신시론』과 『새로운 도시와 시
민들의 합창』이 그것들이다. 더욱이 김기림 등 여러 선배들의 격려와 문예
지, 신문 등에서 비상한 관심을 가져줌에 따라 그들은 "일약 청록파에 대립
하는 존재가 되었고 한편으로는 시단에 말썽을 일으키는 문제인물들"[17]이
된다.

이러한 인물들의 한가운데에 위치한 박인환이, 모더니즘에 대해 어떠한
인식을 가지고 그것을 수용했는가에 대해서는 영미의 두 시인, W. H. 오든
과 스테픈 스펜더와의 관련 속에서 논의하는 것이 좋을 듯하다. 이러한 판
단은 막연한 추측에서 나온 게 아니라 다음과 같은 근거에 의한 것이다.

광범한 견지에서 현대시를 논의할 제 폴 발레리와 R. M. 릴케, A. 랭보
의 세계와 그 방법에 관해서도 언급할 수 있으나, 우리들의 현실의 시야

---

14) 김경린, 앞의 책, p. 471.
15) 김경린, 앞의 책, p. 471.
16) 김경린, 앞의 책, p. 471.
17) 김경린, 앞의 책, p. 471.

에 전개되어 있는 모순과 살육과 허구와 황폐와 참혹과 절망을, 현대의 문명을 통해서 반영할 적에 우리들로 하여금 강요케 하는 것은 '황무지 적 반동 The Waste Land's reaction'이며, 전후적(戰後的)인 황무지 현상 과 광신에서 더욱 인간의 영속적 가치를 발견하는 데 현대시의 의의가 존재된다고 생각된다. 그러므로 우리의 그룹 '후반기'의 대부분의 멤버 는 T. S 엘리엇 이후의 제경향과 문제를 어떻게 정리하느냐는 것이 오늘 의 과제가 될 것이며, 나의 표제 '현대시의 불행한 단면'도 엘리엇의 영 향을 입은 두 사람의 현대시의 개척자 오든과 스펜더의 단편(斷片)을 소 개하는 데 조그마한 가치가 있는 것이다.[18]

인용된 글에 나와 있는 것처럼 박인환은 후반기 동인들에 끼친 오든과 스펜더의 영향을 중시하고 있다. 박인환의 이러한 인식은 다른 동인들, 예를 들면 김경린이나 조향의 인식과는 다르다. 김경린의, 모더니즘에 대한 인식은 영구의 이미지즘 운동에 기초를 둔 것이고 조향의 그것은 불란서의 초현실주의 영향 아래에서 이루어진 것이기 때문이다. 그렇다면 오든과 스펜더의 영향을 중시하는 박인환의 인식은 박인환 개인의 인식이라는 단정이 가능하다.

박인환에 의하면, 오든은 시 쓰는 것을 사회적 책임으로 인식했기 때문에 "이 세계 풍조를 그대로 묘사하여야 한다."[19]고 생각한 시인이다. 실제로 오든의 시는 "그 제재와 형식이 다양하며 불안한 시대정신과 사회의식을 주제로 한 시가 주류를 이루고 있다."[20]

박인환이 시집을 펴내면서 그 후기에서 "여하튼 나는 우리가 걸어온 길과 갈 길, 그리고 우리들 자신의 분열(分裂)한 정신을 우리가 사는 현실 사

---

18) 박인환, 「현대시의 불행한 단면」 『박인환 전집』(이하 『전집』이라 한다.) (문학세계사, 1986), p. 170.
19) 위의 글, 위의 책, p. 167.
20) 이창배, 『이십 세기 영미시의 이해』 (민음사, 1981), p. 388.

회에서 어떻게 나타내 보이며, 순수한 본능과 체험을 통해 본 불안과 희망의 두 세계에서 어떠한 것을 써야 하는가를 항상 생각하면서"[21] 작품을 발표했다고 밝힌 것도 오든과의 관련성을 말해 주는 것이라고 본다.

스펜더와의 관련성은 박인환이 그를 "시작(詩作) 이외에 정치와 사회에 큰 관심을 경주하여 시인이란 그 사회의 사람들을 계몽하여 지도하는 특별 임무를 지닌, 사회적인 책임이 있는 인간"[22]이라고 생각한 시인으로, 그리고 "순수한 개인적인, 지방적인, 전통적인 주제를 전연 선택하지 않고, 폐쇄된 공장, 고대 탑문(塔門)과 같은 인간의 역사의 진전의 표상이 되는 주제"[23]의 시를 쓴 시인으로 파악했다는 점에서 그 근거를 찾을 수 있다.

실제로 스펜더는 오든과 마찬가지로 정치적이고 사회적인 주제의 시를 썼던 시인이다.[24] 이 점이 바로 박인환으로 하여금 그에게 관심을 가지게 한 이유가 되는데, 이러한 관심은 스펜더의 시 「The Express」와 그의 시 「열차」가 유사한 내용과 분위기를 지니게 되는 결과로 이어지게 된다.[25]

---

21) 박인환, 「'박인환 시선집'의 후기」, 『전집』, pp. 194~195.
22) 위의 글, 위의 책, p. 169.
23) 위의 글, 위의 책.
24) 이창배, 앞의 책, p. 176.
25) 조향이, 『박인환 전집』에 수록된 「인환과 후반기」라는 글에서 스테픈 스펜더의 시와 박인환의 시가 유사하다는 점을 말하기 위해 제시한 두 편의 시는 다음과 같다.

급행열차

스테픈 스펜더

최초의 간명(簡明)한 굳센 선언 뒤/피스톤의 검은 성명(聲明) 뒤 떠들어대지도 않고/여왕처럼 미끄러지면서 열차는 정거장을 나선다./머릴 숙이지 않고 억제된 무관심으로/열차는 바깥에 겸손히 밀려드는 집들을/가스 공장을, 그리고 마지막으로 공동묘지의/묘석에 인쇄된 무거운 죽음의 페이지를 지나친다/도시 저쪽에 전원(田園)이 열린다/거기에서 열차는 속력을 더하고/대양 항행선의 반짝이는 침착, 신비를 획득한다./급행 열차가 노래하기 시작하는 것은 이 때다. ―/첨엔 낮은 낮은 소리로 그리곤 높게/나중엔 재즈의 미친 것 같은 훤소(喧騷)/커어브에서 새된 소릴 지르는 기적(汽笛), 귀를 잡아 찢는 터널/브레이크 헤아릴 수 없는 볼트의 노래/그리고 언제나 아래쪽에선 가볍게 공기처럼/의기양양한 바퀴의 율동이 뒤로 흐른다/궤도 위 금속의 풍경 사이에 김을 토하면서/새

이상의 논의를 통해 볼 때, 박인환이 지녔던, 모더니즘에 대한 인식은 오든과 스펜더의 영향 아래에서 이루어졌고 그의 모더니즘 수용은 이를 바탕으로 한 것임을 알 수 있다.

III. 박인환 시의 시대인식

박인환이 발표한 시 작품은 총 70편[26]이다. 이 작품들 전체에 내재되어 있는 시대인식은 대체로 세 가지의 흐름으로 구분된다. 그것들은 첫째, 그가 살았던 시대를 비애·죽음·절망의 집합체로 인식한 것들이고, 둘째, 그가

하얀 행복의 새로운 시대를 던져 넣는다/거기에선 스피드가 기묘한 모양새 넓은 커어브/탄도(彈道)처럼 산뜻한 평행선을 던져 올린다/드디어 에딘버러 로마보다도 멀리/세계의 돌출부 저쪽에서 열차는 밤에 도착한다/거기에선 흔들리는 구릉 위 낮은 유선형(流線型)의/인광(燐光)의 반짝임만이 밝다/아아 화염(火焰)을 건너는 혜성처럼 열차는/매혹되어 자신(自身)의 노래에 싸여서 내닫는다/새(鳥)의 노래 귀여운 순이 돋는 나뭇가지도 따라올 수 없는 노래에 싸여서(— The Express의 번역)

열차

궤도 위에 철(鐵)의 풍경을 질주하면서
그는 야생한 신시대의 행복을 전개한다.

- 스티븐 스펜더

폭풍이 머문 정거장 거기가 출발점/정력(精力)과 새로운 의욕 아래/열차는 움직인다/격동의 시간/꽃의 질서를 버리고/공규(空閨)한 나의 운명처럼/열차는 떠난다/검은 기억은 전원(田園)에 흘러가고/속력은 서슴없이 죽음의 경사를 지난다//청춘의 복받침을/나의 시야에 던진 채/미래에의 외접선(外接線)을 눈부시게 그으며/배경은 핑크빛 향기로운 대화/깨진 유리창 밖 황폐한 도시의 잡음을 차고/율동하는 풍경으로/활주하는 열차//가난한 사람들의 슬픈 관습과/봉건의 터널 특권의 장막을 뚫고/피비린 언덕 너머 곧/광선의 진로를 따른다/다음 헐벗은 수목의 집단 바람의 호흡을 안고/눈이 타오르는 처음의 녹지대/거기엔 우리들의 황홀한 영원의 거리가 있고/밤이면 열차가 지나온/커다란 고난과 노동의 불이 빛난다./혜성보다도/아름다운 새 날보담도 밝게.

- 박인환의 시

26) 이 숫자는 『전집』에 의거.

미국 여행에서 견문한 이국정서의 도시문명을 비판, 수용, 적용한 것들이며, 셋째, 그가 「낙하」에서 표현한 '낙하하는 비극의 그늘'의 하위개념에 포함되는 것들이다. 여기서는 이 세 가지 흐름을 중심으로 그것들과 밀접하게 관련되는 대표적인 작품들을 추출, 분석하여 그의 시에 나타난, 시대에 대한 인식의 내용을 고찰해 보기로 한다.

1. 비애·죽음·전쟁의 시대

박인환 자신이 밝힌 대로, 그가 십여 년 동안 시를 써온 시대는 불안정한 시대였고 혼란한 시대였으며 정신적으로 그에게 고통을 준 시대였다.[27] 이러한 시대를 살았던 그의 시들에는 사라져 간 것들에 대한 비애의 정서와 죽음, 그리고 전쟁에 대한 인식의 내용이 하나의 흐름을 형성하고 있다.

사라져 간 것들에 대한 비애의 정서를 노래한 「木馬와 淑女」에는 '떠나다'를 기본형으로 하는 개념들이 많이 등장한다. 이것은 이 시가 '떠나다'라는 동사를 활용해서 얻어진 관념을 바탕으로 전개되고 있으며 그것이 또한 주제의 근간을 이루고 있음을 말해 주는 점이 될 것이다. 따라서 '떠나다'의 의미 구조(문맥구조)를 밝히는 것은 이 시의 주제를 밝히는 데 반드시 필요한 작업이 된다.

필자 나름대로 판단한 의미구조에 따라 이 시를 여덟 단위(unit)로 나누어 보면 다음과 같다.

> ① 한잔의 술을 마시고
> 우리는 버지니아 울프의 생애와
> 木馬를 타고 떠난 淑女의 옷자락을 이야기한다

---

27) 박인환, 「'박인환 시선집'의 후기」 『전집』, p. 194.

② 木馬는 주인을 버리고 그저 방울소리만 울리며
　　가을 속으로 떠났다 술병에서 별이 떨어진다
　　傷心한 별은 내 가슴에 가벼웁게 부서진다
③ 그러한 잠시 내가 알던 少女는
　　정원의 草木 옆에서 자라고
　　문학이 죽고 인생이 죽고
　　사랑의 진리마저 愛憎의 그림자를 버릴 때
　　木馬를 탄 사랑의 사람은 보이지 않는다
④ 세월은 가고 오는 것
　　한때는 孤立을 피하여 시들어 가고
　　이제 우리는 작별하여야 한다
　　술병이 바람에 쓰러지는 소리를 들으며
　　늙은 여류작가의 눈을 바라다보아야 한다
⑤ ……燈臺에……
　　불이 보이지 않아도
　　거저 간직한 페시미즘의 미래를 위하여
　　우리는 처량한 木馬 소리를 기억하여야 한다
⑥ 모든 것이 떠나든 죽든
　　거저 가슴에 남은 희미한 의식을 붙잡고
　　우리는 버지니아 울프의 서러운 이야기를 들어야 한다.
　　두개의 바위 틈을 지나 청춘을 찾은 뱀과 같이
　　눈을 뜨고 한잔의 술을 마셔야 한다
⑦ 인생은 외롭지도 않고
　　그저 잡지의 표지처럼 通俗하거늘
　　한탄할 그 무엇이 무서워서 우리는 떠나는 것일까
⑧ 木馬는 하늘에 있고
　　방울소리는 귓전에 철렁거리는데
　　가을 바람 소리는
　　내 쓰러진 술병 속에서 목메어 우는데 ―

①에서 떠나간 것에 대한 비애의 분위기로 가득차 있다. 한 잔의 술을 마시는 것은 기쁨에 대한 확인이 아니라 오히려 슬픔에 대한 확인일 뿐이다. 유복한 환경에서 성장하여 소설가, 비평가로서 다양한 문학활동을 하다 오십구세의 나이에 돌연히 자살해 버린 버지니아 울프의 등장과 그녀의 염세적 인생관이 그 점을 뒷받침하고 있다. 버지니아 울프는 이제 박인환이나 어느 특정 개인에게만 특별히 작용하는 인물이 아니다. 그녀는 보편화되었으며 보편화되었다고 판단했을 때 나타날 수 있는 표현이 '木馬를 타고 떠난 淑女'이다. 특히, 바로 이어지는 '옷자락'은 시적인 비애의 정서를 적절하게 환기시켜 준다. 그리고 여기서 반드시 짚고 넘어가야 할 것은 '木馬'가 무엇을 상징하고 있는가 하는 점이다. 시의 전체적인 의미로 보아 '木馬'는 비인간화된 시대를 상징하고 있는 것 같다. 생명성과 유동성을 포기한 상태에서만 목마의 출현 가능성이 나타나는 것이며 이것은 비인간화의 마지막 단계이기 때문이다.

②에서 목마는 주인마저 버리고 그저 방울 소리만 울리며 가을 속으로 떠난다. ①에서처럼 ②에서도 비애의 분위기는 여전하다. '방울소리만' 울린다든지 가을이 등장한 것이 그 점을 말해 준다. 그런데 ②에서 가장 특이한 표현은 '술병에서 별이 떨어진다'이다. 술병에서 별이 떨어진다는 것은 과연 어떤 상태를 말하는 것일까, 또한 별이 내 가슴에 가볍게 부서진다는 것은 무슨 의미일까. 우선 우리는 이 자리가 한 잔의 술을 마시고 희망과 환희의 미래에 대해 이야기하는 자리가 아님을 생각해 볼 필요가 있다. 그렇다면 술병에서 별이 떨어진다는 것은 술을 마심과 함께 시인이 지녔던 희망과 환희의 미래가 점차 사라진다는 의미일 것이다. 그리고 그것은 시인의 마음에서도 똑같이 일어나는 현상임을 '별이 내 가슴에 가벼웁게 부서진다'고 했을 것이다.

③에 이르면 시상의 전환이 급격하다. '내가 알던 少女'의 '少女'는 신선함과 청순함을 지니고 '정원의 草木' 옆에서 서서히 자라고 있지만 그럴수록 시인의 내면세계에 커다랗게 공간을 차지하고 있어야 할 문학은 잘 이루어지지 않는다. 그리고 인생(삶)도 바람직하게 이루어지지 않는다.

④에서는 떠남의 의미가 어느 정도 확실해진다. 우선 떠남의 의미를 잘 보여 주는 것은 세월이다. 그래서 시인은 '세월은 가고 오는 것'이라고 말한다. 한때는 '孤立을 피하여 시들어 가고'에서 의미하는 바처럼 현실의 풍상 속을 방황하곤 했지만 결국 이러한 방황도 오래가지는 못하며 살아있는 사람들은 작별해야 하는 운명에 순응해야 한다.

⑤에 있어서의 '燈臺'는 불이 보이지 않는 등대, 즉 현실과 개인의 삶에 있어서의 방향을 지시해 주는 역할을 다하지 못하는 등대이다. 그래서 미래는 페시미즘의 미래일 수밖에 없다. ⑥은 문맥상 ①의 반복으로 볼 수 있는 부분으로서 비애의 정서가 운명론적인 당위성에 묶여 있는 것 같은 느낌을 주고 있다. ⑦에서는 인생 자체에 대한 회의가 체념으로 바뀌고 '떠나는' 것 자체에 대한 물음이 제기된다. ⑧은 마지막 부분이면서 ⑦에서 제기된 물음의 의미를 한층 더 강화시켜 주고 있다.

이 시는 앞에서도 언급한 바와 같이 전체적으로 볼 때 '떠나다'를 활용해서 얻어진 관념을 바탕으로 하여 사라져 간 것들에 대한 비애의 정서를 노래하고 있다. 그리고 박인환의 대부분 시가 그러하듯이 이 시도 그 '비애의 정서'가 개인의 정서에 머무르지 않고 시대의 분위기와 긴밀하게 연결되고 있음을 알 수 있다. 즉, 개인의 정서와 시대의 정서가 이어지고 있는 것이다.

비애의 정서를 드러내는 데에 매개물로 작용하는 언어의 표현은 여러 가지로 나타난다. 1920년대의 오상순·박종화·박영희 등의 초기시에 나타나는 것처럼 직접적이거나 시적 장치를 여과를 전혀 거치지 않는 경우도 있고 그 비애의 정서를 가급적 절제하면서 최대한 객관화하는 경우도 있다. 이 시는 후자의 경우에 가깝다고 할 수 있다.

> 당신은 나의 품속에서 신비와 아름다운 육체를
> 숨김없이 보이며 잠이 들었읍니다.
> 불명의 생명과 나의 사랑을 대치하셨읍니다.
> 호흡이 끊긴 불행한 天使……
> 당신은 氷花처럼 차가우면서도
> 아름답게 행복의 어두움 속으로 떠나셨읍니다.
> 고독과 함께 남아 있는 나와
> 희미한 感應의 시간과는 이젠 헤어집니다
> 葬送曲을 연주하는 관악기모양
> 최종 열차의 기적이 정신을 두드립니다.
> 시체인 당신과
> 벌거벗은 나와의 사실을
> 불안한 地區에 남기고
> 모든 것은 물과 같이 사라집니다.
>
> ─「밤의 未埋葬」 4연

　시인이 살고 있는 시대의 불안과 절망을 관념적으로 드러내는 것은, 대부분의 후반기 동인들의 시에서 발견되는 공통점이다. 이 시는 그러한 점을 '죽음'이란 관념과 결부시켜 극명하게 보여 주는 예가 될 것이다. 「木馬와 淑女」가 사라져 간 것들에 대한 비애의 정서를 노래하고 있는데 비해 이 시는, 비애의 정서를 노래하는 단계를 훨씬 넘어서서 비애, 불안, 절망이 뒤섞여 더 이상 진전될 수 없는 극단의 상태, 즉 죽음을 노래하고 있는 것이다.

죽음은 부정적 정서를 불러일으키는 관념이다. 그런데도 시에서는 이 죽음이 미화되는 경우가 흔하다. 이 시에서도 죽음은 미화되고 있다. 죽음의 상태를, '당신은 나의 품속에서 신비와 아름다운 육체를/숨김없이 보이며 잠이 들었읍니다.'라고 표현한 것이라든지 '당신은 氷花처럼 차가우면서도/아름답게 행복의 어두움 속으로 떠나셨읍니다.'라고 표현한 것은 죽음을 미화한 좋은 예이다. 죽음이 이처럼 미화될 수 있는 것은 이 시의 부제인 '우리들을 괴롭히는 것은 주검이 아니라 葬禮式이다'가 시사하는 바와 같이, 죽음을 끝까지 관념으로만 다루고 좀처럼 죽음의 실체에 접근하려 하지 않는 시인의 태도 때문이다. 그런데 아무리 그렇다 하더라도 후기 모더니즘을 추구했던 박인환의 시에서 이처럼 죽음이 미화되고 있는 아이러니라 하지 않을 수 없다.

陰散한 잡초가 무성한 들판에
勇士가 누워 있었다.
구름 속에 장미가 피고
비둘기는 野戰病院 지붕 위에서 울었다.

존엄한 죽음을 기다리는
용사가 대열을 지어
戰線으로 나가는 뜨거운 구두 소리를 듣는다.
아 창문을 닫으시오.

高地奪還戰
제트기 박격포 수류탄
어머니! 마지막 그가 부를 때
하늘에서 비가 내리기 시작했다.

옛날은 화려한 그림책
한 장 한 장마다 그리운 이야기
만세소리도 없이 떠나
흰 붕대에 감겨
그는 남 모르는 토지에서 죽는다.
한 줄기 눈물도 없이
인간이라는 이름으로서
그는 피와 청춘을
자유를 위해 바쳤다.
음산한 잡초가 무성한 들판엔
지금 찾아오는 사람도 없다.

-「한 줄기 눈물도 없이」 전문

넓고 個體 많은 토지에서
나는 더욱 고독하였다.
힘없이 집에 돌아오면 세 사람의 가족이
나를 쳐다보았다. 그러나
나는 차디찬 壁에 붙어 回想에 잠긴다.

전쟁 때문에 나의 재산과 친우가 떠났다.
인간의 理知를 위한 書籍 그것은 잿더미가 되고
지난날의 영광도 날아가 버렸다.
그렇게 다정했던 친우도 서로 갈라지고
간혹 이름을 불러도 울림조차 없다.
오늘도 비행기의 폭음이 귀에 잠겨
잠이 오지 않는다.

-「잠을 이루지 못하는 밤」 1, 2연

후반기 동인들이 추구한 후기 모더니즘 운동이 6·25전쟁을 통해 현저히 성장했다는 주장은 타당성이 있다. "현대성의 확보가 6·25전쟁으로 인해 직접적으로 주어졌으며, 그것은 지적 방법과 함께 새로운 사태, 특히 새로운 사물에 대한 언어의 감도를 동반케 한 것"28)을 실제로 시 작품에서 확인할 수 있기 때문이다. 앞에서 인용한 두 시는 그야말로 전쟁 체험의 정면을 드러내는 후기 모더니즘의 한 특징을 잘 보여주고 있다.

「한 줄기 눈물도 없이」는 「밤의 未埋葬」에 나타난 것과는 상반된 현상과 이미지를 나타낸다. 장미가 '구름 속에 피고' 비둘기가 '야전병원 지붕 위에서' 우는, 잡초가 무성한 들판의 용사는 고지탈환전에서 '제트기 박격포 수류탄' 등의 전쟁 무기에 의해 '남 모르게 토지에서' 죽었는데, 전쟁 때문에 이렇게 숨겨간 사람들에 의해 조성된 현상과 이미지라면 「밤의 未埋葬」의 그것과는 상반되는 것일 수밖에 없는 것이다.

이러한 점은 「잠을 이루지 못하는 밤」에도 거의 똑같이 적용된다. 굳이 다른 점을 지적한다면 이 시의 '현상과 이미지'는 「한 줄기 눈물도 없이」의 그것보다 좀더 객관화되어 있다는 것 정도이다. '전쟁 때문에 나의 재산과 친우가 떠났다'라든지 '그렇게 다정했던 친우도 서로 갈라지고' 등의 표현이 시의 화자가 지니고 있는 시선과 전쟁의 거리를 일정하게 유지하도록 하는 것이다. 이 점을 빼면, 위의 두 시는 똑같이 전쟁으로 야기된 허무감을 드러내는 공통점을 지니고 있어서 6·25전쟁의 가혹한 결과를 후기 모더니즘이 어떻게 수용하고 있는지를 알 수 있게 해준다.

2. 이국정서와 도시문명

박인환 시에서 발견되는 이국 정서의 도시문명은 비판되기도 하고 향수의 서정을 통해 수용되기도 하며 때로는 독자의 상상을 불러일으키는 데에

---

28) 김윤식, 『한국현대문학사』 (일지사, 1979), p. 56.

적용되기도 한다. 여기서 살펴보려고 하는 세 작품은 그가 미국 여행[29] 기간에 견문한 내용을 바탕으로 쓴 일종의 기행시들이다.

STRAIT OF JUAN DE FUCA를 어제 나는
지났다.
눈동자에 바람이 휘도는
異國의 항구 올림피아
피를 토하며 잠자지 못하던 사람들이
행복이나 기다리는 듯이 거리에 나간다.

착각이 만든 네온의 거리
原色과 혈관은 내 눈엔 보이지 않는다.
거품에 넘치는 술을 마시고
정욕에 불타는 여자를 보아야 한다.

그의 떨리는 손가락이 가리키는
무거운 침묵 속으로 나는
발버둥치며 달아나야 한다.

세상은 좋았다.
피의 비가 내리고
주검의 재가 날리는 태평양을 건너서
다시 올 수 없는 사람은 떠나야 한다.
아니 세상은 불행하다고 나는 하늘에
고함친다.
몸에서

---

29) 『전집』에 수록된 그의 「19일간의 아메리카」라는 글과 연보에 의하면, 그는 삼십세 때 대한해운공사 선원증을 구해 화물선 '남해호'의 사무장 자격으로 십구일 간 미국을 여행했던 경험을 가지고 있다.

베고니아처럼 화끈거리는 욕망을 위해
거짓과 진실을 마음대로 써야 한다.

젊음과 그가 가지는 기적은
내 허리에 비애의 그림자를 던졌고
도시의 계곡 사이를 달음박질치는
육중한 바람을
충혈된 눈동자는 바라다보고 있었다.
                              (올림피아에서)
                         -「충혈된 눈동자」 전문

　이 시에서는 이국 정서의 도시문명이 비판되고 있다. 동양 시인이 미국에서 이국 정서의 도시문명을 대하게 되었을 때, 비판하지 않을 수 없는 것은, 그것이 충격적일 만큼의 부정적 현상으로 채워져 있기 때문이다. 그 부정적 현상들은 가령, '피를 토하며 잠자지 못하던 사람들', '거품에 넘치는 술을 마시고/정욕에 불타는 여자' 등이다. 이 현상들을 대하는 시인은 평온한 마음으로 그냥 있을 수가 없다. '세상은 불행하다'고 하늘을 향하여 고함치지 않을 수가 없고 충혈된 눈동자로 '도시의 계곡 사이를 달음박질치는/육중한 바람'을 바라다 보지 않을 수 없는 것이다.

　1930년대의 모더니스트 시인들은 도시의 풍물을 노래했다고 할 때에 그 '도시의 풍물'은 구체적으로 말해서 이국 정서의 도시문명을 가리킨다. 예컨대, 김광균의 시에 등장하는 와사등·풍속계 등이 그것들인데, 이러한 도시문명은 예찬일변도로 그려지고 있어서 이 시가 보여 주는 비판일변도의 시각과는 정반대이다. 이것은, 1930년대 한국의 도시문명과 1950년대 미국의 도시문명은 분명히 다르다는 점, 그리고 문명을 감수한 언어의 창조를 주장했던 김기림 등과 시대의 불안과 절망 때문에 괴로워했던 박인환 등의

의식에는 현저한 차이가 있다는 점에서 나타난 결과이다.[30]

芬蘭人 미스터 몬은
자동차를 타고 나를 데리러 왔다.
에베레트의 일요일
와이샤쓰도 없이 나는 한국 노래를 했다.
그저 쓸쓸하게 가냘프게
노래를 부르면 된다.
……파파 러브스 맘보……
춤을 추는 돈나
개와 함께 어울려 호숫가를 걷는다.

텔레비젼도 처음 보고
칼로리가 없는 맥주도 처음 마시는
마음만의 신사
즐거운 일인지 또는 슬픈 일인지
여기서 말해 주는 사람은 없다.

夕陽.
낭만을 연상ㅎ게 하는 시간.
미칠 듯이 고향 생각이 난다.

그래서 몬과 나는
이야기할 것이 없었다 이젠

---

30) 이 점은 가령, 김기림의 시 「호텔」과 다음에 논의되는 시 「에베레트의 일요일」을 비교
해 보면 금방 드러난다. 참고로 「호텔」의 7, 8, 9연만 인용하면 다음과 같다.

수염이 없는 입들이/「뿌라질」의 「커피」잔에서/푸른 수증기에 젖은/지중해의 하늘빛을
마십니다.//흰옷을 입은 흰 「뽀이」는/국적의 빛갈을 보여서는 아니되는/표백된 흰 「뽀
이」가 아니면 아니됩니다./여기서는 「가방」들이/때때로는 시장보다도 훨씬/환대를 받는
풍속이 있습니다.

헤져야 된다.

(에베레트에서)

-「에베레트의 일요일」 전문

이 시에는 「충혈된 눈동자」와는 매우 다르게 향수의 서정이 짙게 드러나 있다. 1930년대의 김광균도 물론 향수의 서정을 드러낸 시를 썼다. 그러나 김광균의 시에 드러난 향수의 서정과 박인환의 시에 드러난 향수의 서정은 다르다. 김광균의 그것이 순수하게 고향을 그리워하는 타관인의 심리를 바탕으로 한 것[31]이라면 박인환의 그것은 조국을 그리워하는 심리를 바탕으로 한 것이다. 이 시가 기행시라는 점을 상기하면 이것은 당연한 결과이기도 하다.

향수의 서정을 드러내는 데에 동원된 배경은 일요일, 호숫가, 석양 등이다. 이러한 배경에서 시의 화자는 '그저 쓸쓸하게 가냘프게' 한국 노래를 부르고 '개와 함께 어울려' 호숫가를 거닐기도 하며 '텔레비젼도 처음보고/칼로리가 없는 맥주'도 처음으로 마신다. 그러다가 석양을 바라보게 되었을 때 그는 '미칠 듯 고향생각'을 하게 된다.

박인환이 "아무 계획도 기대도 없이 '남해호'라는 배로"[32]부산항을 떠나 미국에 가서 기항했던 항구 중의 하나인 에베레트 항구는, 「異國港口」라는 시에서도 소재로 등장하고 있는 점으로 보아 그에게 특별히 강한 인상을

---

31) 이러한 심리를 드러낸 그의 「鄕愁」를 인용해 보면 다음과 같다.

저물어 오는 육교 우에/한줄기 황망한 기적을 뿌리고/초록색 램프를 달은 화물차가 지나간다.//어두운 밀물 우에 갈매기떼 우짖는/바다 가까이/정차장도 주막집도 헐어진 나무다리도/온 — 겨울 눈 속에 파묻혀 잠드는 고향./산도 마을도 포플라나무도 고개 숙인 채/호젓한 낮과 밤을 맞이하고/그 곳에/언제 꺼질지 모르는/조그만 생활의 촛불을 에워싸고/해마다 가난해 가는 고향 사람들

-「鄕愁」 전문

32) 박인환, 「19일간의 아메리카」 『전집』, p. 196

주었던 곳인 듯하다.

녹슬은
은행과 영화관과 전기세탁기

럭키 스트라이크
VANCE 호텔 BINGO 게임.

영사관 로비에서
눈부신 백화점에서
부활제의 카아드가
RAINIER 맥주가
(……)
데모크라시와 옷 벗은 女神과
칼로리가 없는 맥주와 유행과
유행에서 정신을 喜悅하는
디자이너와
表情이 경련하는 나와

트렁크 위에 장미는 시들고
문명은 은근한 곡선을 긋는다.

鳥類는 잠들고
우리는 페인트 칠한 잔디밭을 본다
달리는 유니온 퍼시픽 안에서
상인은 쓸쓸한 婚約의 꿈을 꾼다.
반항적인 M. 몬로의
날개 돋힌 의상.

교회의 일본어 宣傳物에서는
크레졸 냄새가 나고
옛날
'루돌프 앨폰스 발렌티노'의 주검을
비탄으로 맞이한 나라
그때의 淑女는 늙고
아메리카는 청춘의 음영을 잊지 못했다.

-「투명한 버라이어티」 부분

이 시에서 가장 먼저 발견되는 점은 소재의 현란함이다. 이 현란함은 생산적 상상력보다 연상적 상상력을 불러일으킨다. 정확히 계산해서 파악된 42개의 소재들은 연상적 상상력에 의존하지 않고서는 시적 메시지를 온전히 구축할 수 없는 것들이다.

기행시이면서 또한 서경시인 이 시는 그 많은 소재들의 나열 때문에 현란함을 넘어 조잡하기까지 하다. 이것은 김기림이 「기상도」에서 보여준 바 있는 '소재의 나열'과 조금도 다르지 않다. 가령 김기림은 「기상도」에서 "악어의 싸흠 동무/돌아올 줄 모르는 장거리선수/화란선장의 붉은 수염이 아무래도 싫다는/따곱쟁이/휘둘르는 검은 모락에/찢기어 흐터지는 구름빨/ · 거치른 숨소리에 소름치는/어족들/어만을 찾어 숨어드는 물결의 떼/황망히 바다의 장판을 구르며 달른/빗발의 굵은 다리"라고 '태풍의 기침시간'을 노래했는데, 이것은 이 시에 나타난 표현기법과 아주 유사하다. 이러한 유사성은 몇몇 외적증거에 의해서도 어느 정도 확인된다. 그 증거는 김기림 등 여러 선배들이 찾아와 후반기 동인들을 격려해 주었다[33)는 점과 김기림 등의 새로운 시법을 형성하는 박인환의 레토릭과 논리의 세계를 도왔을 것[34)

---

33) 김경린, 앞의 책, p. 471.
34) 김규동, 「한줄기 눈물도 없이」 『전집』, p. 234.

이라는 점에 대한 증언들이다.

3. '낙하하는 비극의 그늘'

장만영의 회고에 따르면, 고독·권태·고뇌·거대한 비애 등은 그가 가장 싫어하는 낱말들이었다[35]고 한다. 그런데도 그의 시를 보면—특히 '아메리카 詩抄'에 많이 나온다—그러한 낱말들이 많이 나온다. 여기서는 박인환 시의 시대인식 내용을, 그가 「落下」에서 표현한 '낙하하는 비극의 그늘'의 하위개념인 절망, 상실, 고독 등을 중심으로 살펴보기로 한다.

미끄럼판에서
나는 고독한 아킬레스처럼
불안의 깃발 날리는
땅 위에 떨어졌다
머리 위의 별을 헤아리면서

그후 20년
나는 운명의 공원 뒷담 밑으로
永續된 죄의 그림자를 따랐다.
아 영원히 반복되는
미끄럼판의 昇降
親近에의 증오와 또한
불행과 비참과 굴욕에의 반항도 잊고
연기 흐르는 쪽으로 달려가면
오욕의 지난날이 나를 더욱 괴롭힐 뿐.

멀리선 灰色斜面과

---

35) 장만영, 「박인환 회고」, 『전집』, p. 220.

불안한 밤의 전쟁
인류의 傷痕과 고뇌만이 늘고
아무도 인지하지 못할
망각의 이 지상에서
더욱 더욱 가랁아 간다.

처음 미끄럼판에서
내리달린 쾌감도
未知의 숲 속을
나의 청춘과 도주하던 시간도
나의 낙하하는
비극의 그늘에 있다.

-「落下」 전문

이 시는 시인이 처하게 된 절망적 상황을 '낙하'에 비유하고 있다. 그 절망적 상황은, '불안의 깃발 날리는' 땅 위에, 그것도 '머리 위의 별을 헤아리면서' 조성됨으로써 더 강화된다. 그러나 이 시에 있어서의 초점은 절망적 상황을 그냥 표현하는 데에 있지 않고 그것이 이십 년이나 계속되고 있으며 마침내는 더욱더 깊은 절망으로 빠져든다는 데에 있다.

후반기 동인이었던 박인환이 이처럼 절망적 상황을 시에 드러내 놓은 것은 후반기 동인들의 속성과는 배치되는 것으로 보일 수도 있다. 그러나 이것은 김광균이나 김기림이 그러했던 것처럼[36] 아무리 모더니즘이라 할지라

---

36) 많이 알려진 김광균의 「와사등」이나 김기림의 「기상도」에서도 지류로서 센티멘탈리즘은 쉽게 발견된다. 다음 두 편의 시, 김광균의 「석고의 기억」과 김기림의 「병든 풍경」은 그것의 적절한 예가 될 것이다.

창백히 여윈 석고의 거리엔 작은 창문이 있고/어두운 가열이 그친 곳에/고웁게 화장한 종누가 하나 달빛 속에 기울어지고// 자금빛 향수 위에 그렇게 화려한 날개를 피던/지금 나의 망막 위에 시들은 청춘의 화경이여/나는 낡은 애무의 두 손을 벌려 너를 껴안

도 그것의 한 구석에 놓여 있게 마련인, 支流로서의 센티멘탈리즘의 표현
에 지나지 않는다. 우리는 김광균이나 김기림을 대표적인 모더니스트로 말
하고 있지만 그들이 쓴 시에는 실제로 절망과 같은 센티멘트가 적지 않게
나타나 있는 것이다.

이 시는, 모더니즘 시에 연관되는 모든 측면을 배제하고 보면 佳作이라
할 만 하다. '落下'가 지니는 비유적 의미를 잘 형상화하고 있을 뿐 아니라
그것의 시각적 측면도 그것에 알맞게 조절되어 있어서 공감을 확대하는 데
에 작용하고 있기 때문이다.

아름답고 사랑처럼 무한히 슬픔
回想의 긴 계곡
그랜드 쇼우처럼 인간의 운명이 허물어지고
검은 연기여 올라라
검은 幻影이여 살아라.

안개 내린 시야에
新婦의 베일인가 가늘은 생명의 연속이
최후의 頌歌와
불안한 발걸음에 맞추어
어데로인가
황폐한 토지의 외부로 떠나가는데

고/싸늘히 식어진 네 가슴 위에/한포기 장미와 빛나는 오월의 구름을 던져 주련다.

ㅡ「石膏의 기억」 전문

물결을 베고 자는/꺼질줄 모르는 鄕愁/짓밟혀 느려진 白沙場 우에/매맞어 검푸른 빠나
나 껍질 하나/부프러올은 구두 한짝을/물결이 차던지고 돌아갔다./해만은 또 하나/슬픈
傳說을 삼켰나보다/黃昏이 입혀주는/회색의 수의를 감고/물결은 바다가 타는 장송곡에
맞추어/病든 하루의 임종을 춘다……/섬을 부등켜안는/안타까운 팔/바위를 차는 날랜
발길

ㅡ「病든 風景」 부분

울음으로서 죽음을 대치하는
수없는 악기들은
고요한 이 계곡에서 더욱 서럽다.

강 기슭에서 기약할 것 없이 쓰러지는
하루만의 인생
화려한 욕망
旅券은 산산이 찢어지고
낙엽처럼 길 위에 떨어지는
캘린더의 鄕愁를 안고
자전거의 소녀여 나와 오늘을 살자.

군인이 피워 물던
물뿌리와 검은 연기의 印象과
위기에 가득찬 세계의 邊境
이 회상의 긴 계곡 속에서도
列을 지어 죽음의 비탈을 지나는
서럽고 또한 환상에 속은
어리석은 영원한 순교자.
우리들.

-「回想의 긴 계곡」 전문

다음과 같은 표현들을 눈여겨보면 이 시가 얼마나 상실감의 표출에 치중되어 있는가를 금방 알 수 있다. 그 표현들은 가령, '그랜드 쇼우처럼 인간의 운명이 허물어지고', '울음으로서 죽음을 대치하는', '고요한 이 계곡에서 더욱 서럽다.', '列을 지어 죽음의 비탈을 지나는', '서럽고 또한 환상에 속은' 등이다. 이런 식의 표현들은 김광균이나 김기림의 시37)에서 볼 수 있

---

37) 다음 두 편의 시, 김광균의 「동무의 무덤」과 김기림의 「가을의 과수원」은 상실감을 드

는 그것들과 거의 같은 것들이다.

이 시에서 상실감을 유발하는 계기는 불안의식이다. 이러한 점은 '검은 연기여 올라라', '최후의 頌歌 와/불안한 발걸음에 맞추어/어데로인가/황폐한 토지의 외부로 떠나가는데' 등에서 확실하게 나타난다. 그래서 상실감과 불안의식은 아주 근접한 심리현상이면서도 인과관계에 놓이게 된다. 그리고 이 불안의식의 근원은 전쟁이다. 이 시 마지막 연에 있는 '군인이 피워 물던/물뿌리와 검은 연기의 印象과/위기에 가득찬 세계의 邊境', '列을 지어 죽음의 비탈을 지나는' 등의 표현을 보면 이 점은 쉽게 확인된다. 이 표현들에는 전쟁과 관련된 이미지가 조성되어 있는 것이다.

> 정막한 가운데
> 燐光처럼 비치는 무수한 눈
> 암흑의 地平은

러내는 예가 될 것이다.

진달래를 한아름 안고 山길을 내려오다/골짜기 너머 공동묘지에 올라/우리들은 모자를 벗고 눈을 감았다.//지금 아득―히 생각나는 이른 봄날 黃昏/가난하였던 동무의 무덤 우엔/하―얀 搖鈴草가 바람에 흔들리고/우두커니 서 있는 작은 패목은/가늘은 실비에 젖어 있었다.

-「동무의 무덤」 전문

어린 曲藝師인 별들은 끝이 없는 暗黑의 그물 속으로 수없이 꼬리를 물고 떨어집니다. 「포플라」의 裸體는 푸른 저고리를 벗기우고서 방천 위에서 느껴웁니다. 果樹園 속에서는 林檎나무들이 젊은 患者와 같이 몸을 부르르 떱니다. 무덤을 찾아다니는 닙 닙 닙 ……/西 南 西/바람은 아마 이 方向에 있나봅니다. 그는 진둥나무의 검은 머리채를 찢으며 「아킬러쓰」의 다리를 가지고 쫓겨가는 별들 속을 달려갑니다. 바다에서는 구원을 찾는 광란한 기적소리가 지구의 모―든 凸凹面을 굴러갑니다. SOS·SOS. 검은 바다여 너는 당돌한 한방울의 기선마저 녹여버리려는 意志를 버리지 못하느냐? 이윽고 아침이 되면 農夫들은 수없이 떨어진 별들의 슬픈 屍體를 주우려 과일밭으로 나갑니다. 그리고 그 奇蹟的인 과일들을 수레에 싣고는 저 오래인 東方의 市場 「바그다드」로 끌고 갑니다.

-「가을의 果樹園」 전문

자유에의 경계를 만든다.

사랑은 주검의 斜面으로 달리고
섬약하게 조직된
나의 內面은
지금 고독한 술병.

밤은 이 어두운 밤은
안테나로 형성되었다.
구름과 感情의 經緯度에서
나는 영원히 약속될
미래에의 절망에 관하여 이야기도 하였다.

또한 끝없이 들려 오는 불안한 波長
내가 아는 단어와
나의 평범한 의식은
밝아 올 날의 영역으로
위태롭게 인접되어 간다.
가느다란 노래도 없이
길목에선 갈대가 죽고
우거진 異神의 날개들이
깊은 밤
저 飢餓의 별을 향하여 작별한다

고막을 깨뜨릴 듯이
달려오는 電波
그것이 가끔 敎會의 종소리에 합쳐
선을 그리며
내 가슴의 隕石에 가랁아 버린다.

-「밤의 노래」 전문

이 시에는 밤을 지키는 시인의 내면세계가 입체적으로 묘사되어 있다. 밤이 시작되는 시간에서부터 밤이 끝나 아침이 시작되는 시간까지의 내면세계는 고독으로 채워지고 있고 이 고독은 시각화된다. '섬약하게 조직된/나의 內面은/지금 고독한 술병'에서의 '술병'은 '고독한'과 동떨어진 사물이 아니라 고독을 시각화한 사물이다. 따라서 '고독한'은 '술병'을 수식하는 기능을 발휘할 뿐만 아니라 '술병'과 일체가 되는 기능을 발휘한다. 이렇게 해석될 수 있는 것은 '나의 내면'과 '고독한 술병'이 등식관계에 놓여 있기 때문이다.

고독은 고독한 상태에만 머무르지 않는다. '미래에의 절망'과 불안에까지 이어지며 급기야는 '자신의 날개들'을 불러 들이기도 한다. 그러나 정작 뚜렷하게, 고독이 고독한 상태에만 머무르지 않는다는 것을 보여 주는 것은 아침 시간의 도래이다. 그런데 이 '아침 시간'은, '고막을 깨뜨릴 듯이 달려오는 電波'가 '가끔 교회의 종소리에 합쳐/선을 그리며/내 가슴의 隕石'에 가라앉으면 곧 현실로 바뀌고 만다.

이 시에는 밤의 고독을 두려워하면서도 다른 한편으로는 그 고독과의 이별을 또한 두려워하는 시인의 이율배반적인 심리가 잘 드러나 있다.

IV. 에필로그

지금까지 서구의 모더니즘, 한국의 1930년대 모더니즘, 후반기 동인들의 모더니즘과 관련되는 박인환이, 모더니즘에 대해 어떠한 인식을 가지고 그것을 수용했는가를 밝히고 난 후 그의 시에 나타난, 시대 인식의 내용을 고찰해 보았다. 본론에서 논의한 내용을 결론삼아 요약, 정리해 보면 다음과 같다.

첫째, 박인환의 모더니즘에 대한 인식은 후반기 동인들의 그것과는 다르게 영미의 두 시인 W. H. 오든과 스테픈 스펜더의 영향 아래에서 이루어졌다. 이러한 판단의 근거로 내세울 수 있는 두 가지 중의 하나는, '두사람의 현대시의 개척자 오든과 스펜더'에 대한 斷片을 「현대시의 불행한 단면」이라는 글을 통해 소개하고 있다는 점이고, 다른 하나는 오든의 시, 스펜더의 시와 그의 시가 똑같이 시대정신과 사회의식을 주제로 하고 있을 뿐만 아니라 특히 스펜더의 시 「The Express」와 그의 시 「열차」가 유사한 내용과 분위기를 지니고 있다는 점이다. 이러한 점들을 놓고 볼 때, 그가 지녔던 모더니즘에 대한 인식은 오든과 스펜더의 영향 아래에서 이루어졌고 그의 모더니즘 수용은 이를 바탕으로 한 것임을 알 수 있다.

둘째, 박인환이 시를 써온 시대는 불안정한 시대였고 혼란한 시대였으며 정신적으로 그에게 고통을 준 시대였다. 이러한 시대를 살았던 그의 시들에는 사라져 간 것들에 대한 비애의 정서와 죽음, 그리고 전쟁에 대한 인식의 내용이 하나의 흐름을 형성하고 있다. 사라져 간 것들에 대한 비애의 정서는 「木馬와 淑女」 등에, 죽음에 대한 인식은 「밤의 未埋葬」 등에, 전쟁에 대한 인식은 「한 줄기 눈물도 없이」·「잠을 이루지 못하는 밤」 등에 각각 잘 나타나 있다.

셋째, 박인환 시에서 발견되는 이국 정서의 도시문명은 그가 미국 여행 기간에 견문한 내용을 바탕으로 쓴 기행시들에서 발견되는데, 그것은 그에 대해 비판되기도 하고 향수의 서정을 통해 수용되기도 하며 때로는 독자의 상상을 불러일으키는 데 작용되기도 한다. 이러한 점들을 대표하는 시들은 「충혈된 눈동자」·「에베레트의 일요일」·「투명한 버라이어티」 등이다.

넷째, 박인환은 「落下」에서 절망·상실·고독의 상황을 '낙하하는 비극의

그늘'이라고 표현한 바 있다. 후반기 동인이었던 그가 이러한 상황을 시에
드러내 놓은 것은 후반기 동인들의 속성과는 배치되는 것으로 보일 수도
있다. 그러나 이것은 김광균이나 김기림이 그러했던 것처럼 아무리 모더니
즘이라 할지라도 그것의 한 구석에 놓여 있게 마련인, 지류로서의 센티멘탈
리즘의 표현에 지나지 않는다. 「落下」·「回想의 긴 계곡」·「밤의 노래」 등은
이러한 경우의 대표적인 작품들이다.

시인의 현실과 자유__김수영론

Ⅰ. 프롤로그

시의 본질이 현실세계와 유리된 완전하고 독립된 세계라고 할 때, 그 말은 시적 경험이 시 이외의 것을 통해서 얻은 경험과 전혀 다르다는 전제 아래에서만 타당성을 가지게 된다. 그런데 '시적 경험≠시 이외의 것을 통해서 얻는 경험'이라는 부등식의 전제, 즉 시의 세계는 현실세계와 다른 독특한 법칙과 특수성을 가지고 있다는 견해[1]에는 다른 비평가들에 의해 문제점이 제기되었다. 그 대표적인 예를 우리는 I. A. 리챠즈의 A. C. 브래들리에 대한 비판에서 발견하게 된다.[2] 리챠즈에 의하면 시적 경험과 시 이외의 것을 통해 얻는 경험은 그렇게 다른 것이 아니며 다른 세계라는 특수성(other-worldly peculiarities)을 갖는 것도 아니다. 예를 들면, 담배를 피우면서 글을 쓰는 사람이 있다고 할 때, 펜을 움직이려 하는 충동과 파이프를 움직이려 하는 충동 사이에는 큰 차이가 없다는 것이다.

시적 경험과 시 이외의 것을 통해 얻는 경험에 대한 이러한 본론은 어떤

---

1) A. C. Bradley, *Oxford Lectures on Poetry* (Oxford, 1909), pp. 3~34. 참조

2) I. A. Richards, *Principles of Literary Criticism* (London, 1967), p. 60. 참조

시인이 쓴 시의 내용과 시인이 소유하고 있는 생활의 이면가치(ulterior worths)에 대한 성찰을 요구하고 있다. 시인은 자기의 생활과 자기가 사는 시대의 경험들 중에서 어떤 것을 추출하여 상상의 옷을 입혀 감동을 창조해 내는 사람이다. 그러므로 한 편의 시를 이해하기 위해서는 시인의 시적 경험과 시 이외의 것을 통해 얻은 경험을 식별하는 일이 필수적 요건이 된다. 그 시를 올바르게 연구한다면 경험의 가치를 비교할 수 있는 것이며 경험의 우열을 결정할 수 있게도 되는 것이다.

이러한 점에서 볼 때, 김수영은 그의 시대를 살면서 시대의 경험을 그의 시에 가장 잘 나타낸 시인이라 할 수 있다. 이 글에서는 리챠즈가 말한 '시인의 경험의 재생(The availability of the poet's experience)'이 김수영의 시에 어떤 형태로, 어떤 방법으로 나타나고 있는가를 밝혀보고자 한다. 김수영의 현실적 경험은 참으로 많지만 그것들은 거의가 유사한 경험들로 판단된다. 따라서 그 유사한 경험들을 '자유'라는 중심적 개념의 언어로 묶어놓고 이 글을 전개해 나갈 작정이다.

Ⅱ. 현실과 자유

쉘리가 「The Defence of poetry」에서 주장한 바, 가장 위대한 시인은 가장 완전한 사려분별(consummate prudence)을 가지며 생활 내부에서도 가장 행복한 사람이라는 말은, 적어도 한국의 시대를 살았던 김수영의 경우에 있어서는 모두 해당되지 않는다. 그가 첫 발표작이라고 밝히고 있는 『예술부락』 창간호의 「廟庭의 노래」는 차치하고 김경린, 임호권, 양병식, 박인환과 함께 낸 사화집 『새로운 도시와 시민들의 합창』에 발표된 「孔子의 生活

難」을 보면 그의 자의식이 현실의 생활 문제 때문에 얼마나 복잡하게 분열하고 있는가를 알 수 있기 때문이다.

꽃이 열매의 上部에 피었을 때
너는 줄넘기 作亂을 한다

나는 發散한 形象을 求하였으나
그것은 作戰같은 것이기에 어려웁다

국수―伊太利語로는 마카로니라고
먹기 쉬운 것은 나의 叛亂性일까.

동무여 이제 나는 바로 보마
事物과 事物의 生理와
事物의 數量과 限度와
事物의 愚昧와 事物의 明晰性을

그리고 나는 죽을 것이다.

-「孔子의 生活難」 전문

김수영은 이 작품에 대해 "사화집에 수록하기 위해서 급작스럽게 粗製濫造한 히야까시 같은 작품3)"이라고 심히 자조 섞인 혹평을 하고 있다. 그의 말대로 이 작품은 粗製濫造한 작품의 수준에서 벗어나지 않는다. 그러나 묘정에 놓인 關公의 立像에게서 받은 이상한 외경과 공포가 모티프가 된 「廟庭의 노래」와는 완전히 다른 시각에서 씌어진 것임을 알 수 있다.
'줄넘기 作亂'이 주는 이미지는 현실생활과 직결되어 있다. 그는 천진한

---

3) 김수영, 「연극하다가 시로 전향」 『시여 침을 뱉어라』 (민음사, 1977), p. 57.

어린이가 할 수 있는 줄넘기 作亂과 같은 위치에서 현실을 바라본다. 그런데 현실은 어린이의 행동과는 판이한 기교를 요구하게 마련이다. 즉 '發散한 形象'이 필요한 것이다. 그러나 그것은 어렵기만 하다. 모든 사람들은 이 어려움을 극복하고자 노력한다. 만일 이 극복하고자 하는 노력이 없거나 회의를 품게 되면 의식의 반란이 필연적 결과로 나타나게 된다. '국수―伊太利語로는 마카로니라고/먹기 쉬운 것은 나의 叛亂性일까'라는 3연은 1연과 2연에서 제시한 현상을 집약한 연이다. 그리고 4연은 미로처럼 방황하다 지쳐버린 후 내놓을 수 있는 결론과 같은 것이다. 오랜 방황에서 끝나 어느 한 지점에 바로 섰을 때, 사람들은 방황의 의미와 방황의 결과를 생각해 보게 마련이다. 그때 그는 '生理'와 '限度'와 '愚昧'와 ' 明晰性'을 동시에 깨닫게 되는 것이다. 또한 그는 인간의 최후가 죽음이라는 것도 알게 된다.

이 시에 나타난 이미지의 형태는 매우 비약적이어서 김수영의 의식이 산만하게 요동하고 있음을 알 수 있다. 이것을 우리는 1950년대를 지배한 모더니즘의 한 특징으로 설명할 수 있을 것이다. 이 작품 이전에 씌어진 「廟庭의 노래」가 당시 유행의 첨단을 걷고 있던 박인환으로부터의 '낡았다'는 수모의 대상이 되었다는 점을 생각하면 더욱 그러하다.

그러나 김현의 말처럼 그는 모더니즘을 하나의 문학적 조류로 이해한 것이 아니라, 세계를 이해하고 관찰하는 태도로 받아들였던 것[4]같다. 그 자신이 쓴 '모던한 작품'들은 하나의 태도로서 모던한 것이었을 뿐, 1930년대 김기림, 이상, 정지용 등이 서구적 문예사조임을 의식하고 순문학을 지향하며 내걸었던 도시와 문명에 대한 새로운 이해, 쉬르레알리즘, 이미지즘 추구와 같은 요소들은 발견되지 않는다. 어떻게 보면 그는 진정한 모더니즘의

---

4) 김현, 「자유와 꿈」 『거대한 뿌리』 (민음사, 1975), P. 9.

시는 모더니즘을 초극하는 시라는 걸 잘 알고 있었다고 할 수 있다. 그는 '나쁜 惡流의 모더니즘의 시'를 극단적으로 배척했고, '모더니스트들의 비현대적인 시'를 타기한다. 한 걸음 더 나아가 그는 '우리의 모더니티의 기반에서 우러나온 시'를 요구한다.

> 이 달의 시만 보더라도 확고한 우리의 모더니티의 기반에서 우러나온 시라고 볼 수 있는 것이 없다. 詩의 모더니티란 외부로부터 부과하는 감각이 아니라 내면에서 우러나오는 지성의 火焰이며, 따라서 그것은 시인이—육체로서—추구할 것이지 詩가—기술면으로—추구할 것이 아니다.5)

여기서 그가 말한 '우리의 모더니티 기반에서 우러나온 시'란 중량 있는 모티브의 설정, 시에 대한 성실성 등으로 설명할 수 있다. 이렇게 된다면 그가 주장하는 온몸으로 밀고 나간 시가 안 될 수 없을 것이다. 이것은 김기림, 이상으로 대표되는 1930년대의 모더니즘을 극복한 견해로서 주목할 만한 것이 아닐 수 없다. 서구문학의 기반 위에서 실천된 1930년대의 모더니즘은 현실과 먼 거리를 유지한 채, 기술적인 고도의 정밀성만을 추구했고, 그에 따른 결과로 독자에게 아무런 감동도 안겨주지 못했었기 때문이다. 또한 '문학은 실재성(reality)을 갖춘 상상의 세계'라는 기본 명제를 무시하지 않는다면 우리는 이 1930년대 모더니즘의 허상들을 참으로 많이 발견할 수 있기 때문이다. 이런 점에서 김수영 시는 전위적 가치를 가질 만한 이유를 지니게 된다. 그가 「孔子의 生活難」에서부터 「풀」에 이르는 많은 시편들에서 집요하게 추구한 현실문제는 1930년대 김기림, 이상에게서 볼 수 있는 현실 문제와는 다른 의미의 것이다. 즉 그가 수용한 현실은 자유이

---

5) 김수영, 「모더니티의 문제」 『퓨리턴의 초상』 (민음사, 1976), p. 122.

며, 이 자유에 부수되는 시대상황, 생활, 그리고 性과 같은 것들이다. 현실은 그가 고뇌한 대상이며 이유라고 할 수 있을 것이다.

그는 끊임없이 이어지는 생활의 역경을 시에 용해시켰을 뿐 아니라 한편으로는 그 생활의 역경에서 자신을 해방시키려고 노력했다. 이 과정에서 그가 필요로 한 것은 자유였다. 그는 자신과 시대의 경험을 자유와 연관지워 표현했고 자유라는 절대적 기준을 통과한 경험만을 작품 속에 정착시키려 했다. 그래서 그는 시인다운 시인을 "정의와 자유와 평화를 사랑하고 인류의 운명에 적극 관심을 가진, 이 시대의 지성을 갖춘, 시정신의 새로운 육성을 발할 수 있는 사람"6)으로 파악한다. 여기서 '정의와 자유와 평화'를 하나의 개념으로 묶는다면 그것은 자유가 될 것이다. 이렇게 볼 때, 김현이 『거대한 뿌리』 해설에서 '김수영의 시적 주제는 자유'라고 지적한 것은 매우 적절한 것처럼 보인다. 김수영은 자유의 회복을 신앙으로 삼기에 이르렀고 그 시대에서 제정신을 지니고 사는 사람이 누구인가를 알고자 했었기 때문이다. 이것은 김수영이 그만큼 현실을 중요시하고 현실의 경험을 시적 경험과 동일시했다는 이야기도 된다.

그러면 시인 김수영에게 있어서의 현실은 어떤 현실이었을까? 이 물음은 현대인의 특성이 무엇이냐 하는 물음과 밀접하게 관련되어 있다. 현실이란 언제나 현대인이 만들어 놓은 것이기 때문이다. 따라서 현실에 대해서 이야기하는 것은 현대인에 대해서 이야기하는 것과 동일하다. 현대인에 대한 그의 견해는 두 가지로 요약될 수 있을 것이다. 하나는 과학정신의 결핍이요, 다른 하나는 관심 범위의 협소이다.

우리의 시의 과거는 聖書와 佛經과 그 이전까지도 곧잘 소급되지만

---

6) 김수영, 「제 정신을 지니고 사는 사람은 없는가」, 위의 책, p. 10.

미래는 기껏 남북통일에서 그치고 있다. 그 후에 무엇이 올 것이냐를 모
른다. 그러니깐 편협한 민족주의의 둘레바퀴 속에서 벗어나지를 못한다.
우리의 미래에도 과학을 놓아야 한다.7)

이 발언은 어쩌면 시에만 국한된 것이 아니라 사회현실 전반에 대해 하
고 싶은 것이었을지도 모른다. 포즈는 그대로의 것을 보는 정신, 흰 것은
희게, 검은 것을 검게 보는 정신이 결핍되었기 때문에 출현하게 된다. 김수
영은 이 포즈의 제거를 시에서 요구하기로 한 것이다. 그래서 그는 우리 시
단에서 나쁜 것은 난해시가 아니라 난해시처럼 꾸며 쓰는 시이며 진정한
난해시는 포즈의 제거를 전제로 해야 한다고 주장한다.

> 오늘날의 시가 가장 골몰해야 할 가장 큰 문제는 人間의 회복이다. 오
> 늘날 우리들은 人間의 상실이라는 가장 큰 비극으로 통일되어 있고 이
> 비참의 통일을 영광의 통일로 이끌고 나가야 하는 것이 시인의 임무다.
> 그는 언어를 통해서 自由를 읊고, 또 自由를 산다.8)

시인의 관심 범위가 고작 내용·기교·유파에 머무른다면 진정으로 시에
필요한 것이 무엇인가를 알지 못한다. 그럴 경우, 현실참여의 시라고 해서
무조건 비참한 생활만 그려야 하는 것처럼 생각하는 오류를 가지게 된다.
그러면 정작 필요한 것은 무엇인가. 그것은 인간의 회복을 이룩할 수 있는
자유다. 자유를 읊어야 한다.

김수영은, 시는 곧 생활이라는 등식을 인정한다. 그의 시적 경험은 모두
현실의 경험과 밀접한 관계를 유지하고 있다. 바꿔 말하면, 그의 경험은 모
두 시에 재생된 것이다.

---

7) 김수영, 「反詩論」『시여 침을 뱉어라』, p. 76.
8) 김수영, 「생활 현실과 시」『퓨리턴의 초상』, P. 24.

[A]
그대의 正義도 우리들의 纖細도
行動이 죽음에서 나오는
이 욕된 郊外에서는
어제도 오늘도 내일도 마음에 들지 않어라

그대는 반짝거리면서 하늘아래에서
간간이
자유를 말하는데
우스워라 나의 靈은 죽어 있는 것이 아니냐

─「死靈」 4, 5연

[B]
푸른 하늘을 制壓하는
노고지리가 自由로왔다고
부러워하던
어느 시인의 말은 修正되어야 한다

自由를 위해서
飛翔하여본 일이 있는
사람이면 알지
노고지리가
무엇을 보고
노래하는가를
어째 自由에는
피의 냄새가 섞여 있는가를
革命은
왜 고독한 것인가를

革命은

왜 고독해야 하는 것인가를

- 「푸른 하늘을」 전문

　[A]는 1959년에, [B]는 1960년에 각각 씌어진 시다. [A]와 [B]가 씌어진 시기의 차이는 단 일 년에 지나지 않지만 현실적인 의미는 엄청난 차이를 지닌다. 1960년의 4·19혁명을 생각한다면 단 일 년 사이에 변화된 의식의 형태는 오히려 당연한 것인지도 모른다.

　[A]에 나타난 자유의 의미가 다소 막연하고 모호한 느낌을 주는 데 반해, [B]에 나타난 자유의 의미는 혁명과 연관되어 구체적 현실로 나타나고 있다. 그런데 김수영 자신이 '강인한 고독의 感得과 인식'을 가지고 있었고 혁명을 '위대한 창조적 추진력의 複本 counterpart'으로 생각하고 있었다는 점을 염두에 둔다면, 혁명을 사고하는 우리의 판단과는 약간 다른 이질성을 내포하고 있다고 할 수 있을 것이다. 혁명은 언제나 그 시대의 중요한 정황의 하나였으며 탁월한 진실을 발현시키기 위해 피에 의한 희생을 요구하였다. 그 희생의 과정에서 연극적인 과장의 형식이 끼어들 수 있는 것이지만 분명한 것은 혁명에 의한 기술은 그 현실을 자유자재로 판단한 가설이었다는 점이다. 그래서 그 가설은 역사적 경과에 의해 수정되기도 하고 고착되기도 한다. 이렇게 혁명에 부수되는 상황의 저편에서 행해지는 언어의 行使는 흘려진 피와 결부되고 고독 속에서 이루어지는 것이다. 김수영은 이 고독을 창조의 원동력으로 생각한다. 더 나아가서 이 위대한 고독이 없이는 혁명도 이루어질 수 없는 것으로 판단한다. 이러한 생각과 판단은 단순히 누구의 몸짓을 본뜬 것이 아니라 김수영 자신의 것이다. 때문에 [B]에 나타난 분위기는 비관미를 띠고 있기조차 하다.

　[A]에서의 '그대'가 [B]에서는 '노고지리'로 전이되어 명확하고 현실적인 이미지로 나타나고 있다. 그리고 [A]의 '이 욕된 郊外에서는/어제도 오

늘도 내일도 마음에 들지 않아라.'가 [B]에서는 '어째 自由에는/피의 냄새
가 섞여 있는가를/革命은/왜 고독한 것인가를'로 변용되어 자유에 대한 해
석의 안정성을, 자유의 본질을 캐내려는 창조적인 분위기를 형성하고 있다.
이것은 언어의 정열인 동시에 언어 뒤에 깔려 있는 상황에 대한 김수영의
시적 경험이다. 이러한 시적 경험의 울타리는 수사학적인 과정이나 어조의
강세법만으로 성취되는 것이 아니다. 그것의 성취는 기능적인 어휘구사와
함께 시인의 치열한 인식작업과 현실을 보는 시선이 메타포에 융화되어 法
典처럼 굳어질 때 가능하다.

革命은 안되고 나는 방만 바꾸어버렸다
그 방의 벽에는 싸우라 싸우라 싸우라는 말이
헛소리처럼 아직도 어둠을 지키고 있을 것이다
(……)
革命은 안되고 나는 방만 바꾸어버렸다
나는 인제 녹슬은 펜과 뼈와 狂氣―
失望의 가벼움을 財産으로 삼을 줄 안다
이 가벼움 혹시나 歷史일지도 모르는
이 가벼움을 나는 나의 財産으로 삼았다
(……)
방을 잃고 落書를 잃고 期待를 잃고
노래를 잃고 가벼움마저 잃어도

이제 나는 무엇인지 모르게 기쁘고
나의 가슴은 이유없이 풍성하다.
-「그 방을 생각하며」 1, 3, 5, 6연

　　김수영이 사용한 '革命'이란 말이 정치적인 행동과 연관된 것처럼 여겨

지는 것은 그가 언어의 내부 속에 숨어 있는 시니피에(signifie)의 규범을 변형하려 하지 않았기 때문이다. 그런데 그 규범에서는 유래가 없을 만큼 의미의 충돌이 강렬하게 이루어져 사회현실에 대한 존재의식이 추구되고 있다. 김수영 자신이 "작품 형성의 과정에서 볼 때는 의미를 이루려는 충동과 意味를 이루지 않으려는 충동이 서로 강렬하게 충돌하면 충돌할수록 힘 있는 작품이 나온다"9)고 생각했던만큼 이러한 시도는 자연스러운 일이다.

시에 있어서 생생한 이미저리를 표출할 수 있다는 것은 현실적 경험뿐만 아니라 시적 경험과도 관계가 깊다. 그러나 순수하게 필연적인 것은 아니다. 생생한 이미저리는 경험의 가장 중요한 부분이라는 예술론이 횡행하고 있는데, 만일 이 생각이 옳다면 이미저리를 경험하지 않는 사람은 예술경험을 가질 수 없다는 논리가 성립된다. 그러나 이러한 예술론(The views in question)은 중요한 사실을 간과하고 있다. 실제로는 이미지를 경험하지 않은 사람의 내면에는 무엇인가가 생생한 이미지를 대신해서 그 역할을 하고 있다. 또 이미지의 대용물(image-substitute)이 충분한 효력을 가진 것이면 모방적 이미저리(mimetic imagery)가 없다 할지라도 그렇게 큰 문제가 되지 않는다.10)

김수영의 경우 '革命은 안되고 방만 바꾸어' 버렸기 때문에 현실적인 문제는 늘 이미지의 대용물로만 차용될 수밖에 없다. 그 자신을 포함해서 "오늘날의 현대적인 시인의 긍지는 앞섰다는 것이 아니라 뒤떨어졌다는 것을 의식하는 데 있다. 그가 앞섰다면 이 뒤떨어졌다는 것을 확고하고 여유있게 의식하는 점에서 앞섰다"11) 이제 남은 것은 '녹슬은 펜과 狂氣', 그리고 '失望의 가벼움'이다. 이것은 김수영에게 이유도 모르는 기쁨과 풍성함을

---

9) 김수영, 「변한 것과 변하지 않는 것」『퓨리턴의 초상』, p. 115.
10) I. A. Richards, 앞의 책, p. 92. 참조
11) 김수영, 「모더니티의 문제」『퓨리턴의 초상』, p. 121.

주었다.

  김수영의, 이러한 판단의 범주에서 볼 때 자유와 혁명 사이에는 다른 목적의 불온성이 개재되어 있지 않다. 그 불온성은 순수하게 문학적인 것이다. 어떠한 유예사항도 없으며 단 한 가지의 비과학적 억측도 온당치 못하다. 김수영은 "모든 前衛文學은 불온하다. 그리고 모든 살아있는 문화는 본질적으로 불온한 것이다. 그것은 두말 할 것도 없이 문화의 본질이 꿈을 추구하는 것이고 불가능을 추구하는 것이기 때문"12)이라고 주장한다. 이것은 상당히 가치 있고 주목할 만한 견해이다. 이야기를 하지 않는 사람들 앞에 서서 어떤 선택을 지지하지는 않더라도, 선택의 움직임 자체를 바라보는 자세는 아무렇게나 흘러가는 문화를 방치하는 것보다 훨씬 인간적인 일이기까지 하다. 어떤 의미에서 이러한 자세는 진정한 시인만이 구유할 수 있는 휴머니즘인 것이며 복잡한 사회현상에 대처하는 삶의 방식일 수 있다.

  빌려드릴 수 없어. 작년하고도 또 틀려.
  눈에 보여. 냉면집 간판 밑으로 — 육개장을 먹으러 —
  들어갔다가 나왔어 — 모밀국수 전문집으로 갔지 —
  매춘부 젊은애들, 때묻은 발을 꼬고 앉아서
  유부우동을 먹고 있는 것을 보다가 생각한 것 아냐. 그때는 빌려드리
  려고 했어. 寬容의 미덕 —
  그걸 할 수 있었어. 그것도 눈에 보였어. 엔카운터
  속의 이오네스꼬까지도 희생할 수 있었어. 그게
  무어란 말이야. 나는 그 이전에 있었어. 내 몸. 빛나는 몸.
  (⋯⋯)
  시간은 내 목숨야. 어제하고는 틀려졌어. 틀려졌다는 것을 알았어. 틀
  려져야겠다는 것을 알았어. 그것을 당신한테 알릴 필요가 있어. 그것

---

12) 김수영, 「실험적인 문학과 정치적 자유」, 위의 책, p. 58.

이 책보다 더 중요하다는 걸 모르지. 그것을.
이제부터 당신한테 알리면서 살아야겠어 — 그게
될까? 되면? 안되면? 당신! 당신이 빛난다.
우리들은 빛나지 않는다. 어제도 빛나지 않고,
오늘도 빛나지 않는다. 그 연관만이 빛난다.
시간만이 빛난다. 시간의 인식만이 빛난다.
빌려주지 않겠다. 빌려주겠다고 했지만
빌려주지 않겠다. 야한 선언을
하지 않고 우물쭈물 내일을 지내고
모레를 지내는 것은 내가 약한 탓이다.
야한 선언은 안해도 된다. 거짓말을 해도 된다.

안 빌려주어도 넉넉하다. 나도 넉넉하고, 당신도 넉넉하다. 이게 세상
이다.
─「엔카운터지」 1, 4, 5연

여기서는 김수영 자신이 소음이라고 변명했음에도 불구하고 완전히 청
산되지 않은 불온성이 강조되어 있다. 그에게 있어서는 언어의 지평선이 허
용되지 않는다. 지평선이란 하나의 끝이요, 한계이기 때문이다. 이러한 그
의 불온성은 '예술과 文化의 원동력이 되는 것이고 인류의 文化史와 藝術
史'가 바로 이 '不穩의 수난의 歷史'[13]가 되는 것이다. 그러나 이러한 불온
성은 불안정한 것이며 불안정하기 때문에 자신의 의식을 구제시키기 위한
이미지가 필요하다. '빌려드릴 수 없어. 작년하고도 또 틀려'에서의 현실적
인 제약의 자각이라든가 '어제하고는 틀려졌어. 틀려졌다는 것을 알았어.
틀려져야겠다는 것을 알았어. 그것을 당신한테 알릴 필요가 있어. 그것'에
서의 내부적 모순, 그리고 '안 빌려주어도 넉넉하다. 나도 넉넉하고, 당신도

─────────────────────

13) 김수영, 「'불온'성에 대한 비과학적 억측」, 위의 책, p .62.

넉넉하다. 이게 세상이다'에서의 불투명하게 도달한 체념 같은 것은 김수영 자신이 복귀할 수밖에 없는 역설의 언어들이다. 이것은 김수영이 1950년대 일기에서 밝힌 다음의 내용과 연관성을 지니면서 상보적인 위치에 놓이게 된다.

> 누가 무엇이라고 비웃든 나는 나의 길을 가야 한다. 애인이, 벗들이 무엇이라고 비웃고 백안시하든 그것이 문제일 까닭이 없다.
> 이 산만한 눈앞의 현실을 어떻게 형상화하고, 미이라와 같은 나의 생활 위에 살과 피가 한데 뭉친 거대한 걸작을 만들 수 있느냐?
> 나는 이 이상 더 눈앞의 현실을 연구할 필요가 없다. 이것들을 어떻게 '담느냐?'가 문제이다.[14]

이때 씌어지는 언어는 현실인식으로 응집된 언어이며, 시인의 경험이 문학적으로 재생되어 나타난 진실의 언어이다. 거기에 나타난 언어의 알리바이는 시인에게 위협일 수도 있고 영광일 수도 있다.

III. 에필로그

시인은 자기의 경험을 독자에게 전달한다. 시가 없다면 다수의 사람들은 시인의 독특한 경험 세계를 접할 기회를 갖지 못하게 될 것이다. 따라서 시는 시인의 마음 속에 일어나는 경험을 독자에게 전달하는 수단이라 할 수 있다. 이 수단을 가지고 시인은 현실이라든지, 현실에 부수되는 온갖 현상의 미묘한 흐름을 판단하고 비판한다. 이것은 시인에게 부여된 활동력의 근

---

14) 김수영, 「일기초」 『시여 침을 뱉어라』, P. 10.

거이며, 진실을 지키려는 시인에게 마지막 보루의 역할을 한다.

그런데, 첨예한 시론을 갖춘 김수영에게는 현실이 진실의 근저를 위협하고 있는 괴물처럼 생각되는 것이다. 그리고 그에게는 이 현실이 '죽음과 가난의 賣名'을 촉진시키는 실체이다. 그래서 그의 시에는 현실의 경험이 부단히 강조되어 있을 뿐 아니라 고뇌 속에 빠진 자신에 대한 위로와 살아있는 문화에 대한 의지가 부각되어 있다. 이러한 삶의 관심을 가지는 태도, 현실에 대한 비판의 방법은 시 자체에 공헌하는 결과를 가져온다. 그것은 우리가 실제로 강한 관심을 가지고 있는 문제들에 대한 예술적 접근이기 때문이다.

김수영이 말했듯이 새로움은 자유다. 그리고 자유는 새로움이다. 그는 현실 속의 새로움과 자유를, 또는 새로움과 자유에 관한 경험을 역설적 은유와 간접적 이미저리를 통하여 시 속에서 재구성한 시인이다.

제2부 시 론

朴龍喆 詩論

林　和 詩論

金起林 詩論

金洙暎 詩論

金春洙 詩論

박용철 시론의 서구 시론 수용__박용철 시론

Ⅰ. 프롤로그

박용철의 문학 활동이 다방면에 걸쳐 전개되었음은 익히 알려진 그대로이다. 그는 시인으로서 74편의 창작시를 남겼고 비평가로서 13편의 평론을 썼으며 15편의 수필과 6편의 희곡을 번역했다. 그런데 이에 못지 않게 중시해야 할 것은, 그는 무려 308편의 시를 번역했다는 사실이다. 번역시의 원작자들은 독일·영국·아일랜드·미국·일본의 시인들인 괴테, 실러, 하이네, 릴케, 로버트 브라우닝, 알프레드 테니슨, 매슈 아널드, 토마스 하디, 존 키츠, 로버트 번즈, W. B. 예이츠, 토마스 무어, 에밀리 디킨슨, 北原白秋, 西條八十 등을 망라하고 있어서 그의 시에 대한 의식이 서구시(해외시) 또는 서구 시론과 관계가 깊을 것이라는 추측을 가능하게 한다. 그 추측은 많은 독자들에게 서구시를 소개하려는 의도와 함께 서구시 또는 서구시론으로부터 무엇인가를 배우려고 하는 의도를 지니고 있었다는 명제로 상당히 구체화시킬 수 있는 정도의 것이다. 이러한 점은 앞에서 열거한 시인들의 시가 주로 순수 서정시이고 기교적인 면보다는 정신적인 자세를 드러내고자 한 시이며 삶을 노래하는 데에 우수와 같은 어두운 면을 내포한 시라

는 데에서 쉽게 확인된다.[1]

박용철의 그러한 의도는 그가 직접 주재한『시문학』지에서도 그대로 나타난다. 그는『시문학』창간호에 실러의「헥토르의 이별」, 괴테의「미뇬의 노래(二)」등 2편을, 제2호에는 하이네의「내 눈물에서는」,「다수한 봄밤」,「나를 사랑하는 줄이야」,「남의 나라에서」,「일어나며 묻는 말」,「빰에 빰을 대어라」,「한마디 말씀에다」,「노래의 날개에 너를 싣고」,「아름다운 고기잡이 아가씨」,「솔 나무는 외로이 서서」등 3편을, 제3호에는 하이네의「원망도 않는다」,「아름다운 세상」,「사랑을 보낸 다음에는」,「아름다운 희망은」,「저희 둘은」,「숲 가운데로」,「서투른 길에」,「오월이」,「너를 사랑하므로」,「내 아내 되는 날에는」등 10편을 번역, 발표했던 것이다. 또한 그는 A. E. 하우스먼의 시론인「시의 명칭과 성질」[2](The Name and Nature of Poetry)을 번역하여『文學』誌 제2호(1934)의 권두 논문으로 발표했을 뿐만 아니라 하우스먼과 릴케를 수용하고 씌어진 자신의 시론「시적 변용에 대해서」를『三千里 文學』(1938)에 발표한 바 있다. 이 두 시론이 한국 시론

---

1) 김용직,「시문학파 연구」『한국 현대시 연구』(일지사, 1979), p. 230. 참조.
2) 박용철이 '譯者 附記'에서 밝힌 내용은 다음과 같다.
 "시인이라면 얼마쯤 조촐한것이 예사일것이나 하우스만같이 조촐한 시인은 다시 드물것이다. 大시인의 稱을 듣는데는 시의量이 오히려 重要한듯한 西洋에서 그는 다만 두권의 시집으로 現代英國의 最大시인의 한사람이란 자리를 가지고있다. 그의 시風의 簡素함은 그의 性格의 自然한 結果일것이나 이講演을 읽은 다음에는 그의 시作의 態度 또한 그러하였든가하고 도리켜 생각해지는 것이있다. 모두가 두페이지넘는것이 드문 短시 A Shropshire Lad와 Last Poems를 合해서 壹百十餘篇 二百項 다른 散文의 述作도 별로없다. 그는 켐브릿지大學의 羅典文學敎授로있다. 이講演이 英國文學界에서 대단 重視된 것은 론돈타임스紙가 卽時 그概要를 記載했든 것으로 一端을 짐작할수있다. 이 譯文에 입니다調를 쓰지않고 이다調를 쓴 것은 單純히 簡略을 위한것이요 便宜上 數三處 省略한곧도 있다. 텍스트는 A. E. Housman, *The Name and Nature of Poetry*, Cambridge Univ. Press"{박용철 전집(평론집), pp. 74~75.}
 이 글은 1933년 5월 9일 캠브리지 대학에서 있었던 기념 강연의 원고인데 *Selected Prose*(Cambridge Univ. Press, 1961)에 수록된 원문과 박용철이 번역한「시의 명칭과 성질」을 비교해 보면 후자에는 두 개의 각주와 13페이지가 생략되어 있음을 알 수 있다.

의 수준을 한 단계 높였다는 데 대해서는 이론의 여지가 없다.

이러한 점을 놓고 볼 때 그의 번역시와 서구 시론의 수용에 대해 고찰해 보는 것은 그의 문학에 대한 연구뿐만 아니라 한국 근대시에 대한 연구를 위해서도 필요한 과제일 것이다. 이 글에서는 그러한 과제들 중 서구 시론의 수용 쪽에만 초점을 맞추어 첫째, 서구시론 수용의 배경, 둘째, 하우스먼의 수용, 셋째, 릴케의 수용 등에 대해 고찰하는 것을 목적으로 한다. 아울러 이 글의 텍스트는 박용철의 부인인 林貞姬가 정리하고 시문학사가 편찬한『박용철 전집』전2권(대동인쇄소, 1940)임을 밝혀 둔다.

II. 서구 시론 수용의 배경

박용철이 서구 시론을 수용하게 된 배경에 대해서 그 자신이 직접적으로 밝힌 바는 없다. 그러나 그가 서구 시론을 수용한 것은 명백한 사실이며 그 사실에 대한 배경은 외적 증거(external evidence)와 내적 증거(internal evidence)에 의해 충분히 설명될 수 있다.

첫째, 박용철은 외국어, 특히 독일어와 영어를 잘했다는 점을 들 수 있다. 그가 명석한 두뇌의 소유자라는 점은 다음과 같은 여러 가지 일화를 통해 쉽게 확인된다. 그가 4세가 되던 1907년에는 일본에 저항하는 애국지사들의 의병운동이 끊이지 않았다. 이로 인해 그는 그 해 겨울 外家 근처인 창평군 창평면 수곡에 가 있었다. 그때 그의 부친이 외가에서『四字小學』을 가지고 와 한 자 한 자를 일러 주었더니 다음 해 봄에는 한 권을 능히 알게 되었다. 7세 때 정월에는 그보다 3년 위인 사촌 누나가 한글 철자를 배우는 것을 보고 한 장 써 달라고 청하여 써 주었더니 2, 3일 후에는 다 익혔고

다음에는 받침법을 두세 가지 알려 주었더니 금방 통해서 그 후 가을부터
는 밤마다 당시의 신소설을 한 권씩 읽었다. 그리고 그 해 겨울 시험삼아
주판을 가지고 수를 불러 주며 놓는 법을 가르쳤더니 불과 수일 만에 더하
기와 빼기에 능통하였다. 시험삼아 10위 이상의 긴 숫자를 불러도 그는 절
대로 잘못 놓는 일이 없었다. 배재학당에서의 그의 성적은 제1학년 1학기
때 성적 순위가 2위였다. 1918년 배재고보 졸업을 수개월 앞두고 그는 학
교를 자퇴, 고향으로 내려간다. 그 이유는 첫째, 3·1운동으로 인해 국내 사
정이 학교에 순조롭게 다닐 수 없는 상황이라는 점, 둘째, 동경 유학을 목
적으로 학교 졸업을 중요하게 생각하지 않은 점을 들 수 있다. 그러나 이것
들은 어디까지나 추측이다. 1920년 겨울, 그는 일본 동경으로 건너가 다음
해인 1921년에는 동경 청산학원 중학부 제4학년에 편입한다. 후에 청산학
원장이 되었고 일본 기독교 감리교회 감독으로 피선되었던, 당시의 청산학
원 중학부 부장 阿部 선생은 수업 시간뿐 아니라 어디서나 龍兒가 수재라
고 칭찬하였다. 청산학원을 졸업한 그는 1923년에 동경 외국어학교 독일문
학과에 입학하여 그 반의 급장이 된다. 외국어학교에서 1학기를 마친 그는
다시 귀국하여 한동안 고향에 머물러 있었다. 이때에 학업을 중단하고 다시
등교하지 않은 이유는 당시 동경의 관동대지진과 가정 사정 때문이었다. 그
후 그는 연희전문학교 문과 제1학년에 편입하여 수개월이 지나 그만두는데
이때 그는 더 배울 것이 없어서 그만두었다고 부인에게 말했다고 한다. 연
전에 다닐 때에, 문학 담임이었던 정인보 스승에게서는 "朴君의 작품은 장
래가 유망합니다."라는 작품 평을 듣기도 했다. 그때 칭찬을 받은 작품은
그의 첫 콩트인 「개싸움」이었다.3)

　　이와 같은 전기적 사실들은 그가 서구 시론을 수용하게 된 직접적인 배

---

3) 이어령 편, 『한국문학 연구 사전』 (우석출판사, 1990), pp. 182~185. 참조

경이라고는 할 수 없으나 간접적 배경으로 제시될 수 있는 가치는 충분히 지니고 있다. 즉 그가 서구 시론을 수용하는 데에 필수적으로 요청되는 외국어, 특히 독일어·영어의 해독 능력을 소유하고 있었다는 점을 입증할 수 있는 자료는 될 수 있는 것이다.

둘째, 박용철은 서구시(해외시)를 배우겠다는 열망을 지니고 있었다는 점을 들 수 있다. 앞에서 언급한 대로 박용철의 창작시는 74편에 불과한 데에 비해 번역시는 308편이다.『박용철 전집』에 수록된 번역시는 괴테 시편 13편, 실러 시편「헥토르의 이별」1편, 하이네 시편 66편, 릴케 시편 7편 등의 독일시와 영국시 64편, 아일랜드 시편 11편, 미국 시편 20편 그리고 사라 티스데일의 시 22편이다. 그 외에 拾遺로 수록된 해밀턴, 휴퍼, 사포, 하이네 등의 시 26편과 '색동저고리'라는 이름 아래에 모아 놓은 로세티, 島木彦, 스티븐슨, 블레이크, 小學兒童, 薄田泣菫, 西條八十, 加藤마사오, 吉田絃二郎, 金子미미스, 불란서 동요, 北原白秋, 茅野雅子, 타고르, 메어, 英國古謠, 데이비스 등의 동시 78편이 수록되어 있다.

박용철이 이처럼 서구(해외)의 많은 시인들의 시를 번역한 것은 표면적으로는 서구시(해외시)를 번역하여 한국에 소개함으로써 한국시의 수준을 서구시(해외시)의 수준으로 끌어올리겠다는 의도의 소산이지만, 이면적으로는 서구시(해외시)의 번역을 통하여 서구시(해외시)로부터 무엇인가를 배우겠다는 열망을 표출한 것이기도 하다. 박용철이 번역한 시들은 순수 서정시여서 민중들의 삶의 한복판에 가로놓여 있는 사회적, 정치적 문제들을 외면하고 있는 점이 두드러지게 나타난다. 또한 그 서정시들은 릴케, 예이츠 등 몇몇 시인들의 시를 빼면 거의 대부분이 근대시이다. 이것은 그의 한계이므로 더 이상 여기서 논의하지 않기로 한다. 시선을 번역 쪽으로 돌려서 생각해 보면 박용철이 아닌 누구라도 번역만으로 그 배움의 열망을 실현할

수 없다는 것은 자명하다. 그 열망의 실현은 시의 번역뿐만 아니라 시론의
번역과 수용으로까지 이어져야 가능한 것이다. 이러한 점은 그가 하우스먼
의 시론을 번역했을 뿐만 아니라 하우스먼·릴케의 시론을 수용하기까지 했
다는 점과 밀접하게 관련된다.

　이상에서 살펴보았듯이 박용철의 서구 시론 수용의 배경은 그 자신이 직
접 밝힌 실증적인 자료가 발굴되지 않는 한 외적 증거와 내적 증거에 의한
간접적인 차원에서 이루어질 수밖에 없다. 서구 시론 수용의 배경에서 중시
해야 할 것은 그 배경의 이면에 서구시(해외시)를 배우겠다는 열망이 내포
되어 있다는 점이다. 이것은 김억에 의해 이루어진 상징주의 시론의 수용이
당시대 한국의 사회 현실 속에서 끝없이 고뇌하던 지식인들의 내면 세계와
관계가 깊었던 것과는 확실하게 구분된다.

Ⅲ. 하우스먼의 수용

　박용철이 주도하여 만든 잡지인 『문학』지 제2권(1934. 4)의 권두 논문
「시의 명칭과 성질」은 A. E. 하우스먼의 시론인 「The Name and Nature of
Poetry」를 번역한 글이다. 박용철이 하우스먼의 시론을 번역한 것은 그것을
계기로 시문학파의 시론을 주도할 수 있게 되었다는 점에서 문학사적으로
대단히 중요한 의미를 지닌다. 따라서 여기서는 하우스먼 시론의 성격과 하
우스먼 시론의 수용 사유, 하우스먼 시론의 수용 내용 등에 대해 살펴보기
로 한다.

　하우스먼의 시론은 무엇보다도 순수시론이다. 그 순수시론은 아베 브레
몽의 순수시론도 포함되는 광의의 순수시론 중의 하나로 그 성격이 규정되

기도 한다.4) 또한 그 순수시론은 하우스먼 자신이 직접 전개한 시론의 내용을 통해 볼 때 창작 과정의 시론이라 할 수 있다.5)

> 내가 얼마쯤 有利하게 論辯할수있는 文學的主題가 실상 하나 있기는 하다. 웨그런고하니 그것은 同時에 科學的이 되어서 科學人이라야 仮託없이 그것을 取扱할수있고 또 大多數의 文學人보다는 실상 適任일것이므로. '詩作의 技術' 그것은 내가 오늘의 주제로 생각해보았든것이다. 거기 伏在해가지고 있는 一聯의 事實은 그것을 實地로 行使하고 있는 사람도 大部分 그것을 모르고 있고, 그들이 成功할 때에 그 成功은 本能的 分別과 聽覺의 自然的優秀에 의거하는 것이다. 모든 시作의 條件이되여가지고 있는 自然法則과 좋은 詩作이 줄수있는 快感의 秘密한 源泉을 包括하고 있는 이 潛在的基礎는 批評家에게 많이 探索되지 아니했다.6)

하우스먼에 의하면 '시작의 기술'은 시에 있어서의 본질적 요소이고 시의 성공은 본능적 분별과 청각의 자연적 優秀에 의거하는 시작의 기술에 따른 결과이다. 이것은 박용철이 "시라는 것은 시인으로 말미암아 創造된 한낱 存在이다. 彫刻과 繪畵가 한 개의 存在인 것과 꼭같이 시나 音樂도 한낱 存在이다."7)라는 소위 '存在로서의 시관'과는 어느 정도의 맥이 닿아 있지만 "그러나 그것이 어떠한 方向이든 시란 한낱 高處이다. 물은 높은 데서 낮은 데로 흘러 내려온다. 시의 心境은 우리 日常生活의 水平情緒보다 더 高高하거나 더 優雅하거나 더 섬세하거나 더 壯大하거나 더 激越하

---

4) Alex Preminger, *Princeton Encyclopedia of Poetry and Poetics* (Princeton University Press, 1969), p. 645.
5) 한계전, 「하우스만 시론의 수용과 순수시론」『한국 현대시론 비판』(일지사, 1983), p. 138.
6) A. E. 하우스먼, 「시의 명칭과 성질」『박용철 전집』(평론집) (대동인쇄소, 1940), p. 53.
7) 박용철, 「'시문학' 창간에 대하여」『박용철 전집』(평론집), pp. 142~143.

거나 어떻든 '더'를 要求한다. 거기서 우리에게까지 '무엇'이 흘러 '내려와'
야만 한다."8)는 견해와는 구별된다.

하우스먼은 문예비평가의 재능을 상당히 높은 위치에 두고 자신의 논리
를 전개하고 있는데 이 점은 예를 들면 "雄辯家 시인 聖者 賢人과 英雄의
數가 먹딸기에 비하면 稀貴한 것은 사실이나 할레 彗星의 出現보다는 더
흔하다. 文藝批評家는 그 彗星의 出現보다 더 귀한 것이다. 그리고 한 世
紀에 한 번 혹은 두 世紀에 한 번 이 文藝批評家가 出現한다 할지라도
저 少數의 所爲 古典學徒 가운데서 그것이 出現할 機會의 比數를 이 數
學의 本家에서 어느 분이 내게 가르쳐 주시면 좋겠다."9)라고 한 데에서 명
확하게 드러난다.

박용철이 하우스먼의 시론을 수용하게 된 사유는 대체로 하우스먼의 시
와 박용철의 시가 지니는 내용과 분위기의 유사성을 통해 유추할 수 있을
것 같다.10) 이 점을 확실하게 하기 위해 하우스먼의 시 세계에 대한 논자들
의 논의를 살펴보기로 한다.

하우스먼은 『슈럽셔의 한 젊은이(A Shropshire Lad)』(1896)를 비롯한 세
권의 시집으로 당대의 저명한 시인이 된 사람이다. 그의 대표작 『슈럽셔의
한 젊은이』는 처음 500부를 자비로 출간했었는데 점차 그 진가를 인정받게
되자 1922년에는 3개월 만에 2만 1천 부가 팔릴 정도로 큰 성공을 거둔다.
그 1922년은 엘리엇이 「황무지」를 발표한 해이기는 하지만 영국시단에 아
직 모더니즘의 바람이 불기 이전이었음을 생각할 때 그는 전통적인 영시의
맥을 이은 마지막 몇 시인 중의 한 사람이었다고 할 수 있다.11)

---

8) 위의 글, 『박용철 전집』(평론집), p. 143.
9) A. E. 하우스먼, 「시의 명칭과 성질」『박용철 전집』(평론집), pp. 142~143.
10) 김용직, 「높고 깊은 차원의 모색 : 박용철론」『한국 현대시사』(1) (한국문연, 1996), p.
   132.
11) 이창배, 『현대 영미시 해석』(탑출판사, 1995), p. 47.

세 권 시집 가운데서도 주로 그의 이름을 지탱하게 한 것은 첫 시집 『슈 럽셔의 한 젊은이』로서 이 시집은 63편 시의 連作으로 구성되어 있으며 인 생에 대한 아이러니컬한 환멸이 主調를 이루고 있다. 그의 세련된 염세관 은 특히 토마스 하디의 작품 분위기에 가까워 작품이 주는 만족감보다도 生의 불안을 더 뚜렷하게 느끼게 하지만, 그 씁쓸한 연민(pity)은 하디의 폭 넓은 연민(compassion)에는 미치지 못한다. 오히려 이 비극적이라고 할 만 한 환멸이 하우스먼의 학자적 생리의 소산인 일종의 금욕적인 자기 긍지 가운데 차분하게 갈아 앉아 억제와 설도를 간직하고 있는 점이 『슈럽셔의 한 젊은이』의 특징이다.[12]

이러한 논의를 토대로 말한다면 하우스먼의 시는 낭만주의 정신에 토대 를 두고 있음이 확실하다.[13] 낭만주의의 특질은 현실을 있는 그대로 보지 않을 뿐만 아니라 현실을 있는 그대로 인정하지 않는 데에 있다. 따라서 낭 만주의는 과거나 미래에 집착하며 그 집착은 불안과 허무의 표현으로 나타 난다. 그런데 그러한 경향은 박용철의 시에서도 똑같이 발견된다.

나 두 야 간다
나의 이 젊은 나이를
눈물로야 보낼거냐
나 두 야 가련다

---

12) 한국영어영문학회, 『영국문학사』 (신구문화사), p. 497.
13) 참고로, 하우스먼의 시 「나무 중 제일 아름다운 나무, 벚나무」의 全文을 인용해 보면 다음과 같다.

나무 중 제일 아름다운 나무, 벚나무가 지금/가지에 꽃을 매달고/숲 속 승마도로 가에 서 있다,/부활절 주간을 대비하여 하얗게 단장하고서.//이제 나의 70년 인생에서/20년은 다시는 돌아오지 않으리라,/70의 봄에서 20을 빼면/겨우 50이 남을 뿐이다./그런데 꽃 이 만발한 것을 보기 위해서는/50의 세월은 작은 기간이다,/그래서 나는 숲 속으로 가 련다./벚나무에 눈이 매달려 있는 것을 보기 위하여.

(이창배 역)

안윽한 이항구 ― ㄴ들 손쉽게야 버릴거냐

안개같이 물어린 눈에도 비최나니

골잭이마다 발에 익은 뫼ㅅ부리모양

주름쌀도 눈에 익은 아 ― 사랑하든 사람들

버리고 가는이도 못 잊는 마음

쫓겨가는 마음인들 무어 다를거냐

돌아다보는 구름에는 바람이 희살짓는다

앞대일 어덕인들 마련이나 있을거냐

나 두 야 가련다

나의 이 젊은 나이를

눈물로야 보낼 거냐

나 두 야 간다

- 박용철, 「떠나가는 배」14) 전문

　박용철은 이 시를 29세 때에 썼는데 시인의 나이가 시인의 정서적 수준
을 보장해 주는 것은 아니지만 박용철에게 있어서의 29세는 스스로에 대해
서 어느 정도 객관적일 수 있고 다른 사람의 비판적 평가를 수용할 수 있을
정도의 나이였다. 박용철이 이 시를 쓰고 나서 친구인 김영랑에게 이 시와
함께 편지를 보내면서 기탄없이 비판해 주기를 요청한 것은 그러한 점을
확인해 준다. 박용철은 그 편지에서 “그것은 지을때의 經路로보면 象徵의
本格을 간것같네. 꿈같이드러누운가운데 어쩐지 눈물흘리며 떠나가는 배가
보이네. 그저떠나가는 배일뿐이야. 그래 그대로 풀어놓은것이 그시가되었
네. 잘잘못은 두고라도 成立의 過程은 象徵의本格이야.”15)라고 이 시의

---

14) 『박용철 전집』 (시집), p. 6.
15) 박용철, 「永朗에게의 便紙」 『박용철 전집』 (평론집), pp. 327~328.

창작 과정을 밝히면서 '象徵의本格'이란 표현을 사용하기는 했지만 보들레르나 베를레느, 그리고 矢野의 '시학'을 아주 간단히 언급하는 수준 이상의 '象徵의시境'은 깊이 파악하지 못하고 있었던 것으로 보인다. 그래서 이 시는 암울한 현실을 더 이상 인내할 수 없어 청운의 뜻을 펼칠 수 있는 곳으로 떠나는 젊은이의 심경을 읊은 것으로 해석된다. 다만 이 시는 젊은이의 심경을 떠나가는 배에다 비유하고 있는데 이것이 박용철이 말하는 '象徵의本格'에 해당하는 것이라면 상징에 대한 그의 이해가 어느 정도인가는 바로 앞에서 말한 그대로이다. 결국 박용철도 하우스먼처럼 낭만주의적 정신을 넘어서지 못하고 거기에 머물고 있었던 것이다.

박용철이 하우스먼 시론의 어떤 내용을 수용하고 있는가를 살펴보기 위해서는 하우스먼의 시론이 무엇보다도 창작 과정의 시론이었음을 상기할 필요가 있다. 먼저 하우스먼의 시론 중에서 박용철의 시론과 유사한 세 부분을 인용해 보기로 한다.[16]

(1) 시는 말해진 內容이아니요 그것을 말하는 方式이다. 그러면 그것은 分離해서 따로 연구할수있는것이냐. 言語와 그智的內容 그意味와의 結聯은 상상할수있는 가장 緊密한 結合이다. 混成되지않은 純然한 시 意味에서 獨立된 시 그런것이 어디있겠느냐. 시가 意味를 가지고 있을 때에도 (언제나 그러한것이지마는) 그것을 따로 끌어내는것은 재미스럽지않다. 「콜러릿지」는 말하였다. 『시는 完全치 않게 大綱만 理解 될때에 最大의 愉樂을준다』 그리고 完全한 理解는 어떤때에는 그 愉樂을 滅殺시키기까지한다.[17]

(2) 점심때 한파이트의 麥酒를 마시고 — 麥酒는 腦의 鎭靜劑라, 나의

---

16) 한계전, 앞의 글, 앞의 책, pp. 141~144. 참조
17) A. E. 하우스먼, 「시의 명칭과 성질」『박용철 전집』(평론집),   p. 60.

午後의 時間은 나의 一生에 가장 非知性的인 것이 된다―나는 二三時間의 散步를 나가든 것이다. 特別히 무엇을 생각하는 것도 아니고, 그저 周圍의 것을 둘러보고 季節의 經過를 따르면서, 내가 걸어 갈 때에 내마음 속으로 갑작한 說明할수없는 感動을 가지고 어느때에는 시의 一二行이 어느때에는 한꺼번에 一節이 흘러들어온다― 것이 그시의 一部를 形成해야할 運命에있는 시全篇의 히미한 想을(앞서있든것이아니라)同伴해가지고. 그런다음에는 한時間가량의沈靜이있고 그다음에 아마 그새암은 다시 솟아오른다. 나는 솟아오른다고한다. 이렇게 腦에와서 提供되는 示唆의 源泉은 내가 認識할수있는限에서는 深淵 即 (내가 이미 말한바와같이)胸窩이다. 집에도라오면 나는 그것을 적어놓는다. ―다음날 靈感이 다시 찾어오기를바라고 빈틈을 남겨놓고. 어떠한때는 내가 受容的인 또 期待的인 心境을 가지고 걸어다니느라면 바라든대로 되기도한다. 그러나 어떠한때는 나는 그시를 붙들어서 智力으로 完成시켜야한다. 그것은 試鍊과 失望을 包含한 焦慮와 惱苦의일이요 어떠한때는 失敗로 끝을맺는다.[18)

(3) 한말로말하면 내생각에는 시의 出産이란 第一階段에 있어서는 能動的이라는것보다 오히려 受動的 非志願的過程인가한다. 만일 내가 시를 定義하지않고 그것이 屬한 事物의 種別만을 말하고 말수있다면, 나는 이것을 分泌物이라 하고싶다. 樅나무의 樹脂같이 自然스런分泌物이던지 貝母속에 眞珠같이 病的分泌物이던지간에 내 자신의 경우로 말하면 이 後者인 줄로 생각한다―貝母같이 賢明하게 그 物質을 處理했다고할수는없으나. 나는 내가 조금 健康에서 벗어난때以外에는 별로 시를 쓴일이없다. 作詩의過程 그것은 비록 愉快한것이지마는 一般으로 不安하고 疲勞的인 것이다.[19)

하우스먼은 시에 대해 "내생각에는 理性的인것보다는 肉體的인 것"[20)

---

18) 위의 글, 위의 책, p. 73.
19) 위의 글, 위의 책, p. 72.
20) 위의 글, 위의 책, p. 71.

이라고 할 정도로 시를 반지성적, 반이성적인 것으로 본다. 이것은 「시적 변용에 대해서」에서 전개한 박용철의 생각과 그 맥을 같이 한다. 그리고 하우스먼은 시를 '樅나무의 樹脂같이 自然스런 分泌物'이나 '貝母 속에 眞珠' 같은 '病的分泌物'로 보고 있는데 이것은 시적 변용을 비유적으로 표현한 것임은 물론이다. 이번에는 박용철의 생각이 하우스먼의 생각과 구체적으로 어떠한 유사성을 지니는 것인지를 알아보기 위해 박용철의 글을 인용해 보기로 한다.

> (4) 우리의 모든 體驗은 피가운대로 溶解한다. 피가운대로, 피가운대로. 한낮 감각과 한가지 구경과, 구름같이 펴올랐든 생각과, 한筋肉의 움지김과, 읽은 시한줄, 지나간 激情이 모도 피가운대 알아보기어려운 溶解된 기록을 남긴다. 지극히 예민한 感性이 있다면, 옛날의 傳說같이, 우리의 脈을 짚어봄으로 우리의 呼吸을 들을뿐으로(실상 끊임없이 속살거리는 이 죠콘다—)얼마나 길고 가는이야기를 들어낼수 있을것이랴.[21]

> (5) 이래서 손을 펼때마다 꽃이 나오는 確實한 境地에 다다르려면 무한한 苦難과 修練의 길을 밟아야 한다. 그러나 그가 한번 밤에 흙을 씻고 꾸며논 舞臺우에 興行하는 奇術師로 올라설때에 그의손에서는 다만 仮花조각이 펄펄 날릴뿐이다. 그가 뿌리를 땅에 박고 曠野에 서서 大氣를 呼吸하는 나무로 서있을때만 그의가지에서는 生命의꽃이 핀다.[22]

> (6) 시는 시인이 느려놓는 이야기가 아니라, 말을 材料삼은 꽃이나 나무로 어느순간의 시인의 한쪽이 혹은 왼통이 變容하는것이라는 主張을 위해서 이미 數千言을버려놓았으나 다시 도리켜보면 이것이 모도 未來에 屬하는일이라 할수도 있다. 시인으로나 거저 사람으로나 우리게 가장 重要한것은 心頭에 한點 耿耿한 불을 길르는것이다.[23]

---

21) 박용철, 「시적 변용에 대해서」『박용철 전집』(평론집), p. 3.
22) 위의 글, 위의 책, p. 7.

하우스먼의 시론과 박용철의 시론은 다음의 세 가지 점에서 대체로 일치한다. 그것은 첫째, 시는 내용과 언어가 분리할 수 없을 정도의 결합으로 이루어진다는 것을 강조하고 있다는 점이다. 그 결합의 상태를 하우스먼은 (1)의 '言語와 그智的內容 그意味와의 상상할수있는 가장 緊密한 結合'으로, 박용철은 (4)의 '한낮 감각과 한가지 구경과, 구름같이 퍼올랐든 생각과, 한 筋肉의 움지김과, 읽은 시한줄 지나간 激情이 모도 피가운대 알아보기 어려운 溶解된 기록'으로 각각 설명한다. 둘째, 한 편의 시가 이루어지기 위해서는 수많은 어려움을 거쳐야 한다는 것을 주장하고 있다는 점이다. 하우스먼은 그것을 (2)의 '試鍊과 失望을 包含한 焦慮와 惱苦의 일이요 어떠한때는 失敗로 끝을 맺는다.'로, 박용철은 (5)의 '이래서 손을 펼때마다 꽃이 나오는 확실한 경지에 다다르려면 무한한 고난과 수련의 길을 밟아야 한다.'로 각각 주장한다. 셋째, 시는 어떠한 내용을 직접 드러낸 것이 아니라 변용된 것이라는 견해를 내세우고 있다는 점이다. 그 점을 하우스먼은 (3)의 '만일 내가 시를 定議하지않고 그것이 屬한 事物의 種別만을 말하고 말할수 있다면, 나는 이것을 分泌物이라 하고 싶다. 樅나무의 樹脂같이自然스런 分泌物이던지 貝母속에 眞珠같이 病的分泌物이던지간에 내 자신의경우로 말하면 이 後者인 줄로 생각한다.'로 자신의 견해를 밝히고 있는데 이 경우의 분비물이 시적 변용의 결과를 의미하는 것임은 물론이다. 박용철의 생각은 이에 비해 (6)의 '시는 시인이 느려놓는 이야기가 아니라, 말을 材料삼은 꽃이나 나무로 어느순간의 시인의 한쪽이 혹은 왼통이 變容하는 것'이라는 데에서 보듯이 직접적이다.

이상에서 살펴본 바와 같이 박용철의 하우스먼 수용은 누구도 이의를 제기할 수 없을 만큼의 뚜렷한 증거에 의해 확인된다. 그런데 박용철은 하우

---

23) 위의 글, 위의 책, pp. 9~10.

스먼만을 수용한 것이 아니었다. 릴케를 수용하기도 했던 것이다.

IV. 릴케의 수용

박용철의, 릴케 수용도 외적 증거와 내적 증거의 양측면에서 그 확실함의 정도와 양상이 밝혀질 수 있다. 외적 증거로 들 수 있는 것은 그의 나이 23세 때인 1923년에 동경 외국어학교 독문과에 입학했다는 전기적 사실 — 그러나 이 학교에서의 공부는 1학년 1학기에서 그치고 말았다 — 을 들 수 있고 내적 증거로는 그의 시론인 「시적 변용에 대해서」에 릴케의 시론이 직접 인용되고 있을 뿐만 아니라 적지 않은 내용이 수용되고 있는 사실을 들 수 있다. 이 부분에서는 릴케의 수용을 시와 체험, 기다림의 문제, 시적 변용의 세 측면에 초점을 맞추어 살펴보기로 한다.

먼저 박용철은 「시적 변용에 대해서」에서 릴케의 「말테의 수기」를 인용하고 있는데, 그 원문의 내용과 인용의 내용이 어떻게 다른지를 비교해 볼 필요가 있다.

(1) 시라는 것은 사람들이 생각하고 있다시피 감정이 아닌 것이다.(감정이라면 젊었을 때에도 충분히 지니고 있다고 할 수 있다.) 사실은 시는 경험인 것이다. 한 줄의 시를 위하여 많은 도회지, 온갖 인간들, 그리고 여러 가지 사물을 알아야만 할 것이다. 여러 가지 동물도 배워야 하고, 새들이 나는 법을 느낄 수 있어야만 할 것이다. 그리고 조그만 꽃들이 아침이면 어떤 몸짓을 하면서 피어나는가를 알아야만 될 것이다. 미지의 고장의 길들, 뜻하지 않았던 해후(邂逅), 멀리서 다가오는 것이 보이는 이별, 이런 것을 추억으로 되살려낼 수 있어야 할 것이다. — 아직도 그 의미를 파악하지 못한 어린 시절에 대한 추억, (…) 이런 것들을 시인은

추억으로 되살려낼 줄 알아야만 할 것이다.24)

　　(2) 시는 普通 생각하는것같이 단순히 愛情이 아닌것이다. 시는 體驗인
것이다. 한가지 시를 쓰는데도 사람은 여러都市와 사람들과 물건들을 봐
야하고, 즘생들과 새의 날아감과 아침을 향해 피여날때의 적은꽃의 몸가
짐을 알아야 한다. 모르는地方의길, 뜻하지않았던 만남, 오래전부터 생
각던 리별, 이러한것들과 지금도 분명치않은 어린시절로 마음가운대서
돌아갈수가 있어야 한다.25)

　이러한 인용문을 통해서 우리는 박용철이 「말테의 수기」에 나타난 릴케
의 견해를 어느 정도 이해하고 있음을 알게 된다. 다만 여기서 문제가 되는
것은 릴케가 말하는 경험과 박용철이 말하는 체험이 어떻게 다른가 하는
점이다. 이 점에 대해 명쾌하게 해설한 이승훈에 의하면, 경험(experience)이
란 어떤 대상을 자각하는 주관성의 상태이다. 따라서 주체와 객체와의 사이
에는 거리가 유지된다. 모든 객체의 객관적 본질은 이렇게 거리를 유지하면
서 인식된다. 체험이란 용어는 Erlebnis의 역어로 만들어진 것으로 정신과
정서의 동일성, 말하자면 개별적인 주체 속에서 직접적으로 알 수 있는 인
식 내용을 뜻한다. 경험이 객체, 그러니까 대상과의 거리를 유지한다면, 체
험은 대상과의 직접적이고 전체적인 접촉을 강조한다. 대상과의 직접적 접
촉은 정서, 혹은 살아 있는 만남을 매개로 한다.26)
　릴케는 시를 감정이 아닌 경험으로 보고 있는 데에 비해 박용철은 시를
애정이 아닌 체험으로 본다. 애정을 감정의 일종으로 볼 때 릴케가 경험을
감정과 구별하고 있다면, 박용철은 체험을 애정이라는 협의의 감정과 구별

---

24) R. M. 릴케, 『말테의 수기』, 강두식 역 (삼중당, 1975), p. 21.
25) 박용철, 「시적 변용에 대해서」 『박용철 전집』 (평론집), p. 5.
26) 이승훈, 「박용철의 시론」 『한국 현대시론사』 (고려원, 1993), pp. 71~72.

하고 있는 것이다.

그렇다고 해서 경험이나 체험이 경시되어도 좋다는 뜻은 아니다. 그것들은 경험이나 체험에 못지 않게 두 사람의 시론에서 매우 중요한 위치를 차지하는 근본적인 개념이기 때문이다. 그 경험이나 체험은 두 사람에게 있어서 똑같은 과정을 거쳐 이루어지는데 그 과정은 한 마디로 해서 기다림이다. 이 점은 박용철이 「시적 변용에 대해서」에서 인용한 「말테의 수기」의 원문 번역과 박용철의 번역을 통해 명확히 드러난다.

(1) 시는 끈기 있게 기다려야만 되는 것이다. 사람은 일생을 두고, 가능하면 아주 오래 오래 살아서 우선 꿀벌처럼 꿀과 의미를 모아 들여야 할 것이고, 그래서 최후에 가서는 아마 십행쯤 되는 좋은 시를 쓸 수가 있을는지 모르겠다. (…) 아니, 그런 모든 것을 생각해 되살리는 것만으로는 어림도 없다. 하루하루가 같지 않고 다른 맛이 나는 사랑의 밤들을, 그리고 임산부의 부르짖는 소리, 가볍고 흰옷에 감겨 잠자며, 산후에 조리를 하는 여인들, 시인은 이런 모든 것을 추억으로써 지니고 있어야 할 것이다. 그러나 죽어가는 사람의 임종도 당해 봐야 할 것이며, 열어 젖힌 창이 바람에 달가당거리는 방에서 죽은 사람을 위한 밤샘도 해보아야 할 것이다. 그러나 이러한 추억들을 갖는 것만으로는 역시 불충분하다. 추억이 많아지면 그것을 잊을 수 있어야만 될 것이다. 그리고 그 추억이 다시 올 때까지 기다리는 커다란 인내심이 필요하다. 추억만 가지고는 아직 아무런 소용도 없다. 그 추억이 우리의 피가 되고 눈이 되고 몸짓이 되며, 이름도 없는 것이 되어 그 이상 우리들 자신과도 구별할 수 없이 됨으로써 비로소 아주 우연한 순간에 한편의 시의 최초의 말은 그런 추억의 한가운데서, 추억의 그늘로부터 발생해 나오게 되는 것이다.[27]

(2) 사람들은 全生涯를 두고 될수있으면 긴 生涯를 두고 참을성있게기다리며 意味와 甘味를 모으지아니하면 아니된다. 그러면 아마 最後에

---

27) R. M. 릴케, 앞의 책, pp. 21~22.

겨우 열줄의 좋은 시를 쓸수 있게 될 것이다. (……) 이런것들을 생각할
수 있는것만으로는 넉넉지않다. 여러밤의 사람의 기억(하나가 하나와 서
로 다른) 陣痛하는 女子의 부르지즘과, 아이를 낳고 햇슥하게 잠든 여자
의 기억을 가져야 한다. 죽어가는 사람의 곁에도 있어봐야하고, 때때로
무슨소리가 들리는 방에서 창을 열어놓고 죽은 시체를 지켜도봐야한다.
그러나 이러한 기억을 가지므로 넉넉지 않다. 기억이 이미 많아진때 기
억을 잊어버릴 수가 있어야 한다. 그러고 그것이 다시 돌아오기를 기다
리는 말할수없는 참을성이 있어야 한다. 記憶만으로는 시가 아닌것이다.
다만 그것들이 우리속에 피가되고 눈짓과 몸가짐이 되고 우리 自身과 구
별할수없는 이름없는것이 된다음이라야 ― 그때에라야 우연히 가장 귀한
시간에 시의 첫말이 그 한가운대서 생겨나고 그로부터 나아갈수있는것
이다.28)

　(1)에서 보듯이 릴케는 좋은 시를 쓰기 위해서는 많은 것들을 체험해야
할 뿐만 아니라 그 추억이 다시 올 때까지 기다리는 커다란 인내심이 필요
하다고 주장한다. 추억만 가지고는 아무 소용이 없으며 '그 추억이 우리의
피가 되고 눈이 되고 몸짓이 되며, 이름도 없는 것이 되어 그 이상 우리들
자신과도 구별할 수 없이 됨으로써 그때에 비로소 아주 우연한 순간에 한
편의 시의 최초의 말은 그런 추억의 한가운데에서, 추억의 그늘로부터' 발
생한다는 것이다. 다시 말하면 아무리 체험(추억)이라 할지라도 그것이 즉
각적으로 시를 쓰는 데에 필요한 체험이 되기 위해서는 기다리는 과정이
있어야 한다는 것이다. 이러한 릴케의 견해를 박용철은 (2)에서 보듯이 인
용의 형식을 통해 대체로 받아들이면서도 부분적으로는 약간 변경한다. 즉,
릴케는 시인이 '가능하면 아주 오래오래 살아서 우선 꿀벌처럼 꿀과 의미
를 모아 들여야' 한다고 한 것을, 박용철은 '될수있으면 긴 生涯를 두고 참

---

28) 박용철, 「시적 변용에 대해서」 『박용철 전집』 (평론집), pp. 5 ~6.

을성있게기다리며 意味와 甘味를 모으지 아니하면 아니된다.'고 변경한 것이다. 릴케가 체험(경험)을 쌓아야 한다는 점을 강조했다면, 박용철은 '꿀벌처럼'이라는 표현을 생략함으로써 체험의 의미와 감미를 강조했다고 할 수 있다.[29]

그러나 이러한 차이를 드러내고 있음에도 불구하고 박용철이 릴케를 수용하고 있다는 사실에는 여전히 변함이 없다. 수용이란, 의미의 굴절까지를 포함하는 개념이기 때문이다. 그리고 이와 관련하여 보다 분명히 해야 할 것은 「시적 변용에 대해서」의 '시적 변용'의 개념이다. 이에 대해서는 논자들마다 각각 다르게 주장하고 있다.

김윤식은, 박용철이 말하는 시적 변용은 릴케가 「悲歌」에서 보여준 의미와는 거의 무관함을 지적한다. 박용철이 말하는 시적 변용의 의미는 「말테의 수기」에 드러난 바와 같이 시의 창작 비밀을 말하는 것일 따름이라는 것이다. 김윤식은, 박용철이 말하는 시적 변용의 의미를, 될 수 있는 한 많은 체험의 양을 내포하고 나아가 그 체험이 용해되어 이름 모를 것이 될 때까지 순화되기를 기다리는, 그러한 기다림 끝에 시가 탄생한다는 의미로 정리하면서 그는 "릴케를 읽었고, 또 릴케를 다소 이해한 듯하나 릴케의 본질을 파악했다고는 볼 수 없을 듯하다."[30]는 견해를 제시한다.

김용직은 「시적 변용에 대해서」를 크게 세 부분으로 나누어 이해한다. 그 세 부분은 첫째, '우리의 모든 體驗은 피가운데로 溶解한다. 피가운대로, 피가운대로'라고 시가 제작자의 몫임을 밝히는 허두 부분, 둘째, 참고 기다리며 괴로움이나 아픔까지를 시를 위해서 자양화시키는, 詩作의 주체인 시인의 성격에 대해서 말하고 있는 부분, 셋째, 이런 인내와 수련, 고심

---

29) 이승훈, 앞의 글, 앞의 책, p. 76. 참조.
30) 김윤식, 「無名火와 순수의 논리」『한국근대문학사상』(1976), pp. 232~233.

과 노력을 거치고 나서야 비로소 참된 시를 뜻하는 '생명의 꽃'이 피어난다
는 부분 등인데 김용직은 박용철이 말하는 시적 변용, 곧 시의 길은 셋째
부분이라고 주장한다.[31]

이승훈은 릴케의 시적 변용이란 한마디로 말해서 인간 존재와 세계 존재
가 하나로 용해되는 경우, 곧 내면공간으로 들어감을 뜻한다는, 김윤식이
인용한 글을 다시 인용하고 이런 의미로서의 변용은 좀더 폭을 넓혀 말하
면, 딜타이적인 체험 개념 속에 포섭된다고 주장하면서 시적 변용을 정신의
능동적 변형, 추억이며 동시에 변형이라는 의미로 이해하는 자신의 견해를
제시한다.[32]

위의 세 논자의 주장과 견해 속에는 타당성이 있는 반면 간과할 수 없는
문제점도 내포되어 있다. 이제 그 점을 밝혀 보면 다음과 같다. 김윤식은
시적 변용의 의미를 시의 창작 비밀을 말하는 것으로 파악하고 박용철이
'릴케를 읽었고, 또 릴케를 다소 이해한 듯하나 릴케의 본질을 파악했다고
는 볼 수 없'는 이유로 천사를 말하지 않고 대지의 사상, 내부공간 및 변용
의 본질을 말하지 않았다는 점을 들고 있다.[33] 그러나 박용철이 그러한 내
용을 담고 있는 릴케의 「제9悲歌」를 말하지 않았다는 점이 릴케와의 영향
관계를 논할 수 없는 이유는 될 수 없다. 영향이란 일단 직접적이고 표면적
인 것으로 나타나지만 경우에 따라서는 간접적이고 이면적인 것으로도 나
타나기 때문이다. 김용직은 시적 변용을 인내와 수련, 고심과 노력을 거치
고 나서야 비로소 참된 시를 뜻하는 '생명의 꽃'으로 이해하고 있다. 그러
나 이 '생명의 꽃'은 시적 변용이라기보다는 어려운 창작의 과정을 거쳐 이
루어진 결과물, 즉 시를 뜻하는 표현에 더 가깝다. 이승훈이 제시하는 시적

---

31) 김용직, 앞의 글, 앞의 책, p. 134.
32) 이승훈, 앞의 글, 앞의 책, p. 79.
33) 김윤식, 앞의 글, 앞의 책, pp. 232~233.

변용의 의미는 '정신의 능동적 변형, 추억이며 동시에 변형'이다. 그런데 그러한 의미가 수긍되려면 박용철이 말하는 체험의 의미가 딜타이적이라는 점이 먼저 논증되어야 한다. 그러한 절차도 없이 딜타이가 능동적 변형을 체험의 속성으로 지적한 사실만 가지고 시적 변용의 의미를 제시했을 때는 시적 변용이 반드시 정신의 능동적 힘에 의해 의해서만 나타나는 것이 아니라는 반론에는 전혀 대처할 수가 없게 된다.

그래서 필자는 릴케와의 관련성을 염두에 두면서 시적 변용의 성격을 다음의 두 가지로 규정해 보고자 한다. 시적 변용은 우선 한 편의 좋은 시를 탄생시키기 위한 시인의 정신적 자세에 대한 개념이다. 한 마디로 말할 때 그것은 기다림이다. 그 기다림은 무작정의 기다림이 아니라 '무한한 苦難과 修練'의 길을 밟는 기다림이며 "하나의 큰꽃만을 바라고 一生을 바치"34)는 기다림이 아니라 최후의 한송이의 아주 크고 아름다운 꽃을 피우기 위하여 "그보다 적을지라도 덜 고을지라도 數多히 꽃을 피우며 一生을 지나"35)는 기다림이다. 다음으로 시적 변용은 시의 형성 과정에 대한 개념이다. 박용철은 그것을 "물과 쌀과 누룩을 비져넣어서 세가지가 다 原形을 잃은다음에야 술이 생긴다. 한百年동안 地下室에 묵여두었던 美酒의 馥郁한 香氣를 시는 가져야 한다."36)고 주장한다. 이것은 시인이 여러 소재들을 단순히 조합하는 것만으로는 시가 될 수 없음을 의미하는 것이다.

이상에서 살펴본 바와 같이 박용철의, 릴케 수용의 흔적은 뚜렷하다. 이 경우의 릴케 수용에는 직접적이고 표면적인 것만이 아니라 간접적이고 이면적인 것 또는 굴절된 것까지 모두 포함된다. 그리고 박용철이 말하는 시적 변용의 의미에 대해서는 논리적이고 다양한 시각으로의 접근이 필요하

---

34) 박용철, 「시적 변용에 대해서」『박용철 전집』(평론집), p. 6.
35) 위의 글, 위의 책, p. 6.
36) 위의 글, 위의 책, p. 9.

다. 그 시적 변용의 의미야말로 박용철 개인의 서구 시론 수용 문제는 물론이고 한국 근대시론사의 서술 방향을 정하는 데에도 큰 영향을 끼치는 것이기 때문이다.

Ⅴ. 에필로그

지금까지, 서구 시론의 수용을 중심으로 박용철의 시론에 대해 살펴보았다. 이제 그 내용을 결론 삼아 요약, 정리해 보면 다음과 같다.

1) 박용철이 서구 시론을 수용하게 된 배경으로는 상호 확인이 가능한 내적 증거와 외적 증거에 의해 설명될 수 있는 두 가지 점을 들 수 있는데, 그것의 하나는 박용철이 외국어, 특히 독일어와 영어를 잘했다는 점이다. 이 점은 그의 부친인 朴夏駿, 친구인 張龍河, 金永郎, 李軒求, 靑山學院을 다닐 때의 은사 阿部 등의 증언과 培材高普를 다닐 때의 성적 등에 의해 분명히 드러난다. 그것의 다른 하나는 박용철이 서구시(해외시)를 배우겠다는 열망을 지니고 있었다는 점이다. 이 점은 박용철의 창작시가 74편에 불과한 데에 비해 번역시는 무려 308편이나 된다는 사실을 통하여 확인된다. 박용철이 이처럼 서구(해외)의 많은 시인들의 시를 번역한 것은 표면적으로는 서구시(해외시)를 번역하여 한국에 소개함으로써 한국시의 수준을 서구시(해외시)의 수준으로 끌어올리겠다는 의도의 소산이지만, 이면적으로는 서구시(해외시)로부터 무엇인가를 배우겠다는 열망을 표출한 것이기도 하다. 박용철이 번역한 시들이 순수 서정시여서 민중들의 삶의 한복판에 가로놓여 있는 사회적, 정치적 문제들을 외면하고 있는 점, 또한 그 서정시들이 릴케, 예이츠 등 몇몇 시인들의 시를 빼면 거의 대부분이 근대시

라는 점은 그의 한계이다. 시선을 번역 쪽에 돌려 생각할 때 번역만으로 그 배움의 열망을 실현할 수 없다는 것은 자명하다. 그 열망의 실현은 시의 번역뿐만 아니라 시론의 번역과 수용으로까지 이어져야 가능한 것이다. 이것은 그가 하우스먼의 시론을 번역했을 뿐만 아니라 하우스먼·릴케의 시론을 수용하기까지 했다는 점과 밀접하게 관련된다.

2) 하우스먼 시론은 무엇보다도 순수시론이다. 그 순수시론은 아베 브레몽의 순수시론을 포함하는 광의의 순수시론 중의 하나로 그 성격이 규정되기도 한다. 또한 그 순수시론은 하우스먼 자신이 직접 전개한 시론의 내용을 통해 볼 때 창작 과정의 시론이라 할 수 있다. 이 점은 박용철이 시를, 시인에 의해서 창조된 존재로 보는 시관과 그 맥을 같이 한다. 박용철이 하우스먼의 시론을 수용한 것은 하우스먼의 「The Name and Nature of Poetry」를 번역한 것이 계기가 되었지만, 보다 구체적인 사유는 대체로 하우스먼의 시와 박용철의 시가 지니는 내용과 시적 분위기의 유사성을 통해 유추할 수 있다. 그 내용과 시적 분위기가 낭만주의 정신에 토대를 둔 것임은 물론이다. 하우스먼의 시론과 박용철의 시론은 다음 세 가지 점에서 일치한다. 그것은 첫째, 시는 내용과 언어가 분리할 수 없을 정도의 결합으로 이루어지는 것이라는 것을 강조하고 있다는 점이고 둘째, 한 편의 시가 이루어지기 위해서는 수많은 어려움을 거쳐야 한다는 것을 주장하고 있다는 점이며 셋째, 시는 어떠한 내용을 직접 드러낸 것이 아니라 변용된 것이라는 확고한 견해를 내세우고 있다는 점이다.

3) 박용철은 릴케의 「말테의 수기」의 내용을 수용하고 있음이 확실하다. 그러나 그 수용은 직접적인 수용이 아니라 굴절적인 수용이다. 그것은 다음 두 가지 사항을 통해서 확인할 수 있다. 첫째, 릴케는 「말테의 수기」에서 시를 감정이 아닌 경험으로 봄으로써 경험을 감정과 구별하고 있다면, 박용

철은 그것의 일부를 번역하여 인용한 「시적 변용에 대해서」에서 시를 애정이 아닌 체험으로 봄으로써 체험을 애정이라는 협의의 감정과 구별한다. 여기서 중시해야 할 점이 구별의 객체가 경험이냐 아니면 체험이냐 하는 쪽에 있지 않고 구별의 대상이 감정이냐 아니면 애정이냐 하는 쪽에 있다면, 릴케가 말하는 경험과 박용철이 말하는 체험은 같은 내용을 담고 있는 것이라 할 수 있다. 둘째, 릴케는 「말테의 수기」에서 시인이 '가능하면 아주 오래오래 살아서 우선 꿀벌처럼 꿀과 의미를 모아 들여야' 한다고 함으로써 체험(경험)을 쌓아야 한다는 점을 강조했는 데 비해, 박용철은 역시 그것의 일부를 번역하여 인용한 「시적 변용에 대해서」에서 '될수있으면 긴 生涯를 두고 참을성있게기다리며 意味와 甘味를 모으지 아니하면 아니된다.'고 변경함으로써 체험의 의미와 감미를 강조한다. 박용철이 말하는 시적 변용의 의미에 대해서는 릴케와의 관련성을 염두에 두면서 다음의 두 가지로 성격을 규정할 수 있다. 시적 변용은 우선 한 편의 좋은 시를 탄생시키기 위한 시인의 정신적 자세에 대한 개념이다. 한 마디로 말할 때 그것은 기다림이다. 그 기다림은 무작정의 기다림이 아니라 '무한한 苦難과 修練'의 길을 밟는 기다림이며 최후의, 한 송이의 아주 크고 아름다운 꽃을 피우기 위한 일생의 기다림이다. 다음으로 시적 변용은 시의 형성 과정에 대한 개념이다. 이것은 시인이 여러 소재들을 단순히 조합하는 것만으로는 시가 될 수 없다는 점과 밀접하게 관련된다.

임화 시론의 기교주의 비판과 경향시 주창__임화 시론

Ⅰ. 프롤로그

한국 근대 문학사에서 차지하는 임화의 비중은 크고도 넓다. 그는 뛰어
난 재능을 소유한 시인이었고 문학이론가였으며 누구보다도 강한 영향력을
지닌 계급문학 운동가였다. 그가 초기에 쓴 「赫土」(『조선일보』, 1927. 1. 2)
·「화가의 시」(『조선일보』, 1927. 3. 8)·「지구와 박테리아」(『조선지광』, 1927.
8)와 같은 다다이즘 경향의 시들을 제외해서 이야기한다면 그의 대부분의
시와 문학이론과 문학 운동은 서로 일치한다고 할 수 있다.

지금까지의 임화에 대한 연구는 주로 그의 시적 경향을 논의하거나 아니
면 그의 문학이론을 프로문학과 관련해서 논의하는 쪽으로 이루어졌다. 따
라서 그의 시론에 대한 연구는 상대적으로 소홀했던 게 사실이다. 이것은
그의 대부분의 시론이 아주 단편적인 것이라든가, 또는 너무 소략하다는 생
각에서 비롯된 결과가 아닌가 한다. 그가 쓴 본격적인 시론인 「담천하의 시
단 일년」과 「기교파와 조선 시단」 등 두 편은 김기림 등 기교파에 대한 비
판에 치중하고 있다는 약점을 지니고 있기는 하지만, 다른 한편으로는 그것
을 통하여 1930년대의 경향시, 즉 프로시의 이론을 전개하고 그것의 체계

화를 시도하고 있어서 김기림의 시론에 대칭되는 1930년대의 시론이라는 점에서 결코 간과할 수 없는 의의를 지니고 있다.

이 글은 이러한 점을 염두에 두면서 임화의 시론이 구체적으로 어떠한 배경과 시적 신념에서 전개되고 있는지를 살펴보는 데에 목적을 두고 있다. 이 목적을 달성하기 위해 이 글은 앞에서 언급한 두 편 시론의 내용을 상세히 검토하고 그의 경향시에 대한 주장을 정리하는 방식을 취하고자 한다. 그렇게 하면 시에 대한 임화의 견해가 더 뚜렷이 드러나게 되어 한국의 근대시론사를 서술하는 데에 기여할 수 있을 것으로 생각한다.

II. 기교주의 비판

임화의 기교주의 비판은 세 가지의 큰 흐름을 형성하고 있는데 그것의 첫째는 기교주의의 방법론에 대한 비판이고, 둘째는 김기림의 시론에 대한 비판이며, 셋째는 박용철의 시론에 대한 비판이다. 이것들은 모두 큰 흐름이어서 그 속에 여러 가지의 작은 흐름들을 거느린다. 예를 들면, 방법론 비판에서의 정지용의 시에 대한 비판이나 신석정의 시에 대한 비판이 그것들인데, 여기서는 작은 흐름에 해당하는 내용들이 각 항목과 밀접하게 관련되는 내용이므로 따로 항목을 정하지 않고 필요하다고 판단되는 부분에서 함께 다루었다.

1. 방법론 비판

임화는 기교파의 대두를 경향시의 쇠퇴와 관련해서 바라본다. 이른바 반발의 원리가 거기에 적용된 것이다. 반발의 원리란, 하나의 문예사조 또는 문예경향의 발생, 소멸이 다른 문예사조 또는 문예경향의 반발과 밀접하게 관련된다는 원리이다. 서구 문예사조의 발생과 소멸은 어김없이 이 원리에 따른 것이라고 보면 거의 틀림이 없다. 예를 들어 신고전주의의 소멸은 낭만주의적 경향의 반발에 의한 결과이고, 그것은 낭만주의 발생으로 이어진다. 마찬가지로 낭만주의의 소멸은 사실주의적 경향의 반발에 의한 결과이고 그것은 사실주의의 발생으로 이어진다. 이러한 반발의 원리는 한국의 문예사조에도 그대로 적용된다. 비록 반발이란 용어를 쓰지 않고 '반항'이라는 용어를 쓰고 있기는 하지만, 임화가 기교파의 대두를 바라보는 관점도 반발의 원리에 따른 것이라는 점에서는 예외가 아니다. 여기서는 임화의 시론 「담천하의 시단 일년」을 중심으로 살펴보기로 한다.

> 그리하야 技巧主義시는 마치 十年代의 『新시』가 中世的시조나 漢시에 對하야, 또 傾向시가 『新시』에 대하야 革命的이었든것과같이 그들以前에 모든 시歌에對하야 新時代를 體現하는 詩的 反抗者인것과 같은 觀念的 幻想을 組織하는 것이다.[1]

> 그러나 신흥시(경향시 — 필자)는 넘우나 幼少함과 또 前時代로부터 받는 多數한 言語上의 遺産이라든가, 또 文學全體를 支配한 政治偏重的인 圖式主義의 傾向때문에 그 思想的 藝術的 達成에도 不拘하고 傾向詩의 가장 弱한 部分은 역시 言語的인 그것이었다.
> 이러한 歷史的인 條件下에서 우리 시단의 거의 橫暴에 가까운 支配者이었든 傾向詩가 痛烈한 不自由가운데서 一時的으로나마 그 氣熠이 微弱해갈제, 시는 言語의 技巧다라는 態度를 朝鮮的인 方法으로 飜譯해가지고 나오는 狡猾한 潮流가 漸次的으로 나와 「繁榮」한 것은 無理가 아니다.[2]

---

1) 임화, 「담천하의 시단 一年」 『문학의 논리』 (학예사, 1940), pp. 623~624.
2) 위의 글, 위의 책, pp. 620~621.

임화의 문장이 대부분 그러하듯 위 인용문의 문장도 매우 조잡하고 의미가 선명하지 못하기는 하지만 어렴풋하게나마 글을 쓴 임화의 의도를 파악할 수는 있다. 즉, 그 의도는 기교파 대두의 발생을 경향시의 쇠퇴와 관련해서 설명하고자 한 데 있다. 그런데 그가 바라보는 기교파는 발생의 단계에서 끝난 것이 아니었다. 조선 시단에 무시할 수 없을 정도의 성장을 계속했던 것이다.

임화가 기교파의 성장 이유로 꼽은 것은 두 가지이다. 그것의 하나는 경향시와 같은 진보적 시가에 대한 '不自由한 客觀的 雰圍氣의 擴大'가 기교파에게 있어서는 반비례적으로 자유로운 활동을 가능하게 하는 결과로 나타났다는 점이고 그것의 다른 하나는 기교파의 시가 많은 독자들에게 전파되었다는 점이다.[3] 물론 여기에는 기교파의 시가 과거의 신시와 신흥시의 약점에 출발의 근거를 두었다는 임화의 주장과 밀접하게 관련됨은 물론이다. 이 두 가지의 이유 중에서 임화는 특히 후자의 이유에 대해 주목하고 있는데 그에 의하면, 거기에는 문학사적인 이유가 도사리고 있다. 즉, 감상주의적인 낭만주의의 신시나 이에 반발하여 나타난 진보적 정신의 신흥시, 곧 경향시가 공히 언어적 결함을 지니고 있다는 점이 기교파의 성장과 크게 관계가 있다는 것이다. 기교주의를 '狡猾한 潮流'로 명명한 데에서도 드러나듯이 기교파(기교주의)에 대한 임화의 시각에는 강한 비판의 색채가 배어 있다.

임화는 기교파의 성격과 주장을 다음과 같이 두 가지의 측면에서 파악한다. 그에 의하면, 우선 그들은 조선적 언어의 수호자로 등장했다. 사실 신시나 경향시가 크게 볼 때는 언어상으로 공헌했음에도 불구하고 외국의 경향에서 완전히 벗어나지 못하여 능숙한 언어를 구사하지 못했다는 점은 일부

---

3) 위의 글, 위의 책, p. 619.

의 독자나 문학청년들이 인식하고 있는 바였다. 그래서 기교파들은 외국의 기교파나 순수시인들처럼 시는 언어의 기교라고 주장하는 대신 신시와 경향시의 언어적 결함을 공격하고 올바른 조선어를 써야 한다는 주장에서부터 출발했다는 것이다. 이것은 정지용과 신석정의 주장이기도 하다. 다음으로 그에 의하면, 기교파들은 신시가 경향시와의 투쟁에서 사용한 낡은 무기인 '예술을 위한 예술'의 사상을 내세우지 않았다. 이에 대해 그는 김기림의 「시에 있어서의 技巧主義의 反省과 發展」에 들어 있는 "藝術至上主義는 차라리 倫理學의 問題에 속하나 技巧主義는 순전히 美學圈內의 問題다."[4]라는 문장을 인용하면서 신시의 패배에 의하여 그 효용가치가 널리 알려진 지상주의로부터 자기들의 지상주의를 구별했다고 주장한다. 그러나 그에 의하면, 그것은 완전한 동의어를 논리상의 기교로 이분하는 것이며, 기교주의는 예술지상주의와 같이 그렇게 진부한 것이 아니라 어떤 방법으로든지 현실과 관련되고 또 예술적으로 구출될 수 있는 가능성이 남아 있는 것같은 암시를 준다. 그는 그의 이러한 주장을 뒷받침하기 위해, 김기림이 『午前의 詩論』에서 기교주의 시, 다다이스트들의 시, 초현실파의 시를 同列에 놓고 혁명적 예술로 취급하고 있는 점을 들고 있다. 다시 말하면 마치 1910년대의 신시가 중세적 시조나 한시에 대하여, 또 경향시가 신시에 대하여 혁명적이었던 것처럼 기교주의 시는 그들 이전의 모든 시가에 대하여 새로운 시대를 체현하는 시적 반항자인 것과 같은 관념적 환상을 만들어 놓고 있다는 것이다. 그에 의하면, 이것은 고의로 만들어 놓은 논리적 기교이거나 그렇지 않으면 지식 계급의 완전한 주관적 환상이다.

임화의 기교파에 대한 비판의 첫째 대상은 환상론이다. 임화는 '인텔리겐치아적 환상'이란 말을 쓰고 있는데 그에 의하면, 이것은 근본적으로 지

---

4) 김기림, 「기교주의 비판」 『김기림 전집 2』 (심설당, 1988), pp. 98~99.

식이나 관념상의 변혁이 현실 생활을 좌우할 수 있다는 인텔리겐치아의 자기 자신에 대한 과신이다. 그리고 戰後의 신흥예술이 가지고 있던 예술상의 환상은 이 환상의 예술상 반영인데도 불구하고 신시대의 예술적 창조자는 인텔리켄치아 자기 자신이며 그들의 급진적인 예술이 곧 혁명의 예술이라고 오인하는 것을 말한다. 그에게 있어서 금일의 이러한 환상의 발전이란 前後의 신흥예술과 같은 그러한 급진성을 가진 것이 아니라 오직 모든 사상성을 거세한 양식상의 점차적인 변형만이 남아 있는 것으로 인식된다.

둘째는 언어에 대한 기교와 현실에 대한 비관심주의이다. 임화에 의하면 다다나 표현파의 모방자들은 시의 사상과 내용에 있어서 동일한 반항자들이었다. 그러므로 임화는 박팔양, 김화산, 자기 자신까지가 일시적으로나마 그 급진적 정열로 말미암아 프로문학에까지 도달했다고 본다. 그에 의하면, 본질적인 것은 양식상의 과거 부정뿐만 아니라 생활이나 세계관에 있어서 보다 큰 반항의 정열을 지니고 있었다는 데에 있다. 그러나 그는 기교파의 시인들이 시의 내용과 사상을 방기하고 있다고 비판한다. 다만 있는 것은 언어 표현의 기교와 현실에 대한 비관심주의이며 시적 정열이 전무하다는 것뿐이라는 것이다. 그리고 그에 의하면, 그들은 일률적으로 낭만주의를 무조건 부정하는 사람들이며 고전주의의 질서와 지성을 찬미하는 사람들이다. 그 지성은 그에 의해 "冷質한것으로 그들의 藝術을 通하야 生活上의 어느便의 支持者로도 熱中 傾度함을 免케하는 實로 便宜한것"5)으로 매도된다.

셋째는 감각주의이다. 임화의 주장은 다음과 같다. 감정을 사상과 통하는 것으로 보는 그들은 감정의 노래를 멸시하고 감각을 노래한다. 따라서 그들은 시의 대상인 자연이나 인간 생활에 대한 사유를 통하여 시적 표현의 길

---

5) 임화, 「담천하의 시단 일년」 『문학의 논리』 (학예사, 1940), p. 626.

을 밟는 것이 아니라 감각된 현상을 신경부를 통하여 그대로 末梢 부분에 積載해 두는, 사상이 없는 시의 제작만을 위해서 사유한다. 그들의 이론대로 하면 사람의 신체 구조는 두뇌와 신경이 완전히 분리되어 있어서 양자의 사이에는 그것을 연결하는 중추신경이 없게 된다. 그에 의하면, 그들은 생활자가 아니라 활자 제조기에 불과하며 그들의 시는 두뇌의 시가 아니라 신경의 시이다. 그는 김기림의 「오전의 시론」이나 「시의 제작 도정」 등을 읽어보면 이것을 쉽게 확인할 수 있다고 주장한다.

이러한 비판을 실제 시작품에 적용하려 했을 때 임화가 예를 든 주요한 시인으로는 김기림을 비롯하여 정지용·신석정 등이었다. 임화가 말하고 있는 대로 김기림과 정지용·신석정은 동일 계열의 시인이라고 할 수 없다. 그런데도 임화가 동일 계열의 시인으로 취급하는 것은 위의 세 시인이 시적 기교를 시적 내용보다 상위에 놓는다는 점에서 동일한 지상주의자들이고 또한 다같이 현실 생활에 대한 관심의 회피자로서 현실이나 자연의 단편에 대한 감각을 노래하는, 감정의 시인이 아닌 감각의 시인들이며 "이러한 結果로서 現實이나 自然에 대해 單純한 觀照者의 冷徹以上을 시에서 表現하지"6) 않기 때문이다. 임화는 김기림의 「바다의 獨愁」, 「바다의 演壇」, 「季節의 愛人」을 예로 들면서 기교파의 시들은 현실생활의 체질을 무시하고 동양화적 靜謐함만을 노래하고 있다고 비판한다. 자연에 대해서까지 흥분하기를 두려워하고 오직 조심스럽게 '物'에 대한 '獨愁' 정도만을 노래함으로써 유일한 목적을 언어의 정리에 두고 있다는 것이다. 이러한 점과 관련하여 그는 신석정에 대해서는 "最大의 靜觀者"7)로, 정지용에 대해서는 "最大의 信仰者"8)로 각각 부르고 있다.

---

6) 위의 글, 위의 책, p. 628.
7) 위의 글, 위의 책, p. 628.
8) 위의 글, 위의 책, p. 628.

포괄적으로 이야기할 때 김기림의, 기교주의에 대한 비판은 현실과 시대를 방관하지 않고 민감하게 파악하여 적극 대처해야 한다는 그의 문학에 대한 신념에서 기인하는 것으로 볼 수 있다.

2. 기교파 시인 비판

임화는 기교파 전체를 비판하는 입장에 있으므로 기교파에 속하는 시인들, 예를 들면 김기림, 박용철, 정지용, 신석정뿐만 아니라 박재륜, 이서해, 유치환 등을 모두 비판의 대상에 포함시키고 있다. 그러나 기교파에 대한 비판을 하는 데 있어서도 집중적이고 구체적인 비판의 대상은 김기림, 박용철이므로 이 부분에서는 이 두 시인에 국한하여 그 내용을 살펴보기로 한다.

1) 김기림 비판

김기림에 대한 비판은 「담천하의 시단 일년」에서 주로 이루어지는데 제일 먼저 비판의 대상이 된 작품은 장시 「기상도」이다. 임화에 의하면 「기상도」는 문명 비판이 미미하고 그것보다도 오히려 "自然, 器物, 人間等의 對象을 「인테리겐차」流의 消費的趣味에 의하야 示寂으로 秩序化하고있는 한개의 感覺的인 審美性이 보다더 强하게 實現"[9]되어 있는 작품이다. 그러니까 「기상도」는 문명의 사실을 본질로부터 받아들이지 않고 문화의 번지르르한 외면만을 감수하는 작품이라는 것이다. 따라서 김기림의 새로운 언어라는 것도 그에 의하면, 합리성을 떠난 어감 중심의 연락일 뿐이요 비판의 지성이라는 것도 명확하게 찾아보기 어렵다.

---

9) 위의 글, 위의 책, p. 637.

김기림에 대한 임화의 비판은 이 정도에서 그치지 않는다. 좀더 본격적인 비판은 「기상도」에 대한 비판과는 다른 차원에서 이루어지고 있다. 이제 그것을 일곱 가지로 나누어 살펴보면 다음과 같다. 그런데 그것들은 원래 항목화되어 있는 것이 아니라 그의 글들에 나타난 주장을 논리적인 맥락에 따라 구성한 것이다.

첫째는 근대시의 개념을 중심으로 한 비판이다. 김기림과 임화가 지니고 있는 근대시의 형성 과정에 대한 이해에는 간과할 수 없는 차이가 있다. 김기림은 근대시가 통시적인 맥락에서 볼 때 순수화의 과정을 더듬어 왔다고 보는 데에 비해 임화는 시민의 시인 근대시는 "「데카단쓰」의 洞窟을 지나고 戰後의 狂風을 通過하야 純粹시의 運動에 이르는 全科程"[10]을 밟았다고 본다. 임화에 의하면 김기림의 그것은 반역사적인 견지에서 관찰한 것이며 추상적인 해석에 불과하다. 임화는, 김기림이 金東煥의 민중 개념에 대해 "朝鮮의 民衆主義者의 머릿속에는 階級分化以前의 民衆이 十八世紀의 옷을 입은채 偶像이 되어있다."[11]고 비판한 것을 문제 삼으며 "金起林 氏의 머리속에는 階級分化以前의 近代시가 十八世紀의 옷을 입은채 偶像이되어 들어있지 않읍니까?"[12]라고 냉소적으로 묻는다. 임화에 의하면 근대시에 있어서도 민중에서와 마찬가지로 계급 분화가 일어났으며 특히 세계대전 前後의 근대시는 한 개의 暴風的인 과정을 거치면서 격렬한 계급 분화를 경험했다. 그에 의하면, 프랑스 노동자의 깃발 밑으로 들어간 로망 롤랑이나 앙리 바르뷔스, 시민시를 쓴 러시아의 마야코프스키 등은 그러한 과정을 겪은 전형적인 시인들이다.

둘째는 근대시의 계승자를 파악하는 시각에 대한 비판이다. 임화에 의하

---

10) 위의 글, 위의 책, p. 630.
11) 위의 글, 위의 책, p. 631.
12) 위의 글, 위의 책, p. 630.

면 김기림은 계급 분화 이전의 근대시 개념을 가지고 모든 것을 보려 하기 때문에 세계대전을 전후로 한, 방대한 계급적 기초에 의한 역사적 시의 세대 교체를 몰각하였고 그 교체 이후에 나타난 것, 즉 예술적, 사상적으로 신세대의 시가가 孵化한 껍질이나 찌꺼기를 아직도 근대시의 진정한 계승자로 오인하고 있다. 그래서 임화는 조선의 八峰·相和·八陽·懷月 등이 노동계급 예술의 창시자로서의 영예를 가지고 있다고 주장한다. 그에 의하면, 김기림은 근대시의 진정한 계승자인 베즈 미용스키·떼미얀 베트느이·에른스트 베헬·에른스트 토올러 등 러시아 시인에게서 근대 시문학의, 또는 그 후의 발전을 보지 않고 아주 한 눈을 가려서 발레리·브레몽·지이드·春山行夫 등을 통해서만 근대시를 보고 있다.

셋째는 순수화의 이해에 대한 비판이다. 임화에 의하면 김기림은 순수화를 시의 一面化라고 '正當히 指指'하면서도 이것이 시의 일면화일 뿐만 아니라 본질적으로 역사성을 상실한, 시민의 시가 退化된 양태의 하나라는 것을 이해하지 못하고 있다. 또한 시의 상실, 시의 위기라는 것은 결코 근대시 그 전체의 위기가 아니라 이미 역사적으로 反近代化한 시민의 시의 위기와 상실이며 김기림은 그것이 자본주의의 세계적 지배 위기의 반영인 것을 전혀 이해하지 못하고 있다. 그에 의하면, 역사적 발전의 다른 일면에 대하여 한 눈을 감은 김기림에게는 오늘의 '文明의 合則的活路'가 보이는 대신에 문명의 否定만이 있고, 그에 따라 김기림은 시의 내용과 기교의 분열을 문명에 대한 비평적 지성이라는 것으로 통일하려고 시도하게 된다.

넷째는 질서화의 의지에 대한 비판이다. 임화에 의하면 김기림이 의도하고 있는 그 '통일'은 진정한 의미의 통일이 아니다. 그것은 김기림이 지닌 근본적 견해의 결함 때문에 단순한 시의 기술적인 질서화의 企圖로 종식되고 말 것이기 때문이다. 그에 의하면, 이 '질서화의 의지'의 근저에는 범박

하기 짝이 없는 인간 정신 즉, 휴머니즘이 가로놓여 있다. 임화에 의하면 이것은 김기림의 문학 사상이다. 임화는 김기림을 향하여 다음과 같이 반문하고 충고한다.

> 萬一 民衆의 槪念이 階級分化以前의 十八世紀的 衣裳을 입은 偶像이라면! 人間精神=「휴—매니즘」의 槪念은 階級分化以前의 十八世紀的「人間」의 衣裳을 입은 偶像이 아닐지?
> 起林씨여! 당신의 思惟는 너무나 詩的입니다. 氏의 다른 것에 對한 科學的인 觀察은 文學, 시에 이르러서는 限없이 무디어진다.13)

다섯째는 사유 과정에 대한 비판이다. 임화에 의하면 김기림의 사유 과정은 무척 단순하여 일직선으로 진행되고 있다. 임화가 주장하는 김기림의 사유 과정은 기교주의에 대한 반성과 그에 이어지는 발전으로서의 새로운 내용성의 설정이다. 기교주의에 대한 반성의 결과로 나타난 것이 문명 비판의 의식을 주입하는 것인데, 그 반성이 발전하여 새로운 내용성을 설정하는 것은 바꾸어 말하면 비판적 지성을 획득하여 거기에 안심하고 상륙하는 것을 말한다. 임화에 의하면 그렇게 될 경우, 시의 제작 과정은 비판적 지성에 의한 질서에의 의지로부터 시작되고, 시적 대상인 자연과 사회의 질서는 시적 질서로 번역되며, 그것은 최후적으로 언어의 질서화를 통하여 한 개의 완성된 시에 도달하게 된다. 임화는 김기림이 시의 제작 과정에서 정서나 감정이 존재할 위치를 조금도 남겨두지 않고 감각까지도 비판의 지성으로 驅逐하면서도 기교시나 순수시가 상실한 시적 감격의 원천을 인간 정신 위에서 찾는다는 것은 모순된 기적이라고 비판한다. 인간은 정감하지 못하면 지각할 수 없는 것이며 따라서 비판할 수도 없고 또 김기림의 논법대로 정

---

13) 위의 글, 위의 책, p. 634.

서, 정감을 거세한 지능이란 것이 성립한다면 더 한층 시적으로 감흥한다는 것은 불가능하기 때문이다.

여섯째는 시의 개념에 대한 비판이다. 임화에 의하면 감정이 없는 곳에는 시도 문학도 없다. 또한 감정이 감상주의로부터 구별되는 것은 그것이 정관적 감상이 아니라 행동에의 충동 때문인데 행동하지 않으려는 인간에게는 진실한 의미의 감정은 없다. 임화에 의하면 시는 단순한 사고 또는 지식의 산물이 아니라 생활의 산물이다. 그래서 그는 김기림이 말하는 지성이 비행동성의 산물이며 감정, 정서에의 기피는 행동에의 기피라고 말한다. 그에 의하면, 지성적 비판성이라는 것도 현실에 대한 지적 판단을 통한 행동적 격투, 즉 비판하는 행동이 아니라 비판하는 사고에 불과하다. 그는 항상 진정한 비판이란 반드시 행동을 통한 것이며 오직 사고로만 비판한다는 것은 결코 진정한 비판이 아니라고 주장한다.

일곱째는 전체주의에 대한 비판이다. 김기림은 시의 이상적인 형태로서 내용과 기교를 통일한 전체로서의 시[14]를 내세운 바 있다. 김기림은 이러한 시를 전체주의 시라고 명명했다. 임화는 이에 대해 내용과 형식을 동렬에 놓는 등가적인 균형론의 여훈이 적지 않음에도 불구하고 시 가운데에서 생활 현실이 차지할 수 있는 중요한 자리를 장만하고 있다는 점을 높이 평가한 바 있다. 그러나 여기서 임화의 비판의 소리가 멈추는 것은 아니다. 임화는 우선 명칭에 대한 문제를 제기한다. 그것은 전체주의 시라고 부를 것이 아니라 가장 완성된 시, 다시 말하면 "明日에 있어 唯一한 完成된 시"[15]라고 보는 것이 명확하다는 것이다. 임화는 그 '통일'에 대해 다음과 같이 비판한다.

---

14) 김기림, 「사상과 기술」 앞의 책, p. 187.
15) 임화, 「기교파와 조선시단」 『문학의 논리』 (학예사, 1940), p. 664.

오직 이「內容과 技巧의 統一」가운데는, 兩者가 等價的으로 均衡되
어 있는 것이 아니라, 이 統一은 爲先 全體로서의 兩者를 可能케하는
物質的 現實的條件으로 成立하고, 그것에 依存하며, 同時에 內容의 優
位性가운대서 兩者가 스스로 形式論理學이 아니라 辨證法的으로 統一
되는 것이다.
　　이「統一」과「全體」에 辨證法的理解를 缺할 때, 均衡論, 形式論理
가 君臨하는 것이며, 起林氏의 全論文을 通하야 이것에 對한 明確한
解答을 얻지못한 것임으로,「全體」라는 槪念이 形式論理的 餘薰을 傳
한다고 나는 말한 것이다.16)

이처럼 기교파에 속하는 다른 시인들에 대해서보다 김기림에 대해 그 비
판의 정도가 강한 것은 김기림이 기교주의의 논리를 적극적으로 전개했다
는 점에서 찾을 수 있다. 물론 김기림이 전개하는 논리를 비판하고 있는 것
도 그러한 점과 관계가 깊다.

2) 박용철 비판

박용철에 대한 임화의 비판은 주로「기교파와 조선 시단」에서 이루어진
다. 임화는 우선 박용철의 비평 태도를 문제삼는다. 정확히 말하면 김기림
이 논의하는 태도를 보여주고 있다면 박용철은 대항하고 있다는 것이다. 그
리고 박용철의 논문을 비평으로서 경청하기에는 너무나 지나친 흥분이 논
리의 명확성을 가리고 있어서 독자에게 유쾌하지 못한 느낌을 주고, 이론적
태도를 비평함에 있어서도 시에 대한 장황한 비난으로부터 출발하고 있다
는 것이다. 그래서 임화는 비평의 기능을 역설하게 된다. 그에 의하면, 많은
사람들이 비평을 閑逸한 독후감이나 인상의 설화로 생각하는 습관을 지니
고 있다. 그는 비평이 시인을 원조하는 것은 결코 단순하게 찬사를 하는 것

---

16) 위의 글, 위의 책, p. 666.

이 아니라, 때로 시인의 그릇됨을 지적하고 시정의 길을 지시하며 나아가서
는 개인으로서의 시인뿐만 아니라, 모든 시인이 개척해야 할 일반적 방향을
가리키는 것이라고 주장한다. 그에 의하면, 시인과 비평은 그것의 발전을
위하여 협동하는 형태를 취해야 한다. 그는 현명한 작가, 시인은 결코 찬사
를 즐겨하지 않으며, 성실한 비평은 반대로 장점보다도 그 단점을 제시함으
로써 문학의 전진을 돕고 愚劣한 시인만이 비평을 두려워한다고 주장한다.

　임화의 박용철에 대한 비판은 구체적으로 세 개의 줄기로 이루어져 있다.
그것의 첫째는 감정 중심의 시론에 대한 비판이다. 박용철은 시의 원천을
영혼으로 보았다.[17] 임화에 의하면 영혼설이란 천주교도와 더불어 논의할
것이고 세속적인 무리들이 관여할 것이 아니지만 "감정은 하나의 온전한
상태"[18]라는 것은 낡은 말로 하면 본능설, 시쳇말로 하면 생물학주의이
다.[19] 그에 의하면, 서정시를 포함한 모든 시는 감정에 의해서만 노래되거
나 감정을 통해서만 독자에게 전해지지 않는다. 그 이유는 두 가지인데 하
나는 시가 감정, 정서와 더불어 이지를 가지고 있어서 이 양자로써 독자에
게 호소하기 때문이며, 다른 하나는 감정이 동물에서처럼 온전한 생물적 본
능으로 발현되는 게 아니라 인간에게만 있는 고유한 사유, 지성과 연결되어
있기 때문이다. 즉, 감정 혹은 감각이란 인식과 판단의 단초이면서 또 그것
에 의하여 확인되고 강화되며 자체를 현실화하기 때문이다. 그는, 예를 들
어 불을 보고 본능적으로 손을 떼는 중추신경의 반사작용을 감정이라고 부
를 수는 없다고 주장한다.

　둘째는 표현의 달성에 대한 비판이다. 자발적 표현의 달성이 가능하다는
박용철의 주장에 대해 그는 그것이 창작 과정을 신비적으로 흐려버리는 것

---

17) 박용철, 「을해 시단 총평」 『박용철 전집(평론집)』 (대동인쇄소, 1940), p. 92.
18) 위의 글, 위의 책, p. 92.
19) 임화, 「기교파와 조선 시단」 『문학의 논리』 (학예사, 1940), p. 657.

으로 예를 들면 배고픈 감정을, 밥을 달라고 한다거나 집어먹는다거나 하는 것처럼, 말이나 행위로 표시하지 않고 목구멍에 침만 넘기는 것으로 끝나는 것과 같다고 말한다. 그에 의하면, 표현의 달성이란 생각의 객관화를 의미하는 것으로 침을 삼키는 것은 결코 배고픈 감정의 달성은 아니다. 그는 독자에게 박용철이, 시는 마술이며 그 제작 도정은 과학적으로 불가해한 것임을, 서정시는 지성이나 판단에 오르지 않는 低度感覺에 머무르는 것임을, 하잘것없는 감정도 고운 말로 씌워 놓으면 훌륭한 시가 되는 것임을, 서정시는 생활이나 현실의 문제에 초연해야 함을 주장하고 있음을 상기시킨다. 그런데 그에 의하면, 그러한 시는 현실과의 거리를 멀리하게 됨으로써 사상과 의지와 생활의 감정으로 만들어지는 시가 아닌, 언어적 기교와 개인의 푸념으로 만들어지는 至上主義시를 가능하게 할 뿐이다.

셋째는 변설의 시에 대한 비판이다. 임화에 의하면 "아름다운 辯說, 適切한 辯說을 누가 사랑치않으랴. 그것은 우리 人生의 기쁨"20)이라는 박용철의 소위 辯說詩의 '辯說'은 생활의, 현실의, 문제의 변설이 아닌, 감정의 변설에 불과하다. 임화에 의하면 우리가 노력의 대상으로 삼아야 할 변설자는 생활의 좋은 변설자이며 나아가서는 새로운 세계의, 창조적 몽상의 변설자이다.

임화에 의하면 수구적 기교주의는 천주교를 노래한 어느 시편에서 보는 바와 같이 시 그것을 위하여 있는 것이 아니라 그 實人間의 그 무엇을 위하여 있는 것을 은폐하는 一方便이다. 그에 의하면, 그러한 시편들이 가지고 있는 언어, 리듬의 특징은 평화롭고 목가적이며 참새의 지저귐과도 같이 고요하고 얕다. 그는 결국, 신세대의 시는 생명을 표현하고 죽은 자연까지도 살아 있는 말로 노래하는 길을 열어야 한다고 주장한다.

---

20) 박용철, 앞의 글, 앞의 책, p. 93.

一步를 讓하야 藝術上의 技巧主義者가 曇天下에 特別한 建築物을 設計하고 人工的으로 太陽燈을 設置한다고 하자. 이것으로 그들이 曇天下의 住民이 아니될 理由는 조금도 없는것이며 또 그들이 이 人工的 架論을 維持하는데는 우리의 想像以上의 否定的力量을 必要로 하는 것을 理解해야 한다.[21]

임화는 박용철의 이러한 반론에 대해서도 이와 같이 냉소적인 반응을 보이고 있다. 그에 의하면, 이 말은 모든 경향의 기교주의적, 혹은 전통주의적 시가까지가 자기의 위치를 사회적으로 유효하게 설명하는 한 개의 푸념이다. 그에 의하면, 박용철은 임화를 향하여 너희들만 담천하의 고난을 겪고 있는 것이 아니라 우리도 적지 않은 괴로움이 있다고 말하고 있는데, 문제를 기교주의 一方에 한정한다면 위 인용문의 하반부가 말하는 바와 같은 소위 '否定的인努力'을 일컫는 듯하다는 것이다.

임화의, 박용철에 대한 비판은 김기림에 대한 비판의 정도보다 다소 약하지만 비판의 화살을 거두지 않고 있는 것은 분명하다. 이것은 박용철과의 논쟁[22]을 통해서도 확인되는 바이다.

III. 경향시의 주창

경향시를 주장하는 임화의 논리는 주로 「담천하의 시단 일년」에서 전개된다. "우리 朝鮮의 新文學이 지난해의 잠자리에서 눈을 부비고 窓門을 여렀을 때, 올해의 時代的 하늘의 빛깔이란 매우 심상치 않았다."[23]라는

---

21) 임화, 「기교파와 조선 시단」『문학의 논리』(학예사, 1940), pp. 660~661에서 재인용.
22) 이 논쟁은 임화가 「曇天下의 시단 일년」에서 김기림의 기교주의를 비판하자 박용철이 「辛未 시단의 回顧와 批判」에서 임화가 주장하는 경향시를 비판하면서 시작된 논쟁이다.

이 글의 서두는 대단히 비유적이다. 이어서 그가 그의 주장을 분명히 하기 위해 내세운 것은 시인의 명예이다. 그에 의하면, 시인은 모든 예술 가운데에서 가장 민첩한 시대 예술의 감지자이고 그것이 만들어내는 시대적 정신의 가장 좋은 傳聲機라는 점에서 높은 명예를 차지해 왔다.

임화에 의하면 시인들이 시인이라는 명예를 유지하는 것은 인간 생활의 역사적 창조상의 정신적 협동자로서의 자격을 잃어버리지 않아야 가능하며, 그렇게 될 때 시인의 명예는 항상 전인류적 명예일 수가 있다. 그는 시인으로서의 명예를 전인류적인 모든 명예 가운데 최고의 명예라고 주장한다. 이에 따른 그의 논리는 다음과 같다. 그에 의하면, 한 개 미미한 시인의 명예는 全階級的일 수 있고 계급적 명예는 전민족적, 국민적일 수 있으며 그것은 또 전인류적일 수 있다. 그러나 그는 시인의 명예 가운데에는 얼마나 허위의 명예가 많으냐고 묻는다. 그에 의하면, 시인이 어떤 의미에서 다른 사람보다 모든 것을 가장 잘 알 수 있고 또 가장 잘 이야기할 수 있다는 사실은 시인을 범속한 인간과 구별되는 이상적 인간에 가깝도록 만든다. 그렇지 못하다면 시인은 평범한 인간이나 혹은 벙어리 웅변가나 단순한 大書家, 대변인과 다를 바가 없다. 그러므로 시인의 자격과 명예는 시대, 현실의 본질이나 그 각각의 細細한 轉移의 가장 민첩하고 정확한 인지자이며 그 시대가 역사적 전진을 위하여 체현한 바 시대적 정신의 가장 솔직 대담한 대변자라는 점 때문에 획득되는 것이다.

임화는 梁雨廷, 李貞求, 安龍灣, 그리고 그 자신이 가장 냉정하게 자기의 지난날과 현재, 그리고 미래를 내다 보고 또 시대적 압력을 가장 민첩하게 감지하며, 그것을 육체적인 감각을 가리고 예술의 이름으로 하나의 시대 정신을 노래했다고 주장한다. 그에 의하면, 그들의 시는 작금 이래로 강화

---

23) 임화, 「曇天下의 시단 一年」 『문학의 논리』 (학예사, 1940), p. 608.

된 시대적 중압을 가장 명확하게 반영하고 있는 점이 특징이며 진화적인 諸勢力의 一體的인 후퇴의 그림자가 그들의 시에는 歷歷히 반영되어 있다. 그에 의하면, 이 반영은 대부분 비극적 패배에 대한 아픈 痛感과 그 가운데서도 아직 모든 것을 방기하지 않고 자기의 약점을 추구함으로써 새로운 길을 모색하며 다시 역사적 전진의 大道로 일어서려는 비장한 격투를 그 기본적 성격으로 하고 있음은 불가피한 일이다. 물론 그는 깊은 암흑과 절망 가운데서 패배의 슬픔을 노래한 시도 없지 않음을 인정한다. 그러나 그는 그들이 자기의 약점을 대담하게 인정하고 그것을 시정하려는 불같은 노력을 표현하고 있다고 주장한다.

임화가 그들의 시에 대해 우려하고 있는 위험은 두 가지인데 그것의 하나는 그들 시의 대부분이 개인적, 내성적인 자기 자신만을 추구하고 있다는 점이다. 그에 의하면, 이것은 곧 탄식과 영탄으로 통하기 쉽고, 실제로 전진하고 있는 객관적 과정을 과소평가하기 쉬우며, 개성을 사회 전체 위에서 노래하던 우리 시의 최대의 전통으로부터 이탈하기 쉬운 것이다. 그래서 그는 그들이 내성적인 방면으로부터 객관화의 방면으로 그 노래의 총부리를 시급히 돌려야 한다고 주장한다. 그것의 다른 하나는, 내성적 경향은 잘못하면 회고적 감상주의로 일탈하기 쉽다는 점이다. 그에 의하면, 그러한 곳에는 진실한 낭만주의 대신에 감상주의가 자리잡기 쉽다. 그것은 李燦의 시에서 보는 대로 시적 영역을 신변잡사적인 것으로 퇴각하게 하거나 영탄적 운율을 등장하게 한다. 그에 의하면, 이러한 경향은 시대적 암흑에 대한 과중한 평가나 시적 과장과 관계된다. 그는 그들이 회고하고 영탄하기에는 너무나 젊고 또 시대의 물결은 너무나 험하다고 말한다. 그는 낡은 낭만주의의 과장적 수법이 무비판적으로 그들의 시에 잠입하여 시의 언어를 무가치한 것으로 바꾸는 것을 경계하고 있다.

임화는 김기림이 지적한, 경향시가 지니고 있는 지나친 내용 편중주의와
그에 따라 나타나는 언어상의 약점을 인정한다. 그러나 그는 경향시가 지니
고 있는 근대시사상의 지위와 성질은, 창작적으로 아직 완성되지 못한 것임
에도 불구하고 고전주의 시로부터 근대 낭만주의, 데카다니즘 등의 역사적
발전의 일정한 달성과 그 과정 가운데서 필연적으로 생성된 것으로 본다.

Ⅳ. 에필로그

지금까지 임화의 시론이 구체적으로 어떠한 배경과 시적 신념에서 전개
되고 있는지를, 기교주의 비판에서의 방법론 비판과 기교주의 시인 비판,
경향시의 주창 등의 흐름으로 나누어 살펴보았다. 이제 본론에서 논의된 내
용을 결론 삼아 요약, 정리해 보면 다음과 같다.

임화의, 기교파에 대한 비판의 주류를 형성하는 것은 세 가지인데 그것
의 첫째 대상은 환상론이다. 임화는 '인텔리겐치아적 환상'이란 말을 쓰고
있는데 그에 의하면, 신시대의 예술적 창조자는 인텔리켄치아 자기 자신이
며 그들은 그들의 급진적인 예술이 곧 혁명의 예술이라고 오인하고 있다.
둘째는 언어에 대한 기교와 현실에 대한 비관심주의이다. 그는 기교파 시인
들이 시의 내용과 사상을 방기하고 있다고 비판한다. 셋째는 감각주의이다.
그에 의하면, 감정을 사상과 통하는 것으로 보는 기교파들은 감정의 노래를
멸시하고 감각을 노래한다.

김기림에 대한 비판의 항목은 대략 일곱 가지이다. 그것의 첫째는 근대
시의 개념을 중심으로 한 비판이다. 임화에 의하면 김기림의 그것은 반역사
적인 견지에서 관찰한 것이며 추상적인 해석에 불과하다. 둘째는 근대시의

계승자를 파악하는 시각에 대한 비판이다. 그에 의하면, 김기림은 계급분화 이전의 근대시의 개념을 가지고 모든 것을 보려 하기 때문에 예술적 사상적으로 신세대의 시가가 孵化한 껍질이나 찌꺼기를 아직도 근대시의 진정한 계승자로 오인하고 있다. 셋째는 순수화의 이해에 대한 비판이다. 그에 의하면, 김기림은 순수화가 시의 일면화일 뿐만 아니라 본질적으로도 역사성을 상실한, 시민의 시가 퇴화된 양태의 하나라는 것을 이해하지 못하고 있다. 넷째는 질서화의 의지에 대한 비판이다. 그에 의하면, 김기림이 의도하고 있는 그 '통일'은 진정한 의미의 통일이 아니다. 그것은 김기림이 지닌 근본적 견해의 결함 때문에 단순한 시의 기술적인 질서화의 企圖로 종식되고 말 것이기 때문이다. 다섯째는 사유 과정에 대한 비판이다. 그가 주장하는 김기림의 사유 과정은 기교주의에 대한 반성과 그에 이어지는 발전으로서의 새로운 내용성의 설정이다. 그에 의하면, 이러한 사유 과정은 무척 단순하고 일직선으로 진행된 것이다. 여섯째는 시의 개념에 대한 비판이다. 그에 의하면, 감정이 없는 곳에는 시도 문학도 없다. 그에 의하면, 시는 단순한 사고나 지식의 산물이 아니라 생활의 산물이다. 일곱째는 전체주의에 대한 비판이다. 김기림은 시의 이상적인 형태로서 내용과 기교를 통일한 전체로서의 시를 내세우고 이러한 시를 전체주의 시라고 명명했다. 임화는 우선 명칭에 대한 문제를 제기한다. 그것은 전체주의 시라고 부를 것이 아니라 가장 완성된 시, 다시 말하면 "明日에 있어 唯一한 完成된 시"라고 보는 것이 명확하다는 것이다.

임화의, 박용철에 대한 비판은 구체적으로 세 개의 줄기로 이루어진다. 그것의 첫째는 감정 중심의 시론에 대한 비판이다. 박용철은, 시의 원천을 영혼으로 보았다. 임화에 의하면 서정시를 포함한 모든 시는 감정에 의해서만 노래되거나 감정을 통해서만 독자에게 전해지지 않는다. 그 이유는 두 가지인데 하나는 시가 감정, 정서와 더불어 이지를 가지고 있어서 이 양자로써 독자에게 호소하기 때문이며 다른 하나는 감정이 동물에서처럼 온전한 생물적 본능으로 발현되는 게 아니라 인간에게만 있는 고유한 사유, 지성과 연결되어 있기 때문이다. 둘째는 표현의 달성에 대한 비판이다. 박용철은 자발적 표현의 달성은 가능하다고 주장한다. 임화에 의하면 그에 따라 이루어지는 시는 현실과의 거리를 멀리 하게 됨으로써 사상과 의지와 생활의 감정으로 만들어지는 시가 아닌, 언어적 기교와 개인의 푸념으로 만들어지는 至上主義詩를 가능하게 할 뿐이다. 셋째는 변설의 시에 대한 비판이다. 임화에 의하면 박용철의 소위 辯說시의 '辯說'은 생활의, 현실의, 문제의 변설이 아닌, 감정의 변설에 불과하다.

경향시를 주장하는 임화의 논리는 주로 「담천하의 시단 일년」에서 전개된다. 그가 그의 주장을 분명히 하기 위해 내세운 것은 시인의 명예이다. 그에 의하면, 시인은 가장 민첩한 시대 예술의 감지자이고 시대적 정신의 가장 좋은 傳聲機라는 점에서 높은 명예를 차지해 왔다. 그에 의하면, 시인들이 시인이라는 명예를 유지하는 것은 인간 생활의 역사적 창조상의 정신적 협동자로서의 자격을 잃어버리지 않아야 가능하며, 또 시인의 명예는 全階級的일 수 있고, 계급적 명예는 전민족적, 국민적일 수 있으며, 그것은 또 전인류적일 수 있다. 그는 시인으로서의 명예를 전인류적인 명예 가운데에서 최고의 명예라고 주장한다.

이러한 논의의 내용을 통해 볼 때, 문학을 시대 또는 현실의 반영으로 보는 임화의 경향시 이론은 눈물·한숨·절망으로 점철된 순수시의 이론만이 절대적인 것으로 여겨지던 당시의 시단에 새롭고 강렬한 내용의 시론으로 제출된 것이었다는 점에서 한국 근대시론사에서는 결코 간과할 수 없는 의의를 지닌다고 생각한다.

김기림 시론의 양상__김기림 시론

I. 프롤로그

김기림이 감상적 낭만주의와 편내용주의를 부정하고 명실공히 현대적인 시를 발족시키려 한 점은 한국 현대시사에서 간과되어서는 안 될 중요한 사항이다. 더욱이 그가 시의 과학으로서의 시학을 정립하여 詩作의 이론적 근거를 제공했고 그에 따라 창작되는 시작품에 가치를 부여함으로써 종래 시에 대한 일반적 통념을 뒤엎는 새로운 시를 주장했다는 구체적 사실을 인정한다면, 그의 시론에 대한 연구의 필요성은 더욱더 커진다. 그의 시론이 영미 모더니즘 시론에 의존하고 있는 점과 결부시켜 생각할 때도 그것은 마찬가지다. 영미 모더니즘 시론에 의존하고 있는 점은 1930년대 한국 시단의 현실에 하나의 획을 그었다는 시사적 의의를 약화시키지 못하기 때문이다. 그래서 그의 시론에 대한 모든 논의는 그의 시론이 지니는 시사적 의의를 일단 인정한 후부터 출발되고 있음을 알 수 있다.

그의 시론에 대해 논의한 대표적인 사람들은 임화·김윤식·김용직·김학동 등이다. 임화는 「담천하의 시단 일년」(『신동아』1935. 12)·「기교파와 조선 시단」(『중앙』1935. 4)에서 예술파 시인들의 기교주의를 비판한 바 있다.

예술파 시인들 중에서 김기림이 중요한 과녁의 위치에 놓여 있었음은 물론이다. 마르크스적 관점을 가지고 있는 임화에게 있어서 기교주의의 기교는 "전혀 故意의 논리적인 기교이거나 그렇지 않으면 지식계급의 완전한 주관적 幻想"[1]에 지나지 않았다. 이것은 예술파 시인들의 시에 대한 비판이었지만 동시에 김기림의 시론에 대한 비판이기도 했던 것이다.

김기림의 시와 시론에 대해 직접적인 비판을 가한 사람은 송욱이다. 그는 "기림의 시론을 읽고 느끼는 것은 그가 시간의식, 그리고 이와 관계가 있는 전통의식과 역사의식을 '자기 작품 속에 구현할 만큼' 가지고 있지 않았으며, 또한 내면성이나 정신성을 거의 모르는 시인이고 비평가였다."[2]고 비판하면서 "역사의식과 전통의식이 없이 어떻게 참된 모더니즘이 가능하며, 내면성이 풍부하지 않고 어떻게 훌륭한 시인이 될 수 있겠는가"라는 본질적 물음을 제기한다. 그에 의하면, 김기림의 '시의 과학'은 한갓 망상에 지나지 않는다.

김윤식은, 김기림이 "과거의 시를 청각적, 자기중심적, 감정의 편중, 형이상학적이라 해서 배격하고 새로운 시를 객관적, 즉물적 정의와 지성의 종합"[3]으로 내세우는 이분법적 대립은 방법론적 오류라고 지적한다. 또한 그는 김기림의 전체시론이 임화의 경향시 계보와 이상의 모더니즘을 단순히 산술적으로 종합한 것에 지나지 않는 것[4]이라고 주장하면서 "형식논리적 사고가 문학이나 예술의 인식에는 쓸모가 없는 것"이라고 단언한다.

김용직은 "김기림의 해외시 수입, 소개라든가 그 시론의 발상, 전개는 1930년대의 우리 시가 당면한 요구에 완전히 합치되는 것이었다."[5]고 하면

---

1) 임화, 「담천하의 시단 일년」『문학의 논리』(학예사, 1940), p. 624.
2) 송욱, 「김기림 즉 모더니즘의 구호」『시학평전』(일조각, 1969), p. 186.
3) 김윤식, 「모더니즘의 한계」『한국근대작가논고』(일지사, 1982), p. 99.
4) 김윤식, 「전체시론」『한국근대문학사상사』(한길사, 1984), p. 475.
5) 김용직, 「모더니즘의 시도와 실패」『한국현대시연구』(일지사, 1979), p. 270.

서도 그것은 음악성을 배제하고 회화성을 추구하는 식의 논리상 모순을 보여주고 있다고 지적한다.

그러나 김학동은, 김기림의 모더니즘 이론과 '과학적 시학'의 방법은 우리 근대시사에서 큰 공적이 된다고 그것의 의의를 부여하면서 그의 시론에 대해 부정적인 평가가 나오게 된 이유를, 김기림이 펼친 모더니즘 시 운동을 현시점에다 조준하고 있기 때문으로 파악한다.[6]

지금까지 김기림의 시론에 대한 논의들에 대해 간략하게 살펴보았거니와 그 논의들이 지니고 있는 문제점은 대체로 일상적인 다른 논의들의 경우에서와 마찬가지로 부분만을 보고 전체를 평가했다는 데에서 발견된다. 이 점을 염두에 두면서 이 글은 가급적 김기림 시론의 내용을 정밀하게 고찰하고 그것이 의미하는 바를 그의 시론의 전체 속에서 해명하는 데에 목적을 둔다. 이를 위해 이 글에서는 김기림 시론의 내용을 모더니즘 시론·전체시론·창작기술론·과학적 시론으로 나누어 살펴보는 분석적 방법을 취했다. 그리고 텍스트는 김기림의 시론을 체계적으로 수록한 『김기림 전집』 2권(심설당, 1988)임을 아울러 밝혀 둔다.

II. 모더니즘 시론 ─ 새로운 시의 추구

모더니즘은 20세기 초에 나타난, 전위적이고 실험적인 문학과 예술의 조류들을 총칭하는 용어로 사용된다. 한국 현대시사에 있어서의 모더니즘의 기점에 대한 논의의 내용은 논자에 따라 조금씩 달라도 그것이 지니고 있는 세계관이나 속성에 대한 논의의 내용은 거의 비슷하다. 그러나 좀더 구

---

6) 김학동, 『김기림 연구』(새문사, 1988), p. 3.

체적인 부면에서 이루어지는 김기림의 모더니즘 시론에 대한 논의에서는 긍정적인 평가와 부정적인 평가가 뚜렷하게 구분되어 나타난다. 그것들 중에는 논자들 자신이 세워놓은 타당한 논리에 따라 평가가 이루어진 경우도 있지만 그렇지 못한 경우도 있다. 후자의 경우, 그 원인은 김기림의 모더니즘 시론 전체에 대한 정확한 이해의 부족에 있는 것으로 보인다.

여기서는 그 점에 유의하면서 김기림의 모더니즘 시론을, 그것의 발생 배경과 내용으로 나누어 살펴보기로 한다.

모더니즘 시론의 발생 배경으로 먼저 들 수 있는 것은 1920년대까지의 시가 내용의 진부함과 형식의 고루함에서 벗어나지 못하고 있었다는 사실이다. 김기림에 의하면, 낡은 감상주의는 다만 시인의 주관적 감상과 자연의 풍물만을 노래한다. 그는 이 감상주의가 "시의 제작 과정에 있어서는 예술적 형상의 작용을 방해하고 시의 내용으로서 즉 한 개의 사회적 모랄로서 나타날 때는 단순한 痴情의 옹호에 그치고 만다."[7]고 주장한다. 이러한 주장의 밑바탕에는 시인들이 '오늘'의 문명에 대해 지나치게 무관심하다는 그의 불만이 깔려 있다. 구체적으로 말해서 시인들은 "오늘의 문명의 형태와 성격에 대해서도, 그것이 그 속에 사는 사람들의 심정에 일으키는 상이한 정서에 대해서도 완전한 不感症"[8]을 보이고 있다는 것이다. 그래서 그는 "우선 오늘의 문명 속에서 나서 신선한 감각으로써 문명이 던지는 인상을 붙잡은"[9] 모더니즘의 출현에 대해 환호한다. 그에 의하면, 모더니즘은 현대의 문명을 도피하려고 하는 모든 태도와는 달리 문명 그것 속에서 자라난 문명의 아들이다. 그는 모더니즘의 출현을, "우리 신시상에 비로소 도

---

7) 김기림, 「1933년 시단의 회고」, 『김기림 전집』 (2) (이하 『전집』이라 한다.) (심설당, 1988), p. 60.
8) 김기림, 「모더니즘의 역사적 위치」, 『전집』, p. 56.
9) 위의 글, 『전집』, p. 56.

회의 아들이 탄생"[10]한 것으로 규정한다. 이때 그가 그것의 근거로 제시한 것들은 도회의 제재와 문명이 등장했고 문명 속에서 형성되어 가는 새로운 감각·정서·사고가 나타났다는 점이다.

다음으로 들 수 있는 것은 1920년대까지의 시가 지니고 있는 내용의 관념성과 말의 가치에 대한 소홀함이다. 그는 서양의 경우 20세기 문학의 특징의 하나를(특히 시에 있어서) "말의 가치 발견에 전에 없던 노력을 바친 데"[11]에서 찾고자 한다. 그는 과거의 作詩法이 말을 운율의 고저, 장단의 단위로 생각했고 조선에서는 그것을 音數 관계에서만 평가했던 점을 지적하고 있는데[12] 이러한 지적에는 적지 않은 논란을 불러일으킬 만한 문제가 내포되어 있다. 과거의 작시법에서의 말은 운율의 고저, 장단의 단위 이상의 가치를 지니고 있었고, 조선에서 말은 음수 관계에서의 기능뿐만 아니라 여러 가지 의미를 드러내는 기능을 발휘하는 것으로 여겨지고 있었기 때문이다.

그에 의하면, 말은 단순한 수단 이상의 것이다. 그의 모더니즘은 운문 위주의 작시법에 대한 일종의 반대 개념이다.[13] 그는 이 점을 누누이 강조하고 있다. 그는 모더니즘이 전대의 운문을 위주로 하는 작시법에 대항해서 그 자신의 어법을 지어냈다고 주장한다. 이때의 '그 자신의 어법'은 그에 의하면, 말의 함축이 달라지고 전대의 리듬과는 딴판으로 기차, 비행기, 공장의 燥音과 군중의 규환을 반사시킨 회화의 내재적 리듬을 중시하는 어법을 가리킨다.

그는 모더니즘이 두 개의 부정을 준비했다고 선언한다. 그가 말하는 두

---

10) 위의 글, 『전집』, p. 56.
11) 위의 글, 『전집』, p. 56.
12) 위의 글, 『전집』, p. 56.
13) 위의 글, 『전집』, p. 56.

개의 부정이란, 하나는 "「로맨티시즘」과 세기말 문학의 말류인 「센티멘탈·로맨티시즘」이고 다른 하나는 당시의 偏內容主義의 경향"14)이다. 그에 의하면, 모더니즘은 "시가 우선 언어의 예술이라는 자각과 시는 문명에 대한 일정한 감수를 기초로 한 다음 일정한 가치를 의식하고 씌어져야 된다"15)는 주장이다.

다음에는 그리한 그의 모더니즘 시론의 내용을 새로운 시와 살아있는 시를 중심으로 살펴보기로 한다.

새로운 시의 대두를 촉진시킨 원인으로 그가 지적하고 있는 것은 당시(1930년대)의 시단에는 말재주만을 중시하는 시가 늘어가고 있었다는 사실이다. 그는 그것의 배경을 조선시대의 시會에서 찾으면서 "한 편의 시가 또는 한 편 속의 한 구절이라도 절묘한 것이 있으면 그것이 찬탄되는 동양의 습관"16)이 그러한 상황을 만들어냈다고 본다. 이러한 그의 견해 속에는 "한 시대의 시 속에 그 시대의 정신을 추구해 보거나 한 시인의 시인적 발전 속에 시대를 살아나간 한 정신의 역사"17)를 더듬어 보는 것이 필요하다는 그의 생각이 들어 있다. 그에 의하면, 시정신이란 "한 시대가 품고 있는 문화 의욕을 자신 속에 나누어 가지고 그것을 시에 구현해 가는 창조적 정신"18)이다. 그리고 그는 그 시정신을 구현하기 위한 시의 창작 방법을 다음과 같이 제시한다.

시인은 먼저 그의 의식에 떠오르는 어떠한 몇 가지의 상념을 어떻게 객관화하고 구상화할 것인가에 최대한도의 노력을 집중한다. 그 상념 자체를 정돈하는 것이다. 그 과정에서 기용된 수많은 단어는 시인의 정신의 입김을

---

14) 위의 글, 『전집』, p. 55.
15) 위의 글, 『전집』, p. 55.
16) 김기림, 「30년대 掉尾의 시단 동태」 『전집』, p. 65.
17) 위의 글, 『전집』, p. 65.
18) 위의 글, 『전집』, p. 67.

받아 별다르게 살아가는 언어로서 그 목적을 위하여 약동한다. 그것이 바로 시의 기술이다. 그의 시는 어떠한 정도로든지 그 시인의 정신의 호흡을 들려주지 않아서는 안 된다.[19]

그는 시인에 의해 사용되는 '말'을 창조된 것으로 보지 않고 선택된 것으로 본다. 바꾸어 말하면 그는 시인의 詩作을 "사람의 관념계에 뒹구는 잠자고 있는 말을 주워다가 그의 목적 때문에 생명을 불어넣어 산 말을 만드는 것"[20]으로 정의한다. 이러한 선택 행위의 대상이 현실로 확대될 때 만들어지는 것은 새로운 의미 세계이다. 그에 의하면, 시인은 평범한 눈으로 발견할 수 없는 현실의 어떠한 새로운 의미를, 또 한편으로 언어가 가지고 있는 숨은 의미를 부단히 발굴하여[21] 보여준다.

그는 그러한 시인의 시가 주지적 방법(태도)에 의존하지 않을 수 없음을 인정한다. 따라서 그가 배척하는 것은 '자인(존재)'의 세계를 드러내는 자연 발생적인 시이며 그가 적극적으로 옹호하는 시는 '지어지는 시'이다. 그는 시가 "나뭇잎에 피는 것처럼 물이 흐르는 것처럼 자연스럽게 씌어져서는 안 된다."[22]고 주장한다. 시는 우선 '지어지는 것'이라는 것이다. 그가 "영상을 통하지 않고 추상화한 주관의 감정이 직접 독자의 감정에 감염하려고 하는 그러한 경향의 시,"[23] 즉 감상적 낭만주의의 시와 격정적 표현주의의 시를 배척하는 것은 그런 의미에서 당연하다. 그런 이유로 해서 시인은 즉물주의자가 아니면 안 되며 다음과 같은 구분[24]도 가능해진다.

---

19) 김기림, 「시와 인식」『전집』, p. 75.
20) 위의 글, 『전집』, p. 75.
21) 위의 글, 『전집』, p. 75.
22) 김기림, 「시의 방법」『전집』, p. 79.
23) 김기림, 「시의 모더니티」『전집』, p. 80.
24) 위의 글, 『전집』, p. 84.

「과거의 시」	「새로운 시」
독단적	비판적
형이상학적	즉물적
국부적	전체적
순간적	경과적
감정의 편중	정의와 지성의 종합
유심적	유물적
상상적	구성적
자기중심적	객관적

그에 의하면, "어떠한 시대에고 새로운 시는 항용 非詩的이라는 구실을 가지고 심하게 비난되었다."[25] 그런데 그는 그 비난을 심각하게 받아들이지 않는다. 그것은 "비난하는 편의 시학이 그 새로운 시보다 키가 몇 자 모자란다는 것"[26]을 의미하는 것으로서 어느새 그 非詩的이었던 시는 시일이 지남에 따라서 시사상에서 그 위치를 차지하게 되기 때문이다. 그런데 이 비교에는 시간적인 격차 사이에서 발생할 수 있는 변증법적 움직임이나 변증법적 관계는 전혀 고려되고 있지 않다.[27] 예를 들면, 첫째에서 비교된 '독단적/비판적'의 경우, '독단적'인 것과 '비판적'인 것은 완전무결하게 그러한 요소만으로 이루어진 것이라고 할 수 없다. 시에 있어서의 과거와 현재는 명확하게 구분되는 시간이 아니라 서로 연속되는 시간이라는 점을 인정한다면 그것은 더욱더 그렇다.[28]

그가 주장하는 살아있는 시는 시적 정신이 굳세게 움직이는 시를 말한다. 그는 시 속에서 그 정신이 시대에 대한 감각과 비판에 접할 수 있을 때 우

---

25) 김기림, 「시와 현실」『전집』, p. 100.
26) 위의 글, 『전집』, p. 100.
27) 김윤식, 「전체시론」『한국근대문학사상사』(한길사, 1984), pp. 465~466. 참조
28) 이승훈, 「김기림의 시론」『한국사』(고려원, 1933), p. 98. 참조

리는 처음으로 우리가 바라는 시를 찾았다고 할 수 있을 것[29]이라고 주장한다. 그러고 보면 살아있는 시는 다르게 말해서 시대의 시, 현실의 시이기도 하다. 그에 의하면, 애수에 찬 감정이나 정서가 있다 하더라도 그것이 인생의 구체적 현실과 어떻게 관련이 있는가를 알 수 없을 때에는 그러한 감정을 그대로 노출시킨 시와 독자 사이에는 아무 교섭도 성립할 수 없다. 그는 "우리는 그것을 보고 우리들의 눈물을 울어질 수는 있으나 그것은 억울한 「눈물의 강요」"[30]일 뿐이고 "무엇 때문에 어떠한 구체적 현실과 관련해서 그가 우는가를 이해할 때 비로소 우리들의 울음은 진실하게 울어질"[31] 수 있다고 말한다. 그는, 시는 "한 개의 엑스타시의 發電體와 같은 것"[32]이며 여기서 한 개의 이미지가 성립하게 된다. 그는, 시인은 그의 엑스타시가 어떠한 공간적, 시간적 위치와 관련되고 있는가를 보여 주어야 한다고 역설한다. 그렇게 하기 위해서 그가 시인들에게 요구하는 것은 항상 "즉물주의자가 되는 것"[33]이다.

그런데 그가 사용하는 즉물주의라는 용어는 두 가지를 의미한다. 하나는 구체적 현실과의 관련성을 의미하고 다른 하나는 감정억제와 사실성의 강조를 의미한다.[34] 그가 시인에게 요구하는, '즉물주의자가 되는 것'의 즉물주의는 구체적 현실과의 관련성을 의미하는 용어로 사용된 것이다.[35] 앞에서 인용한 바 있는, 살아있는 시는 물론 새로운 시이며 동시에 즉물주의 시

---

29) 김기림, 「시의 모더니티」『전집』, p. 80.
30) 위의 글, 『전집』, p. 80.
31) 위의 글, 『전집』, p. 80.
32) 위의 글, 『전집』, p. 80.
33) 김기림, 「시의 모더니티」『전집』, p. 80.
34) 이승훈, 「김기림의 시론」『한국현대시론사』(고려원, 1933), pp. 94~95. 참조
35) 이승훈은, 신즉물주의적 요소 즉 감정 억제와 사실성의 강조를 의미하는 즉물성이란 말은 김기림이 격정적 표현주의를 비판할 때 사용했다고 본다(이승훈, 위의 글, 위의 책, p. 95. 참조).

이다. 그가 스윗타스의, "무슨 까닭에 우리들의 기계는 아름다운가. 그것은 그들은 일하고 움직이는 까닭이다. 무슨 까닭에 우리들의 집은 아름답지 아니한가. 그것은 그들이 아무 일도 하지 아니하고 멍하니 서있는 까닭이다." 라는 말을 인용하면서 시에 있어서의 새 역학을 중시한 것은 살아있는 시를 주장하는 것과 같은 맥락에 놓인다.

앞에서 살펴본 대로 김기림의 모더니즘 시론은 前代의 '로맨티시즘', '센티멘탈 로멘티시즘'과 편내용주의의 경향이 발생 배경에서 중요한 동인으로 작용하여 이루어진 시론이다. 이 점을 중시할 때 그가 새로운 시와 살아있는 시의 필요성을 주장하는 것은 극히 자연스러운 일이라 할 것이다. 시사적인 맥락에서 볼 때 김기림의 모더니즘 시론이 명실공히 현대시를 발족시키는 데에 있어서의 이론적 근거가 되었다는 점은 결코 간과되어서는 안 될 사항이다. 비록 그의 선구적인 시론이 다분히 서구의 시론에 적지 않게 의존하고 있다 하더라도 그것이 그의 시론이 지니는 문학사적 의의를 쉽게 약화시키는 근거는 되지 못한다고 본다.

III. 전체시론 — 내용과 기교의 종합

전체시론의 '전체'가 내용과 기교의 종합을 의미하는 것이라면 전체시론은 그가 주장하는 모더니즘 시론과는 큰 차이가 있다. 이때 모더니즘 시론과의 선후 문제를 따질 때에 내세워지는 것, 즉 김기림이 전체시를 주장하기 시작한 것36)이 모더니즘 시론인 「오전의 시론」이 씌어진 1935년보다 일

---

36) 이 점은 조선일보에 1934년 11월 16일부터 11월 18일까지 3회　에 걸쳐 연재된 「새 인간성과 비평정신」의 다음 부분에서 확인된다.
　　"이러한 「아나르시」의 상태에 문학도 사람도 그렇게 오랫동안 견디고 있을 수는 없었

년 앞선 1934년이었다는 사실은 큰 의미를 지니지 못한다. 그 때의 주장은 체계적인 주장을 갖춘 것이 아니었기 때문이다. 따라서 그 차이는 김기림이 새로운 논리에 의하여 모더니즘 시론을 부정함으로써 발생된 차이가 아니라 상황의 변화에 따라 모더니즘 시론을 수정함으로써 발생된 차이다. 다시 말해서 그 차이는 모더니즘 시론에서 전체시론으로 수렴 이동함에 따라 발생된 차이다.

이런 점을 바탕으로 여기서는 전체시론의 배경과 그 내용에 대해 살펴보고자 한다.

그에 의하면, 시에는 자연발생적인 시가와 제작된 시가 있다.[37] 자연발생적인 시가는 시인이 어떠한 때에 발동하는 자신의 주관을 의식한 시, 즉 격정적인 '센티멘탈'의 시를 의미한다. 그는, 그 시가 길가에 한 그루의 나무가 서 있는 것처럼 또는 한 개의 조약돌이 물가에 있는 것처럼 존재하고 있다[38]고 말한다. 그가 그 시에 들어 있을지도 모를 '동기의 미'를 완전히 부정하지 않으면서도 그 시를 비판하는 이유는 그 동기의 미가 시의 가치를 결정하는 것이 되지 못하기 때문이다. 즉, 그 시는 시의 생성 과정에 있어서의 시인의 상념과 태도가 정착해서 이루어진 시이기 때문이다. 그래서 그가 옹호하고 있는 시는 제작된 시이다. 그는, 시인은 시를 제작하는 것을 의식하지 않으면 안 된다[39]고 주장한다. 시인은 '한 개의 목적=가치의 창

다. 이윽고 문학은 인간을 그리워하게 될 것이었고 심오한 「휴매니티」(인간성) 위에 문학의 모든 분야를 새로이 건축하려는 욕구가 나타나고야 말 것을 우리는 믿었다. 그것은 광범하고 또한 전체적인 새로운 「휴매니즘」의 문명비판의 태도를 확립하고 그 위에 모든 문학현상을 통일한 것이었다. 구라파에 있어서는 이러한 경향이 부분적으로 대두하였다. 그것은 주로 정치에의 관심의 형태로 나타났었다."(김기림, 「새인간성과 비평정신」『전집』, p. 90.)
37) 김기림, 「시의 방법」『전집』, p. 78.
38) 위의 글, 『전집』, p. 78.
39) 위의 글, 『전집』, p. 78.

조로 향하여 활동[40]해야 한다'는 것이다. 결국 그는 의식적으로 의도된 가치가 시에 나타나게 하는 주지적 시작 방법을 주장하고 있음을 알 수 있다.

그러나 그는 역사적 의의를 잃어버린 偏向化한 기교주의를 경계한다. 그에 의하면, 그 기교주의는 한 전체로서의 시에 종합되어야 하며, 그것은 조화있고 충실한 새 시적 질서에의 지향이다.[41] 그가 내세우는 전체로서의 시는, 기술의 각 부면을 그 속에 종합하거나 통합하는 시, 시의 근저에 늘 높은 시대정신이 연소하고 있는 시이다.[42] 이런 점에서 볼 때 그가 내세우는 전체로서의 시는 당시에 팽배하던 기교주의에 대한 비판적 시각에서 모색된 시라고도 할 수 있다. 그러나 그가 편내용주의를 부정하면서 모더니즘의 기치를 높이 들었던 것 또한 사실이므로 전체로서의 시는 "차라리 내용과 기교의 통일을 통한 전체성적 시론"[43]의 논리에 따라 나타난 것으로 보아야 옳다.

그가 전개하는 전체시론의 역설적 근거는 모더니즘의 경우와 마찬가지로 병적 낭만주의이다. 그는 시에 있어서 음악성만을 고조하는 것은 '病的'이라고 단언한다. 그렇다고 해서 그가 극단적으로 회화성만을 주장하는 것은 아니다. 그는 음악성만을 고조하는 것을 '病的'이라고 단언한 것처럼 회화성만을 고조하는 것에 대해서도 '病的'이라고 단언한다. 그래서 그는 특히 "단순한 외형적인 형태미에로 편향하는 포멀리즘을 기형적인 것"[44]으로 보고 있다. 이것은 그가 상징주의 이래의 모든 시파들이 시의 기술의 일부분을 과장하기에 급급했다고 비판하는 것과 동궤에 놓인다.

그의 전체시론은 포괄적으로 간단히 요약할 수 없는 내용이어서 세부적

---

40) 위의 글, 『전집』, p. 78.
41) 김기림, 「기교주의 비판」 『전집』, p. 99.
42) 위의 글, 『전집』, p. 99.
43) 김기림, 「시와 현실」 『전집』, p. 102.
44) 김기림, 「시의 회화성」 『전집』, p. 107.

으로 다음과 같이 네 가지 흐름으로 나누어 설명할 수 있다.

첫째, 전체시는 선인들의 노력에 의해 발견된 새로운 방법들을 종합한, 한 개의 전체로서의 시이다.[45] 그런데 여기서 문제되는 것은 그 '새로운 방법들'이 구체적으로 어떠한 방법인가 하는 점이다. 그가 낭만주의와 상징주의를 배척하는 입장에 서 있음을 상기한다면 그 '새로운 방법들'을 찾는 것은 더욱더 어려워지게 된다. 그는 그 새로운 방법을 종합하는 것이 단순히 기술의 종합적 파악에서 끝나는 것이 아님을 분명히 하고 있다.[46] 그러나 그것이 구체적인 방법은 될 수 없으므로 글의 문맥에 의해 그 새로운 방법들을 귀납할 수밖에 없다. 그에 의하면, 기술에의 새로운 인식에는 능동적인 시정신, 불타는 인간정신이 함께 있지 않으면 안 된다.[47] 그런 의미에서 새로운 방법들의 종합은 기술(형식)과 시정신(내용)의 종합이라고 할 수 있다.

둘째, 전체시는 사상이나 정치적 주제가 시 속에 용해되어 한 개의 전체로서의 시의 질서에 일치되는 시이다. 그는 아름다운 감성에 담긴 아름다운 관념의 질서를 드러내는 시가 아름다운 시임을 일단 인정한다. 그러나 그는 그러한 시일수록 모든 사상적 주제나 정치적 주제를 거부한다는 것을 알고 있다. 그는 시의 편협성을 부정적인 것으로 판단한다. 그는 시가 그 편협성을 버리고 사상적 주제나 정치적 주제를 받아들이는 경우라 하더라도 시적 효과를 거둘 수 있는 것은 사상적 주제나 정치적 주제가 시 속에 들어와서 완전히 시 속에 용해되어 한 개의 전체로서의 시의 질서에 일치될 때에만 가능하다[48]고 주장한다.

---

45) 위의 글, 『전집』, p. 107.
46) 위의 글, 『전집』, p. 107.
47) 위의 글, 『전집』, p. 107.
48) 김기림, 「의미와 주제」『전집』, p. 176.

셋째, 전체시는 자연·인간·사상 등 시의 대상들이 시 속에서 주도적 위치를 차지하는 것이 아니라 전체적 구성의 일부분을 이루는 시이다. 그에 의하면, 이 시의 대상들 중에서 인간은 사회와 등식의 관계에 놓이는 것인데 그것은 행동·정의·기타의 활동으로 세분된다.[49] 사상은 관념이라는 용어로 대치될 수 있다. 그에 의하면, 이 대상들은 시 속에 들어오면 이미 그것들 자체의 자주성을 잃어버리고 전체적 구성의 일부분으로서의 역할만을 담당한다.[50] 그는, 지금까지의 시는 대상을 통하여 대상의 인상을 노래하는 것이었다고 말하면서 오늘에 와서는 언뜻 보아 대상처럼 보이는 것은 모두 시적인 것으로 변형되어 시 자체의 세계를 구성하는 한 부분적 재료에 지나지 않는다는 것이 상식이 되었다[51]고 주장한다.

넷째, 전체시는 '내용과 형식=사상과 기술'의 혼연한 통일체로만 나타나는 통일주의의 시, 전체주의의 시이다. 그는 편내용주의를 배척한다. 내용의 편중은 벌써 1930년 이전에 청산된 시의 오류이며, 그래서 차라리 내용과 기교를 통한 전체성적 시론이 요망된다는 것이 그의 견해이다. 이때, 그가 말하는 '내용'은 사상적 가치를, 형식은 기술을 각각 의미한다. 그래서 내용주의는 사상에 편중하는 것을, 형식주의는 기술에 편중하는 것을 각각 일컫는 말이 된다. 그는 이러한 내용과 형식이 완전히 통일되고 조화된 세계에서 새로운 시적 가치를 모색한다. 그에 의하면, 오늘의 우리를 매혹하는 것은 실로 이러한 종합의 세계이다.[52]

그런데 1939년에 쓴 「모더니즘의 역사적 위치」에서 그는 전체시에 대해 모더니즘과 사회성의 결합이라는 더 진전된 의미를 부여한다. 그는 1939년

---

49) 김기림, 「시인의 정신의 '포즈'」『전집』, p. 182.
50) 위의 글, 『전집』, p. 182.
51) 위의 글, 『전집』, p. 182.
52) 김기림, 「사상과 기술」『전집』, pp. 187~190.

의 시점에서 경향파와 모더니즘의 결합이라는 뚜렷한 방향을 새 진로로 잡고 그것이 바로 시단이 "나아가야 할 오직 하나의 바른 길"53)이라고 주장하고 있는데 이러한 주장은 지금까지의, 그의, 전체시에 대한 주장의 연장선상에 놓이는 것이다. 김윤식은 이와 관련해, 김기림의 전체시론이 명칭만 바꿔놓았을 뿐, 진정한 우리 시의 방향을 제시하지 못했다고 비판한 바 있다. 그에 의하면, 김기림의 전체시론은 임화의 경향시 계보와 이상의 모더니즘의 단순한 산술적 종합에 지나지 않는다54)는 것이다.

김기림의 전체시론이 지니고 있는 그러한 점을 인정한다 하더라도 그의 시에 대한 논의가 선구적인 것임은 쉽게 부정할 수 없는 사항이다. 이것은 임화의 주장과 그의 주장을 비교해 보면 어렵지 않게 확인된다. 임화의, '내용과 기교의 통일'의 양자는 "등가적으로 균형되어 있는 것이 아니라, 이 통일은 위선 전체로서의 양자를 가능케하는 물질적 현실적 조건으로 성립하고, 그것에 의존하며 동시에 내용의 우위성 가운데서 양자가 스스로 형식논리학적이 아니라 변증법적으로 통일되는 것"55)이라는 주장이 변증법적 설명의 방식을 취하고 있으면서도 리얼리즘의 토대만을 중시하고 있는데에 비해서 김기림의 전체시론은 리얼리즘과 모더니즘을 함께 토대로 취하고 있기 때문이다.

한 마디로 말해서, 지금까지 살펴본 김기림의 전체시론이 지향하고 있는 '내용과 기교의 종합'은 1930년대 당시의 시단 경향을 김기림 나름대로 진단한 후에 제출된 시적 처방으로 보아도 좋을 것이다.

---

53) 김기림, 「모더니즘의 역사적 위치」 『전집』, pp, 57~58.
54) 김윤식, 앞의 글, 앞의 책, p. 475.
55) 임화, 「기교파와 조선 시단」 『문학의 논리』, p. 666.

Ⅳ. 창작기술론 — 객관주의의 주지적 방법

김기림의 창작기술론은 시인의 호흡, 즉 시인의 정신을 바탕으로 하는 객관주의 시의 주지적 방법에 대한 논의가 주류를 이룬다. 그것은 다르게 말해서 지어지는 시의 주지적 방법이기도 한데 앞에서 살펴본 바 있는, 자연발생적 시가에 대한 그의 배척적인 태도가 이와 밀접하게 관련되어 있음은 말할 필요도 없다.

여기서는 그의 창작기술론을 배경과 유형에 초점을 맞추어 살펴보기로 한다.

그는 시를 쓰는 행위를 말과의 밀접한 관련 속에서 규정하려 한다. 그에 의하면, 시를 쓰는 것은 "사람의 관념계에 뒹구는 잠자코 있는 말을 주워다가 그의 목적 때문에 생명을 불어넣어 산 말을"[56] 만드는 행위이다. 시인은 그러한 행위를 하는 사람에 지나지 않는다. 그는, 말이 우리들의 자전이나 어휘의 창고 속에 감금당하여 있는 동안은 무진장의 기능을 포함하고 있기는 하지만 정지의 상태에 있다고 인식한다. 그에 의하면, 말은 시인의 호흡을 받아 활동하게 될 때에 비로소 숨쉬게 된다.[57]

그가 말하는 시인의 호흡이란 삶의 복판에서 연소하고 있는 시인의 정신적 창조 활동을 의미한다. 그것은 일종의 예술활동의 풀무이며 그 풀무를 거칠 때에 작품으로의 결실은 가능하다[58]고 그는 주장한다. 그가 말하는 '삶'은 시대의 색채에 강렬하게 침투된 삶이다. 여기에서도 우리는 그의, 낭만주의에 대한 배척의 자세를 쉽게 발견할 수 있다. 그는, 낭만주의자들은 시가 제작된다는 말에 대해 불쾌함을 느낄 것이라고 말한다. 이것은, 봄의

---

56) 김기림, 「시와 인식」『전집』, p. 75.
57) 위의 글, 『전집』, p. 75.
58) 김기림, 「시의 제작 과정」『전집』, p. 179.

들판에 꽃이 피는 것처럼 시도 사람의 심령 속에서 피어난다는 생각, 즉 시
는 천재의 참여에 의해 탄생하는 것이지 제작되는 것은 아니라는 생각을
정면에서 비판하는 과정에서 나온 말이다. 그가 끝까지 비판의 대상으로 삼
은 것은 시를 자연발생적인 것으로 생각하고 목적을 인정하지 않는 생각
자체이다. 그의 창작기술론의 배경은 바로 거기에 놓여 있다. 그의 주장은
"……연소되는 정신을 상실한 시는 그 치열한 창조적 정신의 발달에도 불
구하고 일종의 장식에 떨어지고마는 것은 거의 필연한 결과이다."59)에서
알 수 있는 것처럼 확고하다.

그가 주장하는 창작기술론의 유형은 두 가지이다. 그 하나는 주관론을
중심으로 한 것이고 다른 하나는 시와 사물의 관계를 중심으로 한 것이다.

그의 주관론은 독특하다. 그에 의하면, 우리들은 주관을 관념할 때 완전
히 '정지한 상태의 주관'을 관념할 수는 없다.60) 어떠한 형태로든지 동요할
때에 비로소 주관을 관념할 수 있는 것이다. 그가 말하는 '관념'은 '생각'을
의미하므로 쉽게 말하면 주관적인 생각은 항상 움직일 때에만 생기는 것이
라고 할 수 있다. 그는 객관세계에서 독립한, 즉 객관세계가 절대로 침투하
지 아니한 순수한 주관의 세계란 있을 수 없다61)고 주장한다. 그에 의하면,
그에 따라 나타나는 순수한 주관의 활동도 물론 가능하지 않다. 그는 본질,
선천성, 잠재의식 등 어떠한 주관의 순수한 속성만이 시의 내용을 이룰 때
거기에서는 예술의 보편성을 찾을 수 없다62)고 본다.

그에 의하면, 시는 시인의 주관이 객관에로 작용할 때, 그래서 그것이 이
러한 상호작용에 의해 旋律할 때 거기에 발생하는 생명의 반응이다.63) 그

---

59) 위의 글, 『전집』, p. 179.
60) 김기림, 「시와 인식」, 『전집』, p. 76.
61) 위의 글, 『전집』, p. 76.
62) 위의 글, 『전집』, p. 76.
63) 위의 글, 『전집』, p. 76.

렇다고 해서 그가 객관성만을 고조하는 것이 시의 가치를 높이는 길이라고
생각하는 것은 아니다. 그는 주관의 소리만이 시일 수 없는 것과 마찬가지
로 객관적 사실의 나열만이 시일 수 없다고 판단하고 있기 때문이다. 그는
주관의 상아탑 속에 점차 은둔하는 너무나 소극적인 시인과 객관적 사물을
부지런히 배열하는 시인을 모두 배척한다.[64]

　그에 의하면, 주관은 차라리 객관세계의 일부분이며 주관이 소멸한 뒤에
도 객관은 의연히 존재한다.[65] 그러나 그는 여기서 두 개의 문제를 제기한
다. 하나는 이러한 객관세계가 어떻게 주관세계로 도입되는가 하는 인식의
가능문제이고 다른 하나는 주관세계에서 내용화한 객관세계란 무엇인가
하는 인식의 내용 문제이다. 그는 이 두 가지 문제를 "우리의 인식은 주관
과 객관의 상호작용의 관계에 있어서만 가능하다. 그리고 이렇게 성립되
는 인식의 내용은 주관 내에서 활동하는 객관의 활동의 과정"[66]이라고 해
명한다.

　그가 인식하는 결정적인 문제의 하나는 현실의 문제이다. 여기서 그가
말하는 '현실'이란 주관까지를 포함한 객관의 어떠한 공간적, 시간적 일점
을 의미한다. 그는 그것을 "역사적, 사회적인 하나의 초점이며 교차점"[67]으
로 구체화한다. 그에 의하면, 현실은 시간적으로 부단히 어떠한 일점에서
다른 일점에로 동요하고 있다. 그래서 예술에 있어서 어떠한 현실의 단편이
구상되었을 때 그것은 벌써 현실 이전의 것이 되고 만다. 그 현실의 단편에
는 고정된 역사와 인생의 단편이 있을 뿐이다. 그래서 그는 주관의 움직임
을 다시 강조한다. 즉, 상대적 의미에서 이렇게 부단히 추이하고 있는 현실

---

64) 위의 글, 『전집』, p. 76.
65) 위의 글, 『전집』, p. 76.
66) 위의 글, 『전집』, p. 77.
67) 위의 글, 『전집』, p. 77.

을 여실히 포착할 수 있는 주관은 역시 움직이고 있는 주관이 아니면 안
된다[68]는 것이다. 그래서 그에게 있어서의 기술문제는 끊임없이 움직이는
시의 정신을 제외하여 단독으로 논의될 수 없는 문제이다.

시와 사물의 관계를 중심으로 그는 네 가지의 시의 유형을 제시한다.[69]
그 유형들은 ① 사물을 통하여 시인의 마음을 노래하는 것, ② 사물에 대하
여(또는 사물에 부딪쳐서) 시인의 마음을 노래하는 것, ③ 사물의 인상, ④
시 자체의 구성을 위한 사물의 재구성 등이다. 그는 이 순서가 낭만주의 이
후의 근대시의 발전의 여러 단계를 그대로 나타낸다고 본다. 그가 그것들에
상응하는 근대시의 역사를 구분해 본 것은 ① 로맨틱·상징파·표현파까지를
포함한 표현주의 시대, ② 사상파의 인상주의 시대, ③ 초현실파 모더니스
트의 과도시대, ④ 객관주의 등이다. 그의 설명에 따르면 ①은 주관을 노래
하기 위하여 사물을 쓰거나 그렇지 않으면 사물에 대하여 주관을 노래하는
시대나 범주를, ②는 사물의 인상을 노래하는 시대나 범주를, ③은 브르통
등의 초현실주의나 T. S. 엘리엇 등의 모더니즘이 전개되었던, ④에 이르기
까지의 모색의 시대를 각각 의미한다. ④는 그가 적극적으로 옹호하는 것으
로서 주관의 방편이 아니고 시가 사물을 재구성하여 시로서 독자의 객관성
을 구비하는 새로운 가치를 나타내는 범주를 의미한다. 그에 의하면, 이것
은 지금까지의 시의 관념과 대치하는 범주로서 실로 시의 혁명이라 할 만
한 것이다.

그가 객관주의를 어느 정도로 중요시하고 있는가 하는 것은 다음 글에서
도 잘 나타나고 있다.

우리 시단에서 낡은 표현주의적 풍조를 일소하기 위해서는 당분간은

---

68) 위의 글, 『전집』, p. 77.
69) 김기림, 「객관세계에 대한 시의 관계」 『전집』, p. 117.

모처럼 대두한 이러한 새로운 기풍이 더욱 활발하게 미만하여야 할 것이었다. 우리와 같은 후진 시단에서는 피치 못할 불명예스러운 修業임도 안다. 그러나 조만간 우리 시단에서도 이 새로운 풋말을 넘어서 또 다른 단계로 향하려는 의욕이 동할 것이었다. 그것은 틀림없이 객관주의적 시에의 방향이어야 할 것이었다.

여기에 와서 사물은 사물 자체의 성격이 발견되어 새로이 구성되는 시의 建築에 그 독자의 성격을 가지고 참여할 것이다.[70]

그리고 그는 그 객관주의를 가능하게 하는 사상과 방법의 속성에 대해서도 언급한다. 그에 의하면, 시를 사상과 방법(기술)의 두 부면으로 구분해서 생각할 때에 사상은 보다 더 시대 변천의 영향을 받고 방법은 보다 더 뒤까지 남아 잠행한다.[71] 그는 이것을, 시 속에 담긴 사상은 곧 시대에 뒤지기 쉬우나, 어떤 시인의 방법은 다음 대의 시인에 의해 계승되고 활용되는 일이 많다는 사실에서 확인한다.

이상에서 살펴본 바와 같이 그가 주장하는 창작기술론의 핵심은 객관주의에 놓여 있음을 알 수 있다. 그러나 그러한 그의 주장이 구체적이고 실천적인 논리의 바탕 위에서 전개되고 있는가 하는 점에 대해서는 쉽게 긍정할 수 없는 측면도 있다.

V. 과학적 시학 – 비평과 시의 과학

김기림이 과학적 시학을 수립하게 된 데에는 그가 일본의 東北帝大에서 영문학을 전공했다는 점과 크게 관계가 있다. 그가 그곳에서 특히 관심을

---

70) 위의 글, 『전집』, p. 119.
71) 김기림, 「시의 제작과정」『전집』, p. 179.

기울이며 공부한 것은 I. A. 리챠즈의 문학이론이었다. 그의 『시론』 맨 앞에 위치한 「방법론 시론」의 네 편 논문인 「시학의 방법」(1940), 「시와 언어」(1940), 「과학과 비평의 시」(1937), 「비평과 감상」(1935) 중 세 편은 대학 재학 중이 아니면 졸업 후에 씌어졌다. 그런데 이들 중 「비평과 감상」은 김기림이 동북제대에 입학하기 이전인 1935년에 씌어졌다.[72] 이런 사실로 미루어 볼 때 과학적 시학은 대학에 입학하기 전부터 가지고 있던 그의 문학적 신념이 I. A. 리챠즈의 문학이론의 내용과 결합하여 만들어진 것으로 추측된다.

여기서는 주로 그의 과학적 시학의 배경과 과학적 시학의 주장에 대해 살펴보기로 한다.

김기림에 의하면 시학과 시론은 시에 대한 진술로서 형이상학의 단편이라는 공통점을 지니고 있으나 시학이 학문의 모양을 하고 있는 데에 비해 시론은 기술론의 모양을 하고 있는 점이 다르다.[73] 또한 그에 의하면, 시론은 주로 한 유파 혹은 한 시인의 그 자신의 시의 합리화이다. 또는 한 개인이나 유파가 그들의 있기를 원하는 시의 가상을 그리는 것이다.[74] 그는 과거에 용어를 사용한 예에서도 시학과 시론은 구별되어 왔음을 상기시킨다. 가령, 아리스토텔레스의 시학, 보왈로의 시론 같은 것이 그것이다. 그에 의하면, 다만 시론은 체계의 완비 때문에 더 많이 상상이 들어가는 시의 형이상학보다도 시인의 작시상의 경험에서 빚어 나온 암시가 풍부하다는 점에서 더 유용한 경우가 많다. 그러나 시학과 시론에 대한 그의 이러한 구분이 타당한 것일까 하는 것은 좀더 진지하게 생각해 보아야 할 문제이다. 시학은 원래 그리스시대에는 처세술, 제작술을 의미하기도 했고, 아리스토텔레

---

72) 연보에 관한 내용은 김학동, 앞의 책, pp. 237~252. 참조
73) 김기림, 「시학의 방법」 『전집』, p. 13.
74) 위의 글, 『전집』, p. 13.

스는 그것을 심미적인 예술의 모방 세계를 의미하는 말로 사용했었기 때문이다. 시대의 변천에 따라 시학의 의미가 달라졌다는 사실은—예를 들면, 19세기 말의 말라르메의 시학과 20세기의 후기 상징주의 시인들의 시학은 다르다.—바로 시학의 의미가 고정될 수 없는 것임을 말해준다. 그렇다면 근본적으로 시학과 시론을 엄밀하게 구별하는 데에는 많은 어려움이 따른다고 보아야 한다.

그는 무엇보다도 과학적 시학을 주장한다. 그에 의하면, 이것은 새로운 시학이며 여기서는 '무엇' 또는 '왜'와 같은 방식의 물음은 일체 버려야 한다. 그가 중시하는 물음은 '어떻게 있는가'이다. 그는 시에 대해서는 이 물음에서 시작해서 이 물음으로 끝나야 한다[75]고 주장한다. 즉, 시와 환상을 또는 시와 이상을 연관시킬 게 아니라 "시의 사실에 실로 사실에만 육박" 해야 한다는 것이다. 그에 의하면, 그것이 "설정하는 명제는 형식논리의 방식에 맞느냐 안 맞느냐 하는 점으로써 완전함을 자랑할 수는 없다."[76] 긍정되거나 부정되는 것은 참이냐 거짓이냐 하는 점에서만 결정된다는 것이다. 이처럼 그는 오로지 사실 자체만이 중요한 것임을 강조한다.

그가 주장하는 과학적 시학의 핵심적인 내용은 세 가지에 관한 것들이다. 그것은 첫째, 시학에서 다루어야 할 항목에 관한 것이고 둘째, 시학의 효용에 관한 것들이며 셋째, 비평의 기능에 관한 것들이다.

시학에서 다루어야 할 항목을 그는 심리적 사실과 관련시켜 설명한다. 그에 의하면, 시인의 제작과정과 독자의 향수 과정 및 이것을 통틀어 서로 이루는 전달 작용의 관찰·분석·종합은 우선 시학이 해야 될 일의 중요한 半面이다. 시학이 언어학 특히 意義學의 수속과 성과를 크게 빌려야 하는

---

75) 위의 글, 『전집』, p. 14.
76) 위의 글, 『전집』, pp. 14~15.

까닭이 여기에 있다. 또한 그는 시가 지니고 있는 심리적 사실로서의 면을 성립시키는 것은 일정한 문화적 전통의 약속이고 그것은 늘 문명의 일정한 단계의 역사적 특징을 반영하며 그 시대의 문화의 제면과의 사이에 상호교류의 작용을 가진다[77]고 주장한다. 다시 말하면 시는 역사적, 사회적 사실이기도 하다는 것이다. 그래서 그에 의하면, 시의 역사적, 사회적 사실로서의 면을 일반적 성질에서 설명하는 것은 시학의 남은 半面이 된다. 결국, 그는 새롭게 제시되는 과학적 시학은 "심리적 사실 및 사회적 사실로서의 시에 양면으로부터 육박한다."[78]고 본다.

그는 시학의 효용을 세 가지로 나누어 설명한다. 그에 의하면, 일반적 과학으로서의 시학은 우선 시의 감상에 기초 교양이 되고 다음에 그것은 시의 비평에 있어서 한 가지로 기초적인 준비가 되며 마지막으로 그것은 詩史를 쓰는 데에 기초 준비가 된다.[79] 그러나 그는 이러한 것들보다 더 중요한 것으로, 문화가 우리의 심리적 충동으로서는 어떻게 요구되고 향수되며 사회적, 일상적으로는 어떤 기능을 하는가 하는, 우리 문화생활에 대한 자각을 더욱 높일 수 있다는 점을 들고 있다.

비평의 기능에 관한 그의 논의는 주로 에즈라 파운드의 주장을 많이 수용하는 입장에서 이루어진다. 그는 에즈라 파운드가 자신이 편찬한 『현역사화집』의 서문에서 영국의 비평이 작품에 대하여 말하지 않고 보다 더 비평 자체에 독자의 주의를 끌려고 하는 일을 통렬하게 공격한 것은 정당하다[80]고 주장한다. 그는, 사실 우리의 손으로 된 평론의 대부분은 '작품에 관하여' 있지 않고 그 자체에 관해서 있었으며 따라서 '작품에 대하여' 말

---

77) 위의 글, 『전집』, p. 17.
78) 위의 글, 『전집』, p. 17.
79) 위의 글, 『전집』, p. 18.
80) 김기림, 「비평과 감상」 『전집』, p. 38.

해야 할 비평의 제일차적인 임무를 떠나서 그 자체의 준비운동에 몰두하였다고 비판한다. 파운드는, 비평하는 예술의 진보 발전을 가져오는 사람을 '최상급의 비평가'로, 제작된 최상의 것에 독자의 주의를 끄는 사람을 '우량한 비평가'로, 이러지도 저러지도 않고 최상의 작품에서 도리어 독자의 주의를 제2급 이하거나 또는 그가 쓰는 것 자체로 옮기게 하는 비평가를 '해충'으로 불렀는데, 그는 이에 전적으로 동의하면서 그것은 우리에게 많은 것을 시사하고 있다고 단언한다. 그래서 비평의 기능과 관련하여 그가 우선 비평가에게 주문하는 비평은, 추상적 비평이 아니라 다른 사람의 작품을 읽고 이루어지는 구체적인 작품에 관한 실제적 비평이다.[81]

다음에 그가 주문하는 비평은, 대상으로서 제공되거나 선택한 작품을 판단하기 전에 그것을 구성하고 있는 뭇 계기를 분석하고 그 상호간의 관계와 전체와 그 각 부분과의 관계를 구명하고 분해하며 해명하는 비평이다.[82] 그는, 비교하고 판단하는 것은 비평이 해야 할 최후의 일임을 강조한다. 여기에는 분석과 해명도 하지 않고 판단만이 제시되는 당시의 비평 풍토에 대한 비판의 뜻이 담겨 있다. 비평은 철학이기 전에 과학이어야 한다는 그의 신념은, 비평가는 그의 분석과 해명의 과정을 거쳐서 그 작가나 시인의 입장을 추출해야 한다는 세 번째의 주문에서도 잘 나타나 있다. 구체적으로 말하면, 한 작품이 어떠한 의도에서 씌어졌다는 것을 제시하고 그러한 의도로서는 그 작품이 얼마나 성공하고 실패했다는 것을 보여주는 것이 좋다[83]는 것이다. 그에 의하면, 자기 나름대로의 판단을 내리는 것은 그 다음에 해야 할 일이다. 그는, 또 될 수만 있으면 비평하는 작품에 관해서 성립할 수 있는 여러 개의 의견을 제시한 후에 자기 의견의 정당성을 강조한다면

---

81) 위의 글, 『전집』, p. 39.
82) 위의 글, 『전집』, p. 39.
83) 위의 글, 『전집』, p. 40.

더 좋을 것84)이라고 부연한다.

그가 바라는 것은 과학적인 문학이론이다. 그는 실제적인 비평이 훨씬 왕성해지는 것은 우리 문학의 발전을 위해서 큰 도움이 될 것85)이라고 주장한다. 그러면서도 그는 그러한 비평이 참으로 어렵다는 것을 잘 알고 있다.

> 비록 한 작품이라고 할지라도 철저히 분석해서 그 구조와 전개와 작자가 거기서 시험한 새 기술과 거기 구체화된 작자의 사상과 그것들이 독자에게 주는 효과의 신선도와 심도와 그것들 전체의 밑에 흐르는 사회적인 지반의 힘과 계기마저를 될 수 있는 대로 주관을 섞음이 없이 우선은 작품이 주는 대로 받아서 제시하고 다시 거기에 비교 판단을 내린다고 하는 것은 얼마나 어려운 일이냐. 그러나 작가나 독자가 아니 문학 그것이 비평에 향해서 요구하는 일은 바로 그 일이다.86)

위의 인용문에서도 알 수 있듯이 그가 내세우는 것은 철저하게 분석주의적인 비평 방법이다. 그래서 얼핏보면 '인간'을 간과하고 있거나 아니면 무시하고 있는 것처럼 보인다. 그러나 사실은 그렇지 않다. 비평가의 "최후의, 또 최고의 일은 인간적 가치와 기술적 가치가 혼연히 빚어내는 종합적인 예술적 가치를 발견하는 일"87)이라고 주장하고 있기 때문이다.

이상에서 살펴본 대로 그의 과학적 시학은 종래에 아무런 근거도 제시하지 않고 행해지는 비평 방식의 일대 변혁을 요구하는 내용이 주류를 이루고 있다. 그것은 앞에서도 잠시 언급한 대로 그의 문학적 신념과 I. A. 리챠즈의 문학이론이 결합해서 당시의 비평 풍토를 개선하고자 하는 그의 의욕이 실천된 결과라 할 수 있다.

---

84) 위의 글, 『전집』, p. 40.
85) 김기림, 「시의 르네상스」 『전집』, p. 127.
86) 위의 글, 『전집』, p. 127.
87) 김기림, 「시의 제작과정」 『전집』, p. 181.

Ⅵ. 에필로그

지금까지 김기림의 시론을 모더니즘 시론·전체시론·창작기술론·과학적 시론 등의 네 가지 흐름으로 나누어 살펴보았다. 결론 삼아 그 내용을 요약, 정리하면 다음과 같다.

첫째, 시사적인 맥락에서 볼 때 김기림의 모더니즘은 명실공히 현대시를 발족시키는 데에 있어서의 이론적 근거가 되었다. 그의 모더니즘 시론이 다분히 서구의 시론에 의존하고 있는 것은 사실이나 그것이 1930년대 한국 시단의 현실에 하나의 획을 그었다는 시사적 의의를 약화시키는 근거로 작용하지는 못한다.

둘째, 김기림의 전체시론에서 논의되는 전체시는 선인들에 의해 발견된 새로운 방법들을 종합한 한 개의 전체로서의 시, 사상이나 정치적 주제가 시 속에 용해되어 한 개의 전체로서의 시의 질서에 일치되는 시, 자연·인간·사상 등 시의 대상들이 시 속에서 전체적 구성의 일부분을 이루는 시, '내용과 형식=사상과 기술'의 혼연한 통일체로만 나타나는 통일주의의 시(전체주의의 시)이다. 김기림이 주장하는 전체시는 1930년대 당시의 시단 경향을 그 나름대로 진단한 후에 제출된 시적 처방의 결과이다.

셋째, 김기림이 주장하는 창작기술론의 핵심은 객관주의에 놓여 있다. 그리고 그는 그 객관주의를 가능하게 하는 사상과 방법의 속성을, 시 속에 담긴 사상은 곧 시대에 뒤지기 쉬우나 어떤 시인의 방법은 다음 대의 시인에 의해 계승되고 활용되는 일이 많다는 사실에서 확인한다. 그러나 그러한 그의 주장이 구체적이고 실천적인 논리의 바탕 위에서 전개되고 있는가 하는 점에 대해서는 쉽게 긍정할 수 없는 측면도 있다.

넷째, 그의 과학적 시학은 종래에 아무런 근거도 제시하지 않고 행해지는 비평 방식의 변혁을 요구하는 내용이 주류를 이룬다. 그것은 그의 문학적 신념과 I. A. 리챠즈의 문학이론이 결합된 것으로서 당시의 이론 부재의 비평 풍토를 개선하고자 하는 그의 의욕이 실천된 결과라 할 수 있다.

김수영 시론의 가치론과 방법론__김수영 시론

Ⅰ. 프롤로그

김수명 편『김수영 전집 2 - 산문』(민음사, 1981)에 의하면, 김수영이 남긴 산문은 에세이 67편, 시작 노트 7편, 서한문 16편, 시 월평 23편, 미완 소설인「義勇軍」등이다. 1945년『예술부락』에 발표한 처녀작「廟庭의 노래」에서부터 작고한 해인 1968년에 쓴 마지막 작품「풀」에 이르기까지의 작품이 총 173편이라는 점을 감안하면 그가 쓴 산문의 양은 결코 적은 것이 아니다. 그 산문들은「歸棒」(1953),「眩氣症」(1956) 등을 제외하면 모두 1960년대에 씌어진 것들이다. 그것들은 4·19로 시작되는 당 시대의 상황과 밀접하게 관련된다. 이 글에서 특히 고찰 대상으로 삼고 있는 시론들에서는 그러한 점이 분명하게 나타난다. 시에서 참여시의 성격이 잘 드러나는 것처럼 시론에서도 참여시를 주장하는 논리가 빈번하게 등장하는 것이다.

김수영의 시론은 두 가지의 복합적인 성격을 띠고 있다. 그것의 하나는 모더니즘적인 성격이고 다른 하나는 참여시론적인 성격이다. 물론 모더니즘적인 성격의 시론은 1930년대의 모더니즘과는 판이하게 다른 것으로서 그것이 시에서 구현된 시기는 1950년대이지만 시론을 통해 주장한 시기는

1960년대이다. 그리고 참여시론적인 성격의 시론은 1970년대에 주장했던 그것과는 또한 구별되는 것으로서 당시대의 시단 상황으로 볼 때는 선구적인 것이었다. 그의 시론이 지니고 있는 두 가지의 성격은 그의 시에 그대로 반영되어 그의 시 성격을 규정하는 기준이 되고 있다고 볼 때 그의 시론에 대한 연구의 필요성은 자연스럽게 도출된다.

이 글의 목적은 김수영의 시론에 나타나는 두 가지의 성격을 가치론의 측면과 방법론적 측면에서 조명해 보는 데에 있다. 이러한 의도의 저변에는 종래의 연구자들이 그의 시론을 모더니즘 시론과 참여시론으로 나누어 그 특성만을 줄기차게 부각시키는 연구 방법에서 벗어나 그의 시론이 지니고 있는 성격을 입체적으로 재구성하고자 하는 의도가 깔려 있다. 그런데 이 글의 목적을 이렇게 정해 놓은 다음에도 그의 시론 속에 내포되어 있는 논리적인 비약과 그에 따라 야기되는 난해성을 어떻게 해명할 것인가 하는 문제는 여전히 남는다. 그래서 이 글에서는 그것을 최소화하기 위해 시의 가치론과 방법론이라는 방향을 정해 놓고 거기에서 발견되는 핵심적인 개념들을 중심으로 논의하는 방법을 취하기로 한다.

Ⅱ. 시의 가치론

김수영이 시에서 가치적 요소를 지니고 있다고 생각한 것은 대략 네 가지이다. 그것은 자유·새로움·생명·행동이다. 그런데 이 네 가지 요소가 독립적으로 기능하는 것이 아니라 서로 관련되는 요소들임은 물론이다.

1. 자유의 성격

김수영의 시론에서 핵심적인 역할을 하는 자유는 두 가지의 성격을 지니고 있다. 그것의 하나는 내적 자유이고 다른 하나는 외적 자유이다. 그 내적 자유는 일종의 신앙으로서 인간의 문제와, 외적 자유는 언론·창작 등과 각각 밀접하게 관련된다.

김수영 자유와 언어가 불가분리의 관계에 있다고 본다. 그에 의하면, 시인은 "언어를 통하여 자유를 읊으며 또 자유를 사는"[1] 사람이다. 그래서 그는 자유의 회복을 신앙으로 삼는 단계에까지 이른다. 그가 판단하기에 우리나라 시단의 문제는 자유의 회복에 둔감한 시인들이 많다는 사실에 있다. 그래서 그가 시를 평가하는 기준으로 삼은 것은 이 '자유의 회복의 신앙'이다. 그는 작품이 좀 미흡한 데가 있어도 그 시인이 시인으로서의 자유의 신앙을 가지고 있는 사람이라는 것을 알 때는 좋게 보인다고 말하고 또 좋게 보려고 한다. 그러나 그는 아무리 작품이 짜임새가 있고 말솜씨가 명확하더라도 그가 보수적이라는 것을 알 때에는 환멸을 느낀다고 말한다. 그러면서도 그는 스스로의 시평 태도를 편벽에 찬 것이라고 규정하는데 그것이 역설임은 물론이다.

김수영은 오늘날의 시가 가장 골몰해야 할 가장 큰 문제는 인간의 회복이라고 했는데 그것은 결국 자유의 회복에 다름 아니다. 그는 우리 사회가 요청하는 시인다운 시인을, "정의와 자유와 평화를 사랑하고 인류의 운명에 적극 관심을 가지며 이 시대의 지성을 갖춘, 시정신의 새로운 육성을 말할 수 있는 사람"[2]이라고 주장한다. 이 경우에도 마찬가지로 자유는 중요

---

1) 김수영, 「생활 현실과 시」 김수명 편 『김수영 전집 2 - 산문』(민음사, 1981), p. 196. (이하 『전집』이라 한다)
2) 김수영, 「제 精神을 갖고 사는 사람은 없는가」 『전집』, p. 139.

한 개념으로 등장한다. 그러나 그는 김우창의 지적처럼 "철학적, 형이상학적 요구로서의 자유가 현실에 대해서 가지는 관계는 직접적이라기보다는 변증법적이며, 이 변증법적 과정이 최후의 화해에 이르지 않는 한 예술가는 정치의 무자비 속에 고통할 수밖에 없다."[3]는 사실을 간과한 것처럼 보인다.

한편 김수영의 시론에서 등장하는 외적 자유는 무엇보다도 언론의 자유이다. 이 경우의 자유는 표현의 자유, 더 나아가 창작의 자유와 깊은 관련이 있다. 그에 의하면, 시를 쓰는 사람, 문학을 하는 사람의 처지로서는 '이만하면'이라는 중간사는 도저히 있을 수 없다. 그는, "그들에게는 언론자유가 있느냐 없느냐의 둘 중의 하나가 있을 뿐 '이만하면 언론자유가 있다'고 보는 것은, 쉽게 말하면 그 자신이 시인도 문학자도 아니라는 말밖에 안 된다."[4]고 주장한다. 그는 우리나라에 이런 사고방식을 가진 소설가·평론가·시인이 그가 접한 범위 내에서도 적지 않게 있다고 말한다. 그는 이것을 우리나라의 후진성 운운의 문제를 뛰어넘는 더 큰 문제로 인식한다.

자유에 대한 김수영의 태도는 "일본의 시인 西脇順三郎은 '시를 논하는 것은 神을 논하는 것처럼 두려운 일'이라는 의미의 말을 했지만, 저는 '자유를 논하는 것은 신을 논하는 것처럼 두려운 일이라'고 말하고 싶습니다."[5]라는 말에서 보듯이 상당히 신중하고 조심스럽다. 그것은 자유의 개념 자체가 우리에게 얼마나 멀리 떨어져 있으면서 희구의 대상으로 존재해 왔는지를 구체적으로 말해주는 것이 될 것이다.

김수영은 참여시의 효용성을 주장하는 시론이 시로서의 충격을 못 주고 있는 것 같다고 진단한다. 그는 그 이유를 아직까지의 자유의 서술이 자유

---

3) 김우창, 「예술가의 良心과 自由」, 황동규, 『김수영의 문학』 (민음사, 1997), p. 198.
4) 김수영, 「창작 자유의 조건」 『전집』, p. 129.
5) 김수영, 「요즈음 느끼는 일」 『전집』, p. 34.

의 서술로 그치고, 자유의 이행에까지 이르지 못한 데에서 찾고 있다. 그에
의하면, "모험은, 자유의 서술도 자유의 주장도 아닌 자유의 이행"6)이다.
또한 그에게 있어서는 자유도 자유의 이행을 의미한다. 그래서 그것은 행동
적인 특성을 지니고 있다. 이 점은 그가 자유의 이행 전 단계에 자유의 서
술을 놓고 있는 점으로 보아도 확인할 수 있다. 그 행동은 모험이며 그래서
결국 자유의 이행, 행동, 모험은 모두 등식의 관계에 놓이는 개념들이 된다.

　이상에서 살펴본 것처럼 김수영은 내적 자유와 외적 자유의 문제를 논의
하고 있지만, 그가 살았던 시대의 상황을 결코 쉽게 극복할 수 있으리라고
믿었던 것 같지는 않다. 그가 반복적으로, 그리고 강한 톤으로 주장하고 있
는 것이 그 증거이다.

2. 새로움의 네 측면

　새로움에 대한 김수영의 시론은 실험문학·모험·시적 인식·자유 등과의
관련 속에서 전개된다. 새로움은 달리 말하면 현대성이고 또 다른 용어로는
모더니티이다 그런데 그는 이것을 "하나의 문학적 조류로 이해한 것이 아
니라, 세계를 이해하고 관찰하는 한 정신의 태도로 받아들"7)임으로써 "그
태도가 그로 하여금 1960년대 초기에 혁명에 관심을 쏟게"8) 만들었다. 그
가 새로움을 사조로서의 의미가 아닌, 정신적 태도로 이해했다면 새로움에
대한 주장은 대체로 다음의 네 가지로 요약할 수 있을 것이다.

　첫째, 김수영은, 새로운 문학은 실험적인 문학임을 주장한다. 그는 조선
일보의 문예시평 난에 게재된 李御寧의 글 「오늘의 韓國文化를 위협하는

---

　6) 김수영, 「시여, 침을 뱉어라」『전집』, p. 252.
　7) 김현, 「자유와 꿈」, 황동규 편 『김수영의 문학』, p. 106.
　8) 위의 글, 위의 책, p. 106.

것」을 비판하면서 "그는 모든 진정한 새로운 문학은 그것이 내향적이 될 때는—즉 內的 자유를 추구하는 경우에는—기존의 문학 형식에 대한 위협이 되고, 외향적인 것이 될 때에는 기성사회의 질서에 대한 불가피한 위협이 된다는 문학과 예술의 영원한 철칙을 소홀히 하고 있거나 혹은 일방적으로 적용하려 들고 있다."9)고 비판한다. 그리고 그는 모든 진정한 새로운 문학, 실험적인 문학의 성격을 다음과 같이 규정한다.

> 얼마전에 내한한 프랑스의 앙띠로망의 작가인 뷔또르도 말했듯이, 모든 실험적인 문학은 필연적으로는 완전한 세계의 구현을 목표로 하는 진보의 편에 서지 않을 수 없게 되는 것이다. 모든 전위문학은 불온하다. 그리고 모든 살아있는 문화는 본질적으로 불온한 것이다. 그것은 두말할 것도 없이 문화의 본질이 꿈을 추구하는 것이고 불가능을 추구하는 것이기 때문이다.10)

둘째, 김수영은 새로운 문학은 모험의 발견이며 내용·형식이 자유로운 문학임을 주장한다. 그에 의하면, "현대에 있어서는 시뿐이 아니라 소설까지도, 모험의 발견으로서 자기 형성의 차원에서 그의 '새로움'을 제시하는 것이 문학자의 의무"11)이다. 그는 소설을 쓰는 마음으로 시를 쓰고 있다고 고백한다. 그만큼 많은 산문을 도입하고 있고 내용면에서 완전한 자유를 누리고 있다는 것이다. 그러면서도 그는 자유가 없다거나 너무나 많은 자유가 있고 너무나 많은 자유가 없다고 말하면서 그에 따른 배경을 다음과 같이 제시한다.

---

9) 김수영, 「실험적인 문학과 정치적 자유」『전집』, p. 158.
10) 위의 글, 위의 책, pp. 158~159.
11) 김수영, 「시여, 침을 뱉어라」『전집』, p. 251.

　　'내용의 면에서 완전한 자유를 누리고 있다'는 말은 사실은 '내용'이
하는 말이 아니라 '형식'이 하는 혼잣말이다. 이 말은 밖에 대고 해서는
아니될 말이다. '내용'은 언제나 밖에다 대고 '너무나 많은 자유가 없다'
는 말을 해야 한다. 그래야지만 '너무나 많은 자유가 있다'는 '형식'을 정
복할 수 있고, 그때에 비로소 하나의 작품이 간신히 성립된다. '내용'은
언제나 밖에다 대고 '너무나 많은 자유가 없다'는 말을 계속해서 지껄여
야 한다.[12]

　　셋째, 김수영은, 새로운 시는 새로운 인식의 시임을 주장한다. 그는 인식
적 시의 여부를 정하는 간단한 방법은 우선 거기에 새로운 것이 있느냐 없
느냐를 찾고 다음에 새로운 것이 있다면 어떤 모양의 새로운 것인가를 찾
아야 한다고 말한다. 그에 의하면, "인식은 본질적으로 새로운 것"[13]이다.
그러나 그는 인식적 시의 개념을 분명히 해놓지 않았다. 그래서 섣불리 단
정할 수는 없으나 인식적 시를, 인식을 담고 있는 시로 해석한다면 그가 강
조하는 것은 인식의 새로움인 듯하다.

　　넷째, 김수영은, 새로운 시는 자유의 시임을 주장한다. 그는 "오늘날 우
리들은 인간의 상실이라는 가장 큰 비극으로 통일되어 있고, 이 비참의 통
일을 영광의 통일로 이끌어나가야 하는 것이 시인의 임무"[14]라고 주장한
다. 그에 의하면, 시인은 언어를 통해서 자유를 읊고, 자유를 사는 데에 시
의 새로움이 있고, 그 새로움이 문제되어야 한다. 그는 시의 언어 서술이나
시의 언어 작용은 이 새로움이라는 면에서 같은 감동의 차원을 차지하게
된다고 본다. 그에 의하면, 우리의 생활 현실이 담겨 있는지의 여부나 진정
한 난해시의 여부는 새로움이 있느냐 없느냐에서 결정된다. 결국 "새로움

---

12) 위의 글, 위의 책, p. 251.
13) 김수영, 「시적 인식과 새로움」 『전집』, p. 397.
14) 김수영, 「생활 현실과 시」 『전집』, p. 196.

은 자유다, 자유는 새로움이다."15)라는 그의 주장에서 알 수 있는 것처럼 그에게 있어서의 새로움과 자유는 등식의 관계에 놓여 있다.

김수영이 주장하는 새로움은 결국 그가 지녔던 신념에서 우러나온 것이다. 그가 지녔던 신념은 물론 이 네 가지에 국한된 것은 아니었지만 최소한 그 네 가지 신념을 다른 것들에 비해 더 중요시했던 것만은 분명하다.

3. 생명과 행동

김수영은 시에서 무엇보다도 중요한 것은 생명이라고 보았다. "스타일도 현대적이고 말솜씨도 그럴 듯한데 가장 중요한 생명이 없다. 그러니까 작품을 읽고 나면 우선 불쾌감이 앞선다."16)고 한 것이나 "핀다로스나 다스케마이네나 알렉산더 포오프를 '同位數值'를 운운하면서 멋쟁이 제목을 붙이는 것도 좋지만 그보다도 몇천 배나 더 중요한 것은 생명을 가려내는 일이다. 한말로 말해서 우리나라 시단은 썩었다."17)고 한 데에서 보듯이 그는 스타일이 현대적이라거나 말솜씨가 그럴 듯하거나 멋쟁이 제목을 붙이는 것은 모두 '생명'이 있다는 전제 위에서만 빛을 발한다고 생각한다.

김수영은, '생명'이라는 말이 매우 추상적이라고 전제하면서도 대체로 그 성격을 다음과 같이 두 가지로 규정한다. 그것의 하나는 기교 따위에 압도되지 않고 살아 있는 상태, 즉 시를 시일 수 있게 하는 본질적인 요소라는 점이고 다른 하나는 자유·평화·양심·인간성·지성 등이 발휘되는 상태라는 점이다. 그는 시가 이러한 두 가지의 점을 갖출 때 시다운 시가 된다고 본다.

---

15) 위의 글, 위의 책, p. 196.
16) 김수영, 「세대교체의 延手票」『전집』, p. 182.
17) 위의 글, 위의 책, p. 183.

김수영이 말하는 행동은 다분히 시와 등식의 관계에 놓인다. 그에 의하면, 시는 "행동을 위한 밑받침. 행동까지의 運算이며 상승. 7할의 고민과 3割의 시의 총화가 행동"[18]이다. 그에 의하면, 한 편의 시가 완성될 때는 3할의 비약이 기적적으로 이루어질 때인 동시에 회의의 구름이 가시고 태양처럼 해답이 나오며 행동이 나올 때이다. 그는 시를 未知의 정확성이며 후퇴 없는 영광으로 정의한다.

> 아아 행동에의 계시. 문갑을 닫을 때 뚜껑이 들어맞는 딸각소리가 그대가 만드는 시 속에서 들렸다면 그 작품은 급제한 것이라는 의미의 말을 나는 어느 海外 詞華集에서 읽은 일이 있는데, 나의 딸각소리는 역시 행동에의 계시다. 들어맞지 않던 행동의 열쇠가 열릴 때 나의 詩는 완료되고 나의 詩가 끝나는 순간은 행동의 계시를 완료한 순간이다. 이와같은 나의 전진은 세계사의 전진과 보조를 같이한다. 내가 움직일 때 世界는 같이 움직인다. 이 얼마나 큰 영광이며 희열 이상의 狂喜이냐![19]

시가 완료된 순간과 행동이 완료된 순간을 등식의 관계로 파악한 것만 보아도 우리는 김수영이 행동을 얼마나 중요시했는지를 알 수 있다. 그는 그 등식을 점차 확대하여 '나의 전진'을 '세계사의 전진'과 보조를 같이하는 것으로 파악하고 있는데 그것을 '큰 영광', '희열', '광희'로 표현하고 있는 대목에 이르면 그에게 있어서 시와 행동이 등식에 놓이는 것은 자연스러운 일이다.

그뿐이 아니다. 김수영에 의하면, "힘의 마력, 그것은 행동의 마력이다. 시의 마력, 즉 말의 마력도 원은 행동의 마력"[20]이다. 그러나 그는 그것이

---

18) 김수영, 「시작 노우트·2」 『전집』, p. 286.
19) 위의 글, 위의 책, p. 288.
20) 김수영, 「民樂記」 『전집』, p. 82.

시의 원리상의 문제이고, 속세에 있어서는 말과 행동은 완전히 대극적인 것이라고 함으로써 시의 경우와 현실의 경우를 구별한다.

생명과 행동은 김수영에게 있어서 내적 자유·새로움과 함께 시를 시다운 시로 만드는 요소들이다. 그러나 이들 중 외적 자유·행동은 내적 자유·새로움과 성격이 다르다. 내적 자유·새로움이 시의 내재적 가치를 주로 드러내는 것들이라면 외적 자유·행동은 시의 외재적 가치를 주로 드러내는 것들이기 때문이다.

III. 시의 방법론

김수영이 시의 방법으로 제시한 것은 현실참여·언어·형식과 포오즈·의미·지성 등이다. 이것은 모두 시의 가치를 확보하는 요소들과 중첩되는 것들이다. 그런데도 불구하고 이 부분에서 이것들을 뚜렷한 항목으로 내세우고 논의의 대상으로 삼는 것은 그 주장들이 방법 쪽으로 기울었다고 판단되기 때문이다.

1. 현실참여

김수영이 시 월평을 쓰면서 한결같이 시의 평가 기준으로 내세운 것은 현실참여이다. 그가 그것을 얼마나 중요시했는지는 "그리고 나는 지난달에도 이 달에도 시의 현실참여를 주장해 왔고 내달에도 그것을 주장할 것이다."[21]에서 분명히 확인되는 사실이다. 그가 주장하는, 현실참여와 관련되는 주장은 다음의 네 가지로 요약할 수 있다.

---

21) 김수영, 「시인의 정신은 未知」『전집』, p. 350.

첫째, 김수영은 현실을 직시하는 시를 써야 한다고 주장한다. 그에 의하면, 시인의 스승은 현실이다. 그는 우리의 현실이 시대에 뒤떨어진 것을 부끄럽고 안타깝게 생각하지만 그보다도 더 안타깝고 부끄러운 것은, 이 뒤떨어진 현실을 직시하지 못하는 시인의 태도라고 말한다. 그는 "오늘날의 우리의 현대시의 양심과 작업은 이 뒤떨어진 현실에 대한 자각이 모체가 되어야"[22] 한다고 주장한다. 그에 의하면, 우리의 현대시의 밀도는 이 자각의 밀도이고, 이 밀도는 우리의 비애, 우리만의 비애를 가리켜 준다. 그는 오늘날의 우리의 현대적인 시인의 긍지는 '앞섰다'는 것이 아니라 '뒤떨어졌다'는 것을 의식하는 데 있다고 단언한다. 또한 그는, "오늘날의 우리의 현대적인 시인이 '앞섰다'면 이 '뒤떨어졌다'는 것을 확고하고 여유 있게 의식하는 점에서 '앞섰다'고 할 수 있으며, 세계의 시 시장에 출품된 우리의 현대시가 뒤떨어졌다는 낙인을 받는 것을 두려워하기 전에, 우리들에게는 우선 우리들의 현실에 정직할 수 있는 과단과 결의가 필요하다."[23]고 주장한다. 그에 의하면, 우리의 현대시가 현실이 뒤떨어진 것만큼 뒤떨어지는 것은 시인의 책임이 아니지만 뒤떨어진 현실에서 뒤떨어지지 않은 것 같은 시를 위조해 시를 내놓는 것은 시인의 책임이다.

또한 김수영은 "우리나라의 현실을 잘 대변하는 시"[24]를 써야 한다고 주장한다. 그는 『漢陽』지에 실린 장일우의 시에 대한 비평을 중심으로 자신의 생각을 전개하고 있는데 그에 의하면, 우리 나라의 현실을 가장 잘 대변할 수 있는 시는 어떤 시인가 하는 것과 가장 밑바닥에서 우러나오는 가장 절박한 시를 쓰려면 어떻게 하면 되는가 하는 장일우의 발언은 두 가지 측면에서 바라볼 수 있다. 그것의 하나는 지사적 발언이며, 다른 하나는 기술

---

22) 김수영, 「모더니티의 문제」 『전집』, p. 350.
23) 위의 글, 위의 책, p. 350.
24) 김수영, 「생활 현실과 시」 『전집』, p. 191.

자적인 발언이다. 그리고 그는 지사적인 면의 방향의 제시가 그것을 기술적인 면으로 풀어보려고 할 때, 잘 맞아떨어지지가 않는 것이라고 말한다.

둘째, 김수영은 현실참여 시를 언어의 서술과 작용의 두 측면에서 이해해야 한다고 주장한다. 장일우는 이 현실을 이기는 시인의 방법을 시작품상에 나타난 언어의 서술에서 찾고 있지만 그는 그것을 "언어의 서술에서뿐 아니라 시작품 속에 숨어 있는 언어적 작용"25)에서도 찾고 있다. 그는, 시의 본질에서 볼 때 그 두 가지는 당연히 동일한 비중을 차지해야 한다고 본다. 그에 의하면, 전자의 가치를 지나치게 두둔하면 실패한 프롤레타리아 시가, 후자의 가치를 지나치게 두둔하면 사이비 난해시가 많이 나온다. 그래서 그는 비평가의 임무가 "전자의 경향의 시인에게 후자의 경향을 강매하거나 후자의 경향의 시인에게 전자의 경향을 강매하는 일보다도 오히려, 제각기 가진 경향 속에서 그 시인의 양심이 살려져 있는지 아닌지를 식별하는 일에 있는 것"26)이라고 주장한다. 그리고 그에 의하면, 이러한 식별의 눈은 더욱이 우리 시단과 같은 整地 작업이 되어있지 않은 곳에서는 아무리 섬세하게 작용되어도 편잔의 대상은 아니다.

김수영이 보기에는 "우리 시단의 시는 시의 언어의 서술면에서나 시의 언어의 작용면에서나 다같이 미숙하다."27) 쉽게 말하자면 우리의 생활현실도 제대로 담겨있지 않고, 난해한 시라고 하지만 제대로 난해한 시도 없다."28)는 것이다. 이 두 가지 시가 통할 수 있는 최대공약수가 있다면 그것은 사상인데, 이 사상이 어느 쪽에도 없으니까 그럴 수밖에 없다는 것이 그의 판단이다.

---

25) 위의 글, 위의 책, p. 193.
26) 위의 글, 위의 책, p. 193.
27) 위의 글, 위의 책. p. 194.
28) 위의 글, 위의 책, p. 194.

셋째, 김수영은 남북의 통일 선언을 소리 높이 외치는 시를 써야 한다고 주장한다. 그에 의하면, "우리 시단의 참여시의 후진성은, 이미 가슴속에서 통일된 남북의 통일선언을 소리높이 외치지 못하고 있는 데에 있으며 이것은 우리의 참여시의 종점이 아니라 시발점"[29]이다. 그는 천 년 후의 우주탐험을 그린 미래의 과학소설의 서평 같은 것을 외국 잡지에서 읽을 때처럼 불안하고 이런 때처럼 우리들의 문화적 쇄국주의가 저주스러울 때가 없다고 고백한다. 그는 이런 미래의 꿈을 그린 산문이 시를 폐멸시키고 말 시대가 불원간 올는지도 모른다고 우려한다.

넷째, 김수영은 민중을 대변하는 시를 써야 한다고 주장한다. 그는 참여파 신진들의 과오를 이들의 사회참여 의식이 너무나 투박한 민족주의에 근거를 두고 있는 데에서 찾는다. 그에 의하면, "미국의 세력에 대한 욕이라든가, 권력자에 대한 욕이라든가, 일제시대에 꿈꾸던 것과 같은 단순한 자립의 비전만으로는 오늘의 복잡한 상황에 놓여있는 독자의 감성에 영향을 줄 수는"[30] 없다. 그는 단순한 외부의 정치 세력의 변경만으로 영혼이 구제될 수 없다는 것은 세계의 상식으로 되어 있으며 현대의 예술이나 현대시의 출발점이 여기에 있다고 주장한다. 그런데 그가 보기에 우리의 젊은 시가 상대로 하고 있는 민중 - 혹은 민중이란 개념 - 은 위태롭기 짝이 없다. 그에 의하면, 이것은 세계의 일환으로서의 한국인이 아니라 우물 속에 빠진 한국인이며 시대착오의 한국인, 혹은 시대착오의 렌즈로 들여다본 미생물적 한국인이다. 그는 이것을, 바라보는 - 즉 작가가 바라보는 - 군중이고, 작가의 안에 살고 있는 군중이 아니기 때문에 그렇게 되는 것이라고 주장한다. 그는 이것을, 작가와 함께 앞을 향해 세차게 달리고 있는 군중이 아니

---

29) 김수영, 「반시론」 『전집』, pp. 263~264.
30) 김수영, 「변한 것과 변하지 않은 것」 『전집』, p. 246.

라, 작가는 달리지 않고 군중만 달리게 하는 遊離에서 생기는 현상으로 진단한다. 그에 의하면, 오늘의 민중을 대변하는 시는 민중을 바라보는 시가 아니다

이상의 네 가지의 방법적 주장과 김수영이 쓴 시는 대부분 일치하지만 부분적으로는 일치하지 않는 것도 있다. 그렇다고 해서 그의 시론이 지니는 의의가 훼손되는 것은 아니다. 시와 시론의 불일치는 시론의 문제가 아닌, 다른 차원의 문제이기 때문이다.

2. 언어의 과제들

김수영의, 언어에 대한 논의는 세 가지의 방향에서 진행되고 있다. 그것의 첫째는 작가의 문화와 관련시키는 논의이고, 둘째는 언어의 기능과 관련되는 논의이며, 셋째는 긴장의 언어에 대한 논의이다.

첫째, 김수영은 언어의 문화를 주관하는 것은 작가의 임무라고 주장한다. 그에 의하면, "그 밖의 문화는 언어의 문화에 따르는 종속적인 것이며, 우리들의 언어가 인간의 정당한 목적을 향해서 전진하는 것을 중단했을 때 우리들에게 경고를 하는 것은 작가의 임무"[31]이다. 그는 사회인의 목적이 시간을 초월한 사랑을 통해서 적시에 심금의 교류를 하는 데 있다고 보고, 그러한 활동에 지장이 되는 모든 사회를 야만의 사회로 규정한다.

둘째, 김수영은 자유로운 언어를 주장한다. 그에 의하면, "심금의 교류를 할 수 있는 언어, 오늘날 우리들이 처해있는 인간의 형상을 전달하는 의무를 이행할 수 있는 언어, 인간의 장래의 목적을 위해서 선택이 이루어질 수 있는 자유로운 언어 — 이러한 언어가 없는 사회는 단순한 전달과 노예의 언어"[32]만을 가질 뿐이다. 그는 인간사회의 진정한 새로운 지식이 담겨있

---

31) 김수영, 「히프레스 문학론」『전집』, p. 206.

는 언어를 발굴하는 임무를 문학하는 사람들이 이행하지 못하는 나라는 멸망하고 있는 나라로 본다.

셋째, 김수영은 긴장이 있는 언어를 주장한다. 실제로 그는 黃善河의 「人形에게」라는 작품을 평하면서 다음과 같이 말하고 있다.

> 이 작품의 운명은 最終行에서 결정적인 스코어를 딸 수 있느냐 없느냐에 달려 있다. 그런데 그 최종행이 '실은 넌 이 세상 아무래도 實在하지 않는다.'의 무력한 부정으로 그치고 말았다. 그러니까 이 작품에는 힘이 맺혀있는 데가 없고, 시의 긴장이 없고, 새로운 언어의 자유를 행사한 흔적이 없고, 따라서 시의 양심을 이행하지 않았고, 결국은 시가 아니라는 말이 된다.[33]

김수영은 朴成龍의 시를 평하는 부분에서도 박성룡의 한계는 "언어가 아니라 '내 言語'이며, 자기가 요리할 수 있는 내용과 對蹠될 수 있는 언어인데, 이런 기술상의 변증법적인 언어는 배경의 역할을 하는 내용(그의 경우에는 낡은 內容)이 없이는—즉 내용이 새로워지면 生彩를 띨 수 없게 된다."[34]고 같은 맥락의 주장을 전개한다.

김수영은 앨런 테이트의 tension의 시론을 충실히 지키고 있다고 밝힌 바 있다. 그러나 그는 tension의 시론이 지니는 한계를 지적하기도 한다. 그에 의하면, "그의 시론은 검사를 위한 시론이고 受動的 시론이며 眞僞를 밝히는 도구로서는 우선 편리하지만 위대성의 여부를 자극하는 발동기의 역할은 못"[35]한다는 것이다. 그의 말처럼 그것은 시론의 숙명일는지도 모른다.

---

32) 위의 글, 위의 책, p. 204.
33) 위의 글, 위의 책, p. 204.
34) 김수영, 「생활 현실과 시」 『전집』, p. 198.
35) 김수영, 「모더니티의 문제」 『전집』, p. 353.

시에 있어서의 언어는 숙명적인 수단이다. 앞에서 살펴본 것처럼 김수영은 언어를 중심으로 하는 세 가지의 주장을 전개하고 있다. 그것은 주장인 동시에 과제이기도 한데 현실참여의 시도 언어적 성공의 기반 위에서만 제대로 실현될 수 있다는 그의 시적 신념에서 나온 것이라 할 수 있다.

3. 형식과 내용

김수영이 말하는 형식과 내용은 일반적인 의미의 형식과 내용과 다르다. 그것은 형식과 내용을 분리하지 않는 합일적인 것으로서의 형식과 내용이며 바꾸어 말하면 변증법적인 것으로서의 형식과 내용이다. 그는 그것을 여섯 가지의 방향에서 주장한다.

첫째, 김수영은, 시의 모더니티는 '육체로서' 추구해야 한다고 주장한다. 그에 의하면, "시의 모더니티란 외부로부터 부과하는 감각이 아니라 내면에서 우러나오는 지성의 火焰이며, 따라서 그것은 시인이 - 육체로서 - 추구할 것이지 시가 - 기술면으로 - 추구할 것"36)이 아니다. 이것은 모더니티의 입체적 성격을 제시한 것으로도 볼 수 있다.

둘째, 김수영은 시의 형식 문제는 투신하는 것으로 해결될 수 있다고 주장한다. 그는 자신이 시의 형식문제에 대해서 지극히 둔한하다고 토로하는데 그 이유는 그의 경험으로 비춰볼 때 형식은 '投信'만 하면 간단히 해결될 수 있는 것이기 때문이다. 그는 형식상의 모방도 있을 수 있는 일임을 말하면서도 주의할 점으로, 심각하게 모방하면 실패하지만 유쾌하게 모방하면 성공할 수 있다는 것을 알아야 할 것을 들고 있다.

셋째, 김수영은 시를 쓰는 것과 논하는 것은 "형식과 내용의 문제와 동심원을 이루고 있다."37)고 주장한다. 그에 의하면, 시를 쓴다는 것 - 즉 노래

---

36) 위의 글, 위의 책, p. 350.

- 이 시의 형식으로서의 예술성과 동의어가 되고 시를 논한다는 것이 시의 내용으로서의 현실성과 동의어가 된다.

넷째, 김수영은 詩作은 "정확하게 말하자면, 온몸으로 동시에 밀고 나가는 것"38)이라고 주장한다. 그에 의하면, 시를 쓴다는 것이 무엇인지를 알면 다음 시를 못 쓰게 된다. "다음 시를 쓰기 위해서는 여직까지의 시에 대한 思辨을 모조리 파산시켜야 한다. 혹은 파산을 시켰다고 생각해야 한다."39)는 것이다. 그는 "시作은 '머리'로 하는 것이 아니고, '몸'으로 하는 것이다. '온몸'으로 밀고 나가는 것"이라고 할 때에 나타날 수 있는 물음, 즉 '온몸으로 동시에 무엇을 밀고 나가는가'에서의 '무엇을'에 대한 대답은 '동시에'의 안에 이미 포함되어 있다고 주장한다. 그리고 그에 의하면, 시의 사변에서 볼 때, 이러한 온몸에 의한 온몸의 이행은 사랑이라는 것을 알게 되고, 그것은 바로 시의 형식이라는 것을 알게 된다. 다음은 그러한 그의 주장을 뒷받침해 주는 내용이다.

> 시는 온몸으로, 바로 온몸을 밀고 나가는 것이다. 그것은 그림자를 의식하지 않는다. 그림자에조차도 의지하지 않는다. 시의 형식은 내용에 의지하지 않고 그 내용은 형식에 의지하지 않는다. 시는 그림자에조차도 의지하지 않는다. 시는 문화를 염두에 두지 않고, 민족을 염두에 두지 않고, 인류를 염두에 두지 않는다. 그러면서도 그것은 문화와 민족과 인류에 공헌하고 평화에 공헌한다. 바로 그처럼 형식은 내용이 되고, 내용이 형식이 된다. 시는 온몸으로, 바로 온몸을 밀고 나가는 것이다.40)

다섯째, 김수영은 시의 본질이 개진과 은폐의, 세계와 대지의 양극의 긴

---

37) 김수영, 「시여, 침을 뱉어라」『전집』, p. 249.
38) 위의 글, 위의 책, p. 250.
39) 위의 글, 위의 책, p. 250.
40) 위의 글, 위의 책, pp. 253~254.

장 위에 서 있는 것이라고 주장한다. 그에 의하면, "산문이란 세계의 개진"41)이다. 그에 의하면, 이 말은 사랑의 留保로서의 '노래'의 매력만큼 매력적인 말이며 시에 있어서의 산문의 확대작업은 '노래'의 유보성에 대해서는 侵攻的이고 의식적이다. 그는 "시에 있어서의 내용과 형식의 관계를 생각할 때, 내용과 형식의 동일성을 공간적으로 상상해서, 내용이 반 형식이 반이라는 식으로 도식화해서 생각해서는 아니 된다."42)고 주장한다. 그에 의하면, '노래'의 유보성, 즉 예술성이 무의식적이고 隱性的이기는 하지만, 그것은 반이 아니다. 예술성의 편에서는 하나의 시작품은 자기의 전부이고, 산문의 편, 즉 현실성의 편에서도 하나의 작품은 자기의 전부인 것이다.

여섯째, 김수영은 내용과 형식의 폐쇄성을 극복해야 한다고 주장한다. 그에 의하면, 현대에 있어서는 시뿐만이 아니라 소설까지도, 모험의 발견으로서 자기형성의 차원에서 그의 '새로움'을 제시하는 것이 문학자의 의무이다. 그는 "소설을 쓰는 마음으로 시를 쓰고 있다."고 고백한다. 그만큼 많은 산문을 도입하고 있고 내용의 면에서 완전한 자유를 누리고 있다는 것이다.

> 그러면서도 자유가 없다. 너무나 많은 자유가 있고, 너무나 많은 자유가 없다. 그런데 여기서 또 똑같은 말을 되풀이하게 되지만, "'내용'의 면에서 완전한 자유를 누리고 있다."는 말은 사실은 '내용'이 하는 말이 아니라, '형식'이 하는 혼잣말이다. 이 말은 밖에 대고 해서는 아니될 말이다. '내용'은 언제나 밖에다 대고 "너무나 많은 자유가 없다."는 말을 해야 한다. 그래야지만 "너무나 많은 자유가 있다."는 '형식'을 정복할 수 있고, 그때에 비로소 하나의 작품이 간신히 성립된다. '내용'은 언제나 밖에다 대고 "너무나 많은 자유가 없다."는 말을 계속해서 지껄여야

---

41) 위의 글, 위의 책, p. 250.
42) 위의 글, 위의 책, p. 251.

한다.43)

김수영은 "너무나 많은 자유가 없다."는 말을 계속해서 지껄이는 것이 이를테면 3·8선을 뚫는 길이라고 주장한다. 그에 의하면, "낙수물로 바위를 뚫을 수 있듯이, 이런 시인의 헛소리가 아닐 때"44)가 오며 "헛소리다! 헛소리다! 헛소리다! 하고 외우다 보니 헛소리가 참말이 될 때의 경이, 그것이 나무아미타불의 기적이고 시의 기적이다. 이런 기적이 한 편의 시를 이루고, 그러한 시의 축적이 진정한 민족의 역사의 기점이 된다."45)고 주장한다. 그가 스스로 말하고 있듯이 그는 그런 의미에서는 참여시의 효용성을 신용하는 사람의 한 사람이다.

형식과 내용의 문제는 다른 분야에서와 마찬가지로 시에서도 본질적인 문제이다. 형식 중심의 시에는 내용의 문제가, 그리고 내용 중심의 시에는 형식의 문제가 항상 도사리고 있게 마련이다. 이 부분에서는 형식과 내용을 분리되는 것으로 보지 않고 동심원을 이루는 것으로 보고 있는 것이 김수영의 주장의 핵심이다.

4. 포오즈·의미·지성

우선 김수영은 우리 현대시가 겪어야 할 가장 큰 난관은 포오즈를 버리고 사상을 취해야 하는 것으로 본다. 포오즈는 시 이전이기 때문이다. 그에 의하면, "포오즈는 시에 신념 있는 일관성을 주지 않지만 사상은 그것을 준다."46) 그래서 그는 우리의 시가 조석으로 동요하는 원인의 하나가 여기에

---

43) 위의 글, 위의 책, p. 251.
44) 위의 글, 위의 책, pp. 251~252.
45) 위의 글, 위의 책, p. 252.
46) 김수영, 「요동하는 포오즈들」 『전집』, p. 363.

있다고 진단한다. 그는 시의 다양성이나 시의 변화나 시의 실험을 두려워하
지 않으며 오히려 그것은 어디까지나 환영해야 할 일이라고 강조한다. 다만
여기서 그는 그러한 실험이 동요나 방황으로 그쳐서는 안 되며 그렇지 않
기 위해서는 지성인으로서의 시인의 기저에 신념이 살아 있어야 한다는 전
제를 잊지 않고 있다. 그가 이러한 주장을 하는 것은 우리 시단의 너무나도
많은 현대시의 실험이 방황으로 시작해서 방황으로 끝나는 포오즈 같은 인
상을 주기 때문이다.

김수영에 의하면, '근원적인 포오즈'는 "근원적인 폐해로서의 포오즈"[47]
이며 "난해시가 나쁜 것이 아니라 난해시처럼 꾸며 쓰는 시가 나쁘다."[48]
그는 우리 시단에 가장 필요한 것이 진정한 난해시라고 주장한다. 그래서
그에 의하면, 진정한 정리가 오기 위해서는 우선 포오즈가 없어져야 한다.
그는 포오즈가 없는 시란, 두말할 것도 없이 견고한 자기 풍의 시가 될 것
으로 본다.

김수영에 의하면, 크게 말해서 시도 그렇고, 인생도 그렇고, 모두가 커다
란 의미의 포오즈다. 그러나 여기서 그가 말하는 것은 그런 포오즈 철학이
아니다. 그렇다고 그가 풋내기 문학도들이 풍기는 초기적인 허세로서의 포
오즈의 현상만을 지적하는 것은 아니다. 그에 의하면, 현대시에 있어서 포
오즈라는 것은 좋게 말하면 스타일로 통할 수 있는 것이다. 포오즈가 성공
을 거두고 실패를 하는 분기점이 되는 것은 진지성이다. 그는 포오즈 이전
에 그것이 있어야 하고, 포오즈의 밑바닥에 그것이 깔려 있어야 한다[49]고
주장한다.

김수영은 김춘수의, 시에 대한 주장을 거침없이 비판한다. 그것은 그 자

---

47) 김수영, 「포오즈의 폐해」 『전집』, p. 380.
48) 위의 글, 위의 책, p. 380.
49) 위의 글, 위의 책, p. 381.

신의 주장을 중심으로 전개되는데 대체로 보아 다음의 세 가지가 중심을 이루고 있다.

첫째, 김수영은 문맥을 고의적으로 무시하는 난맥의 시를 지적한다. 그에 의하면, "작품의 경향으로는 한때 판을 치던, 소위 '문맥을 고의적으로 무시하는' 난맥의 시들이 급작스럽게 자취를 감추고 '의미가 통하는' 시들로 대치되고 있는 현상이 두드러지게 나타나고 있다." 그는 이것을 '경하할 만한 일'이라고 생각한다.

둘째, 김수영은 모든 진정한 시는 무의미한 시이며 이것은 예술의 본질인 동시에 사명이라고 단언한다. 그에 의하면, "모든 진정한 시는 무의미한 시"50)이다. 오든의 참여시도, 브레히트의 사회주의 시까지도 종국에 가서는 모든 시의 미학은 무의미의 - 크나큰 침묵의 - 미학으로 통한다는 것이다. 그는 이것을 예술의 본질이며 숙명이라고 해명한다. 그런데 그에 의하면, 김춘수의 경우, 이런 본질적인 의미의 무의미의 추구를 하는 것이 아니라, 처음부터 '의미'를 포기하고 들어간다는 것이다. 그에 의하면, 물론 '의미'를 포기하는 것이 무의미의 추구도 되겠지만, '의미'를 껴안고 들어가서 그 '의미'를 구제함으로써 무의미에 도달하는 길도 있다. 그는 대체로 한 사람이 이 두 가지 방법을 다양성 있게 쓰는 것이 보통이라고 생각한다. 또한 그는 "작품 형성의 과정에서 볼 때는 '의미'를 이루려는 충동과 '의미'를 이루지 않으려는 충동이 서로 강렬하게 충돌하면 충돌할수록 힘있는 작품이 나온다."51)고 생각한다. 그는 "이런 변증법적 과정이 어떤 先入主 때문에 충분한 충돌을 하기 전에 어느 한쪽이 약화될 때 그것은 작품의 감응의 강도에 영향을 줄 뿐 아니라 작품의 성패를 좌우하는 치명상을 입히는

---

50) 김수영, 「변한 것과 변하지 않은 것」『전집』, p. 245.
51) 위의 글, 위의 책, p. 245.

수도 있다.”52)고 주장한다.

김수영은 김춘수가 그의 압축된 시형을 통해서 되도록 '의미'를 배제한 시적 경제를 도모하려는 의도를 짐작하면서도, 김춘수가 추구하는 넌센스에다 의미를 부여하지 않는다. 이런 좋은 의미의 넌센스는 진정한 시라면 어떤 시에도 있다는 것이다. 그는 김춘수가 말하는 '넌센스'는 시의 승화작용이고, 설사 그가 말하는 '의미'가 들어 있든 안 들어 있든 간에 모든 진정한 시는 무의미한 시라고 단언한다.

셋째, 김수영에 의하면, 시의 폼을 결정하는 것은 미학적 사상이다. 그리고 그는 순수시인들이 추구하고 있는 것은 남의 나라 현실과 미의 관념이라고 주장한다. 그에 의하면, “사회현실에 관심을 갖고 있는 시들이 새로운 시적 현실을 발굴해 나가는 것과 같은 비중으로 존재의식을 상대로 하는 시는 새로운 폼의 탐구를 시도해야 하는데, 우리 시단에서는 새로운 시적 현실의 탐구도 새로운 시 형태의 발굴도 지극히 미온적”53)이다. 그는, 소위 순수를 지향하는 그들은 사상이라면 내용에 담긴 사상만을 사상으로 생각하고 大息하고 있는 것 같은데, 시의 폼을 결정하는 것도 사상이라는 것을 잊어서는 안 되며 이런 미학적 사상의 근거가 없는 곳에서는 새로운 시의 형태는 나오지 않고 나올 수도 없다고 단언한다. 그에 의하면, 진정한 폼의 개혁은 종래의 부르주아 사회의 美 - 즉 쾌락 - 의 관념에 대한 부단한 부인과 전복에 의해서만 이루어진다. 그는 우리 시단의 순수를 지향하는 시인들이 이런 상관관계와 필연성에 대한 실감 위에 서 있지 않기 때문에 항상 낡은 모방의 작품을 순수시의 이름으로 제시하고 있다고 본다. 그에 의하면, “이들이 추구하고 대치하고 있는 것은 어제까지의 우리들의 현실이나

---

52) 위의 글, 위의 책, p. 245.
53) 위의 글, 위의 책, p. 245.

美의 관념이 아니라, 이 삼십년 전의 - 혹은 훨씬 그 이전의 - 남의 나라 현실과 美의 관념"54)에 불과한 것이다.

마지막으로 김수영은 지성의 필요성에 대해 논의한다. 그것은 한국 시단에 있어서의 지성의 결핍을 지적하는 쪽으로 전개된다. 그는 "오늘날 우리의 시가 세계적인 시야에서 보충되어야 할 공백지대는 지성의 작업이다. 비평적 지성은 우리 시단에서는 아직도 응결되지 못하고 있다."55)고 진단한다. 그가 그들의 작품을 위해서 때에 따라서는 진가 이상으로 북 치는 일을 계속하기를 주저하지 않겠다고 선언한 것은 이런 방향의 노력이 아직도 미약하고 미숙하기는 하지만 이런 작업을 의식적으로 수행하는 젊은 시인층에 '새로운' 시의 제시의 가능성이 가장 많이 있다는 것을 확신했기 때문이다.

김수영은 현대시로서의 수준을 확보하려면 '정치'에 대한 풍자로 그쳐서는 안 되고 '現代의 政治'에 대한 풍자로 그쳐야 한다고 주장한다. 그러기 위해서 그는 "시인의 지성은 우선 세계를 걸쳐서 우리 나라로 돌아와야 한다."56)고 그 방향을 제시한다. 그에 의하면, 오늘날 우리 시단의 모든 참여시의 숙제가 여기에 있다. 작은 눈으로 큰 현실을 다루거나 작은 눈으로 작은 현실을 다루지 말고 큰 눈으로 작은 현실을 다루어야 한다는 것이다. 그는 그런 큰 지성만이 현대시에서 독자를 리드할 수 있다고 믿었다.

김수영에 의하면, 우리에게 가장 결핍되어 있는 것은 지성이다. 그는 지성이 없기 때문에 오늘의 문제점의 소재를 파악하지 못하고 있고, 진정한 현대시가 안 나오는 이유가 여기에 있다고 주장한다. 그리고 그는 외부적인 여건으로는 창작의 필수조건인 충분한 자유 분위기가 보장되어 있지 않다

---

54) 위의 글, 위의 책, pp. 245~246.
55) 김수영, 「未知의 가능성」『전집』, p. 372.
56) 김수영, 「평균 수준의 수확」『전집』, p. 385.

는 사실, 그리고 바로 이 자유의 문제가 오늘의 지성의 문제임을 지적한다.

앞에서 논의한 포오즈·의미·지성 중 포오즈는 시를 쓰는 데에 있어서의 형식으로, 의미·지성은 내용으로 각각 귀결된다. 김수영은 이것들을 시의 방법을 논하는 데에 있어서 부수적인 것들로 생각하지 않고 근본적인 것들로 생각하고 있었음을 알 수 있다.

Ⅳ. 에필로그

지금까지 논의된 내용을 결론 삼아 요약, 정리해 보면 다음과 같다.

1) 김수영의 시론에서 핵심적인 역할을 하는 자유는 두 가지의 성격을 지니고 있는데 그것의 하나는 내적 자유이고 다른 하나는 외적 자유이다. 그 내적 자유는 일종의 신앙으로서 인간의 문제와, 외적 자유는 언론·창작 등과 각각 밀접하게 관련된다.

2) 새로움에 대한 김수영의 시론은 실험문학·모험·시적 인식·자유 등과의 관련 속에서 전개된다. 그가 새로움과 관련하여 주장한 것들은 ① 새로운 문학은 실험적인 문학이어야 한다, ② 새로운 문학은 내용·형식이 자유로운 문학이어야 한다, ③ 새로운 시는 새로운 인식의 시이다, ④ 새로운 자유의 시이다 등이다.

3) 김수영은 '생명'의 성격을 두 가지로 규정했는데 그것의 하나는 기교 따위에 압도되지 않고 살아 있는 상태, 즉 시를 시일 수 있게 하는 본질적인 요소라는 점이고, 다른 하나는 자유·평화·양심·인간성·지성 등이 발휘되는 상태라는 점이다. 그는 시가 이러한 두 가지의 점을 갖출 때 시다운 시가 된다고 본다.

김수영이 말하는 행동은 다분히 시와 등식의 관계에 놓인다. 그에 의하면, 시는 "행동을 위한 밑받침. 행동까지의 運算이며 상승. 7할의 고민과 3割의 시의 총화가 행동"이다.

4) 김수영이 시 월평을 쓰면서 한결같이 시의 평가 기준으로 내세운 것들은 ① 현실을 직시하는 시를 써야 한다, ② 현실참여의 시를 언어의 서술과 작용의 두 측면에서 이해해야 한다, ③ 남북의 통일선언을 소리 높이 외치는 시를 써야 한다, ④ 민중을 대변하는 시를 써야 한다 등이다.

5) 김수영의, 언어에 대한 논의는 ① 언어의 문화를 주관하는 것은 작가의 임무이다, ② 자유로운 언어를 사용해야 한다, ③ 긴장이 있는 언어를 사용해야 한다 등의 방향으로 전개된다.

6) 김수영이 말하는 형식과 내용은 일반적인 의미의 형식과 내용과 다르다. 그것은 형식과 내용을 분리하지 않는 합일적인 것으로서의 형식과 내용이며, 또한 변증법적인 것으로서의 형식과 내용이다. 그는 그것을 여섯 가지의 방향에서 주장하고 있다. 그것들은 ① 시의 모더니티는 '육체로서' 추구해야 한다, ② 시의 형식의 문제는 투신하는 것으로 해결할 수 있다, ③ 시를 쓰는 것과 논하는 것은 형식, 내용의 문제와 동심원을 이루고 있다, ④ 詩作은 정확하게 말하자면 온몸으로 밀고 나가는 것이다, ⑤ 시의 본질은 개진과 은폐의, 세계와 대지의 양극의 긴장 위에 서 있다, ⑥ 내용과 형식의 폐쇄성을 극복해야 한다 등이다.

7) 김수영에 의하면 '근원적인 포오즈'는 근원적인 폐해로서의 포오즈이며 난해시가 나쁜 것이 아니라 난해시처럼 꾸며 쓰는 시가 나쁘다. 그는 우리 시단에 가장 필요한 것이 진정한 난해시라고 주장한다. 그래서 그에 의하면, 진정한 정리가 오기 위해서는 우선 포오즈가 없어져야 한다. 그는 포오즈가 없는 시란, 두말할 것도 없이 견고한 자기 풍의 시가 될 것으로

본다.

8) 김수영은 김춘수의, 시에 대한 주장을 거침없이 비판하면서 문맥을 고의적으로 무시하는 난맥의 시를 지적하고, 모든 진정한 시는 무의미한 시이며 이것은 예술의 본질인 동시에 사명임을, 그리고 시의 폼을 결정하는 것은 미학적 사상임을 주장한다.

9) 마지막으로 김수영은 지성의 필요성에 대해 논의한다. 그것은 한국 시단에 있어서의 지성의 결핍을 지적하는 쪽으로 전개된다. 그는 세계적인 시야에서 볼 때 오늘날 우리 시에 보충되어야 할 공백지대는 지성의 작업인데 우리 시단에서는 아직도 이러한 비평적 지성이 응결되지 못하고 있다고 진단한다.

김춘수 무의미시론의 성격론__김춘수 시론

Ⅰ. 프롤로그

김수영과 김춘수는 공히 한국 현대 시문학사상 매우 중요한 위치를 차지하고 있으며, 후배 시인들에게 많은 영향을 끼치고 있다는 공통점을 지니고 있다. 또한 이 두 시인은 시와 시론에서 유래가 없는 대립적 성격을 보여주고 있기도 하다. 그런데 이 두 시인 중 김수영의 시와 시론에 대해서는 어느 정도 연구가 이루어졌다고 할 수 있지만, 김춘수의 시와 시론에 대해서는 그렇지 못하다. 이와 같은, 김춘수의 시와 시론에 대한 논의의 결핍은, 유기적인 한국 현대 시문학사를 서술하는 데에 있어서 장애가 될 공산이 크다.

김춘수가 무의미시라는 말을 사용하기 시작한 것은 1960년대 후반부터이다. 그의 무의미시는, 일체의 관념을 배제한 채 이미지를 서술적으로 사용하여 콜라주 형식으로 배열한 다음, 하나의 이미지가 다른 이미지를 지워버리는, 이미지 소멸 방법으로 씌어지는 시이다. 그래서 무의미시에는 주제와 대상이 소멸된다. 그의 이러한 시적 방법은 1960년대 후반 이전에 한국에서 일반적으로 통용되던 그것과 비교해 보면 매우 파격적인 것이었다.

김춘수의 무의미시에 대한 논의는 흔히 무의미시론이라 일컬어진다. 무의미시론은 일종의 존재론적 시론이면서 동시에 현상학적 방법에 바탕을 두고 있는 순수시론이다. 그렇기는 하지만, 무의미시론에서는 그 자신이 전개하는 독특한 논리가 핵심 역할을 담당하고 있다. 이것은 바로 우리로 하여금 그의 무의미시론의 성격을 고찰하지 않을 수 없게 하는 근거가 된다.

이 글은 김춘수의 무의미시론을 비대상시론·자유연상시론·절대이미지시론·일반시론 등으로 세분하고 그 성격을 객관적으로 고찰하는 데에 목적이 있다. 이러한 목적을 이루기 위해, 이 글에서는 그의 무의미시론을 정확하게 이해하는 데에 필요하다고 판단되는 자료를 가급적 많이 인용하게 될 것이다. 아울러 이 글에서 주요 텍스트로 삼은 자료는 『김춘수 전집 2 - 시론』(문장, 1982)임을 밝혀 둔다.

Ⅱ. 비대상시론 또는 대상의 소멸

역설적으로 말하면 김춘수의 비대상시론은 대상에 대한 논의로 일관되어 있다. 그것은 대상의 존재를 확인하는 데서부터 시작되어 대상을 소멸시켜야 한다는 주장으로 종결된다. 그의 비대상시론에서, 대상에 대한 논의와 결부되는 것들은 이미지·의미·리얼리티 등이다.

먼저 김춘수는 대상과 이미지에 대해 논의한다. 그에 의하면 같은 "서술적 이미지라 하더라도 寫生的 소박성이 유지되고 있을 때는 대상과의 거리를 유지하고 있는 것이 되지만, 그것을 잃었을 때는 이미지와 대상은 거리가 없어진다."[1] 이미지가 곧 대상이 되는 것이다. 이미지와 대상 사이의 거

---

1) 김춘수, 「한국현대시의 계보」 『김춘수 전집 2 - 시론』 (문장, 1982), p. 369. (이하 『전집』
   이라 한다.)

리가 소멸하면서 이미지가 곧 대상이 되는 것을, 그는 대상이 주는 구속으로부터의 해방으로 본다. 그가 주장하는 무의미시에 대한 논의는 바로 여기서 출발한다. 그에 의하면 현대의 "무의미시는 시와 대상 사이의 거리가 소멸한 데서 생긴 현상이며, 대상을 놓친 대신에 언어와 이미지를 실체로서 인식하게 되었다"[2]는 주장의 근거가 된다. 그는 대상을 가지고 있는 이미지 시의 문제에 대해서도 언급한다. 그에 의하면 대상을 놓친 서술적 이미지 시와 모든 비유적 이미지 시는 양극에, 대상을 가지고 있는 서술적 이미지 시는 그 중간에 각각 위치한다. 그리고 그는 특히 서술적 이미지 시가 그곳에 위치하는 이유를, 대상을 가지고 있어서 자유롭지는 못하지만, "대상에 대하여 판단중지의 상태에 있기 때문에 하나의 방관자적 입장에 설 수 있"[3]는 데에서 찾는다.

다음에 김춘수는 대상과 의미에 대해 논의한다. 앞에서 언급한 것처럼 대상이 있다는 것은 대상으로부터 구속을 받고 있음을 의미한다. 그는, 그 구속이 긴장을 낳고 긴장이 몹시 팽팽해질 때, 반 고흐의 풍경들이 되는데, 그것들은 물론 대상으로서의 풍경이긴 하지만, 풍경 이상의 그 무엇이라고 말한다. 그가 말하는 '무의미시'는 기호이론이나 의미론 차원에서의 그것과는 전혀 다른 것으로서 어휘나 센텐스가 아닌, 한 편의 시작품에 부여된 명칭이다. 그는, 그 무의미의 '의미'를 한 편의 시작품 속의 논리적 모순이 있는 여러 센텐스가 아닌, ―그러나 그는 실제로 그의 무의미시에는 논리적 모순이 있는 센텐스가 더러 끼이고 있음을 실토하고 있다―그와는 전혀 다른 데서 찾아야 한다고 주장한다. 다시 말하면, 무의미의 '의미'를 반 고흐처럼 무엇인가 의미를 덮어씌울 그런 대상이 없어졌다는 데에서 찾아야

---

2) 위의 글, 위의 책.
3) 위의 글, 위의 책, p. 376.

한다는 것이다. 대상이 없으므로 그만큼 구속의 굴레에서 벗어난 셈이 되고, 연상의 쉼 없는 파동이 있을 뿐 그것을 통제할 힘은 아무 데도 없게 된다. 그에 의하면 그 때 만나게 되는 것은 "현기증 나는 자유"[4]였다.

> 言語가 시를 쓰고 이미지가 시를 쓴다는 일이 이렇게 하여 가능해진다. 一種의 放心狀態인 것이다. 적어도 이러한 상태를 僞裝이라도 해야 한다. 시作의 진정한 方法과 단순한 技巧의 차이는 이 放心狀態(自由)와 그것의 僞裝의 차이라고 할 수 있을 것이다.[5]

김춘수에 의하면 대상이 없어졌을 때, 남게 되는 것은 "汪洋한 자유와 대상이 없어졌다는 不安"[6]이다. 그에 의하면 시에는 원래 풍경이든, 사회든, 신이든 대상이 있어야 한다. 그것들로부터 어떤 구속을 받고 있어야 긴장이 생기고, 긴장이 있는 동안은 의미를 지닐 수 있게 되기 때문이다. 그런데 무의미시에는 의미가 없다. 그래서 그는, 무의미시에는 항상 의미가 없는데도 시를 쓸 수 있을까, 하는 의문이 뒤따르지 않을 수 없게 된다고 말한다. 그는, 대상이 없어졌다는 것을 짐작하고 있으면서도 이 의문에 질려 있고, 그렇게 하면서도 시를 쓰고자 할 때는 자기를 위장할 수밖에 없다고 주장한다. 그에 의하면 기교는 이럴 때에 필요하다. 이 때의 기교는 심리적인 의미의 기교이지 수사적인 의미의 기교가 아니다. 그러나 그는 그 위장이라는 기교가 수사에도 그대로 나타나게 되는 것은 어쩔 수 없는 일이라고 본다.

마지막으로 김춘수는 대상과 리얼리티 대해 논의한다. 그에 의하면 대상의 붕괴와 리얼리티의 세계는 매우 밀접한 관계에 있다. 이러한 주장은 다

---

4) 김춘수, 「대상·무의미·자유」 『전집』, p. 377.
5) 위의 글, 위의 책, p. 377에서 재인용.
6) 위의 글, 위의 책, p. 377.

음의 인용에서도 분명히 드러난다.

> 시에서 대상이 무너져 갔을 때, 시인은 주제를 상실하고 어둠에 묻히게 된다. 이 때의 어둠은 심리세계의 그것이다. 그것은 이념의 밝음을 일단 등지게 된 상태라고 할 수 있다. 말하자면 그것은 가치의 세계가 아니고, 가치의 세계의 바탕이 되는 사실(現實) reality의 세계라고 할 수가 있다.[7]

김춘수에 의하면 이 사실(현실), 이 어둠은 또한 한 사람의 '他者'이면서 인류의 원형이기도 한 그 자신의 모습이기도 하다. 그래서 그는 "이 현기증 나는 심연을 들여다보면 우리는 인류의 아득한 과거 속에 잠긴 우리들 자신과 만나게 된다. 이 단계에 놓인 우리는 또한 자연과 분간할 수 없는 그런 것이 된다. 생물학의 대상이 될 뿐"[8]이라고 단언한다. 그러나 곧이어 그는, 우리가 또 하나 혹은 둘의 我를 가지게 되었다고 말하면서, 이것을 자동기술의 개념으로 설명한다.

김춘수에 의하면 "자동기술이란 결국 이들 분열 또는 대립의 상태에 있는 我들을 변증법적으로 지양시켜 통일케 하는 어떤 작용이다. 그것은 또한 실존의 渾身的 投射라고도 할 수 있다."[9] 그는 이 때의 실존을 하나의 결합으로 보며, 우리가 현실아(의식)로 또는 순수아로 분열되어 이 종합에서 떨어져 나갈 때의 그 상태를 '실존의 타락'이라 지칭한다. 그는 어두운 我(무의식)와 밝은 我(의식)가 쉼 없는 하나의 긴장(tension)을 유지하고 있어야 하지만, 그것이 쉬운 일은 아니므로 실제의 우리는 마냥 분열될 수밖에 없고, 종국에는 어느 한 쪽으로 더 기울어진 상태에 있을 수밖에 없다고

---

7) 김춘수, 「지양된 어둠」 『전집』, pp. 554~555.
8) 위의 글, 위의 책, p. 555.
9) 위의 글, 위의 책.

본다. 그에 따르면, 예컨대 선이라는 가치는 때로 현실의 어둠을 도저히 다 밝혀낼 수 없는 하나의 촛불에 지나지 않을 수가 있다. 즉, 선이라는 가치는 어둠의 두려움을 견디지 못하기 때문에 선이라는 가치의 빛(밝음)으로 떨어져 나간 것에 지나지 않는다. 그에 의하면 밝음(가치)과 어둠(현실)의 종합 상태를 지속적으로 유지하면서 살아가는 것은, 생물과 인간의 변증법적 지양을 완성한 새로운 차원의 자연(신)이 되어야 함을 시사하는 것이다. 바로 여기서 그는 자동기술의 적극적인 의의를 발견한다.

> 비대상의 시, 즉 어떠한 객체로 의식하지 않는 상태, 그러니까 완전한 내면의 응결만이 얽히다가 어느 순간 터져나오는 시,(……)내면세계가 밖으로 드러나는 것, 그것이 非對象詩이다.[10]

김춘수에 의하면 "비대상시가 무관심의 표정으로 굳어지는 것은 당연하며, 그것은 또한 우려할 일이 아니라, 오히려 대견하게 생각해야 될 일일"[11] 수도 있다. 그 굳어진 무관심의 표정으로 해서 한국시가 자기 존재 이유의 깊이를 획득할 날이 올지도 모르기 때문이다. 그렇다면 그의 비대상시에는 정말 대상도 없고 주제도 없을까. 그러나 사실은 그렇지 않다. 그것은 그가 통상적인 의미에서 그렇게 말한 것이고, 철저한 해체소설인 조이스의 「피네건즈 웨이크」가 문학적 주제를 설정하고 있듯이, 『삼국유사』의 처용 설화에서 보는 것처럼 시의 차원에서는 그 자신 실제로 대상과 주제를 설정하고 있었다.[12]

이상에서 본 것처럼 김춘수의 비대상시론에는 그의 독특한 사유와 논리

---

10) 위의 글, 위의 책, p. 541.
11) 위의 글, 위의 책, p. 555.
12) 김춘수, 「장편 연작시 '처용단장' 시말서」 『처용단장』 (미학사, 1991), p. 139.

가 담겨 있다. 그러나 이러한 그의 비대상시론과 그가 쓴 시작품의 일치 여부는 그 자신이 밝히고 있는 바와는 관계없이 다른 차원에서 논의해야 할 과제이다.

Ⅲ. 자유연상시론 또는 자유연상의 중시

김춘수의 자유연상에 대한 주장은 네 가지의 측면에서 전개된다. 그것들은 자유연상과 창작의 관계, 자유연상이 개입하는 자리, 자유연상의 역할, 묘사의 경험과 자유연상 등이다. 그것들이 그의 자유연상시론을 형성하는 데에 토대의 역할을 수행하는 것들임은 물론이다.

먼저 김춘수는 자유연상과 창작의 관계를 환기시킨다. "무의미한 자유연상이 굽이치고 또 굽이치고 또 굽이치고 나면 시 한 편의 초고가 종이 위에 새겨진다. 다음 내 의도(의식)가 그 초고에 개입한다. 시에 리얼리티를 부여하는 작업이다."13) 그에 의하면 시는 전의식과 의식의 팽팽한 긴장관계에서 완성된다. 또한 그에 의하면 이 경우, 그 자유연상은 현실을 일단 폐허로 만들어 놓고 非在의 세계를 엿볼 수 있게 하겠다는 의지의 기수가 된다.

다음에 김춘수는 자유연상이 개입하는 자리에 주목한다. 그는 시를 쓸 때 "그 때까지의 오랜 타성이 잠재력으로 나의 의도에 저항하고 있었다는 사실을 알게 되었다"14)고 고백한다. 그래서 그는 갈등의 해소책을 생각하지 않을 수 없게 되고, 詩作에서의 의식과 무의식의 상관관계를 천착하지 않을 수 없게 된다. 그에 의하면 타성(무의식)은 의도(의식)를 배반하기 쉬

---

13) 김춘수, 「의미에서 무의미까지」, 『우리는 모두 무엇이 되고 싶다』(문학세계사, 1993),
   p. 151.
14) 위의 글, 위의 책, p. 150.

우므로 詩作 과정에서 또는 시가 일단 완성된 뒤에도 의도의 엄격한 통제를 받아야 한다.

> 寫生에 열중하다 보면 자기도 모르는 사이에 설명이 끼이게 된다. 긴장이 풀어져 있을 때는 그것을 모르고 지나쳐 버린다. 한참 뒤에야 그것이 발견되는 수가 있다. 'id'는 'ego의 감시를 교묘히 피하고 싶은 것이다. 'ego'는 늘 눈 떠 있어야 한다. 이러한 트레이닝을 하고 있는 동안 寫生에서 나는 하나의 확신을 얻게 되었다.
> 세잔이 寫生을 거쳐 추상에 이르게 된 그 과정을 나도 그대로 체험하게 되고, 사생은 사생에 머무를 수만은 없다는 확신에 이르게 되었다. 리얼리즘을 확대하면서 超克해 가는 데 시가 있다는 하나의 사실을 알게 되고 믿게 되었다.15)

그런데 여기서 우리는 김춘수가 말하는 '寫生'의 의미를 찬찬히 되새겨 볼 필요가 있다. 그가 말하는 사생은 있는(실재) 풍경을 그대로 그리는 것을 의미하지 않는다. 그가 말하는 사생의 의미는 다음과 같은 것이다. "집이면 집, 나무면 나무를 대상으로 좌우의 배경을 취사선택한다. 경우에 따라서는 대상의 어느 부분은 버리고, 다른 어느 부분은 과장한다. 대상과 배경의 위치를 실지와는 전연 다르게 배치하기도 한다. 말하자면 실지의 풍경과는 전연 다른 풍경을 만들게 된다. 풍경의, 또는 대상의 재구성이다."16) 그에 의하면 논리와 자유연상은 이 과정에서 끼이게 된다. 더 나아가 그는, 논리와 자유연상이 더욱 날카롭게 개입하게 되면 대상의 형태가 부서지고, 마침내 대상마저 소멸하게 되는데, 무의미시는 이렇게 해서 탄생한다고 주장한다.

이어서 김춘수는 자유연상의 역할을 강조한다. 그에 의하면 "매우 힘든

---

15) 위의 글, 위의 책.
16) 위의 글, 위의 책.

일이기는 하나 타성(무의식)은 그 내용을 바꿔갈 수 있다. 즉, 말을 아주 관념적으로, 비유적으로 쓰던 타성을 극복하기 위하여 즉물적으로, 서술적으로 써 보겠다는 의도적 노력을 거듭하다 보면, 그것이 또 하나 새로운 타성이 되어 낡은 타성을 압도할 수가 있게 된다"[17)는 것이다. 이렇게 될 경우, 그는 이 새로운 타성이 새로운 무의식으로 등장할 수도 있다고 본다. 이것을 그는 전의식이라고 부른다. 그는 1960년대 후반쯤에서 이 전의식을 풀어놓은 적이 있다고 스스로 밝히고 있다. 앞에서 언급했듯이 그의 자유연상은 현실을 일단 폐허로 만들어 놓고 非在의 세계를 엿볼 수 있게 하겠다는 의지의 기수가 된다.

마지막으로 김춘수는 묘사의 경험을 자유연상과 관련시킨다. 그는 묘사의 연습을 거듭한 끝에 "관념을 완전히 배제할 수 있다는 자신감을 얻게 되고,"[18) 그 결과 그의 관념공포증은 관념도피 쪽으로 바뀌게 된다. 그는 寫生을 게을리하지 않으면서 이미지를 서술적으로 쓰는 훈련을 계속한다. 또한 그는 비유적 이미지를 관념의 수단으로 보고, 이미지를 위한 이미지를 사용하는 일종의 순수시 상태를 지향하기에 이른다. 그의 자유연상은 바로 이 지점에 위치하는 정신 활동이다.

김춘수가 내세우는 자유연상은 언뜻 서구 초현실주의의 시작 방법인 자동기술법을 떠올리게 한다. 그러나 자유연상은 의식의 객관화를 완강하게 거부하면서 신비스러운 세계를 드러내는, 초현실주의의 자동기술법과는 분명하게 구별된다.

---

17) 위의 글, 위의 책.
18) 위의 글, 위의 책, p. 149.

Ⅳ. 의미배제시론 또는 무의미 공간의 설정

여기서 김춘수는 무의미시의 탄생 과정, 시의 의미와 무의미, 시의 사상, 시의 관념에 대한 주장을 전개하는데 나중에 그것들은 시의 의미·사상·관념을 배제해야 한다는 쪽으로 귀결된다.

그는 시의 발전을 진보가 아닌, 진화에서 끌어낸다. 그것을 전제로 그는 어떤 시는 언어의 속성을 바꾸어 놓을 수 있다고 주장한다. 그가 예를 든 "언어에서 의미를 배제하고 언어와 언어의 배합, 또는 충돌에서 빚어지는 音色이나 의미의 그림자나 그것들이 암시하는 第二의 自然 같은 것"19)은 그것을 구체화한 것이다. 그는 이런 일들이 대상과 의미를 잃음으로써 가능하다는 점을 상기시키면서, 무의미시는 가장 순수한 예술이 되고자 하는 본능에서 비롯되었다고 본다.

> 말하자면 對象(現實·社會)으로부터 심한 拘束을 받고 있다. 자유롭지 못하다. 그러니까 遊戲의 氣分(放心狀態)이 되지 못하고 매우 긴장되어 있다. 그 긴장은 根本的으로는 道德的인 긴장이긴 하나 시의 方法論的 긴장이 서려 있기도 하여……20)

김춘수에 의하면 시의 자유로운 상태는 대상과 의미를 잃음으로써 가능하다. 대상과 의미는 근본적으로 긴장상태를 조성하는 것이기 때문이다. 그의 이러한 주장은 무의미시의 탄생 과정에 대한 주장으로 더욱 구체화된다.

> 무엇이든 오랜 慣習에서 벗어나려고 할 때 우리는 不安해진다. 전연 낯선 세계에 발을 들여놓아야 하는 그 不安과 함께 아직도 많은 사람들

---

19) 김춘수, 「대상·무의미·자유」『전집』, p. 378.
20) 위의 글, 위의 책, p. 378에서 재인용.

이 거기서 安住하고 있는 곳을 떠나야 한다는, 疎外되다는 그 不安이 겹친다. 이러한 不安은 두말할 것도 없이 가치관의 공백기에 생기는 不安이다. 가치관의 空白이란 말은 그것을 의식하는 사람들에게는 虛無한 말이 된다. 懷疑를 모르는 소박한 사람들이 그대로 제자리에 주저앉아 있을 때, 예민한 사람들이 있어 그들이 성실하다고 한다면 이 허무 쪽으로 한 발짝 내디딜 수도 있다. 허무는 글자 그대로 모든 것을 없는 것으로 돌린다. 나무가 있지만 없는 거나 같고, 社會가 있지만 그것도 없는 거나 같다. 물론 그가 그렇게 생각한다고 실지의 나무와 실지의 社會가 없어지는 것은 아니겠지만, 그의 意識 속에서는 어떤 價値도 가지지 못한다. 즉 허무는 자기가 말하고 싶은 대상을 잃게 된다는 것이 된다. 그 대신 그에게는 보다 넓은 시야가 갑자기 펼쳐진다. 이렇게 해서 '無意味 시'는 탄생한다. 그는 바로 허무의 아들이다. 시인이 성실하다면 그는 그 자신 앞에 펼쳐진 허무를 저버리지 못한다. 그러나 既成의價値觀이 모두 편견이 되었으니 그는 그 자신의 힘으로 새로운 뭔가를 찾아가야 한다. 그것이 다른 또 하나의 偏見이 되더라도 그가 참으로 誠實하다면 허무는 언젠가는 超克되어져야 한다. 성실이야말로 허무가 되기도 하고, 허무에 대한 制動이 되기도 한다. 이리하여 새로운 意味(對象), 아니 意味가 새로 소생하고 대상이 새로 소생할 것이다. '道德的인 긴장'이 진실로 그 때 나타난다.[21]

김춘수가 "지금 허무를 앓고 있다"[22]고 했을 때 그 말은 허무에 대하여 무엇인가를 생각하고 있다는 것을 의미하지 않는다. 그는 오히려 그런 태도를 배격하고자 한다. 그는 "그대로 허무이고자 한다. 아니, 허무라는 글자를 의식하지 않는 상태, 즉 敎外別傳의 상태에 들어가고 싶"[23]어 한다. 그것은 그의 꿈이다. 그 꿈이 바로 그의 시라면, 그의 시의 밑바닥에는 그런 의미에서의 관념이 깔려 있다. 그는 이것을 "매우 역설적"[24]이라는 말로

---

21) 위의 글, 위의 책, pp. 378~379.
22) 김춘수, 「대상의 붕괴」 『전집』, p. 398.
23) 위의 글, 위의 책, pp. 398~399.

표현한다.

김춘수는 "가장 높은 철학적인 시에 있어서도 본래의 시적인 매력은 의미 속에 존재하지 않는다"[25]고 주장한다. 더욱이 그는 플로베르가 그러했던 것처럼, "아무 것도 의미하지 않는 아름다운 시구는 무엇인가를 의미하는 보다 아름답지 않는 시구보다 낫다"[26]는 사실을 중시한다. 결국 그는 "어떤 시구가 무의미하기를 바라는 것이 아니고, 다만 어떤 시구를 시적인 것으로 만드는 것은 그 시구가 표현하는 의미가 아니"[27]라는 결론에 도달한다.

김춘수에 의하면 주제나 소재가 시의 전부는 아니다. 그는, "물론 주제에 시가 있을 수 있고, 소재에 시가 있을 수 있지만, 그것들이 곧 시의 전부, 아니 시의 핵심이라고 생각할 때, 우리는 잘못하면 삼류의 사상가로 떨어지게 된다"[28]고 주장한다. 다시 말하면 어떤 사상을 시로 착각할 때, 그 사상 자체도 전문적인 사상가의 입장에서 볼 때는 중학생의 푸념 같은 것이 되기도 한다는 것이다. 그에 의하면 시의 허울을 썼다고 사정이 달라지는 것은 아니다. 그러나 그는 시인들 중에 독자적인 훌륭한 사상가가 있음을 인정하면서, 릴케를 그 좋은 예로 든다. 그리고 그는 릴케가 산문 작가가 아님을 상기시킨다. 그에 의하면 릴케는 사상에 수사의 허울을 씌운 그런 사람이 아니다.

그러나 1960년대로 접어들자 김춘수는 지금까지 그렇게도 집착했던 릴케로부터 한동안 떠나보기로 작정한다. 그는, 릴케가 그러했던 것처럼 시를 관념이나 사상의 등가물로 취급하려는, 이른바 상징주의적인 태도에 대하

---

24) 위의 글, 위의 책, p. 399.
25) 김춘수, 「'유년시'에 대하여」『전집』, p. 466.
26) 위의 글, 위의 책, pp. 466~467.
27) 위의 글, 위의 책, p. 467.
28) 김춘수, 「화술과 알레고리」『전집』, p. 445.

여 회의를 품게 되면서 그의 시를 관념으로부터 해방시키고자 한 것이다. 이 때부터 그의 시는 일종의 실험적인 자세를 취하게 된다. 그의 말대로 그 자세는 매우 의식적인 것이라고 할 수 있다. 따라서 그는, "시는 사상에 있지 않고, 언어의 조직에 있다"29)고 본다. 그는 시를 "언어가 짜는 무늬"30)로 보고, 시는 단순한 센스로 이루어지는 것이 아니라, 총체적 의미(total meaning)로 이루어진다는 리차즈의 주장을 끌어들인다. 그에 의하면 그 의미는 일상적인 차원의 의미가 아니라, 다분히 비유적인 비일상적(형이상적)인 의미이다. 그가 제시하는 예에 의하면, "어조(tone)가 의미의 구실을 한다고 할 때, 그것은 사전에서는 찾아지지 않는, 눈에는 안 보이는, 어떤 민감하고 훈련된 감각만이 포착할 수 있는 그런 것이다. 일종의 촉감, 이를테면 그림의 마티에르와 같은 것이다."31) 그래서 그는, 음악에서 절대악이라고 부르는 그 무의미를 청각으로 포착하지 못하면 음악을 놓치게 되는 것처럼, 시의 작자뿐만 아니라 독자도 이런 뉘앙스를 포착하는 감각 훈련이 되어 있지 않으면 결국은 시를 놓치게 된다고 말한다.

그리고 김춘수는 이와 관련하여 문학 교사가 흔히 오버센스를 범하고 있다고 주장한다. "시를 사상으로 환원시켜서 논리적으로 요약하려는 억지를 학생들에게 강요"32)하고 있고, 입시 문제도 이런 것을 요구하는 쪽으로 출제함으로써, 시를 산문처럼 취급하고 있다는 것이다. 그래서 그는 주제가 또렷하고 사상이 강조되고 있는 경우라 하더라도, 시는 주제인 사상만을 위하여 있는 것은 아니라고 주장한다. 이러한 주장과 그가 시에 있어서의 리얼리즘을 전면적으로 부정하는 것은 서로 밀접한 관계에 놓인다.

---

29) 김춘수, 『시의 위상』(둥지, 1991), p. 191.
30) 위의 글, 위의 책.
31) 위의 글, 위의 책.
32) 위의 글, 위의 책.

진달래꽃비 오는 西域 三萬里

- 서정주 「귀촉도」

이것을 왜 우리는 시라고 하는가? 거기에 거짓이 있기 때문이다. 그 거
짓이 심리적인 차원에서는 진실이 되고 있기 때문이다. 그러니까 이때의
거짓은 물론 물리적인 차원의 거짓이다. 따라서 시는 물리적인 차원과는
다른 것임이 드러난다. 시에서 리얼리즘을 말한다는 것은 아주 엄격한
단서를 붙이지 않는 이상, 무의미한 것이 된다. 여기서의 무의미란 건강
부회와 같은 뜻의 말이다.[33]

무의미시를 주장하는 과정에서 무의미시와 필연적으로 관련되지 않을
수 없는 것이 관념이다. 김춘수는, "어떤 관념은 시의 형상을 통해서만 표
시될 수 있다는 것을, 또 어떤 관념은 말의 피안에 있다는 것을 눈치채게
되었다. 나는 관념공포증에 걸려들게 되었다"[34]고 고백한다. 그는 시속에
서 관념과 의미를 제거하려는 집요한 노력을 멈추지 않는다.

그 앞에서는 말이 하나의 물체로 얼어붙는다. 이 쓸모 없게 된 말을 부
수어 보면 의미는 粉末이 되어 흩어지고, 말은 아무 것도 없어진 거기서
제 무능을 운다. 그것은 있는 것(存在)의 덧없음의 소리요, 그것이 또한
내가 발견한 말의 새로운 모습이다. 말은 의미를 넘어서려고 할 때 스스
로 부서진다. 그러나 부서져 보지 못한 말은 어떤 한계 안에 가둬진 말이
다. 모험의 그 설레임을 모른다. 나는 설렘에 몸을 맡겨 보고 싶은 충동
이 팽팽해졌지만, 간헐적으로 반동이 일어나 말을 아주 제구실의 가장
좁은 한계 안으로 되돌려 보내곤 하였다. 「부다페스트에서의 少女의 죽
음」과 같은 시가 일종 그런 것이다.[35]

---

33) 위의 책, p. 154.
34) 김춘수, 「의미에서 무의미까지」 『우리는 모두 무엇이 되고 싶다』 (문학세계사, 1993),
    pp. 145~147.
35) 위의 글, 위의 책, p. 147.

김춘수가 주장하는 의미배제시론은 비대상시론과 불가분리의 관계를 맺고 있다. 그러나 전자가 대상을 중심으로, 후자가 의미를 중심으로 각각 전개되고 있는 점은 서로 다르다.

V. 절대이미지시론 또는 이미지의 순수화

김춘수는 절대이미지를 경험적 차원에서 논의하면서도, 다른 한편으로는 현상학적인 세계와 관련시킨다. 절대이미지란 무엇인가. 그것은 다르게 말해서 관념을 배제한 순수이미지이다. 그는 이 절대이미지가 이미지를 서술적으로 사용함으로써 만들어진다고 본다. 그에 의하면 그것은 "묘사절대주의의 경지"[36]이다. 여기서 설명은 완전히 배격되지 않으면 안 된다. 설명은 관념에 대한 설명이기 때문이다. 그는 이렇게 될 경우, "가치관의 입장으로는 일종의 회의주의가 되기도 하고, 현상학적 망설임(판단중지, 판단유보)의 상태, 판단을 괄호 안에 집어넣는 상태가 빚어진다"[37]고 말한다. 그리고 그는 이 상태를 조성하기 위하여 묘사된 어떤 상태만을 인정하되 그 상태에 대한 판단, 즉 관념의 설명은 삼가야 한다고 주장한다.

김춘수는 그가 여태껏 해온 연습에서 얻은 성과를 소중히 살리면서 이미지 위주의 아주 서술적인 시 세계를 만들어 보겠다는 생각을 하게 된다. 물론 여기에는 관념에 대한 절망이 깔려 있었고, 구체적으로는 "현상학적으로 대상을 보는 눈의 훈련"[38]에 몰두하고자 하는 의지가 있었다.

김춘수의 절대이미지시론은 현상학적 세계에 바탕을 두고 있다. 이 점을

---

36) 김춘수, 「대상의 붕괴」 『전집』, p. 396.
37) 위의 글, 위의 책.
38) 김춘수, 「거듭되는 회의」 『전집』, p. 351.

분명히 하기 위해 잠시 현상학적 방법에 대해 잠시 살펴보기로 한다.

하이데거에 의하면 현상학이란 기본적으로 방법 개념을 뜻한다. 현상학
은 "접근 방법, 일종의 취급 방법을 표시하기 때문에 원칙적으로 다른 학문
분야, 예를 들어 문예학과 같은 분야에도 원용될 수 있다."39) 이것은 후설
의 경우에도 동일하다. 다만 하이데거가 그것을 존재에로의 접근방법으로
받아들인 데에 비해서, 후설은 의식 현상이라는 대상에로의 접근 방법으로
받아들인 점이 다를 뿐이다.40) 그리고 하이데거에 의하면 "현상학이라는
표제는 일종의 원칙, 즉 '사물 자체로!'라고 규정될 수 있는 원칙을 표현한
다."41)

사물 자체에로 접근해 가는 방법상의 조치들에 대해 철학자들은, 대상은
그것을 에워싸고 있는 것으로부터 해방되어야만 개개 요소가 독립될 수 있
으며, 이렇게 함으로써 그 대상 자체는 명백히 모순을 드러내게 된다고 설
명한다. 후설은 이러한 사고단계를 환원42) Reduktion이라고 표현했다. 그리
제바하의 주장은 계속된다. 이 환원은 양극적으로 관철되어야 한다. 그것은
우선 대상에, 그리고 이 대상을 파악하고자 하는 주체에 해당되기 때문이
다. 양극에 걸친 이러한 차단 Ausschaltung은 근원적인 현상학적 관점이 개

---

39) M. 마렌 그리제바하, 「현상학적 방법」『문학연구의 방법론』, 장영태 역 (홍성사, 1982),
    p. 69.
40) 위의 글, 위의 책, p. 70. 참조.
41) 위의 글, 위의 책, p. 71에서 재인용.
42) 그리제바하는 내용주를 통해 이것을 다음과 같이 설명하고 있다.
    "환원에 대한 이해를 위해서는 후설의 『데카르트적 명상』을 읽는 것이 좋다. 여기서
    그는 데카르트적 회의를 극단적으로 밀고 나가 모든 철학의 시초는 통속적인 '자연적
    입장'을 버리는 데 있음을 강조한다. 이 때 자연적 입장이란 일체의 이론적 내지 실천
    적 생활 과정에서 끊임없이 되풀이되는 가운데 부지불식간에 전제로 받아들여지고 있
    는 세계의 실상에 대한 우리의 입장을 말한다. 이 통속적인 자연적 입장의 탈피, 변경
    이 바로 현상학적 환원이며, 이러한 환원 이후에 남는 것이 세계에 대한 본질적인 평가
    로서의 '세계의견'을 지닌 순수의식이다."(위의 글, 위의 책, p. 74.)

시될 수 있으므로 우선 수행되지 않으면 안 된다. 대상에 스스로를 내보이지 아니하는 — 하이데거의 '자신에게서 자체를 내보임'도 이 말에서 기점을 두고 있는 바 — 일체의 것은 후설에 의하면 '대상을 초월하고 있는 것 das den Gegenstand Transzendierende'이며, 이것은 배제되어야 한다. 이렇게 배제된 이후에 남겨져 있는 것, 그것이 사물 자체이며, 또한 사물의 본질이다.[43]

　이러한 점에서 볼 때, 최소한 김춘수가 말하는 현상학적으로 대상을 보는 눈의 훈련과　현상학의 방법은 전적으로 일치하는 것임을 알 수 있다.
　김춘수의 순수시와 발레리의 순수시의 차이는 어떨까. 김춘수에 의하면 둘 사이에는 분명히 차이가 있다. 그에 의하면 발레리의 순수시는 시에서 산문의 요소를 모두 배제해버린 그런 성격의 시이다. 그는 그것이 실제로 불가능하다고, 그것이 가능하기 위해서는 시의 매개가 되는 언어가 도구성(수단성)을 완전히 벗어나야 한다고 주장한다. 그러나 그는 "순수시의 성격을 어떻게 규정짓느냐에 따라 순수시는 실지로도 가능해진다. 만약 순수시를 이미지의 쪽으로만 바라본다면 가능해진다"[44]고 말한다. 이미지를 순수하게 쓰는 시를 순수시로 보면, 그런 순수시는 가능해진다는 것이다. 그는, 시인이 대개 어떤 관념을 드러내기 위해서 빌리는 이미지는 관념의 도구가 된다고 본다. 그에 의하면 이미지 그 자체가 목적인 이미지로 된 시는 이미지가 도구성을 벗어나 있기 때문에 순수하다. 그러한 시는 일종의 순수시인 셈이다. 그런데 그가 쓴 시는 그러한 순수시이다. 이러한 의미에서 그는, 그의 순수시와 발레리의 순수시는 다르다고 말한다. 이렇게 다르다는 점은, 다음 인용문을 통해 발레리 시의 성격을 파악할 때에도 드러난다.

---

43) M. 마렌 그리제바하, 앞의 글, 앞의 책, p. 74.
44) 김춘수, 「공자와 이오네스크」 『예술가의 삶』 (혜화당, 1993), p. 174.

시는, 특히 발레리의 것과 같은 인식의 시는 정신과 사물, 의식과 무의식, 합리와 비합리의 경계, 그들 사이의 접촉점에서밖에 생겨날 수가 없는 것이다. 그런데 '순수한 태도 attitude pure'에 대한 발레리의 편향과 완벽한 지적 유동성은 그와 같은 만남을 어렵게 만든다. 그런데도 그 같은 만남이 때때로 이루어지기도 하는 것은 그가 살려고 애쓰고 자신을 잊어버리며 정신을 잃기도 하는 일이 있기 때문이다. 젊은 파르크의 경우가 그러했듯이, 뱀에게 물리기 전의 인간의 경우가 그러했듯이, 그에게도 저 극단한 의식 hyperconscience의 세계 속에 갇혀 있지 않는 때가 더러 있었다. 이야말로 다행스러운 포기 행위로서 그 덕분에 그의 시가 마치 한 사상가와 한 시인 사이의 멋지고 역설적인 조화의 결실인 듯 성숙할 수가 있었다. 이때 사상가는 오로지 인식에만 흥미가 있고, 시인을 오로지 시가 처음부터 이해받겠다는 목표를 갖지 않은 채 다만 존재 전체에 도달할 수 있는 음악 속에서만 시를 존중하므로 사상가와 시인은 언제나 동일한 사람은 아니다.45)

김춘수에게 있어서 이미지를 서술적으로 쓰는 훈련, 그것은 매우 중요하다. 비유적 이미지는 관념의 수단으로 사용되기 때문이다. 그는 이미지를 위한 이미지를 통해서 일종의 시의 순수한 상태를 만들 수 있을 것으로 생각한다.

이미지가 대상에 대한 통일된 전망을 의미하는 것이라면, 김춘수의 무의미시에는 이미지가 없다. 이것은 그에게 일정한 세계관이 없다는 말과도 같다. 그는 허무가 있을 뿐이라고 말한다. 그는 "이미지 콤플렉스 같은 것은 두말할 나위도 없이 나에게는 없다. 시를 말하는 사람들이 흔히 이미지를 수사나 기교의 차원에서 보고 있는 것은 하나의 폐단"46)이라고 본다. 이미

---

45) 마르셀 레몽, 「상징주의의 고전, 폴 발레리」『프랑스 현대시사』, 김화영 역 (문학과지성사, 1983), pp. 215~216.
46) 김춘수, 「의미에서 무의미까지」『우리는 모두 무엇이 되고 싶다』 (문학세계사, 1993), p. 152.

지가 없다는 것을, 그는 다음과 같이 정리한다.

> 한 行이나 또는 두 개나 세 개의 行이 어울려 하나의 이미지를 만들어 가려는 기세를 보이게 되면, 나는 그것을 사정없이 처단하고 전연 다른 활로를 제시한다. 이미지가 되어 가려는 과정에서 하나는 또 하나의 과정에서 처단되지만 그것 또한 제3의 그것에 의하여 처단된다. 미완성 이미지들이 서로 이미지가 되고 싶어 피비린내 나는 칼싸움을 하는 것이지만, 살아 남아 끝내 자기를 완성시키는 일이 없다. 이것이 나의 修辭요 나의 기교라면 기교겠지만 그 뿌리는 나의 自我에 있고 나의 의식에 있다. 書道나 禪에서와 같이 동기는 고사하고, 그러한 그 행 자체는 액션 페인팅에서도 볼 수 있다. 한 行이나 두 行이 어울려 이미지로 응고되는 순간, 소리(리듬)로 그것을 처단하는 수도 있다. 소리가 또 이미지로 응고하려는 순간, 하나의 장면으로 처단하기도 한다. 連作에 있어서는 한 편의 시가 다른 한 편의 시에 대하여 그런 관계에 있다.[47]

김춘수에 의하면 이것이 그가 본 허무의 빛깔이며, 그가 만드는 무의미 시다. 그는 잭슨 폴록의 그림에서처럼, 가로 세로로 얽힌 궤적들이 보여주는 생생한 단면 — 현재, 즉 영원이 그의 시에도 있어 주기를 희망한다. 그리고 그는, 그에게 있어서의 허무가 "영원이라는 것의 빛깔"[48]임을 토로한다.

자유연상시론이 그러했던 것처럼 절대이미지시론도 서구 순수시론과는 다르다. 이것이 김춘수의 시론을 독창적인 것으로 규정할 수 근거가 될 수 있는가에 대해서도 다른 차원에서 논의해야 할 과제이다.

---

47) 위의 글, 위의 책, p. 153.
48) 위의 글, 위의 책.

VI. 일반시론 또는 편견에 대한 편견

김춘수는 다섯 가지의 측면에서 많은 사람들이 지니고 있는, 시에 대한 편견을 비판한다. 그러나 시를 리얼리즘의 시각으로 보면 그에 의해 편견으로 규정된 것들은 정상적인 견해에 속하는 것들이다.

첫째는 시의 평가 방식에 대한 편견이다. 김춘수는, 사람들이 편견에 사로잡히거나 감정에 치우쳐서 시를 평가하는 태도를 비판한다. "어느 것이 좋고 어느 것이 나쁘다는 식의 아주 간단한 분류법, 예를 들면 쉽게 쓰는 것은 좋고 어렵게 쓰는 것은 나쁘다. 현실도피는 나쁘고 현실참여는 좋다. 시는 '우리'의 문제에 더 관심을 기울일수록 훌륭하다. 논리보다는 美에 더 민감한 것은 부르주아적이다. 이런 따위가 이성적인 발언이 아님은 누구도 쉽게 알 수 있는 일인데도 아무런 뉘앙스도 없이 마구 발설되고 있다"[49]는 것이다. 그에 의하면 문화의 양식이건 미각이건 한 발 물러서서 私心(또는 邪心)없이 보는 것이 이성적인 평가 방식이다.

둘째는 시의 구조에 대한 편견이다. 김춘수는, 시의 구조는 이성적이어야 한다는 편견을 비판한다. 그는 그러한 편견을 미국의 신비평가들이 "형이상학파 시인들의 작품을 시의 가장 이상적인 모델로 설정한 데서 생긴 폐단으로 보면서, 형이상학파 시인들의 작품처럼 또렷한 주제가 있을 때는 주제의 전개가 또렷할수록(이성적 구조를 가질수록) 효과적이고 호소력도 커질 수가 있겠지만,"[50] 초현실주의 계열의 의식의 흐름이나 禪詩의 비논리적 機微 같은 것에서 보는 것처럼 주제를 가지지 않는 경우는 다르다고 주장한다.

셋째는 시의 사상에 대한 편견이다. 김춘수에 의하면 사상은 이상이므로

---

49) 김춘수, 「몇 가지 유형」 『전집』, p. 448.
50) 위의 글, 위의 책, p. 449.

쉽게 도달할 수 없다. 그는 사상을 지니고 있다는 사실보다는 사상, 즉 이상에 도달하려는 노력을 하지 않는다는 사실에 비판의 초점을 모은다. 그의 주장의 핵심은 "사상은 그림의 떡이 아니라 실지로 먹을 수 있는 떡이라야 한다는 것"[51]에 있다.

넷째는 시의 메시지에 대한 편견이다. 김춘수는 근본적으로 메시지는 산문의 영역에 속하는 것으로 보고 있다. 이것은 "시는 의기술(pseudo speech)이지만, 산문은 기술(statement)"[52]이라는 그의 말과 다음의 인용문에서도 직접 확인되는 사항이다.

> 메시지가 우선하려면 산문의 기술을 택할 수밖에는 없다. 어떤 이념에 투철해지면 그럴 수도 있으리라는 짐작은 가지만, 구차스럽게 시를 두고 그렇게들 할 것이 없이 시를 버리면 되지 않을까? 메시지를 뒤에서 받치고 있는 이념에 비하면 시는 아무 것도 아니지 않는가? 이념을 위해서는 산문이 있지 않는가?[53]

다섯째는 시와 체험의 관계에 대한 편견이다. 그에 의하면 체험을 곧 시라고 보는 것은 낭만주의적 착각이다. 그는 "체험은 남녀노소 물을 것 없이 누구나 일상에서 가지게 되는 그런 것이지, 그 자체가 시일 수가 없다. 시라는 일정한 형식 속에 담길 때 비로소 그 시(poem)의 내용(poetry)이 된다"[54]고 본다. 그는 시를 문화의 핵으로, 문화를 만드는 것(창조)으로, 그리고 이 경우의 '만든다'는 말을 형식을 만든다는 의미로 파악한다. 그가 직접적으로 토로한 "한 편의 시 속에 시대의 아픔이 담겨 있기 때문에, 또는

---

51) 김춘수, 「사상의 오솔길」, 『예술가의 삶』, p. 172.
52) 김춘수, 『시의 위상』 (둥지, 1991), p. 99.
53) 위의 책, p. 99.
54) 위의 글, 위의 책, p. 268.

사회의 非를 잘 지적해 주고 있기 때문에 감동적이라고 하고, 그런 감동을 주기 때문에 그것이 바로 좋은 시라고 한다. 이런 따위 단순논리가 어디 있는가?"55)와 "문화 이전의 감정 따위가 시가 될 수는 없다. 또는 어떤 현학적인 사상이나 어떤 소박한 도그마 따위가 그대로 시가 되지는 않는다."56) 등은 동일한 맥락에서 나온 주장들이다.

이상에서 살펴본 것처럼 시 일반에 대한 논의는 앞에서 다룬 비대상시론·자유연상시론·의미배제시론·절대이미지시론의 연장선상에서 이루어진 것들이라고 할 수 있다.

Ⅶ. 에필로그

지금까지 김춘수의 시론을 비대상시론·자유연상시론·의미배제시론·절대이미지시론·일반시론 등으로 세분하여 살펴보았다. 이제 본론에서 다룬 내용의 큰 흐름만을 결론 삼아 요약하면 다음과 같다.

첫째, 김춘수에 의하면 동일한 서술적 이미지라 하더라도 寫生的 素朴性이 유지되고 있을 때는 대상과의 거리를 유지하게 된다. 그러나 그것을 잃었을 때는 이미지와 대상 사이의 거리가 소멸하므로 이미지가 곧 대상이 된다. 현대의 '무의미시'는 시와 대상 사이의 거리가 소멸한 데서 생긴 현상이다. 그가 말하는 무의미시는 어휘나 센텐스가 아닌, 한 편의 시작품에 부여된 명칭이다. 그에 의하면 대상의 붕괴와 리얼리티의 세계는 매우 밀접한 관계에 있다. 그는, 시에서 대상이 무너지면 시인은 주제를 상실하고 어둠에 묻히게 되는데, 이 때의 어둠은 가치 세계의 바탕이 되는 사실(reality)

---

55) 위의 글, 위의 책.
56) 위의 글, 위의 책.

의 세계라고 말한다. 그는, 어둠과 밝음의 대립을 지양하는 시 쓰기를 자동기술로 설명한다. 그에 의하면 자동기술이란 결국 이들 분열 또는 대립의 상태에 있는 我들을 변증법적으로 지양시켜 통일케 하는 어떤 작용이며 또한 실존의 渾身的 投射이다.

둘째, 김춘수에 의하면 시는 전의식과 의식의 팽팽한 긴장관계에서 완성된다. 그는 자유연상이 현실을 일단 폐허로 만들어 놓고 非在의 세계를 엿볼 수 있게 하는 의지의 旗手로서의 역할을 수행한다고 본다. 그는 세잔이 寫生을 거쳐 추상에 이른 그 과정을 그대로 체험하게 되고, 사생은 사생에 머무를 수만은 없다는 확신에 이르게 되며, 리얼리즘을 확대하면서 초극해 가는 데에, 시가 있다는 사실을 알게 된다. 그런데 그가 말하는 사생은 대상과 배경의 위치를 실지와는 전혀 다르게 배치하는 것을 의미한다. 그는, 논리와 자유연상은 이 과정에서 끼이게 된다고 본다. 그래서 그는 논리와 자유연상이 더욱 날카롭게 개입하게 되면 대상의 형태가 부서지고, 마침내 대상마저 소멸하면서, 무의미시가 탄생하게 된다고 주장한다. 그는 자유연상의 역할을 강조한다. 앞에서 잠시 언급했듯이, 그는 자유연상이 현실을 일단 폐허로 만들어 놓고, 非在의 세계를 엿볼 수 있게 하겠다는 의지의 旗手로서의 역할을 수행한다고 본다. 그는 이미지를 서술적으로 쓰는 훈련을 계속하면서 이미지를 위한 이미지를 사용하는, 일종의 순수시 상태를 지향하기에 이른다. 그가 말하는 자유연상은 바로 이 지점에 위치하는 정신활동이다.

셋째, 김춘수에 의하면 시의 자유로운 상태는 대상과 의미를 잃음으로써 가능하다. 대상과 의미는 근본적으로 긴장상태를 조성하는 것이기 때문이다. 그의 이러한 주장은 무의미시의 탄생 과정에 대한 주장으로 더욱 구체화된다. 그가 허무를 앓고 있다고 했을 때 그 말은 허무에 대하여 무엇인가를 생각하고 있다는 것을 뜻하지 않는다. 그는 궁극적으로 허무라는 글자를 의식하지 않는 상태, 즉 敎外別傳의 상태에 들어가고 싶어한다. 그는 가장 높은 철학적인 시에 있어서도 본래의 시적인 매력은 의미 속에 존재하지 않는다고 주장한다. 그는 어떤 詩句를 시적인 것으로 만드는 것은 그 시구가 표현하는 의미가 아니라는 결론에 도달한다. 그에 의하면 주제나 소재가 시의 전부는 아니다. 그는, 주제나 소재를 시의 전부라고 생각하면, 자칫 삼류 사상가로 떨어지게 된다고 주장한다. 무의미시를 주장하는 과정에서 필연적으로 연관되지 않을 수 없는 것이 바로 관념이다. 그는 집요하게 시속에서 관념과 의미를 제거하려는 노력을 멈추지 않는다.

넷째, 김춘수는 절대이미지를 경험적 차원에서 논의하면서도, 다른 한편으로는 현상학적인 세계와 관련시킨다. 절대이미지란 한마디로 해서 관념을 배제한 순수이미지이다. 그는 이 절대이미지가 이미지를 서술적으로 씀으로써 만들어진다고 본다. 그에 의하면 그것은 묘사절대주의의 경지이다. 그는 이 경지에 이르게 될 경우, 일종의 회의주의의 상태에 빠지게 되거나, 현상학적 망설임(판단중지·판단유보)의 상태나 판단을 괄호 안에 집어넣는 상태가 빚어진다고 주장한다. 그의 절대이미지시론은 현상학적 세계에 바탕을 두고 있다. 그에 의하면 그의 순수시와 발레리의 순수시 사이에는 명백한 차이가 있다. 그는 발레리의 순수시를, 시에서 산문의 요소를 일체 배제해버린 그런 성격의 시로 본다. 그러나 그에 의하면 이미지 그 자체가 목적인 시는 이미지가 도구성을 벗어나 있기 때문에 순수하다. 그런데 그의 시는 그러한 순수시이다. 이러한 의미에서 그는, 그의 순수시가 발레리의 순수시와는 다르다고 말한다.

다섯째, 김춘수에 의하면 많은 사람들이 지니고 있는 시에 대한 편견은 다섯 가지가 있다. 먼저 시의 평가 방식에 대한 편견이다. 그는 사람들이 편견에 사로잡혀 있거나, 감정에 치우쳐서 시를 평가하는 태도를 비판한다. 다음은 시의 구조에 대한 편견이다. 그는, 시의 구조는 이성적이어야 한다는 편견을 비판한다. 형이상학파 시인들의 작품처럼 또렷한 주제가 있을 때는 주제의 전개가 또렷할수록 효과적이고 호소력도 커질 수가 있겠지만, 초현실주의 계열의 의식의 흐름이나 禪詩의 비논리적 機微 같은 것에서 보는 것처럼, 주제를 가지지 않는 경우는 다르다고 주장한다. 이어서 시의 사상에 대한 편견도 비판의 대상이 된다. 그에 의하면 사상은 이상이므로 쉽게 도달할 수 없다. 그는 사상을 지니고 있다는 사실보다는 사상, 즉 이상에 도달하려는 노력을 하지 않는다는 사실에 비판의 초점을 맞춘다. 그래서 그에게는 또한 시의 메시지에 대한 편견도 비판의 대상이 되지 않을 수 없다. 그는 근본적으로 메시지를 산문의 영역에 속하는 것으로 본다. 마지막으로는 시와 체험의 관계에 대한 편견이다. 그에 의하면 체험을 곧 시라고 보는 것은 낭만주의적 착각이다. 그에 의하면 체험 그 자체가 시일 수는 없으며, 그것은 시라는 일정한 형식 속에 담길 때에 비로소 그 시의 내용이 된다.

한국 현대시인의 현실인식

인쇄일 초판 1쇄   2003년 08월 09일
              2쇄   2015년 07월 23일
발행일 초판 1쇄   2003년 08월 25일
              2쇄   2015년 07월 25일

지은이 김 병 택
발행인 정 진 이
발행처 새미
등록일 1994.03.10, 제17-271호

서울시 강동구 성내동 447-11 현영빌딩 2층
Tel : 442-4623~4 Fax : 442-4625
www.kookhak.co.kr
E- mail : kookhak2001@hanmail.net
가 격 19,000원

* 새미는 국학자료원의 자매회사입니다.
*저자와의 협의 하에 인지는 생략합니다.